中國古典名著

粉妝樓全傳

竹溪山人 編撰
陳大康 校注

三民書局印行

國家圖書館出版品預行編目資料

粉妝樓全傳：八十回／竹溪山人編撰；陳大康校注 .-- 初版. -- 臺北市；三民，民88

面；　公分. --（中國古典名著）

ISBN 957-14-2959-7（精裝）

ISBN 957-14-2960-0（平裝）

857.44　　　　87017516

網際網路位址　http://www.sanmin.com.tw

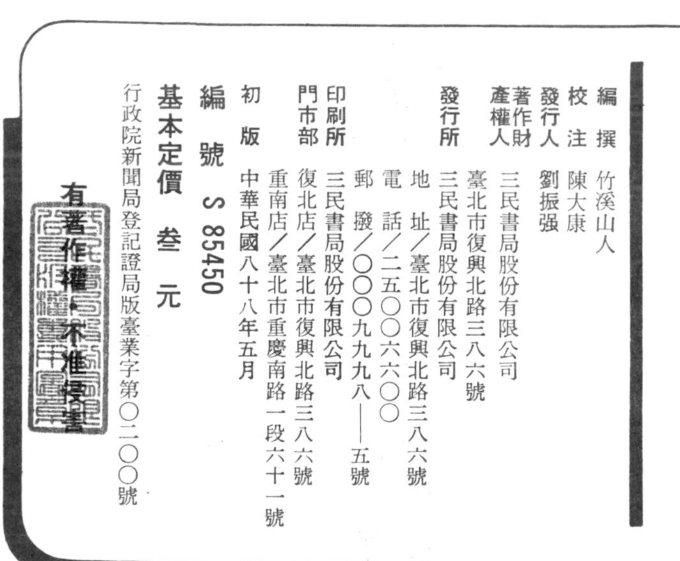
©粉妝樓全傳

編撰　竹溪山人
校注　陳大康
發行人　劉振強
著作財產權人　三民書局股份有限公司
發行所　三民書局股份有限公司
臺北市復興北路三八六號
地址／臺北市復興北路三八六號
電話／二五〇〇六六〇〇
郵撥／〇〇〇九九九八——五號
印刷所　三民書局股份有限公司
門市部　復北店／臺北市復興北路三八六號
重南店／臺北市重慶南路一段六十一號
初版　中華民國八十八年五月
編號　S 85450
基本定價　叁元
行政院新聞局登記證局版臺業字第〇二〇〇號

ISBN 957-14-2960-0（平裝）

粉妝樓全傳　總目

引言

陳大康

「竹溪山人」編撰的《粉妝樓全傳》是清中葉以來較為流行的一部小說，它的內容自成體系，但同時又是「說唐」系列中的一種。乾隆初年，署「鴛湖漁叟校訂」的《說唐演義全傳》問世，這部小說主要描寫隋末群雄爭奪天下的故事，從秦彞托孤、隋文帝統一南北敘起，直至唐太宗登極為止。此後不久，同樣署「鴛湖漁叟校訂」的《說唐演義後傳》問世，這部作品主要描寫羅通掃北與薛仁貴征東的故事。接著，又有題「中都逸叟編次」的《征西說唐三傳》刊行，這部小說描寫羅通、薛仁貴、薛丁山與樊梨花征西的故事。「說唐」系列中的第四種是《反唐演義傳》，它描寫了薛丁山之子薛剛反唐的故事。至於《粉妝樓全傳》，則是這一小說系列的最後一部，也是《說唐演義全傳》的第四部續書。於是，在討論《粉妝樓全傳》時，我們首先面臨的是這樣一個有趣的問題：這許多續書為什麼會如此頻繁地接踵而出？

其實，續書的接連出現遠不止「說唐」系列，這也不是乾隆朝時獨有的現象。早在明萬曆時，就有了《三國志後傳》與《續英烈傳》，明代的「四大奇書」，即《三國演義》、《水滸傳》、《西遊記》與《金瓶梅》都有不止一部的續書，《紅樓夢》問世後，它的續書更多達三十餘種。續書並不只是名著才有，一部作品如果暢銷，在它之後就可能有續書跟上。如《三俠五義》風行一時，隨之便有《小五義》，其後又有《續小五義》，甚至連《兒女英雄傳》也有一部《續兒女英雄傳》。

雖然人們對各部續書的評價有高低之分，但評論家們對續書這種創作現象總的來說都持批評態度。清康熙時的劉廷璣在《在園雜志》中就有這樣的評論：

近來詞客稗官家，每見前人有書盛行於世，即襲其名著為後書副之。取其易行，竟成習套。有後以續前者，有後以證前者，甚有後與前絕不相類者，亦有狗尾續貂者。……總之，作書命意創始者倍極精神，後此縱佳自有崖岸，不獨不能加於其上，即求媲美並觀亦不可得，何況續以狗尾，自取下下耶。

可是儘管遭到諸多批評，續書之出仍是綿延不絕。若探究這種現象的成因，那麼書坊主的推波助瀾是最容易發現的。他們對刊行續書表現出極高的熱情，如《續兒女英雄傳》的作者在序言中就明言此書是應書肆之請而作，文光樓主人弄到《小五義》書稿後便趕緊向別人借了錢「急付之剞劂」。若再追尋書坊主的積極性從何而來時，便可以發現續書在世上易於暢銷，這意味著它受到了廣大讀者的歡迎；而續書現象國外少有，中土特多，因此它的出現從實質上說是由我們民族的欣賞習慣所決定的。我國的廣大群眾自來喜歡有頭有尾的故事，並總希望故事最後能有個較圓滿的結局，他們在欣賞作品時，對書中人物的遭遇與命運尤為關注。他們一次又一次地越過「且聽下回分解」繼續讀下去，然而作品再長，終有盡頭，當翻完最後一頁時，讀者總多少還有一點缺憾之感。譬如說，在《說唐演義全傳》

即將結束時，讀者讀到了「淤泥河羅成為神」與「羅成魂歸見嬌妻」兩回，心中總是鬱鬱不快，而《說唐演義後傳》正是針對讀者的這種心理，在一開始便寫羅成之子羅通在校場比武奪印，被封為二路掃北元帥，這樣的內容就很能引起人們先睹為快的興趣。在《粉妝樓全傳》中，羅增、羅焜、羅燦父子不像在《說唐演義後傳》中羅通那般與羅成有著直接的關係，其活動其實與羅成已不相干，作者派給他們羅成後代的身分固然可滿足人們關心忠良之後的欲望，但同時也明顯地暴露了強烈的迎合閱讀市場需求的創作動機。

《粉妝樓全傳》中主人公的身分是被硬性派定的，作品的情節也是純屬虛構，於史無徵，這部小說雖也被歸於講史演義，但它與依據史實鋪敘等作品的寫法卻大不相同，實際上是屬於講史演義中的英雄傳奇支派。在古代通俗小說發展史上，講史演義中依據史實鋪敘與英雄傳奇兩大支派其實幾乎萌生於同時，它們就是元末明初的《三國演義》與《水滸傳》。可是在明代，講史演義的作家都以教化為先為原則，以傳播歷史知識為己任，因而都效法羅貫中，奉《三國演義》為正宗。那時也曾有過多含民間傳說的《楊家通俗演義》這類作品，但英雄傳奇一派的發展基本上是被帶有羽翼信史偏見的作家們有意識地壓制著，直到正史中可採用的材料大致被演述完畢之後，一些作家才開始重新向民間文學汲取養料，結果導致了英雄傳奇的盛行。兩大支派的開山之作幾乎同時問世，後來發展的不平衡顯然是由於作家們觀念上的障礙造成。在清乾隆朝開始盛行的英雄傳奇作品是對《水滸傳》創作方式的回歸，它們自然是對自己的開山始祖多有模仿，而《粉妝樓全傳》在這點上表現得尤為明顯。

作品第三十二回「過天星暗保含冤客，柏文連義釋負辜人」是較典型的一例。該回寫祁子富拒絕侯登的求親遭到陷害，被發配雲南，侯登又買通解差，要他們途中下毒手，殺死祁子富：

那一日，到了一個去處，地名叫做野豬林，十分險惡。有八十里山路，並無人煙。兩個解差商議下手，故意錯走過宿店，奔上林來。走了有三十多里，看看天色晚了，解差說道：「不好了，前後俱無宿店，只好到林中歇了，明日再走。」祁子富三人只得到林中坐下，黑夜裡在露天下好不悲切。李江道：「此林中沒得關欄，是我們的干係，不是玩的。得罪你，要捆一捆才好。」就拿繩子將祁子富捆了。就舉起水火棍來，喝道：「祁大哥，你休要怪我，我見你走得苦楚，不如早些歸天，倒轉快活。我是個好意，你到九泉之下，卻不要埋怨我。」說罷，下棍就打。……

僅憑「野豬林」三字，人們就很容易想起《水滸傳》中的「魯智深大鬧野豬林」。不過，竹溪山人並沒有全部照抄這一回，過天星孫彪放冷箭這一節表明，他實際上又將《水滸傳》第六十二回「放冷箭燕青救主」的情節結合在一起。

上述這段還只是幾百字情況的搬用，而且是將《水滸傳》中的兩段情節糅合在一起，可是從第三十四回「迷路途誤走江北，施恩德險喪城西」到第三十七回「粉金剛雲南上路，瘟元帥塞北傳書」近四回約萬字的內容，竟全部是連貫地襲用《水滸傳》中第三十六回「梁山泊吳用舉戴宗，揭陽嶺宋江逢李俊」至第三十七回「沒遮攔追趕及時雨，船火兒大鬧潯陽江」的情節。柏玉霜在瓜州鎮拿銀子助了賣拳的史忠，得罪了當地一霸王宸，結果沒有一家客店敢留她住宿，這與宋江拿銀子助了賣拳的薛永，得罪了當地一霸穆弘，結果沒有一家客店敢留他住宿的內容完全一樣；柏玉霜誤投王宸家住宿，逃出後遭追趕，結果上了洪恩的船，又差點喪命，這與宋江誤投穆弘家住宿，逃出後遭追趕，結果上了張橫的船，又差點喪命的經歷一模一樣；最後露出身分，化險為夷，眾好漢聚義，熱情款待等描寫也都如出一轍。當然，竹溪山人在這裡也並不是就簡單地抄襲《水滸傳》，他根據自己故事的需要作了些改寫或調整，如柏玉霜登上洪恩船後，作者這樣寫道：

> 那船離岸有一箭多遠，岸上王氏弟兄作急，見梢公不理他，一齊大怒，罵道：「我把你這狗男女，你不攏岸來，我叫你明日認得老爺便了。」梢公冷笑一聲，說道：「我偏不攏岸，看你們怎樣老爺。」王宸聽得聲音，忙叫道：「你莫不是洪大哥麼？」那梢公回道：「然也。」王宸說道：「你是洪大哥，可認得我了？」那梢公回道：「我又不瞎眼，如何不認得！」王宸道：「既認得我，為何不攏岸來？」梢公回道：「他是我的衣食父母，如何叫我送上來與你？自古道：『生意頭上有火。』今日得罪你，只好再來賠你禮罷。」王宸大叫道：「洪大哥，你就這般無情？」梢公說道：「王兄弟，不是我無情，只因我這兩日賭錢輸了，連一文也沒有得用。出來尋些買賣，恰恰撞著這一頭好生意，正好救救急。我怎肯把就口的饅頭，送與你吃！」

將這段描寫與《水滸傳》第三十七回的文字略作對照，就可以看出作者根據敘述故事的需要作了些改動，但抄襲的痕跡仍極清晰，而那近四回約萬字的描寫，也都是依照這一模式寫成的。

在《粉妝樓全傳》中，模仿或套用《水滸傳》情節之處還有不少，如第二十八回「劫法場大鬧淮安，追官兵共歸山寨」的情節，就全同於《水滸傳》第四十回「梁山泊好漢劫法場，白龍廟英雄小聚義」；第四十五回「孫翠娥紅樓代嫁，米中粒錦帳遭凶」中李定因醉遭陷害，在軍機房被逮的故事，就是由《水滸傳》第七回中林沖誤入白虎堂以及第三十回中武松醉後中計被逮兩段故事揑合後演化出來的；第四十六回「柏玉霜主僕逃災，瘟元帥夫妻施勇」中洪惠所喊的「雞爪山的英雄全伙在此」，則全然是《水滸傳》中常見的「梁山泊好漢全伙在此」的翻版；至於第六十八回「謝應登高山顯聖，祁巧雲平地成仙」所述的得天書的故事，與《水滸傳》第四十二回「還道村授三卷天書，宋公明遇九天玄女」相較，則只是有細小的差別。此外，關於雞爪山山寨、眾英雄的派座次以及一些細節的描寫，也都是常模仿《水滸傳》或從中化出。

在指出對《水滸傳》的模仿或抄襲時，也應該實事求是地看到，作者在搬用時並非沒有自己的創造，如第二十六回「過天星夜請名醫，穿山甲計傳藥鋪」與第二十七回「淮安府認假為真，賽元壇將無作有」兩回的重點是寫請神醫張勇為羅焜治病，當張勇拒絕時眾好漢就得設法逼他就範。這段情節明顯地與《水滸傳》第六十五回張順請神醫安道全的過程相似，但竹溪山人在化用時卻寫得較生動有趣，特別是「胡奎賣頭」這一節：

商議已定，胡奎收拾停當，別了眾人，帶了個人頭進城。來到府門口，只見那些人三五成群，都說的偷頭的事。胡奎走到鬧市裡，把一個血淋淋的人頭朝街上一摜，大叫道：「賣頭！賣頭！」嚇得眾人一齊喊道：「不好了！偷頭的人來賣頭了！」一聲喊叫，早有七八個捕快兵丁擁來，正是毛守備的首級。一把揪住胡奎，來稟知府。知府大驚，道：「好奇怪！那有殺人的人還把頭拿了來賣的道理？」忙忙傳鼓升堂審問。

只見眾衙役拿著一個人頭，帶著胡奎跪下。知府驗過了頭，喝道：「你是那裡人？好大膽的強徒，殺了朝廷的命官，還敢前來賣弄！我想你的人多，那一個頭而今現在那裡？從實招來，免受刑法！」胡奎笑道：「一兩個人頭，要甚麼大緊。想你們這些貪官污吏，平日盡不知害了多少人的性命，倒來怪俺了。」知府大怒，喝令：「與我扯下去，夾起來！」兩邊答應一聲，將胡奎扯下去，夾將起來，三繩收足。胡奎只當不知，連姓名也不說出。知府急了，只問那個頭在那裡。胡奎大叫道：「那個頭是俺吃了。你待我老爺好些，俺變顆頭來還你；你若行刑，今夜連你的頭都叫人來偷了去，看你怎樣！」知府吃了一驚，吩咐收監，通詳再審。

在作品中，胡奎常被當作魯莽漢子來描寫，他在第二回中剛出場時的肖像描寫是「面如鍋底，臂闊三停，身長九尺，頭戴一頂玄色將巾，灰塵多厚；身穿一件皂羅戰袍，少袖無襟」，這就給讀者留下了相當深刻的印象。然而，胡奎卻不同於《水滸傳》中李逵或魯智深的形象，而是同時也表現出穩重與善於謀略的一面。他夜半刺殺毛守備似是復仇的衝動，但此舉不僅起了震懾官府的作用，而且還為後來的入獄作了鋪墊。當時在獄中的羅焜病重，須得有人在他身旁照料，就是劫獄救援也需要有內應與幫手，而此人的入獄又得十分自然。因此從形式上看，胡奎鬧市賣人頭一節似是李逵式的魯莽，但這卻是救援羅焜計劃中的重要一環。這步險棋在當時十分必要，而如此大膽的計策，也只有胡奎才敢於設計。

胡奎賣頭與知府審案一節是本篇中最精彩的描寫。胡奎的相貌本就像魯莽漢，無論是到鬧市「賣頭」或是知府審案時，他都有意顯示自己的「魯莽」，甚至表現得像一個呆漢，因此從一開始，就使知府陷於無法審理清楚的尷尬境地：「好奇怪！那有殺人的人，還把頭拿了來賣的道理？」然而，他又不得不審，知府必須弄清楚，此人為何殺了毛守備夫婦，而現在另一個頭又在何處？從作品的描寫中，我們又一次可以發現胡奎策畫的精細，他故意只拿一個頭去「賣」，未弄清另一個頭所在的知府無法結案，只得先將他關起來，這正好讓胡奎達到了與羅焜關在一處的目的。面對知府的嚴厲恫嚇，胡奎卻笑道：「一兩個人頭，要甚麼大緊。想你們這些貪官污吏，平日盡不知害了多少人的性命，倒來怪俺了。」他裝瘋賣傻，借機痛斥貪官污吏，而最後喊出的「那個頭是俺吃了。你待我老爺好些，俺變顆頭來還你；你若行刑，今夜連你的頭都叫人來偷了去，看你怎樣」那幾句看似瘋話，卻將知府嚇得不敢再審。這段描寫表明作者在模仿《水滸傳》時，不僅只是形似，而且也確有神似之處。在這場審案過程中，胡奎占盡了優勢，高居公堂之上的知府只是暴露了他的色厲內荏而已。

《粉妝傳全傳》以羅燦、羅焜，特別是羅焜為主要描寫對象，同時，羅焜的未婚妻柏玉霜的曲折經歷也是作品中的重要線索之一。她被迫女扮男裝，離家出走，一路歷經風波，最後終於與羅焜團圓，並奉旨成婚。儘管作者在這些情節上化了不少筆墨，但熟悉明清小說的讀者不難看出，這其實也並不是新鮮的內容，而是在清初時人們經常讀到的才子佳人小說中的套式，如在《春柳鶯》、《麟兒報》、《錦香亭》與《情夢柝》等作品中，佳人的經歷與結局均是如此。自乾隆朝以降，才子佳人小說由於人們對它老一套寫法厭煩而式微，但卻沒有絕種，英雄傳奇小說中英雄美女的那些故事，實際上就是它的翻版。因此，《粉妝樓全傳》中柏玉霜的故事決不是作者的創造，甚至連將才子佳人的模式搬入英雄傳奇小說也不是他的發明，君不見在《征西說唐三傳》中，就已有了薛丁山與樊梨花征西的故事麼。

從總體上說，《粉妝樓全傳》作者的創造力並不強，無論是情節構思或是文字鋪敘都常有搬用或抄襲前人之作之處，然而就是這樣一部作品，當時卻能在社會上廣泛流傳，不僅多家書坊爭相翻刻，而且還被改編為戲曲作品搬上舞臺，甚至在內蒙古，也有蒙文的抄本和用蒙語說書等流傳的形式，它在普通百姓中的影響由此不難想見。這是一個十分有趣的問題，但答案並不難尋得，簡言之，它的廣泛流傳是因其內容適應了社會下層廣大民眾感情宣洩的需要。

強調了忠與奸矛盾的不可調和，描述唐代開國功臣之後與奸相沈謙鬥爭是《粉妝樓全傳》的情節主線，那些開國功臣的後代在沈謙的迫害下亡命江湖，終於鋌而走險，聚集山林，最後起兵掃蕩沈謙奸黨勢力，扶助大唐天子重振朝綱。在敘述這一事件的過程中，作品對於封建社會上層官僚集團結黨營私、迫害忠良的罪惡作了較充分的揭露，對除暴安良、扶弱濟困的正義行為作了熱情洋溢的歌頌。在諸開國功臣的後代中，羅燦、羅焜是作者刻劃的主要人物，其中尤以羅焜為重點。路見不平，拔刀相助是羅氏兄弟性格中的主要特點，在開始不久，作者就描寫了他兄弟倆眼見沈謙之子沈廷芳強搶民女祁巧雲時挺身而出，伸張了正義。「大鬧滿春園」事件的描寫，既塑造了羅氏兄弟義士好漢的形象，同時也牽出了幾家開國功臣之後生死興衰、悲歡離合的故事。在敘述羅氏兄弟流亡的經歷時，作者又講述了他們救趙勝夫婦、救周美容的事跡，一再地對他們路見不平，拔刀相助的性格特點作渲染。對於受欺壓或眼見不平卻無能為力的平民大眾來說，為民除害的羅氏兄弟身上寄寓著他們的理想與願望，即使在書中讀到那些為非作歹、魚肉百姓的豪強惡棍遭嚴懲也是大快人心之事，這便是《粉妝樓全傳》能引起讀者強烈共鳴的最重要的原因。

《粉妝樓全傳》還有一條情節副線，那就是羅焜與柏玉霜、程玉梅、祁巧雲，羅燦與馬金定等青年男女之間的愛情故事。復仇的主線與愛情的副線相互交織，而大故事中套著小故事，小故事又引出大故事的構思，也使得作品情節環環相扣，波瀾橫出，扣人心絃。再加上作品風格樸實粗獷，語言明白曉暢的民間說唱藝術的特色，故而更能吸引廣大的普通大眾，《粉妝樓全傳》也正因此而成為清代中葉的一部幾乎家喻戶曉的小說。

《粉妝樓全傳》考證

陳大康

《粉妝樓全傳》是清中葉流傳較為廣泛的一部講史演義，此書版本較多，據目前所知，其中最早者為現藏於北京大學圖書館的寶華樓嘉慶二年（一七九七）的刻本。很顯然，嘉慶二年是這部小說開始在社會上流傳的下限，它的創作應該還要更早些。《粉妝樓全傳》問世的確切時間現在已經無法得知了，不過根據明清時講史演義的流變狀況以及這部小說描寫的內容，我們還是可以作一個大致的推斷。

從總的趨勢來看，我國明清兩代的講史演義創作曾經歷了一個從強調真實到著意虛構的過程：明代的作家以「羽翼信史而不違」為原則，描寫的內容多有正史的載錄為支持；清中葉後講史演義的創作追求情節的離奇曲折，所述多於史無徵，而清初則是這兩者的轉換期。描述的人物與故事基本上均無正史依據的《粉妝樓全傳》，顯然應是問世於清中葉以後的作品。若作更細致的考察，則又可以看出，從清初到清中葉，講史演義的創作呈現出馬鞍形的態勢。清初時講史演義的創作還較繁盛，其時作品所描繪的戰亂與社會動蕩，顯然是對明亡清興之際席捲全國的大風暴的曲折反映。滿清政府在政權逐漸鞏固後開始整肅意識形態領域，禁毀小說，特別是禁毀宣傳民族精神的作品也是其中的重要措施，講史演義創作在此時不可避免地趨於蕭條。該流派在乾隆朝時重新開始繁盛，但其格調卻由抒發亡國之痛轉為渲染開國之盛。相繼問世的《說唐演義全傳》與《飛龍全傳》等都在歌頌唐宗宋祖這些「真命天子」，隱含的現實意義是歌頌大清定鼎天下，而宋太祖平南唐的故事又可喻指為滿清王朝對南明小朝廷反抗的鎮壓。在這些作品中，既可以看到對民間傳說的採納，也可以看到一些稀奇古怪的新情節的增添，它們缺乏醇正的講史味，而是標誌著講史演義中另一支派，即英雄傳奇小說的勃興。

講史演義中的英雄傳奇小說一旦在社會上流傳並形成一定的聲勢，那麼它就必然按照自己的規律繼續向前發展。於是，在搜羅整理話本與民間傳說的基礎上，講述各朝各代英雄傳奇故事的作品便接踵而出，它們甚至還按朝代形成了不同的系列。如關於唐代的作品，在《說唐演義全傳》之後不久，即有敘述羅通掃北及薛仁貴征東故事的《說唐後傳》問世，其後又有描寫薛仁貴、薛丁山征西番哈迷國的《征西說唐三傳》，以及講述薛剛反唐的《反唐演義傳》。《粉妝樓全傳》也是「說唐」故事中的一種，咸豐間維經堂與光緒間文光堂刊本的內封均題「續說唐志傳」，可見清代人也確是如此看待這部小說的。從內容的歷史順序排列來看，《粉妝樓全傳》應問世於《反唐演義傳》之後。《反唐演義傳》書首有如蓮居士「乾隆癸酉」的序，因此《粉妝樓全傳》創作的上限，應是乾隆十八年（一七五三）。當然，從乾隆十八年到嘉慶二年畢竟是一個長達四十餘年的時間段落，然而由於材料的缺乏，現在已無法作更為精確的判定。

根據當時的創作情況作分析，對於作品的問世時間多少還可作出大致的推斷，但關於《粉妝樓全傳》的作者，我們卻是一無所知。作品前有「竹溪山人」的一篇序，序中稱：「羅貫中所編《隋唐演義》一書，書於世者久矣。……前過廣陵，聞世俗有《粉妝樓》舊集，取而閱之，始知亦羅氏纂輯，而世襲藏之，未以示諸人者也。」羅貫中曾撰寫過《隋唐兩朝志傳》，序中所言的《隋唐演義》當指此書，而不是清初褚人穫所寫的那一本，可是稱《粉妝樓全傳》也是羅貫中所著，那顯然是為了抬高此書的身價，使之易於傳世。在《粉妝樓全傳・序》的末尾，又可以讀到這樣一段話：「余故譜而敘之，抄錄成帙。又恐流傳既久，難免魯亥之訛，爰重加釐正，芟繁薙蕪，付之剞劂，以為勸善一儆云。」據此看來，這部小說的作者其實就是這位寫序的「竹溪山人」，目前學術界基本上也正是如此認定。

然而，要確定「竹溪山人」究竟為何人又是一件十分困難的事。曾有人認為他是乾隆年間的宋廷魁，因為宋廷魁號「竹溪山人」。孫殿起《販書偶記》中有載：「竹溪山人《介山記》二卷，山右宋廷魁填詞，乾隆間刊」，而「魏庵叢刊」之一「宋竹溪《介山記》二卷」條則稱：宋廷魁，山西介休縣張良村人，平生著作十三種。該書四篇敘文分別寫於乾隆五年（一七四〇）至乾隆十五年（一七五〇），其中馬鑫敘稱宋廷魁為「老名儒」，則知宋廷魁為康熙至乾隆初年的文人。然而，古人號相同者可謂多矣，如清代順、康年間的徐震與咸豐年間的翁桂創作小說時都署名「烟水散人」，但他們顯然是不同的二人。不言而喻，並不能僅據號相同就認定宋廷魁是《粉妝樓全傳》的作者，而這位「老名儒」是否會撰寫小說也是一件很可懷疑的事。

在發現確鑿材料之前，恐怕已無法認定「竹溪山人」究竟為何人，但通過作品內證考察，我們卻可以對這位作者及其創作情況有一個大概的了解。這部小說所描寫的故事的時代背景是唐代，可是通讀全書，作者所使用的大量的明清時的官職或官署卻給人以很深的印象，如都指揮使、總督、布政使，以及錦衣衛、司禮監等等，還有一些是清代獨有的官職，如九門提督、都統、參將、游擊、都司等。

很顯然，作者並不清楚唐代官職、官署的情況，而是想當然地使用自己所生活的年代的官職與官署的稱謂。作品中提到的一些歷史人物，如封胡國公的秦瓊誤稱為護國公，封盧國公的程知節誤稱為魯國公，這些只要稍有歷史常識，或者哪怕是查閱一下史書都不會出錯。再如對一些專用名詞的濫用，如瓊林宴專指皇帝賜新科進士的宴會，但作者卻誤以為是朝宴等等，這些都證明了竹溪山人文化程度的不高。這位作者在作品的序言中曾聲稱「遍閱唐史」，但以上提及的錯誤表明，事實顯然並非如此。

當然，以上排列的那些錯誤並不能都歸咎於竹溪山人一人，在閱讀作品時不難發現，《粉妝樓全傳》全書的說書意味極為濃厚，竹溪山人顯然是根據說書人的底本在作整理。從這一角度來看，他在序言中所說的「爰重加釐正，芟繁薙蕪，付之剞劂」並非妄言。因此，與其稱竹溪山人為作者，還不如說他是位編輯者更為恰當。竹溪山人在對說書人底本作整理編輯時，同樣也暴露了他的粗率與文化程度的不高，如第二十五回的標題是「染瘟疫羅焜得病，賣人頭胡奎探監」，可是胡奎賣人頭探監的情節卻完全在第二十六回中，在第三十一回與第三十三回，也都出現了回目標題與該回內容不相符合的情形。這些錯誤可能在說書人的底本中就已存在，它們原先的出現或許與竹溪山人並無關係，可是在整理編輯後錯誤仍然存在，竹溪山人對此將難辭其咎了，因為發現與糾正這些錯誤，都並不是難度很高的工作。

不過，雖然以史學的眼光作評判時可指出不少錯誤，但《粉妝樓全傳》畢竟是一部可讀性較強的小說，它在揭露封建社會上層官僚集團結黨營私、迫害忠良的罪惡，歌頌除暴安良、扶弱濟困的正義行為的同時，又交織著羅成後代羅焜、羅燦及柏玉霜、程玉梅、祁巧雲、馬金定等青年男女之間的愛情故事，其情節跌宕生姿，人物形象刻劃亦較鮮明，而樸實粗獷的風格與明白曉暢的語言，雖原本是民間說唱藝術的特色，卻正能吸引廣大的普通讀者。因此，自從嘉慶二年寶華樓刊出以來，坊間翻刻紛紛，如咸豐間的維經堂刊本、光緒間的泉城鬱文堂刊本與文光堂刊本等等。而且，《粉妝樓全傳》還被改編為戲曲作品搬上舞臺，其中尤以京劇連臺本戲《粉妝樓》為宏篇巨制，全劇十六本，幾乎將小說的情節囊括殆盡。這種傳播的盛況，很能說明《粉妝樓全傳》在廣大百姓中的影響與受歡迎的程度。

綜上所述，我們可以將考證的結果概括如下：這部小說原是說書人的底本，大約在乾隆中後期至嘉慶初年，竹溪山人對它作編輯整理，使之成為今日所見到的《粉妝樓全傳》；竹溪山人真實姓名與生平不詳，現在根據作品的內容，可以推知他是一個文化程度不甚高的下層文人。

序

羅貫中所編《隋唐演義》一書，書於世久矣。其敘次褒公、鄂公諸勛臣世業，炳炳麟麟，昭若列星。令千載而下，猶可高瞻遠矚，慨然想見其為人。故謂官有世功，則有官族。乃遍閱唐史，惟徐敬業討武曌一檄，膾炙人間，而其他孝子順孫不少，概見書缺有間矣。

前過廣陵，聞世俗有《粉妝樓》舊集，取而閱之，始知亦羅氏纂輯，而世襲藏之，未以示諸人者也。余既喜其故家遺俗猶有存者，而尤愛其八十卷中，洋洋灑灑，所載忠男烈女、俠士名流，慷慨激昂，令人擊節歌呼，幾於唾壺欲碎。卒之，批奸削佞，斡轉天心。雖日世寖年湮，無從徵信，而推作者命意，則一言盡之曰：不可使善人無後之心也。

嗚呼！世祿之家，鮮克由禮，而秦、羅諸舊族，乃能世篤忠貞，服勞王家，繼起象賢，無忝於乃祖乃父。此固褒、鄂諸公樂得有是子，即千載而下，亦樂得有是人也。余故譜而敘之，抄錄成帙。又恐流傳既久，難免魯亥之訛，爰重加釐正，芟繁薙蕪，付之剞劂，以為勸善一徵云。

竹溪山人撰

回目

第一回　繫紅繩月下聯姻　折黃旗風前別友

詩曰：

光陰遞嬗❶似輕雲，不朽❷還須建大勛。
壯略欲扶天日墜，雄心豈入駑駘❸群。
卻緣否運❹姑埋跡，會遇昌期❺早致君❻。
為是史書收不盡，故將彩筆譜奇文。

❶遞嬗：此處作流逝解。嬗，更替。

❷不朽：永不磨滅。《左傳・襄公二十四年》稱：「太上有立德，其次有立功，其次有立言。雖久不廢，此之謂不朽。」

❸駑駘：駑、駘皆劣馬，此處喻庸才。

❹卻緣否運：謂時運蹇滯。

❺昌期：昌盛興隆的時期。

❻致君：此處為杜甫詩「致君堯舜上」之意。

從來國家治亂，只有忠佞兩途。盡忠的為公忘私，為國忘家，常存個致君的念頭，那富貴功名總置之度外。及至勢阻時艱，仍能守經❼行權，把別人弄壞的局面從新整頓一番，依舊是喜起明良，家齊國治。這才是報國的良臣，克家的令子❽。惟有那奸險小人，他只圖權震一時，不顧罵名千載，卒之，天人交怒，身敗名裂；回首繁華，已如春夢。此時即天良發現，已悔不可追。從古到今，不知凡幾。

如今，且說大唐一段故事，出在乾德❾年間。其時，國家有道，四海昇平。那一班興唐世襲的公侯，有在朝為官的，有退歸林下的，這都不必細表。

單言長安有一位公爺，乃是越國公羅成❿之後。這公爺名喚羅增，字世瑞。夫人秦氏所生兩位公子：長名喚羅燦，年一十八歲，生得身長九尺，臂闊三停，眉清目秀，齒白唇紅，有萬夫不當之勇；那長安百姓見他生得一表非凡，替他起個綽號，叫做粉臉金剛羅燦。次名羅焜，生得虎臂熊腰，龍眉鳳目，面如傅粉，唇若塗朱，文武雙全，英雄蓋世；這些人也替他起個綽號，叫做玉面虎羅焜。他二人，每日裡操演弓馬，熟讀兵書，時刻不離羅爺左右。正是：

---

❼ 守經：固守經典規定的常法。

❽ 克家的令子：即克家子，指能繼承父祖事業之子。克家，本指能治理家族的事務；令子，對別人兒子的美稱。

❾ 乾德：唐代諸帝均無此年號，此為作者虛擬。

❿ 羅成：民間傳說與明清兩代講史演義中的人物。

一雙玉樹⓫階前秀，兩粒驪珠⓬頷下珍。

話說羅爺見兩位公子生得人才出眾，心中也自歡喜，這也不在話下。只因羅爺在朝為官清正，不徇私情，卻同一個奸相不睦。這人姓沈，名謙，官拜文華殿大學士、左丞相之職。他平日在朝，專一賣官鬻爵，好利貪財，把柄專權，無惡不作。滿朝文武，多是他的門生，故此無一個不懼他的威勢。只有羅爺秉性耿直，就是沈太師有甚麼事犯在羅爺手中，卻秋毫不得饒過，因此他二人結下仇怨。這沈謙日日思量要害羅爺的性命，怎奈羅爺為官清正，無法可施，只得權且忍耐。

也是合當有事。那一日，沈太師正朝罷歸來，忽見眾軍官傳上邊報。太師展開一看，原來邊頭關韃靼造反，興兵入寇，十分緊急，守邊將士中文求救。太師看完邊報，心中大喜，道：「有了！要害羅增，就在此事。」

次日早朝，會同六部上了一本，就保奏羅增去鎮守邊頭關，征剿韃靼。聖上准本，即刻降旨，封羅增為鎮邊元帥，限十日內起程。羅爺領旨回家，與秦氏夫人說道：「可恨奸相沈謙，保奏我去鎮守邊關，征討韃靼。但是盡忠報國，也是為臣分內之事。只是我萬里孤征，不知何時歸家，丟你們在京，我有兩件事放心不下。」太太道：「有那兩件事，這般憂慮？」羅爺道：「頭一件事，奸臣當道，是

⓫ 玉樹：喻姿貌秀美才幹優異的人。

⓬ 驪珠：寶珠。傳說出驪龍頷下，故名。通常喻指珍貴的人或物。

是非非，我去之後，怕的是兩個孩兒出去生事闖禍。」太太道：「第二件是何事？」羅爺道：「第二件，只為大孩兒已定下雲南貴州府定國公馬成龍之女，尚未完姻；二孩兒尚且未曾定親。我去不知何日才回，因此放心不下。」夫人道：「老爺言之差矣。自古道：『兒孫自有兒孫福，莫替兒孫作馬牛。』但願老爺此去旗開得勝，馬到成功，早早歸來。那時再替他完姻，也未為晚。若論他二人在家，怕他出去招災惹禍，自有妾身拘管，何必過慮。」當下夫妻二人說說談談，一宿晚景已過。

次日清晨，早有合朝文武並眾位公爺，都來送行。一齊忙了三日，到第四日上，羅爺想著家眷在京，必須託幾位相好同僚的好友照應照應，想了一會，忙叫家將去請三位到來。看官，你道他請的那三位？頭一位，乃是興唐護國公秦瓊⑬之後，名喚秦雙，同羅增是嫡親的姐舅；第二位，乃是興唐衛國公李靖⑭之後，名喚李逢春，現任禮部大堂⑮之職；第三位，乃陝西西安府都指揮使⑯，姓柏，名文連，這位爺乃是淮安府人氏，與李逢春同鄉，與羅增等四人最是相好。

當下三位爺聞羅爺相請，不一時都到越國公府前，一同下馬。早有家將進內稟報，羅爺慌忙開正門，出來迎接。接進廳上，行禮畢，分賓主坐下。茶罷，衛國公李爺道：「前日多多相擾，今日又蒙見招，不知有何吩咐？」羅爺道：「豈敢，前日多多簡慢。今日請三位仁兄到此，別無他事，只因小

⑬ 秦瓊：字叔寶，唐王朝開國功臣。因功封翼國公，後改封胡國公。作品中稱「護國公」，與史實不符。

⑭ 李靖：字藥師，唐王朝開國功臣。因功封代國公，後改封為衛國公。

⑮ 大堂：原意指官署辦事的正房，此處為尚書的代稱。

⑯ 都指揮使：統兵官名稱之一。唐代並無此官職，五代時始置，清時廢除。

弟奉旨征討，為國忘家，理所當然；只是小弟去後，舍下無人，兩個小兒年輕，且住這長安城中，怕他們招災惹禍。因此辦杯水酒，拜託三位仁兄照應照應。」三人齊聲道：「這個自然，何勞吩咐？」

當下吩咐家將，就在後園擺酒。不下一時酒席擺完，敘坐入席。酒過三巡，食供兩套。忽見安童⑰稟道：「二位公子射獵回來，特來稟見。」羅爺道：「快叫他們前來見三位老爺。」只見二人進來，一一拜見，垂手侍立。李爺與柏爺讚道：「公郎器宇不凡，日後必成大器。老夫輩與有榮施矣！」羅爺稱謝。秦爺命童兒，另安杯箸，請二位少爺入席。羅爺道：「尊長在此，小子理應侍立，豈可混坐？」李爺與柏爺道：「正要請教公郎胸中韜略，何妨入座快談？」羅爺許之，命二人告罪入席，在橫頭坐下。

那柏文連見兩位公子生得相貌堂堂，十分愛惜。原來柏爺無子，只有原配張氏夫人所生一女，名喚玉霜小姐，愛惜猶如掌上珍珠。張氏夫人早已去世，後娶繼配侯氏夫人，也未生子。故此柏爺見了別人的兒女，最是愛惜的。當下見了二位公子，便問羅爺道：「不知二位賢郎青春多少，可曾恭喜？」羅爺道：「正為此焦心。大孩兒已定下雲南馬親翁之女，尚未完娶；二孩兒未曾匹配。我此去，不知何日才得回來，代他們完娶？」柏文連道：「小弟所生一女，意欲結姻，只恐高攀不起。」羅爺大喜，道：「既蒙不嫌小兒，如此甚好。」遂向李逢春道：「拜託老兄執柯⑱，自當後謝。」正是：

---

⑰ 安童：年幼的僮僕。

⑱ 執柯：原意為持斧。《詩經・豳風・伐柯》云：「伐柯如何？匪斧不克。取妻如何，匪媒不得。」後因稱為人作媒為執柯；下文中「作伐」也為作媒之意。

一雙跨鳳乘龍客，卻是牽牛織女星。

李逢春道：「柏兄既是同鄉，羅兄又是交好，理當作伐。只是羅兄王命在身，後日就要起馬，柏兄不久也要往陝西赴任，此會之後，不知何時再會。自古道：『揀日不如撞日。』就是今日，求柏兄一紙庚帖⓳，豈不更妙？」羅爺大喜，忙向身邊解下一對玉環，雙手奉上，道：「權為聘禮，伏乞笑留！」柏爺收了玉環，便取三尺紅綾，寫了玉霜小姐年庚，送與李爺。李爺轉送羅爺，道：「百年和合，千載團圓，恭喜！恭喜！」羅爺謝之不盡，收了庚帖。連秦爺也自歡喜，一面命公子拜謝，一面重斟玉斝，再展金樽。四位老爺只飲得玉兔⓴西沉，方才各各回府。

羅爺自從同柏爺結親之後，收拾家務。過了兩天，那日奉旨動身，五鼓起馬，頂盔貫甲，裝束齊整，入朝辭過聖上。然後回府，拜別家堂祖宗，別了秦氏夫人。有兩位公子跟隨，出了越國公府門，放炮動身。來到教場，點起三萬人馬，大小三軍擺齊隊伍，祭過帥旗，調開大隊，出了長安。吶喊搖旗，一個個盔明甲亮，一隊隊人馬高強。真正號令嚴明，鬼神驚怕。怎見得他十分威武，有詩為證：

大將承恩破虜臣，貔貅㉑十萬出都門。

⓳ 庚帖：舊時的訂婚帖，其上寫明訂婚人出生的年、月、日、時，故名庚帖。

⓴ 玉兔：傳說月中有白兔，後因稱月為玉兔。

㉑ 貔貅：猛獸名，即貔。一說貔之牝者曰貅，古人多連舉，以喻勇猛之士。

捷書奏罷還朝日，麟閣㉒應標第一人。

話說羅爺整齊隊伍，調開大兵，出了長安。前行有藍旗小將報說：「啟元帥，今有文武各位老爺，奉旨在十里長亭餞別，請令施行。」羅爺聞言，傳令大小三軍，紥下行營，謝過聖恩。一聲令下，只聽得三聲大炮，安下行營。

羅爺同二位公子勒馬出營，只見文武兩班一齊迎接，道：「下官等奉旨在此餞行，未得遠接，望元帥恕罪。」羅爺慌忙下馬，步上長亭與眾官見禮。慰勞一番，分賓主坐下。早有當職的官員擺上了皇封御酒、美味珍肴。羅爺起身向北謝恩，然後與眾人序坐。酒過三巡，食祇㉓九獻。羅爺向柏爺道：「弟去之後，姻兄幾時榮行？」柏爺道：「多則十日總要去了。」羅爺道：「此別不知何時才會？」柏爺道：「吉人天相，自有會期。」羅爺又向秦爺指著兩位公子道：「弟去之後，兩個孩兒全仗舅兄教訓。」秦爺道：「這個自然，何勞吩咐。但是妹丈此去，放開心事，莫要憂愁，要緊！」羅爺又向眾人道：「老夫去後，國家大事全望諸位維持。」眾人領命。羅爺方才起身，向眾人道：「皇命在身，不能久陪了。」隨即上馬，眾人送出亭來。

一聲炮響，正要動身，只見西南巽地上，刮起一陣狂風，飛砂走石。忽聽得一聲響亮，將中軍帥旗折為兩段。羅爺不悅，眾官一齊失色。不知吉凶如何，下回再看。

㉒ 麟閣：即麒麟閣，西漢時未央宮內閣名。漢宣帝甘露三年，畫功臣霍光等十一人圖像於閣。

㉓ 祇：恰好。

第二回　柏文連西路為官　羅公子北山射虎

話說羅爺見一陣怪風，將旗吹折，未免心中不悅，向眾人道：「老夫此去，吉少凶多。但大丈夫得死沙場，以馬革裹屍還，足矣！只是朝中諸事，老夫放心不下，望諸位好為之。」眾人道：「下官等無不遵命。但願公爺此去，旗開得勝，馬到成功，早早得勝還朝，我等還在此迎接。」大家安慰一番，各各回朝覆旨。只有兩位公子同秦雙、柏文連、李逢春三位公爺不捨，又送了一程。看看夕陽西下，羅爺道：「三位仁兄，請回府罷。」又向公子道：「你二人也回去罷。早晚侍奉母親，不可在外遊蕩。」二位公子只得同三位老爺，灑淚牽衣而別。羅爺從此去後，只等到二位公子聚義興兵，征平韃靼，才得回朝。此是後話，不表。

單言二位公子回家，將風折帥旗之事告訴了母親一遍，太太也是悶悶不樂。過了幾日，柏文連也往陝西西安府赴都指揮任去了，羅府內只有秦、李二位老爺常來走走。兩位公子，是太太吩咐無事不許出門，每日只在家中悶坐。

不覺光陰迅速，秋去冬來。二位公子在家悶了兩個多月，好坐得不耐煩。那一日，清晨起來，只見朔風陣陣，瑞雪飄飄。怎見得好雪，有詩為證：

滿地花飛不是春，漫天零落玉精神。

紅樓畫棟皆成粉，遠水遙嶺盡化銀。

話說那雪下了一晝夜，足有三尺多深。須臾天霽，二位公子紅爐暖酒，在後園賞雪。只見綠竹垂梢，紅梅放蕊。大公子道：「好一派雪景也。」二公子道：「我們一個小小的花園，尚且如此可觀，我想那長安城外，山水勝景再添上這一派雪景，還不知怎樣可愛呢！」二人正說得好時，旁邊有個安童插嘴道：「小的適在城外北平山梅花嶺下經過，真正是雪白梅香，十分可愛。我們長安這些王孫公子，都去遊玩。有挑酒肴前去賞雪觀梅的，有牽犬架鷹前去興圍打獵的，一路車馬紛紛，遊人甚眾。」二位公子被安童這一些話動了心，商議商議，到後堂來稟一聲。太太道：「前去遊玩何妨？只是不要闖禍，早去早回。」公子見太太許他出去賞雪，心中大喜，忙忙應道：「曉得。」遂令家人備了抬盒，挑了酒肴，換了衣裝，牽了馬匹，佩了弓箭。辭了太太出了帥府，轉彎抹角，不一時出了城門。

到了北平山下一看，青山綠水如銀，遠浦遙村似玉。那梅花嶺下，原有老梅樹，大雪冠蓋，正在含香半吐，果然春色可觀。當下二位公子，往四下裡看看梅花，玩玩雪景。只見香車寶馬，遊人甚多。公子揀了一株大梅樹下，叫家人放下桌盒，擺下酒肴，二人對坐，賞雪飲酒。

飲了一會，悶酒無趣。他是在家悶久了的，今番要出來玩耍個快樂。當下二公子羅焜放下杯來，叫道：「哥哥，俺想這一場大雪，下得山中那些麋麃鹿兔無處藏身，我們正好前去射獵一回。帶些野味回家，也不枉這一番遊玩。」大公子聽了，喜道：「兄弟言之有理。」遂叫家人：「在這裡伺候，我們射獵就來。」家人領命。二位公子一起跳起身來，上馬加鞭，往山林之中就跑。

跑了一會，四下裡一望，只見四面都是高山。二位公子勒住了馬，道：「好一派雪景！」這荒山上倒有些凶惡，觀望良久，猛的一陣怪風，震搖山岳。風過處，山凹之中跳出一隻黑虎，舞爪張牙，好生利害。二位公子大喜，大公子遂向飛魚袋內取弓，走獸壺中拔箭，拽滿弓，搭上箭，喝聲「著」，颼的一箭，往那黑虎頂上飛來。好神箭，正中黑虎頂上。那虎吼了一聲，帶箭就跑。二公子道：「那裡走！」一齊拍馬追來。

只見那黑虎走如飛風，一齊趕了二里多路。追到山中，忽見一道金光，那虎就不見了。二人大驚，道：「分明看見虎在前面，為何一道金光就不見了，難道是妖怪不成？」二人再四下觀看，都是些曲曲彎彎小路，不能騎馬。大公子道：「莫管他，下了馬，我偏要尋到這虎，除非他飛上天去。」二公子道：「有理。」遂一齊跳下馬來，踏雪尋蹤，步上山來。

行到一箭之地，只見枯樹中小小的一座古廟。二人近前一看，只見門上有匾，寫道「元壇古廟」。二人道：「我們跑了半日尋到這個廟，何不到廟中歇歇？」遂牽著馬，步進廟門。一看，只見兩廊破壁，滿地灰塵，原來是一座無人的古廟。又無僧道香火，年深日久，十分頹敗。後人有詩歎曰：

古廟空山裡，秋風動客哀。
絕無人跡往，斷石橫荒苔。

二人在內玩了一回，步上殿來。只見香煙沒有，鐘鼓全無，中間供了一尊元壇神像，連袍也沒有。

二人道：「如此光景，令人可歎。」正在觀看之時，猛然「噹」的一聲，落下一枝箭來。二人忙忙進前拾起來看時，正是他們方才射虎的那一枝箭。二人大驚，道：「難道這老虎躲在廟裡不成？」二人慌忙插起雕翎，在四下看時，原來元壇神聖旁邊，泥塑的一隻黑虎，正是方才射的那虎，腦前尚有箭射的一塊形跡。二人大驚，道：「我們方才射的，是元壇爺的神虎！真正有罪了。」慌忙一起跪下來，祝告道：「方才實是弟子二人之罪！望神聖保佑弟子之父羅增，征討韃靼，早早得勝回朝。那時重修廟宇，再塑金身，前來還願。」祝告已畢，拜將下去。

拜猶未了，忽聽得格喳一聲響，神櫃橫頭跳出一條大漢，面如鍋底，臂闊三停，身長九尺，頭戴一頂玄色將巾，灰塵多厚；身穿一件皂羅戰袍，少袖無襟。大喝道：「你等是誰？在俺這裡胡鬧！」二位公子抬頭一看，吃了一驚，道：「莫非是元壇顯聖麼？」那黑漢道：「不是元壇顯聖，卻是霸王成神。你等在此，打醒了俺的覺頭，敢是送路費來與我老爺的麼？不要走，吃我一拳！」掄拳就打。羅焜大怒，舉手來迎，打在一處。正是：兩隻猛虎相爭，一對蛟龍相鬥。只一回，叫做：英雄隊裡，來了輕生替死的良朋；豪傑叢中，做出攪海翻江的事業。不知後事，且聽下回分解。

第三回 粉金剛義識賽元壇 錦上天巧遇祁子富

且言公子羅焜同那黑漢交手，一來一往，一上一下，鬥了八九個解數❶。羅燦在旁，看那人的拳法不在兄弟之下，讚道：「倒是一位好漢！」忙向前，一手格住羅焜，一手格住那黑漢，道：「我且問你：你是何人？為甚麼單身獨自躲在這古廟之中？作何勾當？」那人道：「俺姓胡，名奎，淮安人氏。只因俺生得面黑身長，因此江湖上替俺起個名號，叫做賽元壇。俺先父在京曾做過九門提督❷，不幸早亡。俺特來謀取功名，不想投親不遇，路費全無，只得在此廟中，權躲風雪。正在瞌睡，不想你二人進來，吵醒了俺的瞌睡，因此一時動怒，相打起來。敢問二公卻是何人？來此何幹？」公子道：「在下乃世襲興唐越國公羅門之後，家父現做邊關元帥。在下名叫羅燦，這是舍弟羅焜，因射虎到此。」胡奎道：「莫不是粉臉金剛羅燦、玉面虎羅焜麼？」羅燦道：「正是。」那胡奎聽得此言，道：「原來是二位英雄！我胡奎有眼不識，望乞恕罪！」說罷，翻身就拜。正是：

俊傑傾心因俊傑，英雄俯首為英雄。

---

❶ 解數：武術的套路。

❷ 九門提督：清代步軍統領，掌管京師九門警衛，故亦稱九門提督。唐代並無此官職。

二位公子見胡奎下拜，忙忙回禮。三個人席地坐下，細問鄉貫，都是相好的；再談些兵法武藝，盡皆通曉。三人談到情密處，不忍分離。羅燦道：「想我三人今日神虎引路，邂逅相逢，定非偶然。意欲結為異姓兄弟，不知胡兄意下如何？」胡奎大喜，道：「既蒙二位公子提攜，實乃萬幸，有何不可！」公子大喜。當時序了年紀，胡奎居長，就在元壇神前撮土為香，結為兄弟。正是：

桃園義重三分鼎，梅嶺情深百歲交。

當下三人拜畢，羅燦道：「請問大哥，可有甚麼行李？就搬在小弟家中去住。」胡奎道：「愚兄進京，投親不遇。欲要求取功名，怎奈沈謙當道，非錢不行。住在長安，路費用盡，行李衣裳都賣盡了。日間在街上賣些槍棒，夜間在此地安身，一無所有。只有隨身一條水磨鋼鞭，是愚兄的行李。」羅燦道：「既是如此，請大哥就帶了鋼鞭。」

拜辭了神聖，三位英雄出了廟門，一步步走下山來。沒有半箭之路，只見羅府跟來的幾個安童尋著雪跡，找上山來了。原來，安童們見二位公子許久不回，恐怕又闖下禍來，因此收了抬盒，尋上山來。恰好兩下遇見了，公子令家人牽了馬，替胡奎抬了鋼鞭，三人步行下山。仍在梅花嶺下賞雪飲酒，看看日暮，方才回府。著家人先走，三人一路談談說說，不一時進得城來。

到了羅府，重新施禮，分賓主坐下。公子忙取一套新衣服與胡奎換了，引到後堂。先是公子稟告了太太，說了胡奎的來歷鄉貫後，才引了胡奎入內，見了太太，拜了四雙八拜，認了伯母。夫人看胡奎相貌堂堂，是個英雄模樣，也自歡喜。安慰了一番，忙令排酒。

胡奎在外書房歇宿，住了幾日。胡奎思想老母在家無人照應，而且家用將完，難以度日。想到其間，面帶憂容，虎目梢頭流下幾點淚來，不好開口。正是：

雖安遊子意，難忘慈母恩。

那胡奎雖然不說，被羅焜看破，問道：「大哥為何滿面憂容？莫非有甚心事麼？」胡奎歎道：「賢弟有所不知。因俺在外日久，老母家下無人。值此隆冬雪下，不知家下何如，因此憂心。」羅焜道：「些須小事，何必憂心！」遂封了五十兩銀子，叫胡奎寫了家書，打發家人，連夜送上淮安去了。胡奎十分感激，從此安心住在羅府。早有兩月的光景，這也不必細說。

且說長安城北門外有一個飯店，是個寡婦開的，叫做張二娘。店中住了一客人，姓祁，名子富，平日卻不相認。只因他父親祁鳳山做廣東知府，虧空了三千兩庫銀，不曾謀補，被奸相沈謙上了一本，拿在刑部監中受罪。這祁子富無奈，只得將家產田地賣了三千多金，進京來代父親贖罪。帶了家眷到了長安，就住在張二娘飯店。正欲往刑部衙中來尋門路，不想祁子富才到長安，可憐他父親受不住沈謙的刑法，頭一天就死在刑部牢裡了。這祁子富見父親已死，痛哭一場，那裡還肯把銀子入官，只得領死屍埋葬。就在張二娘店中過了一年，其妻又死了，只得也在長安埋了。並無子息，只有一女，名喚巧雲，年方二八，生得十分美貌，終日在家幫張二娘做些針指❸。這祁子富也與張二娘照應店內的

❸ 針指：指縫紉刺繡之事。

帳目。張二娘也無兒女，把祁巧雲認做了乾女兒，一家三口兒，倒也十分相得。只因祁子富為人古執，不肯輕易與人結親，因此祁巧雲年已長成，尚未聯姻，連張二娘也未敢多事。

一日，祁子富偶得風寒抱病在床，祁巧雲望空許願，說道：「若得爹爹病好，情願各廟燒香還願。」過了幾日，病已好了，卻是清明時節，柳綠桃紅，家家拜掃。祁巧雲思恩，要代父親各廟燒香了願，在母親墳上走走，遂同張二娘商議，備了些香燭、紙馬，到各廟去還願，上墳。那祁子富從不許女兒出門，無奈一來為自己病好，二來又卻不過張二娘情面，只得備了東西，叫了一隻小船，扶了張二娘，同女兒出了北門去了。

按下祁子富父女燒香不表，單言羅府二位公子自從結義了胡奎，太太見他們成了群，越發不許出門。每日只在家中悶坐，公子是悶慣了的，倒也罷了，把這個賽元壇的胡奎悶得無奈，向羅焜道：「多蒙賢弟相留，在府住了兩個多月，足跡也沒有出門。怎得有個開眼地方，暢飲一回也好！」羅焜道：「只因老母嚴緊，不能請大哥。若論我這個長安城外，有一個上好的去處，可以娛目騁懷。」胡奎問：「是甚麼所在？」羅焜道：「就是北門外滿春園，離城只有六里，乃是沈太師的花園。周圍十二三里的遠近，那裡面樓臺殿閣、奇花異草，不計其數。此園乃是沈謙謀占良民的田地房產起造的，原想自己受用，只因公子沈廷芳愛財，租與人開了一個酒館，每日十兩銀子的房租。今當桃花開時，正是熱鬧時候。」胡奎笑道：「既有這個所在，俺們何不借遊春為名，前去暢飲一番，豈不是好！」羅焜看著胡奎，想了一會，猛然跳起身來，說：「有了，去得成了。」胡奎忙問道：「為何？」羅焜笑說道：「要去遊春，只得借大哥一用。」胡奎道：「怎生用俺一用？」羅焜道：「只說昨日大哥府上有位鄉親，帶了家書，前來拜俺弟兄三個，俺們今日要去回拜。那時，母親自然許我們出去。豈不是去得成了？」當下胡奎說：「好計，好計！」

於是大喜，三人一齊到後堂，來見太太。羅焜道：「胡大哥府上有位鄉親，昨日前來拜了我們，我們今日要去回拜。特來稟告母親，方敢前去。」太太道：「你們出去回拜客，只是早去早回，免我在家懸望。」三人齊聲說道：「曉得。」當下三人到了書房，換了衣服，帶了三尺龍泉，跟了四個家人，備了馬，出了府門，一路往滿春園去。不知此去何如，下回便曉。

第四回　錦上天花前作伐　祁子富柳下辭婚

話說羅府三人，帶了家將，一直往城外滿春園來。一路上，但見車馬紛紛，遊人如蟻。也有王孫公子，也有買賣客商；岸上是香車寶馬，河內是巨艦艨艟，都是望滿春園來遊春吃酒的。三位公子無心觀看，加上兩鞭，早到了花園門首。

胡奎抬頭一看，好一座花園。只見依山靠水，一座大大的花園，有千百株綠柳垂楊，相映著雕牆畫壁，果然話不虛傳，好一座花園。羅焜道：「哥哥還不知道，這花園裡面，有十三處的亭臺，四十二處樓閣，真乃四時不謝之花，八節長春之景。」胡奎道：「原來如此。」當下三人一齊下馬，早有家將牽過了馬，拴在柳樹之下。前去玩耍，三人往園裡就走。正是：

雙腳不知生死路，一身已入是非門。

話說三人步進園門，右手轉彎有座二門，卻是三間。那裡擺著一張朱紅的櫃臺，裡內倒有十數個伙計，旁邊又放了一張銀櫃，櫃上放了一面大金漆的茶盤，盤內倒有一盤子的銀包兒。你道此是為何？原來，這地方與別處不同。別的館先吃了酒，然後會帳；惟有此處要先會下銀包，然後吃酒。為何？一者，不賒不欠；二者，每一桌酒都有十多兩銀子，會東惟恐冒失鬼吃下來銀子不夠，故此預先設法，免得淘氣❶。

閒話休提。單言胡奎、羅燦、羅焜進了二門，往裡直走。旁邊有一個新來的伙計，見他三人這般打扮，知道他是長安城裡的貴公子，向前陪笑道：「三位爺還是來吃酒的，還是來看花的？若是看花的，丟了錢，走耳門進去；若是吃酒的，先存下銀子，好備下菜來。」這一句話把個羅焜說動了氣，圓睜虎目，一聲大喝道：「把你這瞎眼的狗才，連人也認不得了！難道我們少你錢麼？」當下羅焜動怒時，旁邊有認得的，忙忙上前陪禮，道：「原來是羅爺，快請進去。東是我小的的，我家伙計認不得少爺，望乞恕罪！」這一番說話，公子三人方才進去，說道：「饒你個初犯罷了。」那些伙計、走堂的，嚇了個半死。

看官，你道開店的伙計為何怕他？原來，他二人平日在長安最會闖禍，專愛打抱不平。凡有衝撞了他的，便是一頓拳頭，打得尋死。就是王侯、駙馬，有甚不平的事，撞著他也是不便的。況他本是世襲的公爺、朝廷的心腹，家有金書鐵券❷，就打死了人，天子也不准本，苦主也無處伸冤。因此，長安城沒一個不怕他。

閒話少說。單言三位公子，進得園來一看，只見千紅萬紫，一望無邊，西邊樓上笙歌，東邊亭上鼓樂。三人看了一會，到了一個小小的亭子。那亭子上擺了一席，上有一個匾，寫了「留春閣」三個字。左右掛了一副對聯，都是長安名士寫的。上寫著：

❶ 淘氣：此處意為惹出麻煩。

❷ 金書鐵券：封建王朝頒給功臣世代享受某種特權的契券。

月移疏柳過亭影，風送梅花入座香。

正中掛了一幅丹青畫，上面擺了兩件古玩。公子三人就在此亭之上，耍了一回，序了坐。三位才坐下，早有酒保上來，問道：「請問三位少爺，還是用甚麼菜，還是候客？」公子道：「不用點菜，你店上有上色的名酒、時新的菜，只管揀好的備來。」酒保答應了，去不多時，早將小菜放下，然後將酒菜、果品、牙箸、酒杯一齊捧將上來，擺在亭子上，去了。

三人正欲舉杯，忽見對過亭子上，來了兩個人：頭一個，頭戴片玉方巾❸，身穿大紅繡花直裰❹，足登朱履，腰繫絲絛；後面的，頭戴玄色方巾，身穿天藍直裰，一前一後，走上亭子。只見那亭中，約有七八桌人，見他二人來，一齊站起，躬身叫道：「少爺，請坐！」他二人略一拱手，便在亭子口頭一張大桌子前坐下。你道是誰？原來，前面穿大紅的，就是沈太師的公子沈廷芳；後面穿天藍的，是沈府中第一個篾客❺，叫做錦上天。每日下午無事，便到園中散悶。他又是房東，店家又仗他的威風，沈大爺每日來熟了的，這些認得他的人，誰敢得罪他，故此遠遠的就請教了。

當下羅公子認得是沈廷芳，心中罵道：「好大模大樣的公子！」正在心裡不悅，不想沈廷芳眼快，看見了他三人，認得是羅府中的，不是好惹的，慌忙立起身來，向對過亭子上拱手，道：「羅世兄。」羅燦

---

❸ 方巾：明代有秀才以上功名的人所戴的方形軟帽，也稱四方平定巾。

❹ 直裰：古代家居常服，斜領大袖，四周鑲邊的袍子。

❺ 篾客：豪門富家幫閒的清客，亦稱篾片。

等當面卻不過情，也只得將手一拱，道：「沈世兄請了，有偏了。」說罷坐下來飲酒，並不同他交談。正是：

自古薰蕕❻原異器，從來冰炭不同爐。

卻表兩家公子，都在滿春園飲酒，也是該應有禍，冤家會在一處。

且言張二娘同祁子富，帶領了祁巧雲，備了些香紙，叫一隻小小的遊船，到庵觀寺院燒過了香，上過墳。回來尚早，從滿春園過。一路上遊船擠擠的，倒有一半是往園中看花去的。聽得人說，滿春園十分景致，不可不去玩耍。那張二娘動了興，要到滿春園看花，便向祁子富說道：「前面就是滿春園，我們帶女兒進去看看花，也不枉出來一場。」祁子富道：「園內人多，女孩兒又大了，進去不便。」張二娘道：「你老人家太古執了。自從你祁奶奶去了，女兒長成一十六歲，也沒有出過大門。今日是燒香路過，就帶他進去玩耍，也是好的。就是園內人多，有老身跟著，怕怎的？」祁子富無言回答，也是合當有事，說道：「既是二娘這等說來，且進去走走。」就叫船家把船靠岸：「我們上去看花呢。船上東西看好了，我們就來。」

當下三人上了岸，走進園門。果然是桃紅柳綠，春色可觀。三個人轉彎抹角，尋花問柳。祁巧雲先是就從沈廷芳亭子面前走過來。那沈廷芳是好色之徒，見了人家婦女，就如蒼蠅見血的一般，但是他有些姿色，必定要弄他到手方罷。當下忙忙立起身來，伏在欄杆上，把頭向外望道：「不知是那家的，真正可愛！」稱讚不了。正是：

❻ 薰蕕：薰，香草；蕕，臭草。後常喻善人與惡人不可共處。

身歸楚岫❼三千丈，夢繞巫山❽十二峰。

話說沈公子在那裡觀看，這祁巧雲同張二娘不介意，也就過去了。不防那錦上天是個撮弄鬼，見沈廷芳這個樣子，早已解意，問道：「大爺莫非有愛花之意麼？」沈廷芳笑道：「愛也無益。」錦上天道：「這有何難？那婦人乃是北門外開飯店的張二娘，後面那人想必是他的親眷，不過是個貧家之女。大爺乃相府公子，威名甚大，若是愛他，待我錦上天為媒，包管大爺一箭就中。」沈廷芳大喜，道：「老錦，你若是代我做妥了這個媒，我向爹爹說，一定放個官兒你做。」

那錦上天好不歡喜，慌忙走下亭子來，將祁子富肩頭一拍，道：「老丈請了。」那祁子富回頭，見一個書生模樣，回道：「相公請了。」當下二人通了名姓。那錦上天帶笑問道：「前面同張二娘走的那位姑娘是老丈的甚麼人？」祁子富道：「不敢，就是小女。」錦上天道：「原來是令嬡，小生倒有一頭好媒，來與姑娘作伐。」祁子富見他出言唐突，心中就有些不悅。回頭便說道：「既蒙見愛，不知是甚麼人家？」這錦上天說出這個人來，祁子富不覺大怒。正是：

滿面頓生新怒氣，一心提起舊冤仇。

不知後面如何，且聽下回分解。

---

❼ 岫：山洞。

❽ 巫山：戰國時楚國宋玉〈高唐賦〉中記楚懷王夢與巫山神女相會事，故後人以巫山代指男女幽會。

第五回　沈廷芳動怒生謀　賽元壇原情問話

且說那祁子富問錦上天道：「既是你相公代我小女做媒，還是那一家？姓甚，名誰，住在何處？」錦上天道：「若說他家，真是人間少二，天下無雙。說起來你也曉得，就是當朝宰相沈太師的公子，名叫沈廷芳，你道好也不好？我代你把這頭媒做了，你還要重重的謝我才是。」那錦上天還未說完，祁子富早氣得滿面通紅，說道：「莫不是沈謙的兒子麼？」錦上天道：「正是。」祁子富道：「我與他有殺父之仇，這禽獸還要與我做親？就是沈謙親自前來叩頭求我，我也是不依的！」說罷，把手一拱，竟自走去了。那錦上天被他搶白了一場，又好氣又好笑，見他走了，只得又趕上一步，道：「祁老爹，我是好意，你不依，將來不要後悔。」祁子富道：「放狗屁！肯不肯由我，悔甚麼！」氣恨恨的就走了。

那錦上天叫了一聲，回到亭子上來。沈廷芳問道：「怎麼的？」錦上天道：「大爺，不要提起。先前沒有提起名姓，倒有幾分，後來說起大爺的名姓、家世，那老兒登時把臉一反，說道：『別人猶可，若是沈——』」這錦上天就不說了。沈廷芳急問道：「沈甚麼？」錦上天道：「門下說出來，怕大爺見怪。」沈廷芳道：「但說不妨。」錦上天道：「他說：『若是沈謙這老賊，他想要同我做親？就是他親自來叩頭求我，我也不情願。』大爺，你道這老兒，可惡是不可惡？叫門下也難再說了。」沈廷芳聽見了這些話，他那裡受得下去，只氣得兩太陽❶中冒火，大叫道：「罷了，罷了！親不允倒也罷，只這口氣如何咽得下去？」錦上天道：「大爺要出這口氣也不難。這花園是大爺府上的，只須吩咐一聲開店的，叫他散了眾人，讓他一天的生意，關了園門。叫些打手前來，就搶了他的女兒，在園內成了親，看他從何處叫屈？」沈廷芳道：「他若出去喊冤，如何是好？」錦上天道：「大爺，滿城文武都是太師的屬下，誰肯為一個貧民，同太師爺作對？況且，生米煮成熟飯了，那老兒也只好罷了。那時大爺再恩待他些，難道還有甚麼怕他不悅？」沈廷芳道：「說得有理。就煩你前去吩咐店家一聲。」

錦上天領命，慌忙走下亭子來，吩咐家人回去傳眾打手前來聽命；後又吩咐開店的，叫他散去眾人，講明白了，讓他一千兩銀子，快快催散了眾人。忙得那店內的伙計，收拾了傢伙，催散了遊客。那些吃酒的人，也有才坐下來的，也有吃了一半的，聽得這個消息，人人都是害怕的，站起身來往外就走，都到櫃上來算帳找銀包。開店的道：「這是沈大爺有事，又不是我們不賣。銀子都備下棹來了，那裡還有得退還你們？除非向太師爺找去！」那些人聽了口氣，只得罷了，隨即走了。開店的歡喜道：「今日倒便宜了我了。」

那裡面還有羅公子三人，坐在那裡飲酒。酒保各處一望，見人去的也差不多了，只有留春閣還有羅府三個人，沒法弄他出去。想了一會，無奈，只得走到三人面前，不敢高聲，陪著笑臉，說道：「羅少爺，小人有句話來稟告少爺，少爺莫要見怪。」羅焜道：「有話便說，為何這樣鬼頭鬼腦的？」酒保指著對過說道：「今日不知那一人，得罪了沈大爺，方才叫我們收了店。他叫家人回去傳打手來，

❶太陽：此處指人體穴名，在兩眉側邊低下處。

那時惟恐衝撞了少爺，兩下不便。」羅焜道：「你好無分曉！他打他的，我吃我的。難道我礙他的事不成？」酒保道：「不是這等講法。這是小的怕回來打架，吵了少爺，恐少爺不悅，故此請少爺今日早早回府。明日再請少爺來飲酒賞花，倒清閒些。」羅焜道：「俺不怕吵，最喜的是看打架。你快些去，俺們不多事就是了，要等黑了才回去呢。」酒保想來拘他不過，只得求道：「三位少爺既不回去，只求少爺莫管他們閒事才好。」三人也不理他，酒保只得去了。

再言羅焜向胡奎說道：「大哥，青天白日要關店門，在這園子裡打人，其中必有原故。」胡奎道：「且等俺去問問，看是甚的道理。」那胡奎走下亭子，正遇著錦上天迎面而來。胡奎將手一拱，道：「俺問你句話。」錦上天道：「問甚麼？」胡奎道：「足下可是沈府的？」錦上天道：「正是。」胡奎道：「聞得你們公子要關店打人，卻是為何？是誰人衝撞了你家公子？」錦上天知道他是同羅公子在一處吃酒的，便做成個話兒，就將祁子富相罵的話告訴了一番。胡奎道：「原來如此，該打的。」將手一拱，回到席上。羅燦問道：「是甚麼話說？」胡奎道：「若是這等說法，連我也要打他一頓。」就將錦上天的話，告訴二人一遍。羅焜道：「哥哥，你休聽他一面之詞，其中必有原故。大凡乎人家做親，允不允，還要好好的回覆；豈有相府人家要同一個貧民做親，這貧民那有反罵之理！」胡奎道：「兄弟說得有理。等我去問問那老兒，看他是何道理。」胡奎下了亭子，前來問祁子富的曲直，這且不表。

且說祁子富，同錦上天說了幾句氣話，就同張二娘和女兒各處去遊玩。正在那裡看時，忽見那吃酒的人，一哄而散，鬼頭鬼腦的說道：「不知那一個不允他的親，還敢反罵他，惹出這場大禍來。帶累我們白白的去了銀子，連酒也吃不成了，這是那裡說起？」有的說道：「又是那錦上天這個天殺的挑的禍！」有的說：「這個人，豈不是到太歲頭上去動土了！」有的說：「想必這個姓祁的，其中必有原故。」有的說：「莫管他們閒事，我們快走。」

不言眾人紛紛議論，且說那祁子富聽見眾人的言語，吃了一驚。忙忙走來，這長這短，告訴了張二娘一遍。張二娘聞言，吃了一驚：「都是你為人古執，今日惹出這場禍來，如何是好？我們快快走後門出去罷！」三個人轉彎抹角，走到後門。後門早已封鎖了，他三人一見，只嚇得魂不附體。園內又無別處躲避，把個祁巧雲嚇得走投無路，不覺的哭將起來。正是：

魚上金鉤難入水，雀投羅網怎騰空？

張二娘道：「莫要哭，哭也無益。只好走到前門，闖將出去。」當下三個人戰戰兢兢，往大門而來。心中又怕，越覺走不動了。

及至趕到前門，只見那些吃酒看花的人，都紛紛散去了，只有他三人。才走到二門口，正遇著沈廷芳，大喝一聲道：「你們往那裡走？左右與我拿下！」一聲吩咐，只聽得湖山石後一聲答應，跳出三、四十個打手，一個個都是頭紮包巾，身穿短襖，手執短棍。喝一聲，攔住了去路，說道：「你這老兒，好好的寫下婚書，留下你的女兒，我家大爺少不得重重看顧你。你若是不肯，休想活命！」那祁子富見勢不好，便拚命向前罵道：「青天白日，搶人家婦女，該當何罪？」把頭就向沈廷芳身上撞來。沈廷芳喝聲：「拿下！」早擁上兩個家丁，向祁子富腰中就是一棍，打倒在地。祁子富掙扎不得，只是高聲喊道：「救命！」眾打手嚷道：「你這老頭兒，你這老昏顛！你省些力氣，喊也是無用的！」

此處且按下眾打手將祁子富捺在地下，單言沈廷芳便來搶這個祁巧雲。祁巧雲見他父親被打手打倒在地，料想難得脫身，飛身就往金魚池邊，將身就跳。沈廷芳趕上一步，一把抱住，往後面就走。張二娘上前奪時，被錦上天一腳踢倒在地，護沈廷芳去了。可憐一家三口，命在須臾。不知後事，且看下回分解。

第六回　粉金剛打滿春園　賽元壇救祁子富

話說打手打了祁子富，錦上天踢倒了張二娘，沈廷芳抱住了祁巧雲，往後就跑。不防這邊留春閣上，怒了三位英雄。為先是玉面虎羅焜跳下亭子來，見沈廷芳抱住了祁巧雲往後面就走，羅焜想到擒賊擒王，大喝一聲，搶上一步，一把抓住沈廷芳的腰帶，喝道：「往那裡走？說明白了話再去！」沈廷芳回頭見是羅焜，吃了一驚，道：「羅二哥，不要為別人的事傷了你我情分。」羅焜道：「你好好的把他放下來，說明白了情理，俺不管你的閒事。」眾打手見公子被羅焜抓在手中，一齊來救時，被羅焜大喝一聲，就在階沿下拔起一條玉石欄杆，約二三百斤重，順手一掃。只聽得乒乒乓乓，踢踢踏踏，那二三十個打手，手中的棍那裡架得住，連人連棍，一齊跌倒了。

這邊胡奎同羅燦大喝一聲，掄起雙拳，打開眾人，救起張二娘同祁子富。沈廷芳見勢頭不好，又被羅焜抓住在手，不得脫身，只得放了祁巧雲，脫了身去了。把個錦上天只嚇得無處逃脫，同沈廷芳閃在太湖石背後去了。羅焜道：「待俺問明白了，回來再打。」說罷去了。

羅燦道：「祁子富，你等三人都到面前來問話。」當下祁子富哭哭啼啼，跟到留春閣內。祁子富雙膝跪下，哭道：「要求三位老爺，救我一命。」羅燦道：「祁老兒，你且休哭，把你的根由細細說來，自然救你。」祁子富遂將他的父親如何做官，如何虧空錢糧，如何被沈謙拿問，如何死在監中，如何長安落薄❶，哭訴了一遍。又道：「他是我殺父之仇，我怎肯與他做親？誰想他看上小女有些姿色，就來說親。三位英雄在上，小老兒雖是個貧民，也知三分禮義。各有家門，那有在半路上說媒之理？被我搶白了幾句。誰料他心懷不善，就叫人來打搶。若不是遇見了三位恩人，豈不死在他手？」說罷哭倒在地。三位英雄聽了，只氣得兩太陽中冒火，大叫一聲，道：「反了，反了！有俺三人在此，救你出去就是了。」

當下三人一齊跑下亭子來，高聲大罵道：「沈廷芳，你這個大膽的忘八羔子，你快快出來叩頭陪禮，好好的送他三人出去，我便佛眼相看。你若執迷不肯，我就先打死你這個小畜生，然後同你的老子去見聖上。」

不表三位英雄動怒，且言那沈廷芳同那錦上天躲在湖山石背後，商議道：「這一場好事，偏偏撞著這三個瘟對頭打脫了，怎生是好？」錦上天道：「大爺說那裡話，難道就口的饅頭被人奪了去，難道就罷了麼？自古道：『一不做，二不休。』他三人雖是英雄，到底寡不敵眾。大爺再叫些得力的打手前來，連他三人一同打倒，看他們到那裡去。」沈廷芳道：「別人都好說話，惟有這羅家不是好惹的。打出禍來，如何是好？」錦上天道：「大爺放心，好在羅增又不在家裡，就是打壞了他，有誰來與太師爺作對？」這一句話，提醒了沈廷芳，忙叫家人回去再點二百名打手前來，家人領命飛走去了。

且言沈廷芳聽得羅焜在外叫罵，心中大怒，跳出亭子來，大喝：「羅焜，你欺人太甚！我同別人淘氣，與你何干？難道我怕你不成？你我都是公侯子弟，就是見了聖上，也對得你過。不要撒野，看

❶落薄：窮困潦倒。

你怎生飛出園去？」喝令左右：「與我將前後門封鎖起來，打這三個無禮畜生！」一聲吩咐，眾人早將前後八九道門都封鎖了。那三十多名打手並十數名家將仗著人多，一齊動手舉棍就打。

羅燦見勢頭不好，曉得不得開交，便叫胡奎道：「大哥，你看住了亭子，保定了那祁家三口，俺弟兄動手。」遂提起有三百斤重的一條玉石欄杆，前來招架。羅焜也奪下一根棍棒，即便相迎，打在一處。沈廷芳只要拿祁子富，正要往留春閣去，被胡奎在亭子上保定了祁家三口。眾打手那裡能得近身，那羅燦，威風凜凜，好似登山的猛虎；這羅焜，殺氣騰騰，猶如出海的蛟龍。就把那三、五十個打手，只打得膽落魂飛，難以抵敵。怎見得好打：

豪傑施威，英雄發怒。豪傑施威，慣救人間危難；英雄發怒，常報世上不平。一個舞動玉石欄杆，千軍難敵；一個掄起齊眉短棍，萬馬難衝。一個雙拳起處，擋住了要路咽喉；一個兩腳如飛，抵住了傷心要害。一個拳打南山猛虎，虎也難逃；一個腳踢北海蛟龍，龍也難脫。只見征雲冉冉迷花塢，細雨紛紛映畫樓。

話說兩位公子同沈府的家丁這一場惡打，可憐把那些碗盞、盤碟、條臺、桌椅、古董、玩器都打得粉碎，連那些奇花異草，都打倒了一半。那開店的只得暗暗叫苦：「完了，完了。先前還說指望尋幾百兩銀子，誰知倒弄得家產盡絕，都打壞了，如何是好？」卻又無法可施，只得護定了銀櫃。

且說羅焜等三人大施猛勇，不一時把那三十多個打手，十數名家丁、二三十個店內的伙計，都打得頭青眼腫，各顧性命，四下分散奔逃。沈廷芳見勢頭不好，就同錦上天往後就跑。羅焜打動了性，還望四下裡趕著打。

胡奎見得了勝，叫道：「不要動手了，俺們出去罷。」羅焜方才住手，扶了祁子富三人下了留春閣。胡奎當先開路，便來奪門。才打開一重門，早聽得一片聲喊，前前後後擁進了有二百多人。一個個腰帶槍刀，手提棍棒，四面圍來，攔住了去路，大喝道：「留下人來！望那裡去！」原來，沈府裡又調了二三百名打手前來，忙來接應，巧巧撞個滿懷，交手便打。沈廷芳見救兵到了，趕出來喝道：「都與我拿下，重重有賞！」三位英雄見來得凶惡，一齊動手。不防那錦上天趁人鬧裡，一把抱住了祁巧雲，往後就走。張二娘大叫道：「不好了，搶了人去了！」要知後事如何，且聽下回分解。

第七回　錦上天二次生端　粉金剛兩番救友

話說錦上天抱住了祁巧雲望後就走，沈廷芳大喜，忙叫家丁捉了祁子富，一同往後去。不防張二娘大叫道：「不好了，搶了人去了！」胡奎聽見，慌忙回頭一看，見祁家父女不見，吃了一驚，忙叫二位公子往裡面打來。當下胡奎當先，依著舊路，同二位公子大展威風，往內裡打將進去。沈府中二三百個打手那裡擋得住，他三人在裡面，如生龍活虎的一般，好不利害。

看官，你道滿春園非同小可，有十四五里遠近，有七八十處的亭臺，他三個人一時那裡曉得路走？沈廷芳搶了祁巧雲，或是往後門裡去了，或是在暗房裡藏了，三人向何處找尋？也是祁巧雲福分大，後來有一品夫人之分，應該有救。沈廷芳同錦上天搶了，卻放在後樓上，復返出來，要想拿三位英雄出氣。若論三位英雄，久已該將諸人打散了，卻因路徑生疏，再者先已打了半日，力氣退了些，故兩下裡只打得個平手。敵不防沈廷芳不識時務，也跳出來吆喝。羅燦便有了主意，想道：「若是顧著打，祁家父女怎得出去？且等俺捉住了沈廷芳，便有下落了。」走到沈廷芳的身邊，進一步，大喝一聲，一把抓住了，沈廷芳回頭一望，被他一提，望外就走。眾打手見公子被人捉去，一齊來救時，左有羅焜，右有胡奎，兩條棍如泰山一般，擋住了眾人不得前進。這羅燦夾了沈廷芳走到門外，一腳踢倒在地。可憐沈廷芳如何受得起，只是口中大叫道：「快來救命！」正是：

魂飛海角三千里，魄繞巫山十二峰。

當下羅燦捉住了沈廷芳，向內叫道：「不要打了，只問他要人便了。」胡奎、羅焜聽得此言，來到門外，阻住了左右的去路。眾打手擁來救時，被羅燦大喝一聲，腰間拔出一口寶劍，指著眾人，說道：「你們若是撒野，俺這裡一劍，把你的主人驢頭殺了，然後再殺你們的腦袋。」說罷，將一把寶劍向著沈廷芳臉上試了幾下。沈廷芳在地下大叫道：「羅兄饒命！」家丁那裡還敢動手。羅燦喝道：「俺且不殺你，你只好好說出祁家父女藏在何處，快快送他出來！」沈廷芳說：「他二人不知躲在那裡去了。羅兄，你放我起來，等我進去找他們出來，還你便了。」羅燦大喝道：「你此話哄誰？」劈頭就是一劍。沈廷芳嚇得面如土色，大叫道：「饒命，待我說就是了。」羅燦道：「快說來！」沈廷芳無奈，道：「他們在後樓上。」羅燦道：「快送他出來！」沈廷芳叫家人將他們送出來，家人答應，忙將祁家父女送出來。羅燦見送出人來，就一把提起沈廷芳，說道：「快快開門！」沈廷芳只得叫家人，一層層開了門。胡奎、羅焜當先引路，救出祁子富三人。羅燦仗著寶劍，抓住了沈廷芳，說道：「還要送俺一程！」一直抓到大門口，看著祁子富、張二娘、祁巧雲三人都上了船，去遠了，然後把沈廷芳一腳踢了一個觔斗，說道：「得罪了！」同胡奎等出園，順著祁子富的船迤邐而去。

且言沈廷芳是個嬌生慣養的公子，怎經得這般風浪，先時被羅燦提了半天，後來又是一腳踢倒在地，早已暈死過去了。嚇得那些家人，忙忙救醒。醒來時，眾人已去遠了。心中又氣又惱，身上又帶傷。錦上大只得叫眾家人打轎，先送公子回府，他便去園內，對開店的說道：「今日打壞多少件物，明日到公子那裡去再算。」掌店的不敢違拗，只得道：「全仗大爺幫襯。」錦上天隨後也向沈府去了，不提。

且講羅燦一路行走，對胡奎說道：「今日一場惡打，明日沈家必不甘休。我們是不怕的，只是兄與祁子富住在長安不得，必須預先商議才好。」想了一會，隨叫家人過來，吩咐道：「你可先將馬牽回府去，見了太太，只說留住我們吃酒，即刻就回來。」家人領命去了。

他們弟兄三人趕上祁子富船，隨叫攏岸上。祁子富跪下謝道：「多蒙三位英雄相救。不知三位爺的尊姓大名，尊府何處？明日好到府上來叩頭。」胡奎用手扶起，指著道：「這二位乃是越國公羅千歲的公子，俺姓胡，名奎，綽號叫賽元壇便是。」祁子富聞言，忙又跪下，道：「原來是三位貴公子，失敬了。」羅焜扶起，說道：「不要講禮了。我們今日打了他，他豈肯甘休？俺們是不怕他的，明日恐怕他們來尋你們，你們卻是弄他不過。那時羊入虎口，怎生是好？」這一句，提醒了祁子富，說道：「果然怎生是好？」羅燦道：「『三十六著，走為上著。』避避他就是了。」祁子富說道：「我原是淮安府人，不如還到淮安去便了。」張二娘道：「你們去了，那錦上天他認得我的，倘若你們去後，沈府尋我要人，那時怎生是好？」祁巧雲道：「乾娘，不要驚慌，同我們到淮安府去罷。若是乾娘的終身，自有女兒侍奉。」張二娘流下淚來，說道：「自從你母親死後，老身沒有把你當外人看待，猶如親女一般。你如今回去了，老身也捨不得你，只得同你回去便了。」祁子富大喜，道：「如此甚好。」商議已定，羅焜道：「你們回去，還要聽俺一言，方保路上無事。」祁子富道：「求公子指教。」不知羅焜說出甚的，且聽下回分解。

第八回　玉面虎三氣沈廷芳　賽元壇一別英雄友

話說羅焜聽得祁子富同張二娘商議，要搬回淮安去，因說道：「俺有一言，你們是有家眷的，比不得單身客人，踢腳利手的。倘若你們回去搬家再耽擱了兩天，露出風聲，那時沈家曉得了，他就叫些打手，在途中曠野之地假扮江洋大盜，前來結果你們的性命，那時連我們也不知道。豈不是白白的送了性命，無處伸冤？我有一計，好在胡大哥也是淮安人氏，今日在滿春園內，那沈家的家丁，都是認得胡大哥的相貌了，日後被沈家看見，也是不得干休的。依我之計，請胡大哥回府。一者，回去看看太太；二者，回府住些時，冷淡冷淡這場是非；三者，你們一路同行，也有個伴兒。就是沈家有些人來，也不敢動手，豈不是兩全其美！」胡奎聽了，連聲讚道：「三弟言之有理。自古道：『為人為到底。』我就此回去，一路上，我保他三人到淮安便了。」祁子富聽罷，歡天喜地，慌忙稱謝道：「多謝三位公子，如此大恩，叫我如何補報得？」羅焜道：「休得如此。還有一件事：你們今晚回去，不要聲張，悄悄的收拾停當了。明日五更，就叫胡大爺同你們動身，不可遲誤。要緊，要緊！」祁子富道：「這個自然。」當下六個人在船中商議已定，早到了北門，上了岸，已是黃昏時分。羅公子三人別了祁子富，回府去了。

且說祁子富就叫了原船，放在後門口，準備動身；一面同張二娘回到家中，將言語瞞過了鄰舍，點起燈火，三人連夜的將些金珠細軟收拾收拾，打點起身。

按下祁子富收拾停當等候，胡奎、羅氏弟兄回到府中，來到後堂見了太太。太太問道：「今日拜客，到此刻才回來？」羅燦道：「因胡大哥的朋友留住了飲酒，回來遲了。」太太笑道：「你還沒有請客，倒反擾起客來了，與理不合。」胡奎接口道：「伯母大人有所不知，只因小侄的朋友明日要動身回去，他意欲約小侄同行，小侄也要回去看看家母，故此約他。明日就要告辭伯母，回家去了。」太太道：「賢侄回去，如何這般匆匆的？老身也沒有備酒餞行，如何是好？」胡奎道：「小侄在府多擾，心領就是一樣了。」太太道：「豈有此理。」忙叫家人隨便備一席酒來，與胡少爺餞別。

家人領命，不多時酒席備完，太太便吩咐二位公子把盞。他三人那裡還有心吃酒，勉強飲了幾杯。胡奎起身入內，向羅太太道：「小侄明日五鼓就要起身了，不好前來驚動伯母。伯母請上，小侄就此拜辭。」太太道：「怎當受拜。賢侄回去定省❶時，多多與我致意。」胡奎稱謝，又同羅氏弟兄行禮。辭了太太，到了書房，收拾行李，藏了鋼鞭，掛了弓箭。羅公子封了三百兩銀子，太太另贈了五十兩銀子，胡奎都收了。稱謝已畢，談了一會，早已五鼓時分。三人梳洗畢，吃了酒飯，叫人挑了行李，出了羅府的大門。一直來到北門，城門才開，還沒人行走。

三個人出得城來，走了一刻，早到了張二娘飯店門首。祁子富早來迎接，將行李合在一處，搬到船中。張二娘同祁巧雲查清了物件，拿把鎖，哭哭啼啼的把門鎖了。祁子富扶了他二人，下了船中。正是：

---

❶ 定省：子女早晚向親長問安稱為定省。

只因一日新仇恨，棄了千年舊主基。

不表祁子富、張二娘、祁巧雲三人上了船，且言羅府二位公子向胡奎道：「大哥此去，一路上須要保重。小弟不能遠送，就此告別了。」胡奎灑淚道：「多蒙二位賢弟好意，此別不知何年再會？」羅氏弟兄一齊流淚道：「哥哥不要傷心，再等平安些時，再來接你。」祁子富也來作別：「多蒙二位公子相救之恩，就此告別了。」當下四人拜了兩拜，灑淚而別。

按下胡奎同祁子富回淮安去不表，這且單言那沈廷芳，回到相府又不敢做聲，悶在書房過了一夜。次日清晨早間，家人進來呈上帳目，昨日打壞了店中的傢伙物件，並受傷的人，一一開發了銀子去了。沈廷芳道：「這才是人財兩空！倒也罷了，只是這口氣，如何咽得下去？羅家兩個小畜生，等我慢慢的尋他；倒是祁家三口同那個黑漢，不知住在何處？」錦上天道：「羅府之事，且擱過一邊；那黑漢，聽他口音不是本處的，想必是羅家的親眷，也放過一邊。為今之計，大爺可叫數十個家人，到北門外張二娘飯店裡，去訪訪消息，先叫打手搶了祁巧雲再作道理，終不成他三人還在那裡救人麼？」沈廷芳道：「倘若再撞見，如何是好？」錦上天道：「那裡有這等巧事。我一向聞得羅太太家法嚴緊，平日不許他們二人出來，怕他在外生事。昨日放他們一天，今日是必不出來的，包管是手到擒拿。」沈廷芳道：「還有一言，倘若我去搶了他的女兒，他喊起冤來，地方官的耳目要緊。」錦上天道：「這個越發不怕。門下還有一計：大爺可做起一個假婚書，就寫我錦上天為媒。備些花紅❷財禮，就叫家

❷花紅：舊俗喜事禮物都簪花掛紅，因稱彩禮為花紅。

人打一頂大轎，將財禮丟在他家，搶了人就走。任他喊冤，我這裡有婚書為憑，不怕他。況且這些在京的官兒，倒有一大半是太師的門生，誰肯為一個貧民，倒反來向太師作對？」沈廷芳大喜，道：「好計，好計！事成之後，少不得重重謝你。」當下忙叫書童，取過文房四寶放在桌上，道：「老錦，煩你的大筆，代我寫一張婚書。」錦上天隨即寫一張，送與沈廷芳看。沈廷芳看了一遍，收藏好了，隨喚二名家人進來，吩咐道：「我大爺只為北門外張二娘飯店有個姓祁的，他有個女兒生得端正，費了我多少銀錢，不曾到手。方才是錦上天大爺定下一計，前去搶親。你二人可備下禮物花紅，打手跟著轎子，前去將財禮丟在他家裡，搶了上轎，回來重重有賞。倘有禍事，有我大爺作主。」家人領命，忙忙備下花紅財禮，藏在身上；點了三十名打手，抬了乘轎子，一齊出北門來了。

不一刻，到了張二娘飯店門首。只見大門緊閉，眾人敲了半日，並無人答應。眾人道：「難道他們還睡著不成？」轉到後門一看，只見門上有兩把鎖上了。問到鄰居，都不知道，只得回了相府報信。

家人走進書房，只見錦上天同沈廷芳坐在那裡說話。見了家人回來，沈廷芳忙問道：「怎麼的？」家人回道：「再不要說起，小人們只說代大爺搶了人來，誰知他家門都關鎖了。旁邊鄰居大家，總不知道往那裡去了。」沈廷芳聽見此言，急急問他：「難道他是神仙，就知道了不成？」錦上天道：「大爺休要性急，門下又有一計，就將他搶來便了。」不知錦上天說出何計，且聽下回分解。

第九回　胡奎送友轉淮安　沈謙問病來書院

話說那錦上天向沈廷芳說道：「張二娘祖籍之在此，開飯店的，諒他飛不上天去。今日鎖了門，想他不過在左右鄰舍家。大爺叫些家將前去，扭去他的鎖，打開他的門，那時張二娘著了急，自然出頭。我們只拿住張二娘，便知道祁子富的下落了，豈不是好？」沈廷芳大喜，說道：「好計，好計！」隨即吩咐家將前去了。正是：

只為一番新計策，又生無數舊風波。

不表錦上天定計，且說那些家丁奉了沈廷芳之命，忙忙出了相府，一直跑出北門。來到張二娘飯店，正要打門，猛抬頭，只見鎖上添了一道封皮，上寫著「越國公羅府封」。旁邊有一張小小的告示，上寫道：「凡一切軍民人等，不許在此作踐，如違拿究。」沈府家人道：「方才還是光鎖，怎麼此刻就有了羅家的封皮？既是如此，我們只好回去罷，羅家不是好惹的。」說罷，眾人齊回到相府。

見了沈廷芳，將封鎖的事說了一遍。沈廷芳聽得此言，只氣得三尸爆跳，七竅生煙，大叫一聲：「氣死我也！」一個觔斗，跌倒在地，早已昏迷過去。忙得錦上天同眾家人，一齊上前救了半日，方才醒來，歎口氣道：「羅燦、羅焜欺人太甚，我同你勢不兩立了。」

當下錦上天在書房勸了半日，也就回去。沈廷芳獨自一人坐在書房，越坐越悶，越想越氣，道：「我費了多少銀子，又被他踢了一腳，只為了一個貧家的女子。誰知今日，連房子都被他封鎖去了。這口氣，叫我如何咽得下去？」想了又想，氣了又氣，不覺一陣昏迷困倦，和衣而睡。到晚醒來，忽覺渾身酸痛，發熱頭疼，好不難過。你道為何？一者，是頭一天受了驚；二者，見羅府封了房子，又添一氣；三者，他和衣睡著不曾蓋被，又被風吹了一吹。他是個酒色淘傷的公子，那裡受得無限的氣惱，當時醒過來，連手也抬不起來了，只是哼聲不止。嚇得幾個書童，忙忙來到後堂，稟告老夫人去看。夫人吃了一驚，問道：「是幾時病的？」書童回道：「適才病的。」太太聞言，忙叫家人前去請先生。太太來到書房，看見公子哼聲不止，陣陣發昏：「這是怎樣的？口也不開，只是哼聲歎氣？」

不多一時，醫生到了。見過夫人，行了禮，就來看脈。看了一會，太太問道：「請教先生，是何症候？」醫生道：「老夫人在上，令公子此病症非同小可。多應是氣惱傷肝，復受外感，急切難好。只是要順了他的心，便可速癒。」說罷，寫了藥案病原，告辭去了。

當下太太叫安童煎藥，公子吃了，昏昏睡熟。夫人坐在床邊，好不心焦。口中不言，心中暗想道：「他坐在家中，要一奉十，走到外面，人人欽敬，誰敢欺他？這氣惱從何而來？」沈太太正在思慮，只見公子一覺睡醒，只叫：「氣殺我也！」夫人問道：「我兒，為何作氣？是那個欺你的？說與為娘的知道，代你出氣。」公子長歎一聲，道：「母親若問孩兒的病症，只問錦上天，便知分曉。」太太隨叫安童快去請錦上天，只說太師爺立等請他。安童領命去了。夫人又吩咐家人，小心服侍。

回到後堂坐下，忽見家人稟道：「太師爺回府了。」夫人起身迎接，沈謙道：「夫人，為何面帶憂容？」太太說：「相公有所不知，好端端的一個孩兒，忽然得了病症，睡在書房，十分沉重。方才醫生說，是氣惱傷肝，難得就好。」太師大驚，道：「可曾問他，為何而起？」太太道：「問他根由，他說問錦上天，便知分曉。」太師道：「那錦上天今在何處？」夫人道：「已叫人去請了。」太師聞言，忙忙走進書房來看。只聽得沈廷芳哼聲不止，太師看過醫生的藥案，走到床前，揭起羅帳，問道：「我兒，是怎麼樣的？」公子兩目流淚，竟不開口。沈謙心中著急，又差人去催錦上天。

且說錦上天正在自家門口，忽見沈府家人前來，說：「錦大爺，我家太師爺請你說話。」那錦上天吃了一驚，心中想道：「我與沈大爺雖然相好，卻沒有見過太師，太師也沒有請過我。今日請我，莫非是為花園打架的禍，放在我身上不成？」心中害怕，不敢前行。只見又有沈府家人前來催促，錦上天無奈，只得跟著沈府的家人，一同行走，到了相府。

進了書房見了太師，不由的臉上失色，心內又慌，戰戰兢兢，上前打了一恭，道：「太師爺在上，晚生拜見。」太師道：「罷了。」吩咐看坐。錦上天告過坐，問道：「不知太師呼喚晚生，有何吩咐？」太師道：「只為小兒病重如山，不能言語，問起原由，說是足下知道他的病症根由。請足下到來說個分曉，以便醫治。」

錦上天心內想道：「若說出原故，連我同大爺都有些不是；如若不說，又沒得話回他。」想了一想，只得做個謊兒回他，說道：「公子的病症，晚生略知一二。只是要求太師恕罪，晚生好說。」太師道：「你有何罪，只管講來。」錦上天道：「只因晚生昨日同令公子在滿春園吃酒，有幾個鄉村婦女前來看花，從我們席前走過。晚生同公子恐他傷花，就呼喝了他兩句。誰知對過亭子內，有羅增的兩個兒子，長名羅燦，次名羅焜，在那裡飲酒。他見我們呼喝那兩個婦女，他仗酒力行凶，就動手打了公子同晚生。晚生白白的被他們打了一頓，晚生被打也罷了，公子如何受得下去？所以著了氣，又受了打，鬱悶在心，所以得此病症。」太師聞言，只氣得眼中冒火，鼻內生煙，大叫道：「罷了，罷了！羅家父子行凶，欺人太甚！罷，罷，罷，老夫慢慢的候他便了。」又說了幾句閒話，錦上天就告辭回家去了。太師吩咐書童：「小心服侍公子。」家人答應：「曉得。」

太師回到後堂，將錦上天的話細細說了一遍。夫人大氣，說道：「羅家如此欺人，如何是好？」太師道：「我原吩咐過孩兒的，叫他無事在家讀書，少要出去惹禍。那羅家原不是好惹的，三十六家國公，惟有他家利害。他祖羅成被蘇定方亂箭射死，盡了忠，太宗憐他家寡婦孤兒，為國忘家，賜他金書鐵券，就是打死了人，皇帝問也不問。今日孩兒被他打了，只好暗算他，叫老夫也沒甚麼法尋他們。」夫人道：「說是這等說，難道我的孩兒，就白白被他打了一頓，就罷了不成？」太師道：「目下也無法，只好再作道理。」

當下沈太師料理各路來的文書，心中要想害羅府，卻是無計可施，一連過了五六日。那一天，正在書房看文書，有個家人稟道：「今有邊關總兵差官在此，有緊急公文要見。」太師道：「領他進來。」家人去不多時，領了差官進來，見了太師，呈上文書。沈謙拆開一看，哈哈大笑，道：「我叫羅增全家都死在我手，以出我心頭之恨。你也有今日了！」不知後事如何，且聽下回分解。

第十回　沈謙改本害忠良　章宏送信救恩主

話說沈謙見了邊關的文書，要害羅增全家的性命。你道是怎生害了？原來羅增在邊關，連勝兩陣，殺入番城。番將調傾國人馬，困住了營。羅爺兵微將寡，陷在番城，特著差官勾兵取救。沈太師接了文書，便問道：「你是何人的差官？」差官道：「小官是邊頭關王總兵❶標下一個守備❷，姓宗，名信。現今羅爺兵困番邦，番兵利害非常，求太師早發救兵，保關要緊。」沈謙含笑道：「宗信，你還是要加官，還是要問罪？」嚇得那宗信跪在地下，稟道：「太師爺在上，小官自然是願加官爵，那裡肯問罪！」太師道：「你要加官，只依老夫一件事，包你官升三級。」宗信道：「只求太師抬舉，小官怎敢不依？」太師道：「非為別事，只因羅增在朝為官，諸事作惡，滿朝文武，也沒一個歡喜他的。如今他兵敗流沙，浪費無數錢糧，失了多少兵馬，眼見得不能歸國。不如今將他的文書改了，只說他降順了番邦。那時皇上別自出兵，老夫保奏你做個三邊的指揮❸，同總兵合守邊關，豈不是一舉兩得？」宗信聽得官升三級，說道：「憑太師爺做主便了。」沈謙見宗信允了，心中大喜，道：「既如此，你

---

❶ 總兵：官名。明代始置，為邊軍之統兵官；清代沿置，為綠營兵之高級武官，又稱總鎮。唐時並無此官職。

❷ 守備：明代於總兵下設守備，駐守城哨；清代於綠營軍中也置守備，分領營兵。唐時並無此官職。

❸ 指揮：都指揮使的簡稱，在唐時為方鎮軍校的稱謂。

且起來，坐在旁邊伺候。」

沈謙隨即叫家人章宏取過文房四寶，親自動筆改了文書。吩咐宗信：「你明日五鼓來朝，到午門口，老夫引你見聖上面奏，說羅增投降了番城。」宗信領命，收了假文書，在外安歇，只候明日五鼓見駕。正是：

計就月中擒玉兔，謀成日裡捉金烏❹。

話說沈謙同宗信要謀害羅增，好不歡喜。若是沈謙害死羅府全家，豈不是絕了忠臣後代？也是該因英雄相救。你道這章宏是誰？原來是羅府一名貼身的書童，自小兒是羅太太撫養成人，配了親事。他卻是有心機的人，因見沈謙與羅府作對，惟恐本府受沈謙暗害，故反投身沈府，窺察動靜，已在他家十多年。沈謙卻倚為心腹，並不知是羅府的舊人，也不知他的妻子兒女都在羅府內居住。當下他聽得沈謙同宗信定計，要害羅府全家的性命，吃了一驚。心中想道：「我自小兒蒙羅老爺恩養成人，又配了妻子。到如今，兒長女大，皆是羅府之恩。明日太師一本奏准朝廷，一定是滿門遭斬，豈不是絕了我舊主人的香煙後代？況且，我的妻子兒女都在羅府，豈不是一家兒都是死？必須要想個法兒，救得他們才好！左思右想，無計可施，除非回去，同二位公子商議。只在今晚一刻的工夫，明日就來不及了，待我想法出了相府才好。只是無事不得出府，門上又查得緊，怎生出去？」想了一會，道：「有了，宅門上的陳老爹好吃酒。待我買壺好酒，前去同他談談，便混出去了。」

❹ 金烏：相傳太陽中有三足烏，故爾太陽被稱為金烏。

隨即走到書房，拿了一壺酒，備了兩樣菜。捧到內宅門上，叫聲：「陳老爹在那裡？」陳老爹道：「是那一位，請進來坐坐，我有偏你了。」章宏拿了酒菜走進房來，只見陳老爹獨自一人，自斟自飲，早已醉了。一見章宏，忙忙起身，說道：「原來是章叔，請坐。」章宏道：「我曉得你老人家吃酒，特備兩樣菜來的。」放下酒菜，一同坐下。那陳老爹是個酒鬼，見章宏送了酒菜來，只是哈哈的笑，道：「又多謝大叔，是何道理。」章宏道：「你我們都是伙計家，不要見外。」就先敬了一杯。那陳老爹並不推辭，一飲而盡。

那陳老爹是吃過酒的人，被章宏左一杯，右一杯，一連就是十幾杯，吃得十分大醉。章宏想道：「此時不走，等待何時？」就向陳老爹道：「我有件東西，約在今日晚上去拿，拜託你老人家，把鎖留一留。我拿了就來，與你老人家平分。只是要瞞過了太師才好。」那陳老爹是醉了，又聽得有銀子分，如何不依？說道：「大叔要去，只是早些回來。恐怕太師呼喚，我卻無話回他，要緊。」章宏道：「曉得。恐怕有些耽擱，你千萬不可下鎖！」二人關會明白。章宏悄悄起身，出了宅門，一溜煙直往羅府去了。正是：

打破玉籠飛彩鳳，頓開金鎖走蛟龍。

話說章宏出了相府，早有初更時分。急急忙忙順著月色來到羅府，只見大門早已關了。原來自從羅增去後，太太惟恐家人在外生事，每日早早關門。章宏知道鎖了，只得轉到後門口，敲了幾下。門公問道：「是那個敲門？」章宏應道：「是我。」門公認得聲音，開了後門。

章宏一直入內，那些老媽、丫頭都是認得的，卻都睡了。章宏來到妻子房內，他妻子正欲和兒女去睡，不覺見了章宏，問道：「為何此刻回來，跑得這般模樣？」章宏道：「特來救你們的。」遂將沈謙暗害之事細細說了一遍。妻子大驚，道：「怎生是好？可憐夫人、公子，待你我恩重如山，必須想個法兒，救他才好！」章宏道：「我正為此事而來。你且引我去見太太、公子，再作道理。」

當下夫妻兩個進了後堂，見了夫人、公子，叩了頭，站在燈下。太太問道：「章宏，你在沈府服侍，此刻回來必有原故。」章宏見問，就將邊頭關的文書，被沈謙改了假文書，同宗信通謀，明日早朝上本，要害羅家一門，細細說了一遍。夫人、公子聞言大驚，哭在一處。章宏道：「且莫悲傷，事不宜遲，早些想法。」太太道：「倘若皇上來拿，豈不是就絕了我羅門之後？如何是好？」羅燦道：「不如點齊家將，拿住沈謙報仇，然後殺上邊關，救出父親，豈不為妙！」羅焜道：「哥哥，不可。沈謙這賊，君王寵愛，無所不依。我們動兵廝殺，若是天子拿問，我們便為反叛，豈不是自投其死？」羅燦道：「如此說來，還是怎生是好？」

章宏道：「小人有計在此。自古道：『三十六著，走為上著。』收拾遠走他方，才有性命。」太太道：「也罷，大孩兒可往雲南馬親家去，求你岳丈，調兵救你爹爹；二孩兒可往柏親家去，求你岳丈與馬親翁會合，去救你爹爹。倘若皇上追問，老身只說你二人在外遊學去了。」二位公子哭道：「孩兒何能獨自偷生，丟母親在家領罪？就死也是不能的。」夫人怒道：「老身一死無傷，你二人乃是羅門後代，山海的冤仇，要你們去報。還不快快收拾前去！再要為著老身，我就先死了！」二位公子哭倒在地，好不悲傷。正是：

人間最苦處，死別共分離。

話說那章宏的妻子見公子悲傷，忙勸道：「公子休哭。我想離城二十里有一座水雲庵，是我們的家庵。夫人可改了裝，星夜前去，躲避些時。等公子兩處救兵救了老爺，回來之後，那時依然骨肉團圓，豈不為妙？」夫人道：「皇上來拿，我母子三人一個也不在，豈肯便罷。」章大娘道：「我夫妻們受了太太多少大恩，難以補報。請太太的鳳冠霞帔與婢子穿了，裝做太太的模樣。皇上來拿，我情願上朝替死。」夫人那裡肯依。章宏道：「事已如此，太太可快同公子收拾，出去要緊。」夫人、公子見章宏夫婦如此義重，哭道：「我娘兒三個，受你夫婦如此大恩，如何報答？」章宏道：「休如此說，快快登程。」夫人只得同公子換了裝束。收拾些金銀細軟，打了包裹，叫章琪拿了。四人向章宏夫婦拜倒在地，大哭一場。夫人同公子捨不得義僕，章琪捨不得爹娘，六人好不悲傷。哭了一會，章宏道：「夜深了，請夫人、公子快快前行。」太太無奈，只得同公子、章琪悄悄的出了後門，望水雲庵而去。要知後事如何，且聽下回分解。

第十一回　水雲庵夫人避禍　金鑾殿奸相受驚

話說羅太太同二位公子，帶了章琪，挑了行李包裹，出了後門。可憐夫人不敢坐轎，公子不敢騎馬。二位公子扶了太太，趁著月色，從小路上走出城來，往水雲庵去了。

且說章宏夫婦，大哭一場，也自分別。章大娘道：「你在相府，諸事小心，不可露出機關。倘若得暇，即往秦舅爺府中暗通消息，免得兩下憂心。你今快快去罷，讓我收拾。」章宏無奈，只得哭拜在地：「賢妻，我再不能夠見你了！只好明日到法場上，來祭你一祭罷。」章大娘哭道：「我死之後，你保重要緊！少要悲傷，你快快去罷。」正是：

空中掉下無情劍，斬斷夫妻連理❶情。

話說章宏含悲忍淚，別了妻子。出了後門，趕回相府，也是三更時分。街上燈火都已盡了，幸喜章宏人熟，一路上叫開柵欄，走回相府。有巡更巡夜人役，引他入內宅門。早有陳老爹來悄悄的開了門，進去安歇，不表。

且說次日五鼓，沈太師起來，梳洗已畢，出了相府，入朝見駕。有章宏跟到午門，只見宗信拿了

❶ 連理：異根草木，枝幹相連，此處借以喻相愛的夫妻。

假文書摺子，先在那裡伺候。那沈謙關會了宗信的言語。

沈謙山呼已畢，早有殿頭官說道：「有事出班啟奏，無事捲帘退朝。」一聲未了，只見沈太師出班啟奏：「臣沈謙有本啟奏，願吾皇萬歲萬萬歲！」天子見沈謙奏本，便問道：「卿有何事，從直奏來。」沈謙扒上一步，奏道：「只因越國公羅增，奉旨領兵去征韃靼。不想兵敗被擒，貪生怕死，投降番邦，不肯領兵前去討戰，事在危急。現有邊頭關總兵王懷，差官取救，現在午門候旨。求吾皇降旨定奪。」

皇上聞奏大驚，忙傳旨，召差官見駕。有黃門官領旨出朝，召差官，趨進午門見駕。山呼❷已畢，呈上本章。司禮監❸將本接上御書案，天子龍目觀看。從頭至尾看了一遍，龍心大怒，宣沈謙問道：「邊關還是誰人領兵前去是好？」沈謙奏道：「諒番邦一隅之地，何足為憂？只須點起三千兵將校尉，差官領了，前去把守頭關就是了。」天子准奏，就封了宗信為指揮，即日起身。當下宗信好喜，隨即謝過聖恩。出了朝門，同著四個校尉，點起三千羽林軍，耀武揚威的去了。

不說宗信領兵往邊頭關去了，且說沈謙啟奏：「臣聞得羅增有兩個兒子，長名羅燦，次名羅焜，皆有萬夫不當之勇。倘若知他父親降了番邦，那時裡應外合，倒是心腹大患。」皇上道：「卿家言之有理。」傳旨命金瓜❹武士，領一千羽林軍前去，團團圍住羅府，不管老幼人等，一齊綁拿，發雲陽❺

---

❷ 山呼：舊時臣民對皇帝舉行頌祝儀式，叩頭高呼萬歲者三，叫作山呼。

❸ 司禮監：此處指司禮監的太監。司禮監為明時內宮官署，掌督理皇城內一切禮儀、刑名及管理當差、聽事各役。

市口，斬首示眾。金瓜武士領旨去了。天子又向沈謙說道：「你可前去，將他家私抄了入庫。」沈謙也領旨去了。聖旨一下，嚇得滿朝文武百官，一個個膽顫心驚，都說道：「羅府乃是國公大臣，一旦如此，真正可歎。」

其時，卻嚇壞了護國公秦雙同衛國公李逢春、鄂國公尉遲遠、保國公段忠。他四個人商議說道：「羅兄為人忠直，怎肯降番？其中必有原故。我們同上殿，保奏一本便了。」當下四位公爺一齊跪上金階，奏道：「羅增不報聖恩，一時被困降番，本該滿門處斬；求皇上念他始祖羅成汗馬功勞，後來羅通征南掃北，也有無數的功勞，望萬歲開恩，免他滿門斬罪，留他一脈香煙。求吾皇降一道赦旨，臣等冒死謹奏。」天子聞奏，大怒道：「羅增謀反叛逆，理當九族全誅；朕念他祖上的功勞，只斬他一門，也就罷了。你們還來保奏，想是通同羅增謀反的麼？」四位公爺奏道：「求皇上息怒。臣等想羅增兵敗降番，又無真實憑據；就將他滿門抄斬，也該召他妻子審問真情，那時他也無恨。」天子轉言說道：「此奏可准。」即傳令黃門官❻，前去叫沈謙查過他家事，同他妻子前來審問。黃門官領旨去了，四人歸班。正是：

慢談新雨露，再講舊風雲。

---

❹ 金瓜：古代衛士所執之兵仗。仗端作瓜形，有立瓜、臥瓜兩式，以黃金為飾。

❺ 雲陽：行刑地的代稱。

❻ 黃門官：此處指宦官。漢代給事內廷有黃門令、中黃門等官，皆以宦官充任，故有是稱。

話說章大娘打發夫人、公子與丈夫章宏去後，這王氏關了後門，悄悄的來到房中，沐浴更衣，將太太的冠帶穿戴起來。到神前哭拜在地，說：「先老爺太太在上，念我王氏一點忠心，救了主母、公子的性命！求神靈保佑二位公子同我孩兒，一路上平安無事，早早到兩處，討了救兵回來，報仇雪恨，重整家庭！我王氏就死在九泉之下，也得瞑目。」說罷，哭了一場。回到太太房中，端正坐下，只候來拿。

坐到天明，家下男婦才起，只聽得前後門一聲吶喊，早有金瓜武士帶領眾軍湧進門來。不論好歹，見一個拿一個，見一雙捉一雙。可憐羅府眾家人不知就裡，一個個鴉飛鵲亂，悲聲苦切。不多一時，一個個都綁出去了。

當時，金瓜武士拿過眾人，又到後堂來拿夫人、公子。打進後堂，那章大娘一聲大喝：「老身在此，等候多時。快來綁了，休得囉唆！」眾武士道：「不是卑職等放肆，奉旨不得不來。」就綁了夫人，來尋公子。假夫人說道：「我兩個孩子，一月之前，已出外遊學去了。」武士領兵在前前後後搜了一會，見無蹤跡，只得押了眾人往街上就走。

出了大門，只見沈太師奉旨前來抄家，叫武士帶夫人入內來查。只見章大娘見了沈謙，罵不絕口。沈謙不敢說話，只得進內收查庫內金銀家事。羅爺為官清正，一共查了不足萬金產業，沈謙一一上了冊子。封鎖已畢，又問武士道：「人口已曾拿齊了?」武士說道：「俱已拿齊，只是不見了他家二位公子。」沈謙聽得不見了兩個公子，吃了一驚。說道：「可曾搜尋否?」武士道：「內外搜尋，全無蹤跡。」沈謙暗暗著急，說道：「原要斬草除根，絕其後患；誰知費了一番心機，倒走了兩個禍根，如何是好？」便問假夫人道：「兩位令郎往那裡去了？快快說明！恐皇上追問加刑，不是輕的。」章大娘怒道：「我家少老爺上天去了，要你這個老烏龜來問！」罵得沈謙無言可對，只得同金瓜武士領了人馬，押了羅府五十餘口家眷，往雲陽市口而來。

男男女女跪在兩邊，只有假夫人章大娘，另外跪在條大紅氈條上。看官，你道章大娘裝做夫人，難道羅府家人看不出來麼？一者，章大娘同夫人的品貌相仿；二者，眾人一個個都嚇得魂不附體，那裡還有心認人？這便是忙中有錯。

且說沈謙同武士，將羅府眾人解到市口，忽見黃門官飛馬而來，說道：「聖上有旨，命眾人押在市口，只命大學士沈謙同羅夫人一同見駕。」

當下二人進得朝門，眾文武卻不認得這假夫人。惟有秦雙與他同胞兄妹，他怎不關心？近前一看，見不是妹子，心中好不吃驚。忙忙出班來看，只見他同沈謙跪在金階。山呼已畢，沈謙呈上抄家的冊子，並人口的數目，將不見了二位公子的話，細細奏了一遍。天子便向夫人說道：「你丈夫畏罪降番，兒子知情逃匿，情殊可恨！快快從實奏來，免受刑罰！」章大娘奏道：「臣妾的孩兒，一月之前出去遊學去了。臣妾之夫遭困，並未降番；這都是這沈謙同臣妾之夫不睦，做害他的。」沈謙道：「你夫降番，現有邊關報在。五日前差官賫報，奏聞聖上，你怎麼說是老夫做害他的？」那章大娘見沈謙對得真，料想無命，便睜眼罵道：「你這害忠賢的老賊，口口冤屈好人，我恨不得食汝之肉！」說罷，向裙腰內掣出一把尖刀，向著沈謙一刀刺去。不知後事如何，且聽下回分解。

第十二回　義僕親身替主　忠臣捨命投親

話說那章大娘上前一步，將尖刀就向沈謙刺來。沈謙叫聲「不好」，就往旁邊一讓，只聽得一聲滑喇，將沈謙的紫袍，刺了一個五寸長的豁子。天子大驚，唬得兩邊金瓜武士一齊來救。章大娘見刺不著沈謙，曉得不好，大叫一聲，回手就一刀自刎了，死在金鑾殿下。沈謙唬得魂飛魄散。皇上看見，原來死了，沒有審問，只得傳旨拖出屍首。一面埋葬，一面傳旨開刀，將羅府的家眷一齊斬首。可憐羅府眾人也不知是甚麼原故，一個個怨氣沖天，都被斬了。街坊上的百姓，無不歎息。金瓜武士斬了眾人，回朝繳旨。天子命沈謙，將羅府封鎖了，行文各府州縣，畫影圖形，去拿羅燦、羅焜。沈謙領旨，不提。

後人有詩讚王氏道：

親身代主世難求，卻是閨中一女流。
節義雙全垂竹帛，芳名千載詠無休。

話說羅門一家被斬，滿朝文武，無不感傷。只有秦雙好生疑惑，想道：「方才分明不是我的妹子，卻是誰人肯來替死，真正奇怪。」到晚回家，又疑惑，又悲苦，又不敢作聲。秦太太早已明白，到晚的話告訴秦爺。說姑娘、外甥俱已逃出長安去了，又將王氏替死的話說了一遍。秦雙方才明白，歎道：「難得章宏夫婦如此忠義，真正可敬。」一面又叫公子：「你明日可到水雲庵，去看看你的姑母。不可與人知道，要緊。」公子領命。原來秦爺所生一子，生得身長九尺，黃面金腮，雙目如電，有萬夫不當之勇，有人替他起個混名，叫做金頭太歲的。秦環當下領命，不表。

且言沈謙害了羅府，這沈廷芳的病已好了，好不歡喜，說道：「爹爹既害了羅增，還有羅增一黨的人，須防他報仇。」沈謙道：「等過此時，我都上他一本，參了他們就是了，有何難處？」沈廷芳大喜，道：「必須如此，方免後患。」

不言沈家歡喜，且言那晚，羅老夫人同了兩位公子，帶領章琪，走出城來，已是二更天氣。可憐太太乃是金枝玉葉，那裡走得慣野路荒郊。一路上哭哭啼啼，走了半夜，方才走到水雲庵。原來，這水雲庵只有一個老尼姑，倒有七十多歲。這老尼見山主到了，忙忙接進庵中。燒水獻茶，太太、公子淨了面。擺上早湯，請夫人、公子坐下。可憐夫人滿心悲苦，又走了半夜的路，那裡還吃得東西下去？淨了面，就叫老尼即收拾一間潔淨空房，鋪下床帳，就去睡了。二位公子用了早飯，老尼不知就裡，細問公子方才曉得，歎息一回。公子又吩咐老尼：「瞞定外人，早晚服侍太太。我們今晚就動身了，等我們回來，少不得重重謝你。」老尼領命，安排中飯，伺候太太起來。不多一會，太太起來了，略略梳洗，老尼便捧上中膳。公子陪太太吃過，太太說道：「你二人辛苦一夜，且歇息一停，明日再走罷。」二位公子只得住下。

到了次日晚間，太太說道：「大孩兒雲南路遠，可帶章琪作伴同行；若能有個機關，送個信來，省我掛念。二孩兒到淮安路近，見了你的岳父，就往雲南，同你哥哥一路救父要緊。我在此，日夜望信。」二位公子道：「孩兒曉得。只是母親在此，不要悲傷，孩兒是去了。」太太又叫道：「章琪我兒，你母親是為我身亡，你就是我孩兒一樣了。你大哥往雲南去，一路上全要你照應。」章琪道：「曉得。」當下四人大哭一場。

正欲動身，忽聽得叩門，慌得二位公子忙忙躲起來。老尼開了門，只見一位年少的公子走進來，問道：「羅太太在那裡？」老尼回道：「沒有甚麼羅太太。」那人見說，朝裡就走。嚇得夫人躲在屏後，一張，原來是侄兒秦環。正是：

只愁狹路逢仇寇，卻喜荒庵遇故人。

太太見是秦環，方才放心，便叫二位公子出來，大家相見。太太道：「賢侄如何曉得的？」秦環遂將章宏送信，章大娘怒刺沈謙，金鑾殿自刎之話，細細說了一遍。大家痛哭一場。秦環道：「姑母到我家去住，何必在此？」羅焜道：「表兄府上，人多眼眾，不大穩便；倒是此處安靜，無人知道。只求表兄常來看看，小弟就感激不盡了。」秦環道：「此乃理所當然，何勞吩咐。」

當下安排飯食吃了，又談了一會，早有四更時分。太太催促公子動身，可憐他母子分離，那裡捨得？悲傷一會，方才動身而去。秦環安慰了太太一番，也回家去了。

單言兩位公子走到天明，來至十字路口，一個望雲南去，一個望淮安去。大公子道：「兄弟，你到淮安取救兵要緊，愚兄望你的音信。」羅焜道：「愚弟知道，只是哥哥雲南路遠，小心要緊，兄弟不遠送了。」當下三人灑淚而別，大公子同著章琪，望雲南大路去了。三人從此一別，直到羅燦大鬧貴州府，暗保馬成龍並眾公侯，在雞爪山興兵，才得兩下裡相會。此乃後事，不提。正是：

春水分鴒序，秋風折雁行。

話說二公子見哥哥去遠了，方才動身上路。可憐公子獨自一人，悲悲切切，上路而行。見了些異鄉風景，無心觀看，只是趲路，非止一日。那一日，到了山東兗州府寧陽縣的境界。只見那沈謙的文書，已行到山東省城了。各州府縣處處張掛榜文，捉拿羅燦、羅焜，寫了年貌，畫了圖形。一切鎮市鄉村、茶坊酒肆，都有官兵捕快，十分嚴緊；凡有外來面生之人，都要盤問。羅焜心內吃驚，只得時時防備。可憐日間閃在古廟，夜間趕著大路奔逃，那羅焜乃是嬌生慣養的公子，那裡受得這般苦處。

一日，走過了兗州府，到了一個村莊，地名叫做鳳蓮鎮。羅焜趕到鎮上，一看，是個小小的村莊。莊上約有三十多家，當中一座莊房，一帶壕溝四面圍住，甚是齊整。公子想道：「我這些時夜間行走，受盡風波。今日身子有些不快，莫要弄出病來，不大穩便。我看這一座莊上，人民稀少，倒也還僻靜，免得人來盤問。天色晚了，不免前去借宿一宵。」主意已定，走上莊來。正是：

欲投人處宿，先定自家謀。

話說羅焜走到莊門口，問：「門上有人麼？」只見裡面走出一位年老公公，面如滿月，鬢似銀條，手執過頭拐杖，出來問道：「是那一位？」羅焜忙忙施禮，道：「在下是遠方過客，走迷了路，特到寶莊借宿一宵，求公公方便。」那老者見公子一表人材，不是下等之人，說道：「既是遠路客官走迷了路的，請到裡面坐坐。」

羅焜步進草堂，放下行李施禮，分賓主坐下。那老者問道：「貴客尊姓大名，貴府何處？」公子道：「在下姓章，名焜，長安人氏。請問老丈，尊姓大名？」那老者道：「小客人既是長安人，想也知道小老兒的賤名，小老兒姓程，名鳳，本是興唐魯國公程知節❶之後。因我不願為官，退歸林下，蒙聖恩每年仍有錢糧俸米。聞得長安羅兄家被害，今日打發小兒程珮到長安，領米討信去了。」羅公子只得暗暗悲傷，勉強用些話兒支吾過。一會辭了老者，不用飯，竟要睡了，老者命他在一間耳房內安歇。

羅焜見了安置，自去睡覺。誰知他一路上受了些風寒，睡到半夜裡，頭疼發熱，遍體酸麻，哼聲不止，害起病來了。嚇得那些莊漢一個個都起來，打火上燈，忙進內裡報信與程鳳知道，說：「今日投宿的那個小客人，半夜裡得了病了，哼聲不止，十分沉重，像似要死的模樣。」嚇得程鳳忙忙起來，穿好了衣衫，來到客房內。一看，只聽得哼聲不止。

來看時，見他和衣而睡，兩淚汪汪，口中哼道：「沈謙，沈謙，害得俺羅焜好苦也！」眾人聽了吃一大驚，說道：「這莫非就是欽犯羅焜？我們快些拿住他，送到兗州府去請賞，有何不可！」眾人上前，一齊動手。未知後事如何，且聽下回分解。

❶程知節：本名齩金，唐開國功臣，因功封盧國公。書中稱魯國公，實誤。

第十三回　露真名險遭毒手　託假意仍舊安身

話說程家眾人聽得羅焜說出真情，那些人都要拿他去報官請賞。程爺喝住道：「你們休得亂動！此人病重如山，胡言亂說，未知真假。倘若拿錯了，不是自惹其禍？」當下眾莊漢聽得程爺吩咐，就不敢動手，一個個都走出去了。程爺吩咐眾人：「快取開水來，與這客人吃。」公子吃了開水，程爺就叫眾人都去安歇。

程爺獨自一人，點著燈火，坐在公子旁邊。心中思道：「看他的面貌，不是個凡人。若果是羅家侄兒，為何不到邊關去救他父親，怎到淮安來，作何勾當？」程爺想了一會，只見公子昏昏睡去。程爺道：「且等我看看衣服行李，有甚麼物件。」就將他的包袱朝外一拿，只聽得「鐺」的一聲，一道青光掉下地來。程爺點燈一照，原來是一口寶劍落在地下。取起來燈下一看，真正是青萍結綠，萬道霞光，好一口寶劍。再看鞘手上，有越國公的府號。程爺大驚：「此人一定是羅賢侄了，還好沒有外人看見。倘若露出風聲，如何是好？」忙忙將寶劍插入鞘內，連包袱一齊拿起來，送到自己房中，交與小姐收了。

原來程爺的夫人早已亡過，只有一男一女。小姐名喚玉梅，年方一十六歲，生得十分美貌，文武雙全。程爺一切家務都是小姐做主，當下小姐收了行李。

程爺次日清晨起身，來到客房看時，只見羅焜還是昏昏沉沉，人事不省。程爺暗暗悲傷，道：「若是他一病身亡，就無人報仇雪恨了。」吩咐家人，將這客人抬到內書房，鋪下床帳，請了醫生服藥調治。他卻瞞定了家人，只說遠來的親眷，留他在家內將養。

過了兩日，略略甦醒。程爺道：「好了，羅賢侄有救了。」忙又請醫生調治。到中飯時分，忽見莊漢進來，稟道：「今日南莊來請老爺收租。」程爺道：「明日上莊說罷。」家人去了，程老爺當下收拾。

次日清晨，用過早飯，取了帳目、行李，備下牲口，帶了四五個家人，出了莊門，到南莊收租去了。原來程爺南莊有數百畝田，每回收租，有二三十天耽擱。程爺將行時，吩咐小姐道：「我去之後，若是羅賢侄病好了，留他將養兩天。等我回來，再打發他動身。」小姐道：「曉得。」吩咐已畢，望南莊去了。

且言羅焜，過了三四日病已退了五分，直如睡醒。方知道移到內書房安歇，心中暗暗感激：「難得程家如此照應，倘若羅焜有了天日之光，此恩不可不報。」心中思想，眼中細看時，只見被褥床帳都是程府的，再摸摸自己的包袱，卻不見了，心中吃了一驚：「別的還可，單是那口寶劍，有我家的府號在上，倘若露出風聲，其禍不小！」正欲起身尋他的包袱，只聽得外面腳步響，走進一個小小的梅香❶，約有十二三歲。手中托一個小小的金漆茶盤，其中放了一洋磁的蓋碗，碗內泡了一碗香茶。雙手捧來，走到床前，道：「大爺請茶。」公子接了茶，便問道：「姐姐，我的包袱在那裡？」梅香

❶ 梅香：元明清雜劇小說中常用作婢女的代稱。

回道：「你的包袱，那日晚上，是我家老爺取到小姐房中去了。」公子道：「你老爺往那裡去了？」梅香道：「前日往南莊收租去了。」公子道：「難為姐姐，代我將包袱拿來，我要拿東西。」

梅香去不多時，回來說道：「我家小姐上覆公子，包袱是放在家裡，拿出來恐人看見不便。」公子聞言，一發疑惑，想道：「聽他言詞，話裡有音，莫非他曉得我的根由了？倘若走了風聲，豈不是反送了性命？」想了一想，不如帶著病走為妙。羅焜站起身來，道：「姐姐，我就要走了，快些代我拿來。上覆小姐，說我多謝，改日再來奉謝罷。」梅香領命去了。正是：

不願身居安樂地，只求跳出是非門。

當時那小梅香進去，不多一刻，忙忙的又走出來了。拿了一個小小的柬帖，雙手遞與公子，說道：「小姐吩咐請公子一看，便知分曉了。」公子接過來一看，原來是一幅花箋，上面寫了一首絕句。詩曰：

順保千金體，權寬一日憂。
秋深風氣朗，天際送歸舟。

後面又有一行小字，道：「家父返舍之後，再請榮行。」公子看罷吃了一驚，心中想道：「我的事，倒都被他知道了。」只得向梅香說道：「你回去，多多拜上你家小姐，說我感蒙盛情。」梅香進去，不表。

且言羅焜心中想道：「原來程老伯有這一位才能小姐，他的字跡真乃筆走龍蛇❷，好似鍾王❸妙手；看他詩句，真乃噴珠吐玉，不殊曹謝❹風裁❺。他的才能既高，想必貌是美的了，但不知他可曾許配人家？若是許了德門望族，這便得所；若是許了沈謙一類的人，豈不真正可惜了。」正在思想，忽見先前來的小梅香，擎著銀燈，提了一壺酒；後面跟了一個老婆子，捧了一個茶盤。盤內放了兩碟小菜，盛了一錫壺粥，放在床面前。旁邊桌上點明了燈，擺下碟子，說道：「相公，請用晚膳。方才小姐吩咐，叫將來字燒了，莫與外人看見。」羅焜道：「多蒙小姐盛意，曉得。」就將詩字扯碎燒了。羅焜道：「多蒙你家老爺相留，又叫小姐如此照應，叫我何以為報？但不知小姐姊妹幾人？青春多少？可曾恭喜，許配人家？」那老婆子道：「我家小姐，就是兄妹二人。公子年方十八，只因他赤紅眼，人都叫他做火眼虎程珮；小姐年方十六，是老身乳養成人的。只因我家老爺為人耿直，不揀人家貧富，只要人才出眾、文武雙全的人，方才許配，因此尚未聯姻。」羅焜聽了，道：「你原來是小姐的乳母，多多失敬了。你公子如何不見？」婆子道：「進長安去了，尚未回來。」須臾，羅焜用了晚膳，梅香同那老婆子收了傢伙，回去了。

且言羅焜在程府，不覺又是幾日了。那一天，用過晚膳，夜已初更，思想憂愁，不能睡著。起身

---

❷ 筆走龍蛇：形容草書筆勢。

❸ 鍾王：三國時魏國的鍾繇與晉代的王羲之皆善書，世合稱鍾王。

❹ 曹謝：漢代曹大姑與晉代謝道韞的合稱，她們都是當時著名的才女。曹大家即班昭。

❺ 風裁：風度、氣派。

步出書房，閒行散悶，卻好一輪明月正上東樓。公子信步出耳門，到後花園玩月，只見花映瑤池，梅遮繡閣，十分清趣。正看之時，只聽得琴聲飄然而至。公子驚道：「程老伯不在家，這琴聲一定是小姐彈的了。」順著琴韻，走到花樓底下，朝上一望，原來是玉梅小姐在月臺上彈琴。擺下一張條桌，焚了一爐好香，旁邊站著一個小丫鬟，在那裡撫琴玩月。公子在樓下一看，原來是一個天姿國色的佳人。公子暗暗讚道：「真正是才貌雙全。」

這羅公子走到花影之下，那玉梅小姐彈終一曲，對著一輪明月，心中暗暗歎道：「想我程玉梅，才貌雙全，年方二八，若得一個才貌雙全的人定我終身，也不枉人生一世。」正在想著，猛然望下一看，只見一隻白虎立在樓下。小姐大驚，快取弓箭，暗暗一箭射來。只聽得一聲弓弦響處，那箭早已臨身。不知後事如何，且聽下回分解。

第十四回 祁子富帶女過活 賽元壇探母聞凶

話說程小姐見後樓牆下邊站立一隻白虎，小姐在月臺上對準了那虎頭一箭射去，只聽一聲叫：「好箭！」那一隻白虎就不見了，卻是一個人，把那一枝箭接在手裡。

原來那白虎，就是羅焜的原神出現。早被程小姐一箭射散了原神，那枝箭正奔羅焜項上飛來。公子看的分明，順手一把接住，說道：「好箭！」小姐在上面，看見白虎不見了，走出一個人來，吃了一驚，說道：「是誰人在此？」只聽得颼的一聲響，又是一箭。羅焜又接住了，慌忙走向前來，對面打了一躬，說道：「是小生。」那個小梅香認得分明，說道：「小姐，這就是在我家養病的客人。」小姐聽了，心中暗想讚道：「果然名不虛傳，真乃是將門之子。」連忙站起身來，答禮道：「原來卻是羅公子，奴家失敬了。」公子驚道：「小生姓章，不是姓羅。」小姐笑道：「公子不可亂步，牆風壁耳❶，速速請回。奴家得罪了。」說罷，回樓去了。

公子明白話因，也回書房去了。來到書房，暗想道：「我前日見他的詩句，只道是個有才有貌的佳人；誰知今日見他的射法，竟是個文武雙全的女子。只可惜我父母有難，還有甚心情貪圖女色？更兼訂過柏氏，這也不必作意外之想了。」當下自言自語，不覺朦朧睡去。

---

❶ 牆風壁耳：比喻祕密易洩露，不可不防。

至次日清晨起身，梳洗已畢。只見那個小丫鬟送了一部書來，用羅帕包了，雙手送與公子，道：「我家小姐惟恐公子心悶，叫我送書來與公子解悶。」公子接書，道：「多謝小姐。」梅香去了，公子道：「書中必有原故。」忙忙打開一看，原來是一部古詩。公子看了兩行，只見裡面夾了一個紙條兒，折了個方勝，打了一方圖書，上寫：「羅世兄密啟。」公子忙忙開看，上寫道：

昨晚初識臺顏❷，誤放兩矢，勿罪！勿罪！觀君接箭神速，定然武藝超群，令人拜服。但妾聞有武略者，必兼文事，想君詞藻必更佳矣。前奉五言一絕，如君不惜珠玉，敢求和韻一首，則受教多多矣！

程玉梅端肅❸拜

公子看了來字，笑道：「倒是個多情的女子。他既要我和詩，想是笑我武夫未必能文，要考我一考。也罷，他既多情，我豈無意？」公子想到此處，也就意馬❹難拴了，遂提筆寫道：

多謝主人意，深寬客子憂。
寸心言不盡，何處溯仙舟。

❷ 臺顏：對人的尊稱。
❸ 端肅：舊時書牘中稱呼敬詞。
❹ 意馬：謂意如奔馬，比喻心意不定。

後又寫道：

自患病已來，多蒙尊公雅愛，銘刻肺腑，未敢忘之。昨仰瞻月下，不啻天臺。想桂樹瓊枝，定不容凡夫攀折，惟有展轉反側已耳。奈何，奈何！

遠人羅焜頓首拜

寫成，也將書折成方勝，寫了封記，夾在書中，仍將羅帕包好。只見那小梅香又送茶進來，公子將書付與丫鬟，道：「上覆小姐，此書看過了。」

梅香接書進去，不多一會，將公子的衣包送將出來，說道：「小姐說，恐相公拿衣裳，一時要換，叫我送來的。」公子說道：「多謝你家小姐盛意，放在此罷。」那小丫鬟放下包袱進去了。公子打開包袱一看，只見行李俱在，惟有那口寶劍不是，另換了一口寶劍來了。公子一看，上有魯國公的府號。公子心下明白，自忖道：「這小姐，不但人才出眾，抑且心靈機巧。他的意思分明是暗許婚姻，我豈可負他的美意？但是我身遭顛沛，此時不便提起。待等我父親還朝，冤仇解釋，那時央人來求他父親，也料無不允。」想罷，將寶劍收入行裝，從此安心在程府養病，不提。

且說那胡奎，自從在長安大鬧滿春園之後，領了祁子富的家眷，回淮安避禍。一路上涉水登山，非止一日。那一天，到了山東登州府的境界。那登州府離城四十里，有一座山，名叫雞爪山。山上聚集有五六百嘍囉，內中有六條好漢：第一條好漢，叫做鐵閻王裴天雄，是裴元慶的後裔，頗有武藝；

第二位，叫做賽諸葛謝元，乃謝應登的後裔，頗有謀略，在山內拜為軍師；第三位，叫做獨眼重瞳魯豹雄；第四位，叫做過天星孫彪，他能黑夜見人，如同白日；第五位，叫做兩頭蛇王坤；第六位，叫做雙尾蝎李仲。這六位好漢，都是興唐功臣之後。只因沈謙當道，非錢不行，這些人祖父的官爵都壞了，問罪的問罪了。這些公子不服，都聚集在雞爪山，招軍買馬，思想報仇，這也不在話下。

單言胡奎帶領著祁子富、車夫等，從雞爪山經過。聽得鑼鼓一響，跳出二三十個嘍囉，前來攔路。嚇得眾人大叫道：「不好了！強盜來了！」回頭就跑。胡奎大怒，喝聲：「休走！」掄起鋼鞭就打。那些嘍囉那裡抵得住，吶聲喊，都走了。胡奎也不追趕，押著車夫，連忙趕路。

走不多遠，又聽得一棒鑼聲，山上下來了兩位好漢。前面的獨眼重瞳魯豹雄，後面跟著兩頭蛇王坤，帶領百十名嘍囉，前來攔路。胡奎大怒，掄起鋼鞭，前來迎敵。魯豹雄、王坤二馬當先，雙刀並舉，三位英雄戰在一處。胡奎只顧交鋒，不防後面一聲喊，祁子富等都被嘍囉兵拿上山去了。胡奎見了大吃一驚，就勇猛來戰魯豹雄、王坤。他二人不是胡奎的對手，虛閃一刀，都上山去了。胡奎大叫道：「往那裡走！還我的人來！」舞動鋼鞭，趕上山來。

寨內裴天雄聽得山下的來人利害，忙推過祁子富來，問道：「山下卻是何人？」祁子富戰戰兢兢，將胡奎的來由，細說了一遍。裴天雄大喜，道：「原來是一條好漢。」傳令：「不許交戰，與我請上山來。」

胡奎大踏步趕上山，來到寨門口，只見六條好漢迎接出來，道：「胡奎兄請了。」胡奎吃了一驚，道：「他們為何認得我？」正在沉吟，裴天雄道：「好漢休疑，請進來敘敘。」胡奎只得進了寨門，一同來到聚義廳上。

見禮已畢，各人敘出名姓、家鄉，都是功臣之後，大家好不歡喜。裴天雄吩咐，殺牛宰羊，款待胡奎。飲酒之間，各人談些兵法武藝，真乃是情投意合。裴天雄開口說：「目下奸臣當道，四海慌亂，胡兄空有英雄，也不能上進。不嫌山寨偏小，就請在此歇馬，以圖大業，有何不可？」胡奎道：「多蒙大哥見愛。只是俺現有老母在堂，不便在此。改日再來聽教罷。」當下裴天雄等留胡奎在山寨中住了兩日，胡奎立意要行，魯豹雄等只得仍前收拾車子，送胡奎、祁子富等下山。

胡奎離了雞爪山，那一日黃昏時分，已到了淮安地界。離城不遠，只有十里之地，地名叫做胡家鎮。離胡奎家門不遠，只見一個人拿著一面高腳牌來，豎在鎮口。胡奎向前一看，吃了一驚。不知驚的何事，且聽下回分解。

第十五回　侯公子聞凶起意　柏小姐發誓盟心

話說胡奎到胡家鎮口，看見一面高腳牌的告示。你道為何吃驚？原來這告示，就是沈謙行文到淮安府來拿羅燦、羅焜的。告示前面寫的羅門罪案，後面又畫了二位公子的圖形。各府縣、各鎮市、鄉村捕巡捉獲，拿住者，賞銀一千兩；報信者，賞銀一百兩；如有隱匿在家，不行首出者，一同治罪。胡奎一看，暗暗叫苦道：「可憐羅門世代忠良，今日全家抄斬，這都是沈家父子的奸謀，可恨，可恨！又不知他弟兄二人，逃往何方去了？」胡奎只氣得兩道神眉直豎，一雙怪眼圓睜，只是低頭流淚。回到路上，將告示言詞，告訴了祁子富等一遍。那巧雲同張二娘聽見此言，一齊流淚道：「可憐善人遭凶，忠臣被害。多蒙二位公子救了我們的性命，他倒反被害了。怎生救他一救才好，也見得我們恩將恩報之意。」胡奎道：「且等我訪他二人的下落，就好了。」眾人好不悲傷。

當下胡奎同祁子富趕過了胡家鎮口，已是自家門首。歇下車子，胡奎前來打門。卻好胡太太聽得是他兒子聲音，連忙叫小丫鬟前來開門。胡奎邀了祁子富等三人進了門，將行李物件查清，打發車夫去了。然後一同來到草堂，見了太太。見過了禮，分賓主坐下。太太問是何人，胡奎將前後事，細細說了一遍。那胡老太太歎了一回，隨即收拾幾樣便菜，與祁子富、張二娘、祁巧雲在內堂用晚膳。然後大家安歇，不提。

一宿晚景已過，次日天明起身，祁子富央胡奎，在鎮上尋了兩進房子：前面開了一個小小的豆腐店，後面住家。祁子富見豆腐店傢伙一應俱全，房子又合式，同業主講明白了價錢，就兌了銀子成了交易。過了幾天，擇了個日子，搬家過去。離胡奎家不遠，只有半里多路，兩下裡各有照應。當晚，胡太太也是祁子富請過去吃酒，認做親眷走動。

自此，祁子富同張二娘開了店，倒也安逸。只有胡奎思想羅氏弟兄，放心不下。過了幾日，辭了太太，知會了祁子富，兩下照應照應；他卻收拾行李、兵器，往雞爪山商議去了，不提。

且言淮安柏府內，自從柏文連升任陝西西安府做指揮，卻沒有回家。只寄了一封書信回來，與侯氏夫人知道，說：「女兒玉霜已許越國公羅門為媳，所有聘禮物件，交與女兒收好。家中預備妝奩，恐羅門征討韃靼回來，即要完姻。家下諸事，煩內侄侯登照應。」夫人見了書信，也不甚歡喜，心中想道：「又不是親生女兒，叫我備甚麼妝奩？」卻不過情，將聘禮假意笑盈盈的送與小姐，道：「我兒恭喜。你父親在外，將你許了長安越國公羅門為媳了。這是聘禮，交與你收好了，好做夫人。」小姐含羞，只得收下，說道：「全仗母親的洪福。」母女們又談了兩句家常談話，夫人也自下樓去了。

小姐送過夫人下樓之後，將聘禮收在箱內，暗暗流淚，道：「可憐我柏玉霜自幼不幸，亡了親娘。後來的晚娘侯氏，卻是與我大不和睦。今日若是留得我親娘在堂，見我許了人家，不知怎樣歡喜！你看他說幾句客套話兒，竟自去了，全無半點真心，叫我好不悲傷人也！」小姐越想越苦，不覺珠淚紛紛，香腮流落。可憐又不敢高聲，只好暗暗痛苦，不提。

單言侯氏夫人，叫侄兒侯登照管田地、家務。原來那侯登年方一十九歲，生得身小頭大，疤麻醜惡；秉性愚蒙，文武兩事，無一能曉。既不通文理，就該安分守己，誰知他生得醜，卻又專門好色貪花。那柏小姐未許羅門之時，就暗暗思想，刻刻留神，想謀占小姐為妻。怎當得柏小姐三貞九烈，怎肯與凡人做親。侯登為人不端，小姐要發作他，數次只因侯氏面上，不好意思開口。這小姐為人端正，他卻也不敢下手。後來曉得許了長安羅府，心中暗暗懷恨，說道：「這般一塊美玉，倒送與別人。若是我侯登得他為妻，卻有兩便：一者，先得一個美貌佳人；二者，我姑母又無兒子，他的萬貫家財，久後豈不是都歸與我侯登一人享用？可恨羅家小畜生，他倒先奪了我一塊美玉去了！」過了些時，也就漸漸斷了妄想了。

一日三，三日九，早過了三個多月時光。他在家裡那裡坐得住，即將柏府的銀錢，拿了出去結交他的朋友，無非是那一班少年子弟，酒色之徒。每日出去尋花問柳，飲酒宿娼，成群結黨，實不成規矩。小姐看在眼內，暗暗懷恨在心。若是侯氏是個正氣的，拘束他些也好；怎當他絲毫不查，這侯登越發放蕩胡為了。正是：

游魚漏網隨波走，野鳥無籠到處飛。

話說侯登那日正在書房用飯，忽見安童來稟道：「今日是淮安府太爺大壽，請大爺去拜壽。」侯登聽了，來到後堂，稟知姑母，備了壽禮，寫了柏老爺名帖。換了一身新衣服，叫家人挑了壽禮，備了馬。侯登出了門，上了馬，欣然而去。將次進城，卻從胡家鎮經過。正走之間，在馬上一看，只見大路旁邊，開了一個小小的豆腐店。店內有一位姑娘在那裡掌櫃，生得十分美貌。侯登暗暗稱讚，道：

「不想村中倒有這一個美女，看他容貌，不在玉霜表妹之下，不知可曾許人？我若娶他為妾，也是好的。」看官，你道是誰？原來就是那祁巧雲姑娘。那祁巧雲看見侯登在馬上看他，他就轉身進去了。正是：

浮雲掩卻嫦娥面，不與凡人仔細觀。

話說侯登見那女子進去，他就打馬走了。到了城門口，只見擠著許多人，在那裡看告示。人人感傷，個個嗟歎。侯登心疑，近前看時，原來就是沈太師的行文，捉拿羅氏弟兄的榜文。侯登從頭至尾看了一遍，心中好不歡喜，道：「好呀！我只說羅焜奪了我的人財，誰知他無福受用，先犯下了罪案。我想羅焜是人死財散，瓦解冰消，焉敢還來迎娶？這個佳人，依舊還是我侯登受用了。」看過告示，打馬進城。

到了淮安府的衙門，只見合城的鄉紳，紛紛送禮。侯登下了馬，進了迎賓館，先叫家人投了名帖，送進禮物。那知府見是柏爺府裡的，忙忙傳請。侯登走進私衙，拜過壽，知府問問柏爺為官的事，敘了一回寒溫。一面笙簫細樂，擺上壽麵，款待侯登的壽酒。侯登那裡還有心腸吃麵，只吃了一碗，忙忙就走。走出府衙，到了大堂，跨上了馬，一路思想：「回去同姑母商議，如此如此，這般這般。那怕柏玉霜飛上天去，也難脫我手！」想定了主意，打馬回去。要知後事如何，且聽下回分解。

第十六回　古松林佳人盡節　粉妝樓美女逃災

話說侯登聽見羅門全家抄斬，又思想玉霜起來了，一路上想定了主意。走馬回家，見了他的姑母，道：「侄兒今日進城，見了一件奇事。」太太道：「有何奇事？可說與我聽聽。」侯登道：「可笑姑丈有眼無珠，把表妹與長安羅增做媳婦，圖他家世襲的公爵、一品的富貴。誰知那羅增奉旨督兵，鎮守邊關，征討韃靼，一陣殺得大敗，羅增已降番邦去了。皇上大怒，旨下將羅府全家拿下處斬。他家單單只走了兩個公子，現今外面畫影圖形捉拿。這不是一件奇事？只是將表妹的終身誤了，其實可惜。」侯氏太太道：「玉霜丫頭自從許了羅門，他每日描鸞刺鳳，預備出嫁，連我也不睬，顯得他是公爺的媳婦。今日這般羅家弄出事來了，全家都殺了，待我前去，氣他一氣。」侯登道：「氣他也是枉然，侄兒倒有一計在此。」夫人說：「你有何計？」侯登道：「姑母年已半百，目下又無兒子，將來玉霜另許人家，這萬貫家財都是歸他了，你老人家豈不是人財兩空，半世孤寡？為今之計，羅門現今消滅，玉霜左右是另外嫁人的，不如將表妹把與侄兒為婚。一者，這些家私不得便宜外人；二者，你老人家也有照應。豈不是親上加親，一舉兩得？」侯氏道：「怕這個小賤人不肯。」侯登道：「全仗姑母周全。」

二人商議已定，夫人來與小姐說話。到了後樓，小姐忙忙起身迎接。太太進房坐下，假意含悲，叫聲：「兒呀，不好了！你可曉得這樁禍事？」小姐大驚，道：「母親，有甚麼禍事？莫非是爹爹任上有甚麼風聲？」太太道：「不是你爹爹有甚麼風聲，轉是你爹爹害了你終身。」小姐吃了一驚，道：「爹爹有何事誤了我？」太太道：「你爹爹有眼無珠，把你許配了羅門為媳，圖他的榮華富貴。誰知羅增不爭氣，奉旨領兵去征剿韃靼，不知他怎樣大敗一陣，被番擒去。若是盡了忠也還好，誰知他貪生怕死，降了番邦，反領兵前來討戰。皇上聞之大怒，當時傳旨，將他滿門拿下。可憐羅太太並一家大小一齊斬首示眾，只有兩位公子逃走在外。現掛了榜，畫影圖形，普天下捉拿。他一門已是瓦解冰消，寸草全無，豈不是你爹爹誤了你的終身！」

小姐聽了這番言語，只急得柳眉頗蹙，杏臉含悲，一時氣阻咽喉，悶倒在地。忙得眾丫鬟一齊前來，用開水灌了半日。只見小姐長歎一聲，二目微睜，悠悠甦醒。夫人同了丫鬟扶起小姐，坐在床上，一齊前來勸解。小姐兩淚汪汪，低低哭道：「可憐我柏玉霜，命乖至此！婆婆家滿門的性命，如今是江上浮萍，全無著落，如何是好？」夫人道：「我兒，休要悲苦。你也不曾過門，羅家已成反叛，就是羅焜在，也不能把你娶了。等老身代你另揀個人家，也是我的依靠。」小姐道：「母親說那裡話？孩兒雖是女流，也曉得三貞九烈。既受羅門之聘，生也是羅門之人，死也是羅門之鬼，那有再嫁之理？」侯氏夫人見小姐說話頂真，也不再勸，只說道：「你嫁不嫁，再作商量。只是莫苦出病來，無人照應。」

正是：

酒逢知己千杯少，話不投機半句多。

那侯氏夫人勸了幾句，就下樓去了。小姐哭了一回，扒起身來，悶對菱花，洗去臉上脂粉，除去釵環珠翠，脫去綾羅錦繡，換了一身素服。走到繼母房中，拜了兩拜，道：「孩兒的婆婆去世，孩兒不孝，未得守喪。今改換了兩件素服，欲在後園遙祭一祭。特來稟知母親，求母親方便。」侯氏聽了不悅，道：「你父母現今在堂，凡事俱要吉利。今日許你一遭，下次不可。」小姐領命，一路悲悲切切，回樓而來。正是：

慎終❶未盡三年禮，守孝空存一片心。

玉霜小姐哭回後樓，吩咐丫鬟，買些金銀錁錠、香花紙燭、酒肴素饌等件。到黃昏以後，叫四個貼身的丫頭，到後花園打掃了一座花廳，擺設了桌案，供上了酒肴，點了香燭。小姐淨手焚香，望空拜倒在地，哭道：「婆婆，念你媳婦未出閨門之女，不能到長安墳上祭奠。只得今日在花園備得清酒一樽，望婆婆陰靈受享。」祝罷，一場大哭，哭倒在地，只哭得血淚雙流，好不悲傷。哭了一場，化了紙錁，坐在廳上，如醉如痴。忽見一輪明月，斜掛松梢，小姐歎道：「此月千古團圓，惟有羅家一門離散，怎不叫奴傷心！」

不說小姐在後園悲苦，且說侯登日夜思想小姐，見他姑母說，小姐不肯改嫁，心中想道：「再冷淡些時，慢慢的講，也不怕他飛上天去。」吃了一頓的酒，氣沖沖的來到後花園裡玩月。方才步進花

❶慎終：謹慎小心，始終到底。

園，只見東廳上點了燈火。忙問丫鬟，方才知道是小姐設祭，心中歎道：「倒是個有情的女子。且待我去同他答答機鋒❷，看是如何。」就往階下走來。

只見小姐斜倚欄杆，悶坐看月。侯登走向前，道：「賢妹，好一輪團圓的明月。」小姐吃了一驚，回頭一看，見是侯登，忙站起身來，道：「原來是表兄，請坐。」侯登說道：「賢妹，此月圓而復缺，缺而復圓；凡人缺而要圓，亦復如此。」小姐見侯登說話有因，乃正色道：「表兄差矣。天有天道，人有人道。月之缺而復圓，乃天之道也；人之缺而不圓，乃人之道也。豈可一概而論之！」侯登道：「人若不圓，豈不誤了青春年少？」小姐聽了，站起身來，走在香案面前發願，說道：「我柏玉霜如若改節，身攢萬箭；若是無恥小人想我回心轉意，除非是鐵樹開花，也不能的。」這一些話，說得侯登滿面通紅，無言可對。站起身來，走下階沿去了。正是：

此地何勞三寸舌，再來不值半文錢。

那侯登被小姐一頓搶白，走下廳來，道：「看你這般嘴硬，我在你房中候你，看你如何與我了事？」侯登暗暗搗鬼而去。

單言柏小姐，歎了一口氣，見侯登已去，夜靜更深，月光西墜，小姐吩咐丫鬟，收了祭席，回上後樓。淨了手，改了妝，坐了一回。吩咐丫鬟各去安歇，只留一個八九歲的小丫鬟，在身邊伺候。才要安睡，只見侯登從床後走將出來，笑嘻嘻的向小姐道：「賢妹，請安歇罷。」正是：

❷ 機鋒：原意為機警鋒利，佛教禪宗用以比喻迅捷銳利、不落跡象、含意深刻的語句。

無端蜂蝶多煩絮，惱得夭桃春恨長。

當下小姐見侯登在床後走將出來，吃了一驚。大叫道：「你們快來！有賊，有賊！」那些丫鬟、婦女才要睡，聽得小姐喊「有賊」，一個個多擁上來。嚇得侯登開了樓門，往下就跑。底下的丫鬟往上亂跑，兩下裡一撞，都滾下樓來。被兩個丫鬟在黑暗中抓住，大叫道：「捉住了！」小姐道：「不要亂打，待我去見太太。」侯登聽得此言，急得滿臉通紅，掙又掙不脫。小姐拿下燈來，眾人一看，見是侯登。大家吃了一驚，把手一鬆，侯登脫了手，一溜煙跑回書房躲避去了。

可憐小姐氣得兩淚交流，叫丫鬟掌燈，來到太太房中。侯氏道：「我兒，此刻來此何幹？」小姐道：「孩兒不幸失了婆家，誰知表兄也欺我！」侯氏明知就裡，假意問道：「他只怎樣欺你的？」小姐就將侯登躲在床後調戲之言，說了一遍。侯氏故意沉吟一會，道：「我兒，家事不可外談，你們表兄妹，也不礙事。」小姐怒道：「他如此無禮，你還要護短，好不通禮義！」侯氏道：「他十九歲的人，難道他不知人事？平日若沒有些眼來眉去，他今日焉敢如此？你們做的事，還要到我跟前洗清？」可憐小姐被侯氏熱舌頭磕在身上，只氣得兩淚交流。回到樓上，想道：「我若是在家，要被他們逼死，還落個不美之名。不如我到親娘墳上哭訴一番，尋個自盡，倒轉安妥。」主意已定。次日晚上，等家下丫鬟婦女都睡著了，悄悄開了後門，往墳上而來。

原來，柏家的府第離墳塋不遠，只有半里多路。小姐乘著月色來到墳上，雙膝跪下，拜了四拜，放聲大哭道：「母親的陰靈不遠，可憐你女孩兒命苦至此！不幸婆家滿門俱已亡散，孩兒在家守節，可恨侯登，三番五次調戲孩兒。繼母護他侄兒，不管孩兒事情，兒只得來同親娘的陰靈一路而去，望母親保佑！」小姐慟哭一場，哭罷，起身走到樹下，欲來上吊。要知小姐死活如何，且聽下回分解。

第十七回　真活命龍府棲身　假死人柏家開弔

話說柏小姐在他親娘墳上哭訴了一場，思思想想，腰間解下了羅帕一條，哭哭啼啼，要來上吊。不想那些松樹，都是兩手抱不過來的大樹，又沒有貼腳，又沒有底枝，如何扒得上去？可憐小姐尋來尋去，尋到墳外邊要路口，有一株矮矮的小樹。小姐哭哭啼啼，來到樹邊，哭道：「誰知此樹，是我終身結果之處！」悲悲切切，將羅帕扣在樹上，拴了個扣，望裡一套。當時，無巧不成辭，柏小姐上吊的這棵樹，原是墳外的枝杈，攔在路口。小姐才吊上去的時候，早遇見一位救星來了。

你道這救星是誰？原來，柏太太墳旁邊住了一家獵戶，母子兩個。其人姓龍，名標，年方二十多歲。他住在這松園邊十字路口，只因他慣行山路，武藝非常，人都叫他做穿山甲。他今日在山中，打了些獐貓鹿兔，挑在肩上回來，只顧低頭走路，不想走到十字路口，打這樹下經過，一頭撞在小姐身上。小姐雖然吊在樹上，腳卻還未曾離地，被他撞了一頭。龍標吃了一驚，抬頭一看，見樹上吊了一個人，忙忙上前抱住。救將下來一看，原來是一個少年女子，胸前尚有熱氣。龍標道：「此女這等模樣，不是下賤之人。且待我背他回去，救活了他，便知分曉。」忙放下馬叉，解下野獸，放在壙內，背了小姐一路回家。

走不多遠，早到自家門首，用手叩門。龍太太開門，見龍標背了一個人回來。太太驚疑，問道：

「這是何人？」龍標道：「方才打柏家墳上經過，不知他是那家的女子，吊在樹上，撞了我一頭，是我救他下來的。還好呢，胸前尚有熱氣，快取開水來救他。」那龍太太年老之人，心是慈悲的，聽見此言，忙煎了一碗薑湯，拿在手中。娘兒兩個，將小姐盤坐起來，把薑湯灌將下去。不多一時，漸漸甦醒，過了一會，長吁一聲：「我好苦呀！」睜眼一看，見茅屋籬笆，燈光閃閃，心中好生著驚：「我在松樹下自盡，是那個救我到此？」

龍太太見小姐回聲，心中歡喜。扶小姐起來坐下，問道：「你是誰家的女子？為何尋此短見？快快說來，老身自然救你。」小姐見問，兩淚交流，只得將始末根由細說了一遍。龍太太聽見此言，也自傷心流淚。道：「原來是柏府小姐，可慘，可慘！」小姐說：「多蒙恩公搭救，不知尊姓大名，在此作何生理❶？」太太道：「老身姓龍，孩兒叫做龍標，山中打獵為生。只因我兒今晚回來得早些，撞見小姐吊在樹上，因此救你回來。」小姐道：「多蒙你救命之恩。只是我如今進退無門，不如我還是死的為妙。」龍太太道：「說那裡話。目下雖然羅府受害，久後一定升騰。但令尊目下現今為官，你可寄一封信去，久後自然團圓。此時權且忍耐，不可行此短見。自古道得好：『山水還有相逢日，豈可人無會合時！』」小姐被龍太太一番勸解，只得權且住下。

龍標走到松樹林下，把方才丟下的馬叉和那些野獸拿回家來。洗洗腳手，關門去睡。小姐同龍太太安睡，不提。正是：

❶ 生理：此處指謀生的方式。

明知不是伴，事急且相隨。

不表小姐身落龍家，且言柏府中侯氏太太，次日天明起身，梳洗才畢，忽見丫鬟來報說：「太太，不好了！小姐不見了！」侯氏聞言大驚，問道：「小姐怎麼樣不見了？」丫鬟道：「我們今日送水上樓，只見樓門大開，不見小姐。我們只道小姐尚未起來，揭起帳子一看，並無小姐在內；四下裡尋了半會，毫無影響。卻來報知太太，如何是好？」太太聽得此言，「哎呀」一聲，道：「他父親回來時，叫我把甚麼人與他？」忙忙出了房門，同眾丫鬟在前前後後找了一回，並無蹤跡。只急得抓耳撓腮，走投無路，忙叫丫鬟，去請侯相公來商議。

當時侯登見請，慌忙來到後堂，道：「怎生這等慌忙？」太太說道：「是為你這冤家，把那小賤人逼走了。也不知逃往何方去了，也不知去尋短見了？找了半天，全無蹤跡。倘若你姑夫回來要人，叫我如何回答？」侯登聽了，嚇得目瞪口呆，面如土色，想了一會，道：「他是個女流之輩，不能遠去，除非是尋死。且待我找找他的屍首。」就帶了兩個丫鬟，到後花園內、樓閣之中、花樹之下，尋了半天，全無形影。侯登道：「往那裡去了呢？若是姑爺回來，曉得其中原故，豈不要我償命？那時將何言對他？就是姑爺，縱好商議；倘若羅家有出頭的日子，前來迎娶，那時越發淘氣，如何是好？」

想了一會，忙到後堂來與太太商議。侯氏道：「還是怎生是好？」侯登道：「我有一計，不與外人知道。只說小姐死了，買了棺木來家，假意開喪掛孝，打發家人報信親友知道。姑爺回來，方免後患。」太太道：「可寫信與你姑爺知道麼？」侯登回道：「自然要寫一封假信前去。」當下侯氏叫眾丫鬟在後堂哭將起來，外面家人不知就裡。侯登一面叫家人往各親友家送信，一面寫了假信，叫家人送到柏老爺任上去報信，不提。

那些家人，只說小姐當真死了，大家感悲。不一時，棺材買到，抬到後樓。夫人瞞著外人，弄些舊衣舊服，裝在棺木裡面；弄些石灰包在裡頭，忙忙裝將起來，假哭一場。一會兒，眾親友都來弔孝，猶如真死的一般。當時侯登忙了幾日，同侯氏商議：「把這棺材，送在祖墳旁邊才好。」當下請了幾個僧道，做齋理七❷，收拾送殯，不表。

且言柏玉霜小姐住在龍家，暗暗叫龍標打聽消息，看看如何。那龍標平日卻同柏府一班家人都是相好的，當下挑了兩三隻野雞，走到柏府門首一看，只見他門首掛了些長幡，貼了報訃，家內鐃鈸喧天的做齋理七。龍標拿著野雞，問道：「你們今日可買幾隻野雞用麼？」門公道：「我家今日做齋，要這何用？」龍標道：「你家為何做齋？」門公道：「你還不曉得麼？我家小姐死了，明日出殯，故此今日做齋。」龍標聽得此言，心中暗暗好笑道：「小姐好好的坐在我家，他們在這裡活見鬼。」又問道：「是幾時死的？」門公回道：「好幾天了。」又說了幾句閒話。拿了野雞，一路上又好笑又好氣。走回家來，將討信之言向小姐細說了一遍。

小姐聞言，怒道：「他這是掩飾耳目，瞞混親友。想必這些諸親六眷，當真都認我死了。只是我的貼身丫鬟也都聽從，並不聲張出來，這也不解。然他們既是如此，必然寄信與我爹爹。他既這等埋滅我，叫我這冤仇如何得報？我如今急寄封信與我爹爹，伸明衷曲，求我爹爹速速差人來，接我任上

❷ 做齋理七：舊俗，人死後每隔七日為忌日，祭奠一次，到七七四十九日止。

去才是。」主意已定，拔下一根金釵，叫龍標去換了十數兩銀子買柴米。剩下的，把幾兩銀子與龍標作為路費，寄信到西安府柏爺任上去了。要知後事如何，且聽下回分解。

第十八回　柏公長安面聖　侯登松下見鬼

話說柏小姐寫了一封書，叫龍標星夜送到陝西西安府父親任上。當下龍標收拾衣服、行李、書信，囑咐母親：「好生陪伴小姐，不可走了風聲。被侯登那賊知道，前來淘氣，我不在家，無人與他對壘。」太太道：「這個曉得。」龍標辭過母親、小姐，背了包袱，掛了腰刀要走。小姐道：「恩公速去速來，奴等日夜盼到。」龍標道：「小姐放心，不要憂慮。我一到陝西，即便回來。」說罷，徑自出了門，往陝西西安府柏老爺任上去了，不表。

且言柏文連，自從在長安與羅增別後，奉旨到西安府做指揮。自上任以後，每日軍務匆匆，毫無閒暇之日。不覺光陰迅速，日月如梭，早已半載有餘。那一日無事，正坐書房看看文書京報。忽見中軍投進一封京報❶，拆開一看，只見上面寫著：

本月某日，大學士沈謙本奏：越國公羅增奉旨領兵，征剿韃靼，不意兵敗被擒。羅增貪生怕死，已降番邦。聖上大怒，即著邊關差官宗信升指揮之職，領三千鐵馬，同侍衛四人守關前去。後

❶ 京報：此處當指邸報。漢唐時代地方長官於京師設邸，邸中傳抄詔令奏章等，以報於諸藩，故稱邸報。後世因稱朝廷官報為邸抄。明末始有活字邸報，清季由報房刊行，稱京報。

又傳旨，著錦衣衛❷將羅增滿門抄斬，計人丁五十二口。內中只有羅增二子逃脫：長子羅燦，次子羅焜。為此特仰各省文武官員、軍民人等，一體遵悉，嚴加緝獲。拿住者，賞銀一千兩；報信者，賞銀一百兩；如敢隱藏不報者，一體治罪。欽此。

卻說柏老爺看完了，只急得神眉直豎，虎眼圓睜，大叫一聲，說：「罷了，罷了，恨殺我也！」哭倒在書案之上。正是「事關親戚，痛牽心腸」。當下柏老爺大哭一場：「可憐羅親家，乃世代忠良義烈男兒，怎肯屈身降賊？多應是兵微將寡，遭困在邊。惱恨奸賊沈謙，他不去提兵取救，也就罷了，為何反上他一本，害他全家的性命？難道滿朝的文武，就沒有一人保奏不成？可恨我遠在西安，若是隨朝近駕，就死也要保他一本。別人也罷了，難道秦親翁也不保奏不成？幸喜他兩個兒子遊學在外，不然，豈不是絕了羅門的後代！可憐我的女婿羅焜，不知落在何處？生死未保，我的女兒終身何靠！」可憐柏爺一連數日兩淚交流，愁眉不展。

那一日，悶坐衙內，忽見中軍❸報進稟道：「聖旨下，快請大人接旨。」柏爺聽了，不知是何旨意，吃了一驚。忙傳令，升炮開門，點鼓升堂接旨。只見那欽差大人，捧了聖旨，步上中堂，望下唱

---

❷ 錦衣尉：明代官署名，即錦衣親軍都指揮使司。原為護衛皇宮的親軍，掌皇帝出入儀仗，後兼管刑獄，有巡察緝捕權，並直接取旨行事，成為明代著名的特務組織。

❸ 中軍：清代總督、巡撫、提督、總兵直轄的綠營兵分別稱為督標、撫標、提標與鎮標，中軍為標的統領官，其性質相當於衛隊長或副官長。

道：「聖旨下，跪聽宣詔。」柏老爺跪下，俯伏在地。那欽差讀道：

奉天承運皇帝詔曰：咨爾西安都指揮使柏文連知道，朕念爾為官數載，清正可嘉。今因雲南都察院❹無人護任，加爾三級，為雲南巡按都察院之職，仍帶指揮軍務三邊總鎮。旨意已下，即往南省，毋得誤期。欽此。

那欽差宣完聖旨，柏文連謝恩已畢，同欽差見禮。邀到私衙，治酒款待，送了三百兩程儀❺，備了禮物。席散，送欽差官起身去了。正是：

黃金甲鎖雷霆印，紅錦絛纏日月符。

話說柏文連送了欽差大人之後，隨即查點府庫錢糧、兵馬器械，交代了新官。收拾行裝，連夜進了長安。見過天子，領了部憑。會見了護國公秦雙，訴出羅門被害之事：「羅太太未曾死，羅燦已投雲南定國公馬成龍去了；羅焜去投親翁，想已到府上。」柏文連吃了一驚，道：「小婿未到舍下。若是已至淮安，我的內侄侯登豈無信息報我之理？」秦雙道：「想是路途遙遠，未曾寄信。」柏爺道：「事有可疑，一定是有耽擱。」想了一想，急急寫了書信一封，暗暗叫過一名家將，吩咐道：「你與

---

❹都察院：明代改御史臺為都察院，設都御史、副都御史等職，掌規諫皇帝、評論政務、糾彈百官之職。清承明制，且總督、巡撫皆帶都察院都御史、副都御史銜，對其轄區兼行監察權。

❺程儀：贈給遠行者的財物。

我速回淮安，若是姑爺已到府中，可即令他速到我任上見我，不可有誤！」家將得令，星夜往淮安去了。柏爺同秦爺商議救取羅增之策，秦爺道：「只有到了雲南，會見馬親翁，再作道理。」秦爺治酒送行。次日，柏文連領了部憑，到雲南上任去了，不表。

且言侯登寫了假信，打發柏府家人，到西安來報小姐的假死信。那家人渡水登山，去了一個多月，才到陝西，就到指揮衙門。久已換了新官，柏老爺已到長安多時了。家人跑了一個空，思想趕到長安，又恐山遙路遠，找尋不著，只得又回淮安來了。

不表柏府家人空回，再言那穿山甲龍標奉小姐之命，帶了家書連夜登程。走了一月，到了陝西西安府柏老爺衙門。問時，衙役回道：「柏老爺已升任雲南都察院之職，半月之前，已是進京引見❻去了。」那龍標聽得此言，說道：「我千山萬水來到西安，只為柏小姐負屈含冤，棲身無處；不辭辛苦，來替他見父伸冤，誰知趕到這裡走了個空，如何是好？」想了一想，只得回去，見了小姐再作道理。隨即收拾行李，也轉淮安去了。

不表龍標回轉淮安，且言侯登送了棺材下土之後，每日思想玉霜小姐，懊悔道：「好一個風流的美女，蓋世無雙，今日死得好不明白。也不知是投河落井，也不知是逃走他方？真正可疑。只怪我太逼急了他，把一場好事弄散了，再到何處去尋第二個一般模樣的美女，以了我終身之願？」左思右想，欲心無厭。猛然想起：「胡家鎮口那個新開的豆腐店中一個女子，同玉霜面貌也還差不多，只是門戶低微些。也管不得許多了，且等我前去，悄悄的訪他一訪，看是如何，再作道理。」主意已定。用過

---

❻引見：古代禮制，皇帝接見下臣，由有關大臣引導入見，稱引見。

中飯，瞞了夫人，不跟安童，換了一身簇簇新時樣的衣服，悄悄出了後門。往胡家鎮口，到祁子富豆腐店中，來訪祁巧雲的門戶事跡。

當下獨自一個來到胡家鎮上，找尋一個媒婆，有名的，叫做王大娘，卻是個不甚正經的人家，無一個不熟識。這王大娘當下見了侯登，笑嘻嘻道：「大爺，是那陣風兒吹到奴家來的？請坐坐！」叫丫頭：「快些取茶來。」侯登吃了茶，問道：「你這裡，這些時可有好的耍耍？」王大娘道：「有幾個，只怕不中你大爺的意。」侯登道：「我前日見鎮口一個豆腐店中，倒有個上好的姿色，不知可肯與人做小的？若代我大爺做成了，自然重重謝你。」王大娘道：「聞得他是長安人氏，新搬到這裡來的。只好慢慢的俟他。」侯登大喜。當下叫幾個粉頭，在王媒婆家吃酒，吃得月上東方，方才回去。

且言柏小姐自從打發龍標動身去後，每日望他回信，悶悶不樂。當見月色穿窗，他閒步出門，到松林前看月。也是合當有事，恰恰侯登吃酒回來，打從松林經過。他乃是色中餓鬼，見了個女子在那裡看月，他悄悄的走到面前。玉霜認得是侯登，二人齊吃一驚，兩下回頭，各人往各人家亂跑。要知後事如何，且聽下回分解。

第十九回　秋紅婢義尋女主　柏小姐巧扮男裝

話說侯登在王媒婆家同幾個粉頭吃了酒，帶月走小路回來，在龍標門口經過。也是合當有事，遇見柏玉霜在松林前玩月。他吃醉了，朦朧認得是柏玉霜小姐的模樣，吃了一驚。他只認做冤魂不散，前來索命，大叫一聲：「不好了，快來打鬼！」一溜煙跑回去了。

這柏小姐也認得侯登，吃了一驚，也跑回去。跑到龍家，躲在房中，喘做一堆。慌得龍太太連忙走來，問道：「小姐，好端端的出去看月，為何這般光景回來？」小姐回道：「乾娘有所不知，奴家出去看月，誰知冤家侯登那賊，不知到那裡吃酒，酒氣衝衝的回去。他不走大路，卻從小路回去，恰恰的一頭撞見奴家在松林下。幸喜他吃醉了，只認我是鬼魂顯聖，他一路上嚇得大呼小叫的跑回去了。倘若他明日酒醒，想起情由，前來找我，恩兄又不在家，如何是好？」龍太太道：「原來如此。你不要驚慌，老身自有道理。」忙忙向廚內取了一碗茶來，與小姐吃了。

掩上門，二人坐下慢慢的商議。龍太太道：「我這房子，有一間小小的妝樓。樓上甚是僻靜，無人看見。你可搬上妝樓躲避，那時就是侯登叫人來尋，也尋不出來。好歹只等龍標回來，看你爹爹有人前來接你就好了。」小姐說：「多謝乾娘這等費心，叫我柏玉霜何以報德？」太太道：「說那裡話。」就起身點起燈火，到房內拿了一把掃帚，扒上小樓。掃去了四面灰塵，擺下妝臺，鋪設床帳。收拾完了，請小姐上去。

不言小姐在龍家避禍藏身，單言那侯登看見小姐，只嚇得七死八活的跑回家。敲開後門，走進中堂，侯氏太太已經睡了。侯登不敢驚動，書童擎燈送進書房，也不脫衣裳，只除去頭巾，脫去皂靴，掀開羅帳，和衣睡了。只睡到紅日東升，方才醒來，想道：「我昨日在那王婆家吃酒，回來從松林經過，分明看見柏玉霜在松林下看月。難道有這樣靈鬼，前來顯聖不成？又見他腳步兒走得響，如此卻又不是鬼的樣子，好生作怪！」正在那裡猜時，安童稟道：「太太有請大爺。」侯登忙忙起身，穿了衣服，來到後堂。見了太太坐下，太太道：「我兒，你昨日往那裡去的？回來太遲了，況又是一個人出去的，叫我好不放心。」侯登順口扯謊道：「昨日莫瞞姑母，蒙一個朋友留我飲酒，故此回來遲了，沒有敢驚動姑母。」太太道：「原來如此。」就拿出家務賬目，叫侯登發放。

料理已明，就在後堂談了些閒話。侯登開口道：「有一件奇事，說與姑母得知。」太太道：「又有甚麼奇事？快快說來。」侯登道：「小侄昨晚打從松園裡經過，分明看見玉霜表妹在那裡看月。我就怕鬼，回頭就跑，不想他回頭也跑。又聽見他腳步之聲，不知是人是鬼。這不是一件奇事？」那侯氏聽得此言，吃了一驚，道：「我兒，你又來呆了。若是個鬼，不過一時間隨現隨滅，一陣風就不見了，那有腳步之聲？若是果有身形，一定是他不曾死，躲在那裡甚麼人家。你去訪訪，便知分曉。」侯登被侯氏一句話提醒了，好生懊悔。跳起身來，道：「錯了，錯了！等我就去尋來。」說罷，起身就走。被侯氏扯住，道：「我兒，你始終有些粗魯。他是個女孩兒家，一定躲在人家深閨內閣，不得出來。你男客家去訪，萬萬訪不出來的；就是明知道他在裡面，你也不能進去。」侯登道：「如此說，怎生是好？」侯氏道：「只須差個丫頭，前去訪實了信，帶人去搜出人來才好。」侯登聽了，道：「好計，好計！」

姑侄兩個商議定了，忙叫丫鬟秋紅前來，寂寂的吩咐：「昨日，相公在松林裡看月，遇見小姐的。想必小姐未曾死，躲在人家。你與我前去訪訪，若是訪出蹤跡，你可回來送信與我。再帶人去領他回來，也好對你老爺。也少不得重重賞你。」秋紅道：「曉得。」

那秋紅聽得此言，一憂一喜：喜的是小姐尚在，憂的是又起干戈。原來這秋紅是小姐貼身的丫鬟，平日他主僕兩人，十分相得。自從小姐去後，他哭了幾場。樓上的東西，都是他經管。當下聽得夫人吩咐，忙忙收拾，換了衣裳，辭了夫人，出了後門。

輕移蓮步，來到松園一看，只見樹木參差，人煙稀少。走了半里之路，只見山林內有兩進草房，左右並無人家。秋紅走到跟前叩門，龍太太開了門，見是個女子，便問道：「小姐姐，你是那裡來的？」秋紅道：「我是柏府來的，路過此地歇歇。」太太聽見「柏府」二字，早已存心，只得邀他坐下。各人見禮，問了姓名，吃了茶。龍太太問道：「大姐在柏府，還是在太太房中，還是伺候小姐的麼？」秋紅聽了，不覺眼中流淚，含悲答道：「是小姐房中的。我那小姐被太太同侯登逼死了，連屍首都不見了，提起來好不淒慘。」太太道：「這等說來，你大姐還想你們小姐麼？」秋紅見太太說話有因，答道：「是我的恩主，如何不想？只因那侯登天殺的，昨晚回去，說是在此會見小姐，叫我今日來訪。奴家乘此出來走走，若是皇天有眼，叫我們主僕相逢，死也甘心。」太太假意問道：「你好日子不過，倒要出來，你不呆了？」秋紅見太太說話有因，不覺大哭，道：「聽婆婆之言，話裡有因，想必小姐在此。求婆婆帶奴家見一見小姐，就是死，也不忘婆婆的恩了。」說罷，雙膝跪下，哭倒在地。

小姐在樓上聽得明明白白，忙忙下樓走將出來，叫道：「秋紅不要啼哭，我在這裡。」小姐也忍不住，腮邊珠淚紛紛掉將下來。秋紅聽得小姐聲音，上前一看，抱頭大哭。哭了一會，站起身來，各訴別後之事。小姐將怎麼上吊，怎麼被龍標救回，怎麼寄信前去的話說了一遍，各人悲苦。秋紅道：「小姐，如今這裡是住不得了。既被侯登看見，將來必不肯干休。聞得老爺不在西安，進京去了，等到何時有人來接？不如我同小姐女扮男裝，投鎮江府舅老爺府中去罷。」小姐道：「是的，我都忘了，投我家舅舅去。路途又近些，如此甚好。」秋紅道：「且待我回去，瞞了太太，偷他兩身男衣、行李，帶些金銀首飾，好一同走路。」小姐道：「你幾時來？」秋紅道：「事不宜遲，就是今晚來了。小姐要收拾收拾，要緊。」小姐道：「曉得。」當下主僕二人算計已定，秋紅先回去了。

原來柏小姐有一位嫡親的母舅，住在鎮江府丹徒縣，姓李，名全，在湖廣做過守備的。夫人楊氏，所生一子，名叫李定，生得玉面朱唇，使一杆方天畫戟，有萬夫不當之勇，人起他個綽號，叫做小溫侯❶。這也不在話下。

單言秋紅回到柏府，見了夫人。問道：「可有甚麼蹤跡？」秋紅搖頭道：「並無蹤跡。那松林只有一家，只得三間草房。進去盤問了一會，連影子也不知道，想是相公看錯了。」夫人見說沒得，也就罷了。

---

❶ 溫侯：指東漢末年人呂布。呂布字奉先，善騎射，驍勇有力。初隨丁原，後殺原，投靠董卓，誓為父子。以後又與司徒王允合謀殺董卓，封溫侯。

單言秋紅瞞過夫人，用了晚膳。等至夜靜，上樓來拿了兩套男衣，拿了些金銀珠寶，打了個小小的包袱，悄悄的下樓。見夫人已睡，家人都睡盡，他便開了後門，趁著月色，找到龍家。見了小姐，二人大喜。忙忙的改了裝扮，辦了行李等。說到五更時分，拜別龍太太，說：「恩兄回來，多多致意。待奴家有出頭的日子，那時再來補報太太罷！」龍太太依依不捨，與小姐灑淚而別。

按下柏玉霜同秋紅往鎮江去了，且言柏府，次日起來，太太叫秋紅時，卻不見答應。忙叫人前後找尋，全無蹤跡。再到樓上查點東西，不見了好些。太太道：「不好了！到那裡去了？」吩咐侯登如此如此，便有下落。要知後事如何，且聽下回分解。

第二十回　賽元壇奔雞爪山　玉面虎宿鵓頭鎮

話說侯氏夫人聽見秋紅不見了，忙忙上樓查點東西。只見衣衫、首飾不見了許多，心中想道：「這丫頭平日為人，最是老實，今日為何如此？想必他昨日叢松裡去尋到小姐，二人會見了，叫他來家偷些東西出去，躲在人家去。過些時，等他爹爹回來，好出頭說話。自古道：『打人不可不先下手。』諒他這兩個丫頭，也走不上天去，不如我們找他回來，送了他二人性命，絕了後患，豈不為妙！」主意定了，忙叫侯登進內，商議道：「秋紅丫頭平日最是老實，自從昨日找玉霜回來，夜裡就偷些金珠銀子走了。一定是他尋著了玉霜，通同作弊，拐些東西，躲在人家去了。你可帶些家人到松林裡去，訪到了，一同捉回來。」又向侯登低聲說道：「半夜三更，絕其後患。要緊，要緊！」

侯登領命，叫了他幾名貼身心腹家人，出了後門，一路尋來。望松林裡走了半里之路，四下一望，俱無人家，只有山林之中兩進草房。侯登道：「四面人家俱遠，想就在他家了。」忙叫家人四面布下，他獨自走來，不表。

且言龍太太自從小姐動身之後，他又苦又氣：苦的是一位賢德小姐，才過熟了，卻又分離；氣的是侯登姑侄相濟為惡，逼走了佳人。正在煩悶，卻好侯登走到跟前，叫道：「裡面有人麼？」太太道：「你是何人，尊姓大名，來此何幹？」侯登道：「我是前面柏府的侯大爺，有句話來問問你的。」太太聽見「柏府」二字，早已動氣；再聽見他是侯登，越發大怒，火上加油。說道：「你有甚麼話來問你太太，你說就是了！」那侯登把龍太太當個鄉里老媽媽看待，聽得他口音自稱太太，心中也動了氣。把龍太太上下一望，說：「不是這等講。我問你：昨日可曾有個丫頭到你家來？」太太怒道：「丫頭？我這裡，一天有七八十個，那裡知道你問的是那一個！」侯登聽了，道：「想必這婆子有些風氣❶。」大叫道：「我問的柏府上可有個丫鬟走了來？」太太也大聲回道：「你柏家轉有個逼不死的小姐在此，卻沒有甚麼丫頭走來。想必也是死了，快快回去做齋！」

這一句話，把個侯登說得目瞪口呆，猶如頭頂裡打下一個霹靂。過了半會，心中想道：「我家之事，他如何曉得？一定他二人躲在他家，不必說了。」只得陪個小心，低低地問道：「老奶奶，若是當真的小姐在此，蒙你收留，你快快引我見他一面。少不得重重謝你，決不失信。」太太笑道：「你來遲了，半月之前，就是我送他到西安去了。」侯登聞言，心中大怒，道：「我前日晚上，分明看見他在你家門口。怎麼說半月之前，你就送他去了？看你一派浮言，藏匿人家婦女，當得何罪？」那龍太太聞言，那裡忍耐得住，夾臉一啐，道：「我把你這滅人倫的雜種！你在家裡欺表妹欺慣了，今日來惹太太，太太有甚錯與你？你既是前日看見在我門口，為甚麼不當時拿他回去，今日卻來問你老娘要人？放你娘的臭狗屁！想是你看花了眼了，見了你娘的鬼了。」

當下侯登被龍太太罵急了，高聲喝道：「我把你這個大膽的老婆子！這等壞嘴亂罵，你敢讓我搜麼？」龍太太道：「我把你這個雜種！你家人倒死了，做齋埋七，棺材都出了，今日又到我家搜人！

❶ 風氣：此處意為顛狂。

我太太是個寡婦，你搜得出人來是怎麼，搜不出人來是怎麼？」侯登道：「搜不出來，便罷；若是搜出人來，少不得送你到官，問你個拐帶人口的罪！」龍太太道：「我的兒，好算帳！搜不出人來，連皮也莫想一塊整的出去，我叫你認得太太就是了。」閃開身子，道：「請你來搜！」侯登心裡想道：「諒他一個村民，料想他不敢來惹我。」帶領家人，一齊往裡擁去。

龍太太見眾人進了門，自己將身上絲絛一緊，頭上包頭一勒，攔門坐下。侯登不知好歹，搶將進去，帶領家人分頭四散，滿房滿屋都細細一搜，毫無蹤跡。原來，小姐的衣服鞋腳，都是龍太太收了。這侯登見搜不出蹤跡，心內著了慌，道：「罷了，罷了，中這老婆子的計了。怎生出他的門？」眾家人道：「不妨事，諒他一個老年家，怕他怎的！我們一擁出去，他老年人那裡攔得住！」侯登道：「言之有理。」眾人當先，侯登在後，一齊衝將出來。

誰知龍太太乃獵戶人家，有些武藝的。讓過眾人，一把揪住侯登，摜在地下，說道：「你好好的還我一個贓證！」說著，就是夾臉一個嘴巴子打來。侯登大叫道：「饒命！」眾人來救時，被龍太太扯著衣衫，死也不放。被一個家人一口咬鬆了太太的手，侯登扒起來就跑。太太趕將出來，一把抓住那個家人，亂撕亂咬，死也不放。那侯登被太太打了個嘴巴，渾身扯得稀爛，又見他打這個家人，氣得個死，大叫眾人：「與我打死這個婆子，有話再說！」眾人前來動手，太太大叫大喊：「拿賊！」不想事有湊巧，太太喊聲未完，只見大路上來了凜凜一大漢，見八九個少年人同個老婆子打，上前大喝道：「少要撒野！」掄起拳來就打，把侯登同七八個家人打得四散奔逃，溜了回去。

你道這黑漢是誰？原來就是賽元壇胡奎。自從安頓了祁子富三人，他就望四路找尋羅焜的消息。

訪了數日，今日本要回去，要奔雞爪山。恰恰路過松園，打散了眾人，救起龍太太。太太道：「多謝壯士相救，請到舍下少坐。」胡奎同太太來到家中，用過茶，通過名姓。胡奎問道：「老婆婆，你一個人為何同這些人相打？」太太道：「再不要說起。」就將柏小姐守節自盡的事，細細說了一遍；侯登找尋之事，又細細說了一遍。胡奎歎道：「羅賢弟有這樣一位賢弟媳，可敬！」胡奎也將羅焜的事，細細說了一遍。太太也歎道：「謝天謝地，羅焜尚在，也不枉柏玉霜苦守一場！」二人談了一會。胡奎說道：「太太既同侯登鬧了一場，此地住不得了。不如搬到舍下，同家母作伴。住些時，等令郎回來，再作道理不遲。」太太道：「萍水相逢，怎敢造次？」胡奎道：「不必過謙，就請同行。」太太大喜，忙忙進房，收拾了細軟。封住了門戶，同胡奎到胡家鎮去了。

那龍太太拿了包袱，一齊動身，來到村中。進了門，見過禮，胡奎把龍府之事，細細說了一遍。胡太太也自歡喜，收拾房屋，安頓龍太太。次日，胡奎收拾，往雞爪山去了。

且言侯登捱了一頓打，回去請醫調治，將養安息，把那找尋小姐的心腸，早已擱起來了。

話分兩頭。且言羅焜，自從在兗州府鳳蓮鎮病倒在魯國公程爺莊上，多蒙程玉梅照應，養好病，又暗許終身，住了一月有餘。那日，程爺南莊收租回來，見羅焜病好了，好生歡喜。治酒與羅焜起病，席上問起根由，羅焜方才說出遇難的緣故，程爺歎息不已。落後程爺說道：「老夫有一錦囊，侯賢侄尋見尊大人之後，面呈尊大人。內中有要緊言語，此時不便說出。」羅焜領命。

程爺隨即入內，修了錦囊一封，又取出黃金兩錠，一並交與羅焜，道：「些須致意，聊助行裝。」羅焜道：「老伯盛情，叫小侄何從補報？」程爺道：「你我世交，不必客套。本當留賢契再過幾月，有事在身，不可久羈了。」羅焜感謝，當即收拾起身，程爺送了一程回去。

羅焜在路走了三日，到了一個去處，地名叫做鵝頭鎮。天色已晚，公子就在鎮上尋了個飯店。才要吹燈安睡，猛聽得一聲喊叫。多少人擁進店來，大叫道：「在那間房裡？」公子大驚，忙忙看時，不知是何等樣人，且聽下回分解。

第二十一回　遇奸豪趙勝逢凶　施猛勇羅焜仗義

話說羅焜在鵝頭鎮上飯店投宿，他是走倦了的人，吃了夜飯，洗了手腳，打開行李要睡。才關上門，正欲上床，猛聽得嘈嚷之聲，擁進多少人來，口中叫道：「在那間房裡，莫放走了他！」一齊打將進來。羅焜聽得此言吃了一驚，道：「莫非是被人看破了，前來拿我的？不要等他擁進來，動手之時不好展勢。」想了一想，忙忙拿了寶劍在手，開了窗子，打的一個飛腳，跳上房檐，閃在天溝裡黑暗之處。望下一看時，進來了十五六個人，一個個手拿鐵尺棍杖，點著燈火，往後面去了。一時間，只聽得後面哭泣之聲，那些人綁了一條大漢、一個婦人，哭哭啼啼的去了。那一眾人去後，只見那店家擎燈進來關門，口裡言道：「阿彌陀佛！好端端的，又來害人的性命，這是何苦！」店小二關好了門，自去睡了。

羅焜方才放心，跳下窗子，上床去睡。口中不言，心中想道：「方才此事，必有原故。要是拿的強盜，開店的就不該歎息，怎麼又說『好端端的，又來害人的性命』？是何道理？叫我好不明白。」公子想了一會，也就睡了。

次日早起，店小二送水來淨面，羅焜問店小二道：「俺有句話要問你：昨日是那個衙門的捕快兵丁，為何這等凶險？進店來就拿了一男一女，連夜去了，是何道理？」店小二搖搖手，道：「你們出外的人，不要管別人的閒事。自古道得好：『各人自掃門前雪，休管他家瓦上霜。』不要管他的閒事。」羅焜聽了越發動疑，便叫：「小二哥，我又不多事，你且說了何妨？」店小二道：「你定要問我，說出來，你卻不要動氣。我們這鄆城縣鵝頭鎮有一霸，姓黃，名叫黃金印，綽號叫做黃老虎。有萬頃良田，三樓珠寶。他是當朝沈太師的門生，鎮江米提督❶的表弟。他倚仗這兩處勢力，結交府縣官員，欺負平民百姓。專一好酒貪花，見財起意，不知占了多少良家婦女、田園房產。強買強賣，依他便罷，如不依他，不是私下處死，就是送官治罪。你道他狠也不狠？」

羅焜聽了此言，心中大怒，道：「反了！世上有這等不平的事，真正的可恨！」那店小二見羅焜動了氣，笑道：「小客人，我原說過的，你不要動氣呀！下文我不說了。」羅焜一把抓住，道：「小二哥，你一發說完了，昨日拿去一男一女是誰？為何拿了去的？」店小二道：「說起來話長哩！那一男一女，他是夫妻二人：姓趙，名叫趙勝，他妻子孫氏。聞得他夫妻兩個都是好漢，一身的好武藝。只因趙勝生得青面紅鬚，人都叫他做瘟元帥；他妻子叫做母大蟲孫翠娥，他卻生得十分姿色。夫妻二人一路上走馬賣拳，要上雲南有事。來到我們店中，就遇見了黃老虎。這黃老虎是個色中的餓鬼，一見了孫氏生得齊整，便叫去家中玩耍。不想那趙勝在路上受了點涼，就害起病來。這黃老虎有心要算計孫氏，便假意留他二人在家。一連過了半月，早晚間調戲孫氏，孫氏不從，就告訴趙勝。趙勝同黃老虎角口，帶著病，清早起來，就到我們店中來養病，告訴了我們一遍。我們正替他憂心，誰知晚上就來拿了去了。小客人，我告訴你，你不可多事，要緊！」羅焜聽了，只氣得兩太陽冒火，七竅內生

❶ 提督：此官職始於明代，但不常置。清代設提督軍務總兵官，簡稱提督，一般為一省的高級武官。

煙。便問店小二道：「不知捉他去，怎麼樣發落？」店小二道：「若是送到官，打三十可以放了；若是私刑，只怕害病的人，當不起就要送命。」羅焜道：「原來如此利害！」店小二道：「利害的事多哩，不要管他。」放下臉水就去了。

這羅公子洗了臉，籠髮包巾，用過早湯，坐在客房，想道：「若是俺羅焜無事在身，一定要前去除他的害。怎奈俺自己血海的冤仇還未伸哩，怎能先代別人出力？」想了一想，道：「也罷，我且等一等，看風聲如何，再作道理。」等了一會，心中悶起來，走到飯店門口閒望。只聽得遠遠的哼聲不止，回頭一看，只見孫氏大娘扶了趙勝，夫妻兩個一路上哭哭啼啼的，哼聲不止，走回來了。

公子看趙勝生得身長九尺，面如藍靛，鬚似朱砂，分明是英雄的模樣。可憐他哼聲不止，走進店門，就睡在地下。店小二捧了開水與他吃了，問道：「趙大娘，還是怎樣發落的？」那孫翠娥哭哭啼啼的說道：「小二哥有所不知，誰知黃老虎這個天殺的，他同府縣相好，寫了一紙假券送到縣裡，說我們欠他飯銀十兩，又借了他銀子十兩，共欠他二十兩銀子。送到官，說我們是異鄉的拐子，江湖上的光棍，見面就打了四十大板，限三日內，還他這二十兩銀子。可憐冤枉殺人，有口難分，如何是好？」說罷，又哭起來了。店小二歎道：「且不要哭，外面風大，扶他進去睡睡，再作道理。」

店小二同孫氏扶起趙勝，可憐趙勝兩腿打得鮮血淋淋，一攲❷一跛的進房去了。店小二說道：「趙大爺病後之人，又吃了這一場苦，必須將養才好。我們店裡，是先付了房飯錢，才好備食。」孫翠娥見說這話，眼中流淚道：「可憐我丈夫病了這些時，盤纏俱用盡了，別無法想。只好把我身上這件上

---

❷ 攲：斜，傾側。

蓋衣服，煩你代我賣些銀子來，糊過兩天，再作道理。」說罷，就將身上一件舊布衫兒脫將下來，交與店小二。店小二拿著這件衣衫往外正走，不防羅焜閃在天井裡聽得明白，攔住店小二，道：「不要走。諒他這件舊衣衫，能值多少？俺這裡有一錠銀子，約有三兩，交與你代他使用。」小二道：「客人仗義疏財，難得，難得，難得！」便將銀子交與孫氏，道：「多蒙這位客人借一錠銀子與你養病，不用賣衣服了。」那孫氏見說，將羅焜上下一望，見他生得玉面朱唇，眉清目秀，相貌堂堂，身材凜凜，是個正人模樣。忙忙立起身來，道：「客官，與你萍水相逢，怎蒙厚賜？這是不敢受的。」羅焜道：「此須小事，何必推辭。只為同病相憐，別無他意，請收了。」孫翠娥見羅焜說話正大光明，只得進房告訴趙勝。趙勝見說，道：「難得如此，這般仗義疏財。你與我收下銀子，請他進來談談，看他是何等之人。」正是：

平生感義氣，不在重黃金。

那孫氏走出來，道：「多謝客官，愚夫有請。」羅焜道：「驚動了。」走到趙勝房中，床邊坐下。孫氏遠遠站立，趙勝道：「多蒙恩公的美意，改日相謝。不知恩公高姓大名，貴府何處？」羅焜道：「在下姓章，名焜，長安人氏。因往淮安有事，路過此地。聞得趙兄要往雲南，不知到雲南那一處？」趙勝道：「只因有個舍親，在貴州馬國公標下做個軍官，特去相投。不想路過鄆城，弄出這場禍來，豈不要半途而廢？」羅焜見他說，去投馬國公標下的軍官，正想起哥哥的音信。才要談心，只見店小二報道：「黃大爺家有人來了。」羅焜聞得，往外一閃。只見眾人進了中門，往後就走，叫道：「趙勝在那裡？」要知後事如何，且聽下回分解。

第二十二回　寫玉版❶趙勝傳音　贈黃金羅焜寄信

話說羅焜贈了趙勝夫妻一錠銀子養病，感恩不盡，請公子到客房來談心。他二人俱是英雄，正說得投機，只見店小二進來，報道：「黃大爺家有人來了。」羅焜聽得此言，忙忙閃出房門。站在旁邊看時，只見跑進四個家丁，如狼似虎的大叫道：「趙勝在那裡？」

孫氏大娘迎出房來，道：「在這裡呢，喊甚麼？」那四個人道：「當家的在那裡？」孫氏道：「今日被那瘟官打壞了，已經睡了，喚他做甚麼？難道你家大爺又送到官不成？」那家人道：「如今不送官了，只問他二十兩銀子，可曾有法想。我家大爺倒有個商議。」孫氏大娘聽了早已明白，回道：「銀子是沒有，倒不知你家大爺有個甚麼商議，且說與我聽聽。」家人道：「這個商議，與你家趙大爺倒還有益。不但不要他拿出二十兩銀子來，還要落他二三十兩銀子回去，豈不是一件美事？只是事成之後，卻要重重謝我們的。」孫氏道：「但說得中聽，少不得自然謝你們。」那個家人道：「現今我家大爺房內，少個服侍的人，若是你家當家的，肯將你與我家大爺做個如夫人❷，我家大爺情願與你家丈夫三十兩銀子，還要恩待你。那時你當家的也有了銀子，又不吃打了；就是你大娘也到了好處，省

❶ 玉版：紙名。

❷ 如夫人：妾的別稱，多用於稱他人的妾。

得跟這窮骨頭。豈不是一件美事?」

那家人還未曾說得完，把個孫氏大娘只氣得柳眉直豎，杏眼圓睜，一聲大喝道：「該死的奴才，如此放屁！你們回去，問你家該死的主人，他的老婆肯與人做小，我奶奶也就肯了。」說著，就站起身來，把那家人照臉就是一個嘴巴，打得那個家人滿口流血。眾家人一齊跳起來，罵道：「你這個大膽的賤人！我家大爺抬舉你，你倒如此無禮，打起我們來了。我們今日帶你進府去，看你怎樣布擺。」便來動手扳拉孫氏。誰知孫氏大娘雖是女流，卻是一身好本事，撒開手一頓拳頭，把四個家人只打得鼻塌嘴歪，東倒西跌，站立不住。一齊跑出，口中罵道：「賤人！好打，好打，少不得回來有人尋你算帳就是了！」說罷，一溜煙跑回去了。羅焜讚道：「好一個女中豪傑，難得，難得！」

當下孫氏大娘打走了黃府中家丁，趙勝大喜，又請羅焜進房說話。把個店小二嚇得目瞪口呆，進房埋怨道：「罷了，罷了，今番打了他不大緊，明日他那些打手來時，連我的店都要打爛了。你們早些去罷，免得帶累我們淘氣。」羅焜喝道：「胡說！就是他千軍萬馬，自有俺幫襯他。若是打壞了你店中傢伙，總是俺賠你。誰要你來多話?」那店小二道：「又撞著個凶神了，如何是好?」只得去了，不表。

單言羅焜向趙勝道：「既然打了他的家人，他必不肯干休。為今之計，還是怎生是好?」趙勝歎道：「虎落深坑，只好聽天而已。」孫翠娥道：「料想他今晚明早，必帶打手來搶奴家。奴家只好拼這條性命，先殺了黃賊的驢頭，不過也是一死，倒轉乾淨！」羅焜道：「不是這等說法。你殺了黃賊，自去認罪倒也罷了，只是趙大哥病在店中，他豈肯甘休?豈不是反送了兩條性命?為今之計，只有明日就將二十兩銀子送到鄆城縣中，消了公案，就無事了。」趙勝道：「恩公，小弟若有二十兩銀子，倒無話說了。自古說得好：『有錢將錢用，無錢將命挨。』我如今只好將命挨了。」羅焜心中想道：「看他夫妻兩個俱是有用之人，不若我出二十兩銀子，還了黃金印，救他兩條性命。就是日後，也有用他二人之處。」主意已定，向趙勝道：「你二人不要憂慮，俺這裡有二十兩銀子借與你，當官還了黃賊就是了。」趙勝夫妻道：「這個斷斷不敢領恩公的厚賜！」羅焜道：「這有何妨。」

說罷，起身來到自己房中，打開行李，取了二十兩銀子，拿到趙勝房中，交與趙勝，道：「快快收了，莫與外人看見。」趙勝見羅焜正直之人，只得收了，謝道：「多蒙恩公如此仗義，我趙勝何以報德？」羅焜道：「休得如此見外。」趙勝留羅焜在房內談心，孫氏大娘把先前那一錠銀子，央店小二拿去買些柴米、油鹽、菜蔬，來請羅焜。羅焜大笑道：「俺豈是酒食之徒？今朝不便，等趙大哥的病體好了再治酒，我再領情罷。」說罷，起身就往自己房內去了。

趙勝夫妻也不敢十分相留，只得將酒菜拿到自己房中，夫婦二人自用。孫氏大娘道：「我看這少年客人，說話溫柔敦厚，作事正大光明，相貌堂堂，不是下流之人。一定是長安城中貴人的公子，隱姓埋名出來辦事的。」趙勝道：「我也疑惑，等我再慢慢盤問他便了。」當下一宿晚景已過。

次日，羅焜起來用過早飯，寫了家書。封好了，上寫：「內要信，煩寄雲南貴州府定國公馬成龍標下，面交羅燦長兄開啟，淮安羅焜拜託。」公子寫完了書信，藏在懷中。正要到趙勝房中看病，只見小二進來，報道：「不好了，黃府的打手同縣裡的人來了！」羅焜聽了，鎖了門，跳將出來，將渾身衣服緊了一緊。出來看時，只見進來了有三十個人，個個伸眉豎眼，擁將進來。

來到後頭，那兩個縣內的公人提了鐵索，一齊趕進來，大叫道：「趙勝在那裡？快快出來！」那孫大娘見勢頭凶惡，忙忙把頭上包頭紮緊，腰中拴牢。藏了一把尖刀，出房來道：「又喊趙勝怎的？」眾人道：「只因你昨日撒野，打了黃府的眾人。黃老爺大怒，稟了知縣老爺。特來拿你二人，追問你的銀子，還要請教你這拳頭，到黃府耍耍。」孫氏大娘道：「他要銀子，等我親自到衙門去繳，不勞諸公費事；若是要打，等我丈夫好了，慢慢的請教。」眾人道：「今日就要請教！」說還未了，三十多人一齊動手，四面擁來。孫氏將身一跳，左右招架，一場惡打。

羅焜在旁邊見黃府人多，都是會拳的打手，惟恐孫氏有失，忙忙搶進一步，就在人叢中喝聲：「休打！」用兩隻手一架，左手護住孫氏，右手擋住眾人，好似泰山一般，眾人那裡得進。羅焜道：「聞得列位事已到官，何必又打？明日叫他將二十兩銀子送來繳官就是了，何必動氣。自古道：一人拚命，萬夫難當。倘若你們打出事來，豈不是人財兩空？依了我，莫打的好。」眾人仗著人多勢眾，那裡肯依，都一齊亂嚷道：「你這人休得多事，他昨日撒野，打了我們府裡的人，今日我們也來打他一陣。」說罷，仍擁將上來要打。羅焜大怒，道：「少要動手，聽俺一言：既是你們要打，必須男對男，女對女，才是道理；你們三十多人打他一個女子，就是打勝了他，也不為出奇。你們站定，待我打個樣兒你們看看。」眾人被羅焜這些話，說得啞口無言，欲要認真，又不敢動手；只得站開些，看他怎生打法。

羅焜跳下天井一看，只見一塊石頭，有五六尺長，二三尺厚，約有千斤多重。羅焜先將左手一扳，故意兒笑道：「弄他不動。」眾人一齊發笑。羅焜喝聲：「起來罷！」輕輕的托將起來，雙手捧著，平空望上一攛，攛過房檐三尺多高。那石頭落將下來，羅焜依然接在手中，放在原處，神色不變。喝道：「不依者，以此石為例！」眾人見了，只嚇得魂飛魄散，不敢動手，只得說道：「你壯士相勸，打是不打了。只是二十兩銀子是奉官票❸的，追比❹得緊，必須同我們去繳官。」羅焜道：「這個自然。」就叫孫氏快拿銀子，同去繳官要緊。要知後事如何，且聽下回分解。

❸ 官票：官府出的兌取銀錢的憑證。票，紙片。

❹ 追比：官府對差役限期完成差事，到期查驗。如違期未能完成，即加杖責。

第二十三回　羅焜夜奔淮安府　侯登曉入錦亭衙

詞曰：

五霸爭雄列國，六王戰鬥春秋。七雄吞併滅東周，混一乾坤宇宙。
五鳳樓❶前勛業，淩煙閣上風流。英雄一去不回頭，剩水殘山依舊。

話說眾人見羅焜勇猛，不敢動手。一齊向公子說道：「既是壯士吩咐，打是不打了。只是縣主老爺坐在堂上，著我們來追這二十兩銀子，立等回話；要趙大娘同我們去走走，莫要連累我們挨打。」羅焜見眾人說得有理，忙向孫氏丟了個眼色，道：「趙大娘，你可快快想法，湊二十兩銀子，同你趙大爺去繳官，不要帶累他們。」那孫氏大娘會意，忙忙進房來與趙勝商議。帶了銀子，扶了趙勝，出了房門。假意哼聲不止，向眾人道：「承諸位費心如此，不要帶累諸公跑路，只得煩諸位，同我去見官便了。」眾人聽了大喜：「如此甚妙。」當下眾人同趙勝竟往縣中去了。羅焜假意向眾人一拱，道：「恕不送了。」

且言眾人領了趙勝夫妻二人出了飯店，相別了羅焜，不一時，已到縣前。兩個原差將趙勝夫妻上

❶ 五鳳樓：樓名，唐與後梁在洛陽皆有五鳳樓，後借喻能文的人為五鳳樓手。

了刑具，帶進班房，鎖將起來。到宅門上回了話，知縣升堂審問。不多一時，只聽得三聲點響，鄆城縣早已坐堂，原差忙帶趙勝夫妻上去，跪將下來，侍候點名問話。

鄆城縣知縣坐了堂，先問了兩件別的事。然後帶上趙勝夫妻兩人，點名已畢，去了刑具。知縣問趙勝道：「你既欠了黃鄉紳家銀子二十兩，送在本縣這裡追比，你有銀子，就該在本縣這裡來繳；若無銀子，也該去求求黃鄉紳寬恕才是。怎麼黃鄉紳家叫人來要銀子，你倒叫你妻子撒野，打起他的家人來了，是何原故？」趙勝見問，扒上一步，哼哼的哭道：「大老爺在上，小的乃異鄉之民，遠方孤客，怎敢動手打黃鄉紳的家丁？況現欠他的銀子，又送在大老爺案下，王法昭昭，小的豈敢撒野？只因黃府的家人倚著主人的勢，前來追討銀子，出口的話，百般辱罵。小的欠他的銀子，又病在床上，只得忍受。不想他家人次後說道，若是今日沒得銀子，就要抬小的的妻小回府做妾，小的妻小急了，兩下揪打有之。」回頭指孫氏道：「求大老爺看看，小的妻小不過是個女子，小的又受了大老爺的責罰，又病在床上，不能動手，諒他一個女流，焉能打他四個大漢？求大老爺詳察。」那知縣聽了趙勝這一番口供，心中早已明白了。只得又問道：「依你的口供，是不曾打他的家人，本縣也不問你了。只問你這二十兩銀子，可有沒有？」趙勝見說，忙在腰間取出羅焜與他的那二十兩銀子，雙手呈上，道：「求大老爺消案。」那知縣見了銀子，命書吏兌明白了，分毫不少，封了封皮。叫黃府的家人領回銀子，消了公案，退堂去了。當下趙勝謝過了知縣，忙忙走出衙門，一路上歡天喜地跑回飯店來了，不表。

且言黃府的家人，領了銀子回府，見了黃金印。問道：「叫你們前去搶人，怎麼樣了？」眾家人一齊回道：「要搶人，除非四大金剛一齊請去，才得到手。」黃金印道：「怎的這樣費力？」眾家人道：「再不要提起。我們前去搶人，正與趙勝的妻小交手。打了一會，才要到手，不想撞著他同店的個客人，年紀不過二十多歲，前來扯勸，一隻手攔住趙大娘，一隻手擋住我們。我們不依，誰想他立時顯個手段，跳下天井，將六尺多長一塊石頭，約有千斤多重，他一隻手提起來，猶如舞燈草一般。舞了一會，放下來說道：『如不依者，以此為例。』我們見他如此凶惡，就不敢動手，只得同趙勝見官。不知趙勝是那裡來的銀子，就同我們見官，當堂繳了銀子。連知縣也無可奈何他，只得收了銀子，消了案，叫我們回府來送信。」那黃金印聽了此言，心中好不著惱：「該因我同那婦人無緣，偏偏的遇了這個對頭，前來打脫了，等我明日看這個客人是誰便了。」

按下黃金印在家著惱，且言趙勝夫妻二人，繳了銀子，一同跑回飯店，連店小二都是歡喜的。進了店門，向羅焜拜倒在地，道：「多蒙恩公借了銀子，救了我夫妻二人兩條性命。」羅焜向前忙忙扶起，道：「休得如此，且去安歇。」趙勝夫妻起身，進房安歇去了。

到午後，羅焜吩咐店小二買了些魚肉菜蔬，打了些酒，與趙勝慶賀，好不歡喜快樂。當下店小二備完了酒席，搬向趙勝房中，道：「這是章客人送與你賀喜的。」趙勝聽了，忙忙扒起身來，道：「多謝他，怎好又多謝他如此？小二哥，央你與我請他來，一處同飲。」店小二去了一會，回來說道：「那章客人多多拜上你，改日再來請你一同飲酒，今日不便。」趙勝聽了焦躁起來，忙叫妻小去請。孫氏只得輕移蓮步，走到羅焜房門首，叫道：「章恩公，愚夫有請！」羅焜道：「本當奉陪趙兄，只是不便，改日再會罷。」孫氏道：「恩公言之差矣，你乃正直君子，愚夫雖江湖流輩，卻也是個英雄，一同坐坐何妨？」羅焜見孫氏言詞正大，只得起身，同孫大娘到趙勝房中，坐下飲酒。

大娘站在橫頭斟酒。過了三巡，趙勝道：「恩公如此英雄豪傑，非等閒可比。但不知恩公住在長安何處？令尊太爺、太太可在堂否？望恩公指示分明，俺趙勝日後到長安，好到府上拜謝。」羅焜見問，不覺一陣心酸，虎目梢頭流下淚來。見四下無人，低聲回道：「你要問我根由，說來可慘。俺不姓章，俺乃是越國公之後，羅門之子，綽號玉面虎羅焜便是。只因俺爹爹與沈太師不睦，被他一本調去征番，他又奏俺爹爹私通外國。可憐我家滿門抄斬，多虧義僕章宏，黑夜送信與我弟兄二人，逃出長安取救，路過此處的。那雲南馬國公就是家兄的岳丈，家兄今已投他去了。聞得趙大哥要到雲南，我這裡有一封密書，煩大哥寄去。叫我家兄早早會同取救，要緊。」那趙勝夫妻聽得此言，吃了一驚，忙忙跪下道：「原來是貴人公子！我趙勝有眼不識泰山，望公子恕罪。」公子忙忙扶起，道：「少要如此，外人看見，走漏風聲，不是耍的。」二人只得起身，在一處同飲。當下又談了些江湖上事業，講了些武藝槍刀，十分相得，只吃到夜盡更深而散。

又住了幾日，趙勝棍棒瘡已癒，身子漸漸好了，要想動身。羅焜又封了十兩銀子，同那一封書信包在一處，悄悄的拿到趙勝房中，向趙勝道：「家兄的書信，千萬拜託收好了，要緊。別無所贈，這是些須幾兩銀子，權為路費，望乞收留。」趙勝道：「多蒙恩公前次大德，未得圖報；今日又蒙厚賜，叫我趙勝何以為報？」羅焜道：「快快收了上路，不必多言。」趙勝只得收了銀子、書信。出了飯店，背了行李，夫妻二人只得灑淚而別，千恩萬謝的去了。

且言羅焜打發趙勝夫妻動身之後，也自收拾行李，將程公爺的錦囊，收在貼肉身旁。還清了房錢，賞了店小二三兩銀子，別了店家，曉行夜宿，往淮安去了。在路行程非止一日，那日黃昏時分，也到淮安境內，問明白了路，往柏府而來。要知後事如何，且聽下回分解。

第二十四回　玉面虎公堂遭刑　祁子富山中送信

話說羅焜到了淮安，已是黃昏時分。問明白了柏府的住宅，走到門口叩門。門內問道：「是那裡來的？」羅焜回道：「是長安來的。」門公聽得長安來的，只道老爺有家信到了，忙忙開門。一看，見一位年少書生，又無伴侶，只得問道：「你是長安那裡來的？可有書信麼？」羅焜性急，說道：「你不要只管盤問，快去稟聲太太，說是長安羅二公子到了，有事要見。快快通報。」

那門公聽得此言，大驚，忙忙走進後堂。正遇太太同著侯登坐在後堂，門公稟道：「太太，今有長安羅二公子特來，有事要見夫人。」太太聽見，說：「不好了！這個冤家到了，如何是好？他若知道逼死了玉霜，豈肯干休？」侯登問道：「他就是一個人來的麼？」門公道：「就是一個人來的。」侯登道：「如此容易，他是自來尋死的。你可出去，暗暗吩咐家中人等，不要提起小姐之事。請他進來相見，我自有道理。」門公去了，太太忙問道：「是何道理？」侯登道：「目下各處掛榜，拿他兄弟二人，他今日是自來送死的。我們就拿他送官，一者又請了賞，二者又除了害，豈不為妙？」太太說道：「聞得他十分利害，倘若拿他不住，惟恐反受其害。」侯登道：「這有何難？只須如此如此，就拿他了。」太太聽了，大喜道：「好計！」

話言未了，只見門公領了公子，來到後堂，見了太太道：「岳母大人請坐，待小婿拜見。」太太假意含淚，說道：「賢婿一路辛苦，只行常禮罷。」羅焜拜了四雙八拜，太太又叫侯登，過來見了禮。分賓主坐下，太太叫丫鬟獻茶。太太道：「老身聞得賢婿府上凶信，整整的哭了幾天。只因山遙路遠，無法可施。幸喜賢婿今日光臨，老身才放心一二。」正是：

暗中設計言偏美，笑裡藏刀話轉甜。

當下羅焜見侯氏夫人言語之中十分親熱，只認他是真情。遂將如何被害，如何拿問，如何逃走的話，細細告訴一遍。太太道：「原來如此。可恨沈謙這等作惡，若是你岳父在朝，也同他辨白一場。」公子道：「小婿特來向岳父借一隊人馬，到雲南定國公馬伯伯那裡，會同家兄一同起兵，到邊頭關救我爹爹，還朝伸冤，報仇雪恨。不想岳父大人又不在家，又往陝西去了，如何是好？」太太道：「賢婿一路辛苦，且在這裡歇宿兩天。那時老身叫個得力的家人，同你一路前去。」羅焜以為好意，那裡知道，就同侯登談些世務❶。太太吩咐家人，備酒接風，打掃一進內書房與羅焜安歇，家人領命去了。不一時，酒席備完，家人捧進後堂擺下，太太就同羅焜、侯登三人在一處飲酒。侯登有心要灌醉羅焜，才好下手，一遞一杯，只顧斟酒。羅焜只認做好意，並不推辭，一連飲了十數杯，早已吃得九分醉了。惟恐失儀，放下杯兒，向太太道：「小婿酒已有了，求岳母讓一杯。」太太笑道：「賢婿遠來，老身不知，也沒有備得全席。薄酒無肴，當面見怪。」羅焜道：「多蒙岳母如此費心，小婿怎敢見怪？」太太道：「既不見怪，叫丫鬟取金斗過來，滿飲三斗，好安歇。」羅焜不敢推辭，只得連飲

❶ 世務：同時務，即當世的要事。

三斗，吃得爛醉如泥，伏在桌上，昏迷不醒。太太同侯登見了，心中大喜，說道：「好了，好了！他不得動了。」忙叫一聲：「人在那裡？」原來，侯登先已吩咐四個得力的家人，先備下麻繩鐵索，在外伺候。只等羅焜醉了，便來動手。

當下四名家人聽得呼喚，一齊擁進後堂。扶起羅焜，扯到書房，脫下身上衣服，用麻繩鐵索將羅焜渾身上下，捆了二三十道。放在床上，反鎖了他的房門。叫人在外面看守定了，然後侯登來到後堂，說道：「小侄先報了毛守備，調兵前來拿了他，一同進城去見淮安府，方無疏失。」太太道：「只是小心要緊。」侯登道：「曉得，不須姑母費心。只等五更將盡，小侄就上錦亭衙去了。」正是：

準備弩弓擒猛虎，安排香餌釣鰲魚。

原來淮安府城外，有一守備鎮守衙門，名喚錦亭衙。衙裡有一個署印的守備，姓毛，名真卿，年方二十六七。他是個行伍出身，卻是貪財好色，飲酒宿娼，無所不為，同侯登卻十分相好。

侯登守到五更時分，忙叫家人點了火把，備了馬。出門上馬加鞭，來到錦亭衙門前，天色還早。侯登下馬，叫人通報那守備。衙中看門的眾役，平日都是認得的，忙問道：「侯大爺，為何今日此一刻就來，有何話說？」侯登著急，說：「有機密事，前來見你家老爺。快快與我通報！」門上人見他來得緊急，忙忙進內宅門上報信，轉稟內堂。

那毛守備正在酣睡之時，聽見此言，忙忙起來，請侯登內堂相見。見過禮，分賓主坐下。毛守備開言問道：「侯年兄❷此刻光降，有何見教？」侯登道：「有一件大富貴的事，送來與老恩臺同享。」

毛守備道：「有何富貴？快請言明。」侯登將計捉羅焜之事細說一遍，道：「這豈不是一件大富貴的事？中奏朝廷，一定是有封賞的。只求老恩臺早早發兵前去拿人，要緊。」毛守備聽得此言，大喜。忙忙點起五十多名步兵，一個個手執槍刀器械，同侯登一路上打馬加鞭跑來。

不表侯登同毛守備帶了兵丁前來，且言羅焜被侯氏、侯登奸計灌醉，捆綁起來，睡到次日天亮才醒。見渾身都是繩索捆綁，吃了大驚，道：「不好了，中了計了！」要掙時，那裡掙得動。只聽得一聲吆喝，毛守備當先，領兵丁擁進房來。不由分說，把羅焜推出房門，又加上兩條鐵索，鎖了手腳。放在車中，同侯登一齊動身，往淮安府內而來。

那淮安府臧太爺，聽得錦亭衙毛守備在柏府裡拿住反叛羅焜，忙忙點鼓升堂，審問虛實。只見毛守備同侯登二人先上堂來，參見已畢。臧知府問起原因，侯登將計擒羅焜之事，說了一遍。知府叫：「將欽犯帶上堂來。」只見左右將羅焜扯上堂來跪下，知府問道：「你家罪犯天條，滿門抄斬，你就該伏法領罪才是。為甚麼逃走在外？意欲何為？一一從實招來，免受刑法！」羅焜見問，不覺大怒，道：「可恨沈謙這賊，害了俺全家性命，冤沉海底。俺原是逃出長安勾兵救父，為國除賊的，誰知又被無義的禽獸用計擒來。有死而已，不必多言！」那知府見羅焜口供甚是決然，又問道：「你哥哥羅燦今在那裡？快快招來。」羅焜道：「他已到邊頭關去了，俺如何知道？」知府道：「不用刑法，如何肯招？」喝令左右：「與我拖下去打！」兩邊一聲答應，將羅焜拖下，一捆，四十，可憐打得皮開肉綻，鮮血淋漓。羅焜咬定牙關，只是不語。知府見審不出口供，只得將羅焜行李打開，一看，只見

❷ 年兄：唐宋以來，科舉考試同榜登科者稱同年，互相尊稱為年兄。後泛用為對同學的尊稱。

有一口寶劍，卻寫著「魯國公程府」字號。嚇得知府說道：「此事弄大了。且將他收監，申詳❸上司，再作道理。」

不表淮安府申詳上司，單言那一日，毛守備到柏府去拿了羅焜，把一鎮市的人都轟動了。人人都來看審反叛，個個都來要看英雄。一傳十，十傳百，擠個不了。也是英雄該因有救，卻驚動了一人。你道是誰？原來就是祁子富。他進城買豆子，聽得這個消息，一驚非小。忙忙急急跑回家來，告訴女兒一遍。祁巧雲說道：「爹爹，想他當日在滿春園救了我們三人，今日也該救他才是。你可快快收拾收拾，到雞爪山去找尋胡奎，要緊。」祁子富依言，往雞爪山去了。要知後事如何，且聽下回分解。

❸ 申詳：向上司報告。詳又為官文書名，為下級官員對上級長官的報告。

第二十五回　染瘟疫羅焜得病　賣人頭胡奎探監

話說祁子富依了女兒之言，先奔胡奎家中來尋胡奎，將羅焜的事，告訴他母親一遍。胡太太同龍太太聽見此言，歎息了一會：「可憐，偏是好人多磨難！」胡太太道：「我孩兒自同龍太太回家之後，就往雞爪山去了。未曾回來，想必還在山上。你除非親到山上去走一遭，同眾人商議商議，救他才好。」祁子富道：「事不宜遲，我就上雞爪山去了。我去之後，倘若胡老爺回來，叫他想法要緊。」說罷，就辭了兩位太太，跑回家去吃了早飯，背了個小小的包袱，拿了一條拐杖。張二娘收了店面。

才要出門，只見來了一條大漢，掛著腰刀，背著行李，走得滿面風塵。進店來，問道：「借問一聲，鎮上有個獵戶，名叫龍標，不知你老丈可認得他？」祁子富道：「龍標？我卻聞名，不曾會面。轉是龍太太，我卻認得，才還看見的，你問他怎的？」龍標聽得此言，滿面陪笑，忙忙下拜，道：「那就是家母。在下就是龍標，只因出外日久，今日才回來，見鎖了門，不知家母那裡去了。既是老丈才會見的，敢求指引。」祁子富聽了，好生大喜，說道：「好了，又有了一個幫手到了。」忙忙放下行李，道：「我引你去見便了。」

二人出了店門，離了鎮口，竟奔胡府而來。一路上，告訴他前後緣故，龍標也自放心。不一時，來到胡府，見了兩位太太。龍太太見兒子回來，好不快樂，忙問：「小姐的家信，可曾送到？」龍標回言：「我走到西安，誰知柏老爺進京去了，白走了一遭，信也沒有送到。」太太道：「幸虧柏小姐去了。若是在這裡，豈不是等了一場空了？」龍標忙問道：「小姐往那裡去了？」龍太太就將遇見侯登，叫秋紅探聽信息，主僕相會，商議逃走，到鎮江投他母舅，後來侯登親自來尋，相鬧一場，多蒙胡奎相救的話，從頭至尾，告訴了一遍。

龍標聽了，大怒道：「可恨侯登如此作惡，倘若撞在我龍標手中，他也莫想活命！」太太說道：「公子羅焜誤投柏府，如今也被他拿住了，送在府裡。現今在監，生死未定，怎生救得他才好？」龍標聽了，大吃一驚。問道：「怎生拿住的？」祁子富說道：「耳聞得侯氏同侯登假意殷勤，將酒灌醉，昏迷不醒，將繩索綁起。報與錦亭衙，毛守備帶領兵丁，同侯登解送府裡去的。幸喜我進城買豆子，才得了這個信息。我如今要往雞爪山去，找尋胡老爺來救他，只是衙門中，要個人去打聽打聽才好。」龍標道：「這個容易。衙門口我有個朋友，央他自然照應。只是你老爺上雞爪山，速去速來才好。」祁子富道：「這個自然，不消吩咐。」當下二人商議已定。祁子富走回家，背了行李，連夜上雞爪山去了。

不表祁子富上雞爪山去，單言龍標，他也不回家去，就在胡府收拾收拾，帶了幾兩銀子，離了胡家鎮，放開大步，進得城來，走到府口。他是個獵戶的營生，官裡有他的名字、錢糧差務，那些當門戶的，都是認得他的。一個個都來同他拱拱手，說道：「久違了，今日來找那個的？」龍標道：「來找王二哥說話的。」眾人道：「他在街坊上呢。」龍標道：「難為。」別了眾人來到街上，正遇見王二哥，把他扯定，到茶坊裡對面坐下。龍標道：「聞得府裡拿住了反叛羅焜，送在監裡，老兄該有生色了。」王二將眉一皺，說道：「大哥不要提起，這羅焜身上連一文也沒有得，況且他是個公子的性兒，一時要茶要水，亂喊亂罵。他又無親友，這是一件苦差。」龍標道：「王二哥，我有一件心事同你商議。耳聞得羅焜在長安是一條好漢，我與他有一面之交；今日聞得他如此犯事，我特備了兩肴，來同他談談。一者完昔日朋友之情，二者也省了你家茶水，三者小弟少不得候你，不知你二哥意下如何？」那王二沉吟，暗想道：「我想龍標，他是本府的獵戶，想是為朋友之情，別無他意，且落得要他些銀子再講。」主意已定，向龍標說：「既是賢弟面上，有何不可？」龍標見王二允了，心中大喜。忙向腰內拿出一個銀包，足有三兩，送與王二道：「權為使費。」王二假意推辭了一會，方才收下。龍標又拿出一錠銀子，說道：「這錠銀子，就煩二哥拿去買兩樣菜兒，央二嫂子收拾收拾。」

那王二拿了銀子，好不歡喜，就邀龍標到家坐下。他忙忙拿了銀子，帶了籃子，上街去買菜，打酒整治。龍標在他家等了一會，只見王二帶了個小伙計，拿了些雞鴨、魚肉、酒菜等件，送在廚下，忙叫老婆上鍋，忙個不了。龍標說道：「難為了嫂子，忙壞了。」王二道：「你我弟兄都是為朋友之事，這有何妨。」不一刻，俱已備辦現成了。

等到黃昏之後，王二叫人挑了酒菜，同龍標二人，悄悄走到監門口。王二叫伙計開了門，引龍標入內。那龍標走到；裡面一看，只見黑洞洞的，冷風撲面，臭氣衝人，那些受了刑的罪犯，你哼我叫，可憐哀聲不止，好不淒慘。龍標見了，不覺歎息。那禁子王二領了龍標，來到羅焜的號內，掛起燈籠，開了鎖。只見羅焜蓬頭赤腳，睡在地下，哼聲不止。王二近前叫道：「羅相公不要哼，有人來看你了。」

連叫數聲，羅焜只是二目揚揚，並不開口。原來羅焜捱了打，著了氣，又感冒風寒；進了牢，又被牢中獄氣一衝，不覺染了瘟疫症，病重不知人事。王二叫龍標來看，那龍標又沒有與羅焜會過，平日是聞他名的，領了祁子富之命而來，見他得了病症，忙上前來看。看那羅焜，渾身似火，四足如冰，十分沉重。龍標道：「卻是無法可施。」只得將身上的衣服脫下一件，叫王二替他蓋好了身子，將酒肴捧出牢來，一同來到王二家中。

二人對飲了一會，龍標問道：「醫生可得進去麼？」王二笑道：「這牢裡醫生那肯進去？連官府拿票子差遣，他也不肯進這牢裡去的。」龍標聽了，暗暗著急，只得拜託王二，早晚間照應照應；又稱了幾兩銀子，託他買床鋪蓋，餘下的銀子，買些生薑丸散等件與他調理。龍標料理已定，別了王二，說道：「凡事拜託。」連夜回家去了。

不表龍標回家，單言祁子富自從別了龍標，即忙動身，離了淮安曉行夜宿，奔山東登州府雞爪山而來。在路行程，非止一日。那日黃昏時分，已到山下，遇見了巡山的嘍囉前來擒捉他。祁子富道：「不要動手，煩你快快通報一聲，說淮安祁子富，有機密事要見胡大王的。」嘍囉聽了，就領祁子富進了寨門，即來通報：「啟上大王，今有淮安祁子富，有機密事求見胡大王，特來稟報。」胡奎聽了，說道：「此人前來，必有原故。」裴天雄道：「喚他進來，便知分曉。」

當下祁子富隨嘍兵上了聚義廳，見了諸位大王，一一行禮。胡奎問道：「你今前來，莫非家下有甚麼原故？」祁子富見問，就講：「羅焜到淮安投柏府認親，侯登用計，同毛守備解送到府裡，現今在監，事在危急。我特連夜來山，拜求諸位大王救他才好！」胡奎聽得此言，只急得暴躁如雷，忙與眾人商議。賽諸葛謝元說道：「諒此小事，不須著急。裴大哥與魯大哥鎮守山寨，我等只須如此如此，就是了。」

裴天雄大喜，點起五十名嘍兵，與胡奎、祁子富作前隊引路，過天星孫彪領五十名嘍兵，為第二隊，賽諸葛謝元領五十名嘍兵，為第三隊，兩頭蛇王坤領五十名嘍兵，為第四隊，雙尾蝎李仲領五十名嘍兵，為第五隊，又點五十名能幹的嘍兵下山，四面巡風報信。當下五條好漢、三百嘍兵裝束已畢，一隊人馬下山，奔淮安府而來。

不一日，已到淮安，將三百名嘍兵分在四路住下。五條好漢同祁子富歸家探信，正遇龍標從府前而回。同眾人相見了，說：「羅焜病重如山，諸位前來，必有妙策。只是一件，目下錦亭衙毛守備同侯登相厚，防察甚是嚴謹。你們五人在此，倘若露出風聲，反為不便。」胡奎道：「等俺今日晚上，先除一害，再作道理。」

當下六條好漢商議已定，都到龍標家中。龍標忙去治了酒席，款待眾人。吃到三更以後，胡奎起身，脫去了長衣服，帶了一口短刀，向眾人說道：「俺今前去，結果了毛守備的性命，再來飲酒。」說罷，站起身來，將手一拱，跳出大門，竟奔錦亭衙去了。不知毛守備死活存亡，且聽下回分解。

第二十六回　過天星夜請名醫　穿山甲計傳藥鋪

話說胡奎別了五位英雄，竟奔錦亭衙而來。到了衙門東首牆邊，將身一縱，縱上了屋。順著星光找到內院，輕輕跳下，伏在黑暗之處。只見一個丫鬟拿著燈走將出來，口裡唧唧噥噥，說道：「此刻才睡。」一說著，走進廂房去了。胡奎暗道：「想必就是他的臥房。」停了一會，悄悄來到廳下。一張，只見殘燈未滅，他夫妻已經睡了。胡奎輕輕撥開房門，走至裡面。他二人該當命到無常，吃醉了酒，俱已睡著。胡奎掀起帳幔，只一刀，先殺了毛守備，那一顆血淋淋的人頭滾將下來。夫人驚醒，看見一條黑漢手執利刀，才要喊叫，早被胡奎順手一刀，砍下頭來。將兩個血淋淋的人頭，結了頭髮扣在一處，扯了一幅帳幔，包將起來，背在肩上。插了短刀，走出房來，來至天井將身一縱，縱上房屋，輕輕落下，上路而回。

一路上趁著星光，到了龍標門首。那時已是五更天氣，五人正在心焦，商議前來接應，忽見胡奎跳進門來，將肩上的物件往地下一摜。眾人吃驚，上前看時，卻是兩個人頭包在一處。眾人問道：「你是怎生殺的？這等爽快！」胡奎將越房殺了毛守備夫妻兩個說了一遍，大家稱羨。仍包好了人頭，重又飲了一會，方才略略安歇。不表。

單言次日，那城外面的人都鬧反了，俱說毛守備的頭不見了。兵丁進城報了知府，知府大驚，隨即上轎來到衙裡相驗屍首，收入棺內，用封皮封了棺木。問了衙內的人口供，當時做了文書，通詳上司；一面點了官兵捕快，懸了賞單，四路捉拿偷頭的大盜，好不嚴緊。淮安城內人人說道：「才拿住反叛羅焜，又弄出偷頭的事來，必有蹊蹺。」連知府也急得無法可治。

不表城內驚疑，單言眾人起來，胡奎說道：「羅賢弟病在牢內，就是劫獄，也無內應；且待我進牢去，做個幫手，也好行事。」龍標道：「不是玩耍，小心要緊！」胡奎道：「不妨。你只是當常來往，兩邊傳信就是了。」

商議已定，胡奎收拾停當，別了眾人，帶了個人頭進城。來到府門口，只見那些人三五成群，都說的偷頭的事。胡奎走到鬧市裡，把一個血淋淋的人頭朝街上一摜，大叫道：「賣頭！賣頭！」嚇得眾人一齊喊道：「不好了！偷頭的人來賣頭了！」一聲喊叫，早有七八個捕快兵丁擁來，正是毛守備的首級。一把揪住胡奎，來稟知府。知府大驚，道：「好奇怪！那有殺人的人還把頭拿了來賣的道理？」忙忙傳鼓升堂審問。

只見眾衙役拿著一個人頭，帶著胡奎跪下。知府驗過了頭，喝道：「你是那裡人？好大膽的強徒，殺了朝廷的命官，還敢前來賣弄！我想你的人多，那一個頭而今現在那裡？從實招來，免受刑法！」胡奎笑道：「一兩個人頭，要甚麼大緊。想你們這些貪官汙吏，平日盡不知害了多少人的性命，倒來怪俺了。」知府大怒，喝令：「與我扯下去，夾起來！」兩邊答應一聲，將胡奎扯下去，夾將起來，三繩收足。胡奎只當不知，連名姓也不說出。知府急了，只問那個頭在那裡。胡奎大叫道：「那個頭是俺吃了。你待我老爺好些，俺變顆頭來還你；你若行刑，今夜連你的頭都叫人來偷了去，看你怎樣！」

知府吃了一驚，吩咐收監，通詳再審。

按下知府疊成文案，連夜通詳上司去了。且言胡奎，上了刑具，來到監中，將些鬼話唬嚇眾人，道：「你等如若放肆，俺叫人將你們的頭，一發總偷了去。」把個禁子王二，嚇得諾諾連聲。眾人俯就他，下在死囚號內，代他鋪下草荐，睡在地卜，上了鎖就去了。

當時事有湊巧，胡奎的柙床❶緊靠著羅焜旁邊，二人卻是同著號房。羅焜在那裡哼聲不止，只是亂罵；胡奎聽見口音，抬起頭來一看，正是羅焜睡在地下。胡奎心中暗喜，等人去了，扒到羅焜身邊，低低叫聲：「羅賢弟，俺胡奎在此看你。」羅焜那裡答應，只是亂哼，並不知人事。胡奎道：「這般光景，如何是好？」

話分兩頭。單言龍標當晚進城找定王二，買了些酒肉，同他進監來看羅焜。他二人是走過幾次的，獄卒都不盤問。當下二人進內，來到羅焜床前，放下酒肴與羅焜吃時，羅焜依舊不醒。掉回頭來，卻看見是胡奎，胡奎也看見是龍標，兩下裡只是不敢說話。龍標陡生一計，向王二說道：「我今日買了一服丸藥來與他吃，煩你二哥去弄碗蔥薑湯來才好。」王二只得弄開水去了。龍標哄開王二，胡奎道：「羅焜的病重，你要想法請個醫生來，帶他看看才好。」龍標道：「名醫卻有，只是不肯進來。」胡奎道：「你今晚回去，與謝元商議便了。」二人關會已定，王二拿了開水來了。龍標扶起羅焜吃了丸藥，別了王二，來到家中。

會過眾位好漢，就將胡奎的言語向謝元說了一遍。謝元笑道：「你這裡可有個名醫？」龍標回道：

❶ 柙床：此處當指牢中的地鋪。柙，原意為關獸的木籠。

「就是鎮上有個名醫，他有回生的手段，人稱他做小神仙張勇。只是請他不去。」謝元道：「這個容易，只要孫賢弟前去走走，就說如此如此便了。」眾人大喜。

當日黃昏時候，那過天星的孫彪，將毛守備夫人的那顆頭背在肩上，身邊帶了短兵器。等到夜間，行個手段，邁開大步，趕奔鎮上而來，找尋張勇的住宅。若是別人，深黑之時看不見蹤跡，惟有這孫彪的眼有夜光，與白日是一樣的。不多一時，只見一座門樓，上面開著門，門上有一匾，匾上有四個大字，寫道：「醫可通神。」尾上有一行小字為：「神醫張勇立。」孫彪看見，大喜道：「好了，找到了！」上前叩門。

卻好張勇還未曾睡，出來開門，會了孫彪，問他來因。孫彪道：「久仰先生的高名，只因俺有個朋友，得了病症在監內，意欲請先生進去看一看，自當重謝。」張勇聽得此言，微微冷笑，道：「我連官府鄉紳請我看病，還要三請四邀；你叫我到牢中去看病，太把我看輕了些。」就將臉一變，向孫彪說道：「小生自幼行醫，從沒有到監獄之中，實難從命，你另請高明的就是了。」孫彪道：「既是先生不去，倒驚動了。只是要求一服妙藥發汗。」張勇道：「這個可得。」即走進內房，去拿丸藥。孫彪吹熄了燈，輕輕的將那顆人頭，往桌子底下藥簍裡一藏，叫道：「燈熄了。」張勇忙叫小廝掌燈，送丸藥出來。孫彪接了丸藥，說道：「承受了。」別了張勇去了。這張勇卻也不介意，叫小廝關好了門戶，吹熄了燈火，就去安睡，不提。

且言孫彪離了張勇的門首，回到龍家。見了眾人，將請張勇之言說了一遍，大家笑了一會。謝元忙取過筆來，寫了一封錦囊交與龍標，說道：「明日早些起來，將錦囊帶去與胡奎知道。若是官府審問，叫他依此計而行。你然後再約捕快，叫他們到張勇家去搜頭。我明日要到別處去住些時，莫要露出風聲，我自叫孫彪夜來探聽信息。各人幹事要緊。」當下眾人商議已定。次日五更，謝元等各投別處安身去了。

單言龍標又進城來，同王二到茶坊坐下，說道：「王二哥，有宗大財送來與你，你切莫說出我來。」王二笑道：「若是有財發，怎肯說出你來？我不呆了？你且說是甚麼財。」龍標道：「那個偷頭的黑漢，我在小神仙張勇家見過他一面。聞得他都是結交江湖上的匪人，但是外路使槍棒、賣膏藥的，都在他家歇腳，有幾個同伙人是一路的。目下官府追問那個人頭，正無著落，你何不進去送個訪單？你多少些也得他幾十兩銀子使用使用。」王二道：「你可拿得穩麼？」龍標道：「怎麼不穩！只是一件，我還要送藥與羅焜，你可帶我進去。」王二道：「這個容易。」遂出了茶坊，叫小牢子帶龍標進監，他隨即就來到捕快班房，商議去了。

不表王二同眾人商議進衙門送訪，且言那小神仙張勇，一宿過來，次日早起，只見藥簍邊上、地下，有多少血跡。順著血跡一看，吃了大驚，只見一個人頭睜眼蓬頭，滾在藥簍旁邊，好不害怕。張勇大叫道：「不好了！」嚇倒在地。不知後事如何，且聽下回分解。

第二十七回 淮安府認假為真 賽元壇將無作有

話說張勇見一個血淋淋的人頭在藥簍之內，他就大叫一聲：「不好了！」跌倒在地。有小使快來扶起，問道：「大爺為何如此？」張勇道：「你、你、你看那、那桌、桌子底下，一、一個人、人頭！」小使上前一看，果是一個女人的首級。合家慌了手腳，都亂嚷道：「反了，反了！出了妖怪了，好端端的人家，怎麼滾出個人頭來了？是那裡來的？」張勇道：「不、不要聲、聲張，還、還、還是想個法、法兒才、才好。」內中有個老家人道：「你們不要吵。如今毛守備夫妻兩個頭都不見了，本府太爺十分著急，點了官兵捕快四下裡巡拿。昨日聽見人說，有個黑漢提著毛守備的頭，在府前去賣，被人拿住，審了一堂，收了監。恰恰的只少了守備夫人的頭，未曾完案。現在追尋，想來此頭是有蹊蹺，這頭一定是他的。快快瞞著鄰舍，拿去埋了。」

正要動手，只聽得前後一聲喊叫，擁進二三十個官兵捕快，正撞個滿懷。不由分說，將張勇鎖了，帶著那個人頭，拿到淮安府去了。可憐他妻子老小，一個個只嚇得魂飛魄散，嚎啕慟哭。忙叫老家人帶了銀子，到府前料理，不表。

且言王二同眾捕快將張勇帶到衙門口，早有毛守備的家人上前認了頭。那些街坊上人聽見這個信息，都來看人頭。罵道：「張勇原來是個強盜！」

不言眾人之事，單言那知府升堂，吩咐帶上張勇，罵道：「你既習醫，當知王法，為何結連強盜殺官？從頭實招，免受刑法！」張勇見問，回道：「太老爺在上，冤枉！小的一向行醫，自安本分，怎敢結連強盜？況且醫生與守備，又無仇隙，求太老爺詳察！」知府冷笑道：「你既不曾結連強盜，為何人頭在你家裡？」張勇回道：「醫生清早起來收拾藥箱，就看見這個人頭，不知從何而來。正在驚慌，就被太爺的金差拿來。小的真正是冤枉，求太爺明鏡高照！」知府怒道：「我把你這刁奴，不用刑怎肯招認？」吩咐左右：「與我夾起來！」兩邊答應一聲，就將張勇摜在地下，扯去鞋襪，夾將起來。可憐張勇如何受得起，大叫一聲，昏死在地。左右忙取涼水一噴，悠悠甦醒。知府問道：「你招不招？」張勇回道：「又無凶器，又無見證，又無羽黨，分明是冤枉，叫我從何處招起？」知府道：「人贓現獲，你還要抵賴。也罷，我還你個對證就是了。」忙拿一根朱籤，叫禁子去提那偷頭的原犯。

王二拿著籤子，進監來提胡奎。胡奎道：「又來請老爺做甚的？」王二道：「大王，我們太爺拿到你的伙計了。現在堂上審問口供，叫你前去對證。」胡奎是早間龍標進監看羅焜，將錦囊遞與胡奎看過的。他聽得此言，心中明白。同王二來到階前跪下，知府便叫：「張勇，你前去認認他。」張勇扒到胡奎跟前認，那胡奎故意著驚，問道：「你是怎生被他們捉來的？」張勇大驚，道：「你是何人？我卻不認得你！」胡奎故意丟個眼色，低聲道：「你只說認不得我。」那知府見了這般光景，心中不覺大怒，罵道：「你這該死的奴才，還不招認？」張勇哭道：「憲天太爺在上，小的實在是冤枉！他圖賴我的，我實在不認得他。」知府怒道：「你們兩個方才眉來眼去，分明是一黨的強徒，還要抵賴？」喝令左右：「將他一人一隻腿夾起來，問他招也不招！」

可憐張勇乃是個讀書人，那裡拚得過胡奎，只夾得死去活來，當受不起。胡奎道：「張兄弟，非關我事，是你自己犯出來的，不如招了罷。」張勇夾昏了，只得喊道：「太老爺，求鬆了刑，小人願招了。」知府吩咐鬆了刑。張勇無奈，只得亂招道：「小人不合結連強盜殺官府頭，件件是實。」知府見他畫了供，隨即做文，通詳上司。一面賞了捕快的花紅，一面將人犯吩咐收監。那張勇的家人聽了這個信息，跑回家中，合家痛哭恨罵。商議商議，帶了幾百兩銀子，到上司衙門中去料理去了。

且言張勇問成死罪，來到監中。同胡奎在一處鎖了，好不冤苦，罵胡奎道：「瘟強盜！我同你往日無仇，近日無冤，你害我怎的？」胡奎只是不做聲，由他叫罵。等到三更時分，人都睡了，胡奎低低叫道：「張先生，你還是要死，還是要活？」張勇怒道：「好好的人，為何不要活？」胡奎道：「你若是要活也不難，只依俺一句話。到明日朝審之時，只要俺反了口供，就活了你的性命。」張勇道：「依你甚麼話，且說來。」胡奎指定羅焜，說道：「這是俺的兄弟，你醫好了他的病，俺就救你出去。」張勇方才明白，是昨日請他不來的緣故，因此陷害。遂說道：「你們想頭也太毒了些。只是醫病不難，卻叫何人去配藥？」胡奎說：「只要你開了方子，自有一人去配藥。」張勇道：「這就容易了。」

等到次日天明，張勇扒到羅焜床前，隔著柵欄子，伸手過去，代他看了脈。胡奎問道：「病勢如何？可還有救？」張勇道：「不妨事。病雖重，待我隨醫就是了。」二人正在說話，只見龍標同王二走來。胡奎只做不知，故意大叫道：「王二，這個病人睡在此地，日夜哼喊，吵得俺難過。若再過些時，不要把俺過起病來，還怕要把這一牢的人都要過起病來。趁著這個張先生在此，順便請了替他看看也好，這也是你們的干涉。」龍標接口道：「也好，央張先生開個方兒，待我去配藥。」王二只得開了鎖，讓張勇進去，看了一會，要筆硯寫了一方兒，龍標拿了配藥去了。正是：

仙機人不識，妙算鬼難猜。

當下龍標拿了藥方飛走上街，配了四劑藥送到牢中。王二埋怨道：「你就配這許多藥來，那個服侍他？」胡奎道：「不要埋怨他，等我服侍他便了。」王二道：「又難為你。」送些了水、炭、木碗等件放在牢內，心中想：四面牆壁都是石頭，房子又高又大，又鎖著他們，也不怕他飛上天去。就將物件丟與他弄。

胡奎大喜，就急煽起火來，煎好了藥。扶起羅焜，將藥灌下去，代他蓋好了身上。也是羅焜不該死，從早睡到三更時分，出了一身大汗，方才醒轉。口中哼道：「好難過也。」胡奎大喜，忙忙拿了開水來，與羅焜吃了，低低叫道：「羅兄弟，俺胡奎在此，你可認得我麼？」羅焜聽見，吃了一驚，問道：「你為何也到此地？」胡奎說道：「特來救你的。」就將祁子富如何報信，如何上山，如何賣頭到監，如何請醫的話，細細說了一遍。說罷，二人大哭。早把個小神仙張勇嚇得不敢做聲，只是發顫。胡奎道：「張先生，你不要害怕。俺連累你吃這一場苦，少不得救你出去，重重相謝。若是外人知道，你我都沒得性命。」張勇聽得此言，只得用心用意的醫治。羅焜在獄內，吃了四劑藥，病就好了，又有龍標和張勇家內天天送酒送肉，將養了半個月，早已身子強壯，一復如初。

龍標回去告訴謝元，謝元大喜。就點了五名嘍兵，先將胡、龍兩位老太太送上山去。暗約眾家好漢，商議劫獄。當時眾好漢聚齊人馬，叫龍標進牢報信。龍標走到府前，只見街坊上眾人都說道：「今日看斬反叛。」府門口發了綁三人，那些千總把總、兵丁捕快人等跑個不了。龍標聽見大驚，也不進牢，回頭望家就跑。拿出穿山甲的手段，放開大步，一溜煙飛將去了。不知後事如何，且聽下回分解。

第二十八回　劫法場大鬧淮安　追官兵共歸山寨

話說龍標聽得今日要斬反叛，府門口發綁三人，他回頭就跑。跑到家中，卻好四位好漢正坐在家裡等信。龍標進來告訴眾人，眾人說道：「辛虧早去一刻，險些誤了大事，為今之計，還是怎生？」謝元道：「既是今日斬他三人，我們只須如此如此，就救了他們了。」眾人大喜，道：「好計！」五位英雄各各準備收拾去了，不提。

且言淮安府看了京詳，打點出入。看官，你道羅焜、胡奎、張勇三人也沒有大審，如何京詳就到了？原來，淮安府的文書到了京，沈太師看了，知道羅焜等久在監中，必生他變，就親筆批道：「反叛羅焜並盜案殺官的首惡胡奎、張勇，俱係罪不容誅。本當解京梟首示眾，奈羅焜等梟惡非常，羽黨甚眾，若解長安，惟恐中途有失。發該府就即斬首，將凶犯首級解京示眾。羽黨俟獲到日定奪。火速！火速！」臧知府奉了來文，遂即和城守備並軍廳巡檢❶商議，道：「羅焜等不是善類，今日出斬，務要小心。」

守備軍廳都穿了盔甲，全身披掛。點起五百名馬步兵丁、四名把總❷，一個個弓上弦，刀出鞘，

❶ 巡檢：古時州、縣掌地方治安的軍官。

❷ 把總：明清時各地總兵屬下以及明時駐守京師三大營、清時京師巡捕五營皆設有把總，為低級武官。

頂盔貫甲，先在法場伺候。這臧知府也是內襯軟甲，外罩大紅。坐了大堂，喚齊百十名捕快獄卒，當堂吩咐道：「今日出入，不比往常，各人小心，要緊。」知府吩咐畢，隨即標牌，禁子提人。

那王二帶了二十名獄卒，擁進牢中，向羅焜道：「今日恭喜你了。」不由分說，一齊上前，將羅焜、胡奎一齊綁了，來綁張勇。張勇早已魂飛魄散，昏死過去。當下王二綁了三人，來到獄神堂，燒過香紙，左右簇擁，攙出監門。點過名，知府賞了斬酒，就標了犯人招子，劊子手賞過了花紅，兵馬前後圍定，破鑼破鼓擁將出來，押到法場。可憐把個張勇家裡哭得無處伸冤，只得備些祭禮，買一口棺木，到法場上伺候收屍。

且言淮安百姓多來看斬大盜，須臾挨擠了有數千餘人。又有一起趕馬的，約有七八匹馬、十數人，也擠進來看；又有一伙腳夫，推著六七輛車子，也擠進來看；又有一班獵戶，掛著弓，牽著馬，挑著些野味，也擠進來看。官兵那裡趕得去。正在嘈嚷之際，只見北邊的人馬哨開，一聲吆喝，臧知府擁著眾人，來到法場裡面。下馬坐下公案，劊子手將羅焜、胡奎、張勇三個人推在法場跪下，只等午時三刻，就要開刀處斬。

當下羅焜、胡奎、張勇跪在地下，正要掙扎，猛抬頭，見龍標同了些獵戶，站在背後，胡奎暗暗歡喜。正丟個眼色，忽見當案孔目❸一騎馬飛跑下來，手執皂旗一展，喝聲：「午時三刻已到，快快斬首報來！」一聲未了，只聽得三聲大炮，眾軍吶喊。劊子手正要舉刀，猛聽得一棒鑼聲，趕馬的隊中擁出五條好漢，一齊搶來。龍標手快，上前幾刀，割斷了三人的繩索，早有小嘍囉搶了張勇，背著

❸ 孔目：官名。掌管文書檔案，收貯圖書。因事無大小，都經其手，一孔一目，無不綜理，故稱孔目。

就跑。羅焜、胡奎兩位英雄，奪了刀在手，往知府桌案前砍。慌得軍廳守備、千總❹把總，一齊上前迎敵。臧知府嚇得面如土色，上馬往城裡就跑。

這邊羅焜、胡奎、龍標、謝元、孫彪、王坤、李仲七條好漢，一齊上馬，勇力爭先。領了三百嘍囉，四面殺來。那五百官兵同軍廳守備那裡抵敵得住，且戰且走，往城中飛跑。可憐那些來看的百姓，跑不及的，殺傷了無數。七條好漢就如生龍活虎一般，只殺得五百官兵抱頭鼠竄，奔進城中去了。

眾好漢趕了一回，也就收兵，聚在一處查點人馬，並無損傷。謝元道：「官兵敗去，必然還要來追。俺們作速回去，要緊。」羅焜道：「俺們白白害了張勇，須要連他家眷救去才好。」胡奎說道：「俺白白吃了侯登這場苦，須要將他殺了，才出得這口氣。再者，我的隨身寶劍還在那裡，也須取去。」謝元道：「張勇的家眷，我已叫嘍囉備了車子伺候；若是侯登之仇，且看柏爺面上，留為日後報復；至於寶劍，我們再想法來取。今且收兵，到張勇家救他家眷。」眾人依言，一起人都趕到張勇家裡。

張勇的老小見救出張勇，沒奈何，只得收拾些細軟金珠，裝上車子，妻子老小也上了車子，自有小嘍囉護送先行。還有張勇家中豬鴨雞鵝，吩咐小嘍囉造飯，眾人飽食了一頓。然後一把火燒了房子，一齊上馬，都奔雞爪山去了。

那時眾人上路，已是申末酉初❺的時候。謝元道：「俺們此刻前行，後面必有大隊官兵追來，不

---

❹ 千總：官名。明嘉靖時設，由功臣擔任。以後職權日輕，至清成為武職中的下級，位次於守備。

❺ 申末酉初：申，下午三時至五時；酉，下午五時至七時。申末酉初指下午五時左右。下文中酉時末刻指下午七時左右。

可不防。」眾人道：「他不來便罷，他來時，殺他個片甲不留便了。」孫彪道：「何不黑夜進城，殺了那個瘟官，再作道理？」謝元道：「不是這個說法，俺們身入重地，彼眾我寡，只宜智取，不可力爭。孫賢弟領五十名嘍兵，前去如此如此。」孫彪領了令去了。又叫胡奎領五十名嘍兵，前去如此如此，胡奎領令去了。又叫王坤、李仲領一百名弓弩手，前去如此如此，二人領令去了。共四條好漢、二百嘍兵，一一去了。謝元叫龍標、張勇護送家眷前行：「後面俺同羅焜殺退敵兵便了。」

不表眾好漢定了計策，且言臧知府敗進城來，查點軍兵，傷了一半。可憐那些受傷的百姓，一個個哀聲不止。不一時，軍廳守備、千總把總、巡捕官員，一個個都來請安。知府說道：「審察民情是本府的責任；交鋒打仗是武職專司。今日奉旨斬三名欽犯，倒點了五百軍兵、百十名捕抉，約有七百餘人。只斬三名重犯，還被他劫了去，追不回來；若是上陣交鋒，只好束手就綁。明日朝廷見罪，豈不帶累本府一同治罪？」一席話，說得那些武職官兒滿面通紅，無言回答。知府問道：「可有人領兵前去追趕，捉他幾個強盜回來，也好回答上司。若是擒得著正犯，本府親見上司，保他升遷。」眾人見知府如此著急，只得齊聲應道：「願聽太爺的鈞旨施行。」知府大喜，點起一千人馬，令王守備當先，李軍廳押後；自己掌了中軍，帶了十多員戰將、千總把總，一齊吶喊出城。

已是酉時末刻，日落滿山。眾軍趕了十數里，過了胡家鎮，只見遠遠有一隊人馬，緩緩而行。探子報說：「前面正是劫法場的響馬❻。」知府聽得，喝令快趕。趕了一程，天色已黑下來了，知府吩咐點起燈球火把，並力追趕。

❻ 響馬：結伙攔路搶劫的強盜，因馬帶鈴自遠聞聲即知其來，故稱。

只見前面那一隊人馬，緊趕緊走，慢趕慢走，到追了十八九里。知府著急，喝令快追，那王守備催動三軍，縱馬搖槍，大叫：「強徒休走！」加力趕來。只見前面的人馬一齊紮下，左有羅焜搖槍叫戰，右有謝元仗劍來衝，二馬衝來，槍劍齊舉，大喝道：「贓官，快來領死！」王守備撲面來迎，戰在一處。那知府在火光中認得羅焜，大叫道：「反賊在此，休得放走！」將一千人馬排開，四面圍住羅焜廝殺。羅焜大怒，將手中槍一緊，連挑了幾名千總、把總下馬。王守備等那裡抵敵得住，那一千兵將四面撲來，也近不得身。

正在兩下混戰，忽見軍士喊道：「啟上太爺，城中火起了！」知府大驚，在高處一望，只見烈焰沖天，十分利害。這些官兵，都是在城裡住家的，一見了這個光景，那裡還有心戀戰，四散奔逃。知府也著了急，回馬就走；羅焜、謝元領兵追來。那守備正到半路，只聽得一聲梆子響，王坤、李仲領了一百名弓弩手，一齊放箭，箭如雨點。官兵大驚，叫苦不迭。不知後事如何，且聽下回分解。

第二十九回　雞爪山招軍買馬　淮安府告急申文

話說那知府同王守備等正與羅焜交戰，忽見城裡火起，回頭就跑。不防敗到半路之中，又遇見王坤、李仲領了一百名弓弩手，在兩邊松林裡面埋伏，一齊放箭，擋住官兵的去路，勢不可當。這些官兵叫苦連天，自相踐踏，死者不計其數，只得冒箭捨命往前奔走。後面羅焜、謝元追來，同王坤、李仲合兵一處，搖旗吶喊，加力追趕。眾軍大叫：「臧知府留下頭來！城已破了，還往那裡走！」這一片喊聲，把個臧知府只嚇得膽落魂飛，伏鞍而走。那李軍廳、王守備見嘍兵追趕又急，城中火光又猛，四面喊殺連天，黑暗之中又不知兵有多少，那裡還敢交鋒，只顧逃命。那敗殘兵將，殺得首尾不接，一路上棄甲丟盔，不計其數。這才是：

聞風聲而喪膽，聽鶴唳而消魂。

且言臧知府同王守備領著敗殘人馬，捨命奔到城邊，只見城中火光沖天，喊聲震地。早有胡奎、孫彪領了一百嘍兵，從城中殺將出來，大叫道：「休要放走了臧知府！」一條鞭、一口刀，飛也似衝將上來。臧知府等只嚇得魂飛天外，魄散九霄，那裡還敢進城，衝開一條血路，落荒走了。胡奎等趕了一陣，卻好羅焜到了，兩下裡合兵一處。忙忙收回兵卒，回奔舊路，上雞爪山去了。正是：

妙算不殊孫武子❶，神機還類漢留侯❷。

看官，你道胡奎、孫彪只帶了一百名嘍兵，怎生得進城去？原來，臧知府不諳軍務，他將一千人盡數點將出來追趕羅焜，也不留一將守城，只有數十個門軍，幹得甚事？不料胡奎、孫彪伏在草中，等知府的人馬過去，被孫彪在黑暗處扒上城頭，殺散了把門的軍士，開了城門，引胡奎殺進城來，四路放火。那一城文武官員都隨臧知府出城追趕羅焜去了，城中無主，誰敢出頭？那黎民百姓又是日間嚇怕了的，一個個都關門閉戶，各保性命。被胡奎、孫彪殺到庫房門口，開了庫房，叫嘍卒把銀子都搬將出來，馱在馬上，殺出城來。正遇知府敗回，被他二人殺退了，才同羅焜等合同一處，得勝而回。後人有詩讚謝元的兵法道：

仙機妙算驚神鬼，兵法精通似武侯❸。
對陣交鋒勝全敵，分明博望❹臥龍謀。

---

❶ 孫武子：即孫武，中國春秋時著名軍事家。原為齊國人，以兵法求見吳王闔廬，用為將，西破強楚，北威齊晉。

❷ 漢留侯：指張良。張良為秦末時人，劉邦起兵，張良為謀士，佐漢滅秦、楚，漢王朝建立後，因功封留侯。

❸ 武侯：指三國時蜀相諸葛亮。諸葛亮輔佐後主劉禪時以丞相封武鄉侯，故後人尊稱他為武侯。

❹ 博望：地名，故城在今河南南陽市東北。三國時，諸葛亮設計在博望坡大敗曹將夏侯惇。

又有詩讚胡奎的義勇道：

義重桃園一拜情，流離顛沛不寒盟。
漫誇蜀漢三英傑，贏得千秋義勇名。

且言六位英雄會在一處，一棒鑼響收齊嘍卒，一路而回。趕過了胡家鎮，正遇著龍標、張勇護著家眷前來探信。見人馬得勝，大家歡樂。八位好漢訴說交鋒之事，又得了許多金銀，各人耀武揚威，十分得意。

走了一夜，不覺離了淮安七十餘里，早已天明。謝元吩咐，在山凹之內紮下行營，查點三百嘍兵，也傷了二三十個，卻一個不少。謝元大喜，在近村人家買了糧草，秋毫無犯。將人馬扮作捕盜官兵模樣，分為三隊而行，往雞爪山進發。行到半路，恰好裴天雄差頭目下山前來探信，遇見謝元人馬得勝而回，好不歡喜。謝元先令頭目引領張勇家眷，上山去了。

八位好漢行到山下，早有守山的嘍卒入寨報信。裴天雄大喜，同魯豹雄帶領大小頭目，大開寨門，細吹細打，迎下山來。羅焜等見了，慌忙下馬。裴天雄迎接上山，到了聚義廳，大家敘禮坐下。羅焜道：「多蒙大王高義，救我羅焜一命，俺何以為報？」裴天雄說道：「久聞大名，如雷貫耳，今日才得幸會。小弟為因奸臣當道，逼得無處安身，故爾權時落草。羅兄不嫌山寨偏小，俺裴天雄情願讓位。」羅焜道：「多蒙不棄，願在帳下聽令足矣，焉敢如此？」謝元道：「俺已分了次序在此，不知諸位意下如何？」眾人齊聲應道：「願聽軍師鈞令。」謝元在袖中拿出一張紙，眾人近前一看，只見上寫道：

我等聚義高山，誓願除奸剷佞，同心合意，共成大業。今議定位次，各宜凜遵，如有異說，神明昭鑒。

第一位鐵閻王裴天雄；

第二位賽元壇胡奎；

第三位玉面虎羅焜；

第四位賽諸葛謝元；

第五位獨眼重瞳魯豹雄；

第六位過天星孫彪；

第七位兩頭蛇王坤；

第八位雙尾蝎李仲；

第九位穿山甲龍標；

第十位小神仙張勇。

當下眾人看了議單，齊聲說道：「軍師派得有理，如何不依？不依者，軍法從事！」胡奎、羅焜不敢再謙，只得依了。裴天雄大喜，吩咐嘍卒殺牛宰馬，祭告天地，定了位次。次日，大小頭目都來參見過了，大吹大擂，飲酒賀喜，當晚盡歡而散。

次日，裴天雄升帳，大小頭目參見畢。裴天雄傳令，說道：「從今下山，只取金銀，不許害人性命。凡有忠良落難，前去相救；若有奸雄作惡，前去剿除。山上立起三關、城垣、宮殿，豎立義旗，是『濟困扶危迎俊傑，除奸削佞保朝廷』。」軍令一下，各處備辦，收拾得齊齊整整，威勇非凡。那胡太太同龍太太，自有裴夫人照應，各各安心住下。每日裡，裴天雄同眾位好漢操演人馬，準備迎敵官兵，不提。

且言臧知府那一夜被羅焜、胡奎裡應外合，一陣殺得膽落魂消，落荒逃命。等到天明，打聽賊兵去遠，方才放心，收兵進城。安民已畢，查點城中，燒了五處民房、官署，劫去十萬皇餉銀兩，傷了五百人馬，殺死了兩名千總、五名把總。痛聲遍地，人人埋怨官府不好，坑害良民。那知府無奈，只得將受傷、陣亡的人數，並百姓的戶口、劫去的錢糧，細細的開了一個冊子。將侯登出首羅焜的衣甲、器械，胡奎等原案的口供查明，叫書吏帶了冊子，自己同李軍廳、王守備三人，帶了印信，連夜坐船過江，到南京總督❺轅門❻上來。

原來那知府同軍廳、守備三個人，各湊了六七千兩銀子，到南京尋門路送與總督，保全官爵。那總督，是沈太師的侄子，名喚沈廷華，也是個錢虜。收了銀子，隨即傳見。臧知府同李軍廳、王守備一同進內堂參見，將交戰的事，細細說了一遍。呈上冊子，沈廷華看了大驚，道：「事關重大，只怕你三人，難保無罪。」知府哭倒在地：「要求大人在太師面前，方便一言，卑府自當竭力報效。」沈廷華將羅焜的衣甲、寶劍一看，上面卻是「魯國公程府」的字號。沉吟一會，道：「有了，有了，你

❺ 總督：官名，明時始設。清時以總督為地方最高長官，綜管一省或二、三省的軍事和政治，例兼兵部尚書銜。

❻ 轅門：轅門常指軍營營門，後來地方高級官署，兩旁作木柵圍護，亦稱轅門。

三人且回衙門，候本院將這件公案中奏朝廷，著落在程府身上便了。」知府大喜，忙忙告退，回淮安去了，不表。

單言這沈廷華疊成了文案，就差官送長安告急。不知後事如何，且聽下回分解。

第三十回　祁子富怒罵媒婆　侯公子扳贓買盜

話說那沈廷華得了臧知府等三人的贓銀，遂將一件該殺的大公案，不怪地方官失守，也不發兵捉拿大盜，只將羅焜遺下的衣甲、寶劍為憑，說魯國公程爺收留反叛，結黨為非。既同反叛相交，不是強人，就是草寇，將這一干人犯都叫他擒捉。做成一本，寫了家書，取了一枝令箭，差中軍官進京去了，這且不提。

且言臧知府辭了總督回來，不一日船抵碼頭。上岸忽見兩個家人，手裡拿了一張呈子，攔馬喊冤告狀。左右接上狀子，知府看了一遍，大驚道：「又弄出這樁事來了！」心中焦躁，叫役人帶了原告，回衙候審，打道進城。

看官，你道這兩個告狀的是誰？原來是柏府來報被盜的事。自從夜戰淮安之後，第二日，臧知府見總督去了，淮安城內無人，民心未定。那一夜，就有十數個賊聚在一處，商議乘火打劫，就出城來搶劫富戶。恰恰的來到柏府，明火執杖，打進柏府要寶貝。把個侯登同侯氏夫人嚇得屎流屁滾，躲在後園山子石下不敢出頭。柏府家人傷了幾個，金銀財寶劫去一半，回頭去了。次日查點失物，侯氏夫人著了急，開了失單，寫了狀子，叫兩個家人在碼頭上等候臧知府，一上岸就攔馬頭遞狀。

臧知府看了狀子，想道：「柏文連乃朝廷親信之臣，住在本府地方，弄出盜案，倘他見怪起來，如何是好？」隨即回衙升堂坐定，排班已畢，帶上來問道：「你家失盜，共有多少東西？還是從後門進來的，還是從大門進來的？有火是無火？來是甚麼時候？」家人回道：「約有十七八個強盜，三更時分，塗面纏頭，明火執杖，從大門而進，傷了五個家人，劫去三千多兩銀子、物件等項。現有失單在此，求太爺詳察。」知府看過失單，好不煩惱。隨即便委了王守備前去查勘，一面點了二十名捕快出去捉獲；一面出了文書，知會各屬臨近州縣嚴加拿訪，懸了賞格，在各處張掛。吩咐畢，方才退了堂。次日，委官修理燒殘的府庫房屋，開倉發餉，將那些殺傷的民人兵丁，照冊給散糧餉，各各回家養息。

按下臧知府勞心之事，且言侯登告過被盜的狀子，也進府連催了數次。後來冷淡了些時，心中想：「為了玉霜做夫妻，弄下這一場潑天大禍。羅焜脫走也罷了，只是玉霜不知去向，叫我心癢難撓。如今，再沒有如他的一般的女子來與我結親了。」猛然想起：「豆腐店那人兒，不知如何了？只為秋紅逃走，接手又是羅焜這樁事鬧得不清，也沒有到王媒婆家去討信。這一番兵火，不知他家怎樣了？今日無事，何不前去走走，討個消息。」主意已定，忙入房中換了一身新衣服，帶了些銀兩，瞞過眾人，竟往胡家鎮上而來。

一路上，只見家家戶戶收拾房屋，整理牆垣。都是那一夜交鋒，這些人家丟了門戶躲避，那些敗殘的人馬，趁火打劫擄掠，這些人家連日平定，方才回家修理。侯登看見這個光景，心中想道：「不知王婆家裡怎樣了？」慌忙走到門前一轉，看還沒有傷損，忙叩門時，玉狐狸王大娘開了門，見是侯登，笑嘻嘻的道：「原來是侯大爺。你這些時也不來看看我，我們都嚇死了；正是你捉了羅焜，帶累我們遭了這一場驚嚇。」侯登道：「再不要提起我家，這些時三樁禍事。」遂將秋紅逃走及羅焜、被盜之事，說了一遍。王婆道：「原來有這些事故。」

當下二人談了些閒話，王大娘叫丫鬟買了幾盤茶食，款待侯登。他二人對面坐下，吃了半天。侯登問道：「豆腐店裡那人兒，你可曾前去訪訪？」王大娘道：「自從那日大爺去後，次日我就去訪他。他父姓祁，名子富，原是淮安人，搬到長安住了十幾年，今年才回來的。聞得那祁老爹為人古執，只怕難說。」侯登道：「他不過是個貧家之女，我們同他做親，就是抬舉他了，還有什麼不妥？只願他沒有許過人家就好了。王大娘，你今日就去代我訪一訪，我自重重謝你。」王大娘見侯登急得緊，故意笑道：「我代大爺做妥了這個媒，大爺謝我多少銀子？」侯登道：「謝你一百二十兩。你若不信，你拿戥子❶來，我今日先付些你。」

那王大娘聽得此言，忙忙進房拿了戥子出來。侯登向懷中取出一包銀子，打開來一稱，共是二十三兩。稱了二十兩，送與王大娘，道：「這是足紋二十兩，你先收了；等事成之後，再找你一百兩。這是剩的三兩銀子，一總與你做個靡費。」王大娘笑嘻嘻的收了銀子，說道：「多謝大爺，我怎敢就受你老人家的厚賜。」侯登道：「你老實些收了罷，事成之後，還要慢慢的看顧你。」王大娘道：「全仗大爺照看呢。」侯登道：「我幾時來討信？」王大娘想一想，道：「大爺，你三日後來討信便了。還有一件事：他也是宦家子弟，恐怕他不肯把與人做妾，就是對頭親也罷。」侯登道：「悉聽你高才，見機而行便了。」王大娘道：「若是這等說，就包管在我身上。」侯登大喜，道：「拜託大力就是了。」

---

❶ 戥子：本作「等子」，一種用以稱量微量物品的小型桿秤。

正是：

酒不醉人人自醉，色不迷人人自迷。

當下侯登別了王大娘去了。這玉狐狸好不歡喜，因想道：「我若是替他做妥了，倒是我一生受用，不怕他不常來照應照應。」遂將銀子收了，鎖了房門，吩咐丫鬟，看好了門戶，竟望祁子富家來了。

不一時，已到門首。走進店裡，恰好祁子富才在胡奎家裡，暗暗搬些銅錫傢伙來家用。才到了家，王媒婆就進了門。大家見了禮，入內坐下，張二娘同祁巧雲，陪他吃了茶，各人通名問姓，談些閒話。王大娘啟口問道：「這位姑娘尊庚了？」張二娘回道：「十六歲了。」王媒婆讚道：「真正好一位姑娘，但不知可曾恭喜呢？」張二娘回道：「只因他家父親古執，要揀人才家世，因此尚未受聘。」王媒婆道：「既是祁老爺只得一位姑娘，也該早些恭喜。我倒有個好人家，人才好，家道也好，又是現任鄉紳的公子，同姑娘將是一對。」張二娘道：「既是如此，好得緊了。少不得自然謝你。」忙請祁老爺到後面來，將王媒婆的話，說了一遍。祁子富問道：「不知是那一家？」王媒婆道：「好得緊呢！說起來，你老爺也該曉得。離此不遠，就在鎮下居住，現任巡撫都察院柏大老爺的內侄侯大爺，他年方二十，尚未娶親，真乃富貴雙全的人家。只因昨日我到柏府走走，說起來，他家太太託我做媒。我見你家姑娘人品出眾，年貌相當。我來多個事兒，你道好不好？」祁子富道：「莫不是前日捉拿反叛羅焜的侯登麼？」王媒婆道：「就是他了。」

祁子富不聽見是他猶可，聽得是侯登，不覺的怒道：「這等滅人倫的衣冠禽獸，你也不該替他來開口。他連表妹都放不過，還要與他做親？只好轉世投胎，再來作伐。」這些話，把個玉狐狸說得滿面通紅，不覺大怒，回道：「你這老人家不知人事，我來做媒，是抬舉你，你怎麼得罪人？你敢當面罵他一句，算你是個好漢！」祁子富道：「只好你這種人奉承他，我單不喜這等狐群狗黨的腌臢貨。」那王媒婆氣滿胸膛，跑出門來，說道：「我看你今日嘴硬，只怕日後懊悔起來，要把女兒送他，他還不要哩！」說罷，他氣狠狠的跑回家去了。正是：

是非只為多開口，煩惱皆因強出頭。

那王媒婆氣了一個死，回去想道：「這般貨，我只說得穩了的，誰知倒惹了一肚皮的瘟氣。等明日侯大爺來討信，待我上他幾句，撮弄❷他起來與他做個手段，他才曉得我的利害哩！」不知後事如何，且聽下回分解。

---

❷ 撮弄：此處意為唆使。

第三十一回　祁子富問罪充軍　過天星扮商買馬

話說祁子富怒罵了王媒婆一場，這王狐狸回來氣了一夜。正沒處訴冤，恰好次日清晨，侯登等不得，便來討信。王媒婆說：「好了，好了，且待我上他幾句，撮弄他們鷸蚌相爭，少不得讓我漁翁得利。」主意已定，忙將臉上抓了兩條血痕，身上衣服扯去兩個鈕扣子，睡在床上，叫丫鬟去開門。丫鬟開了門，侯登匆匆進來，問道：「你家奶奶往那裡去了？」丫鬟回道：「睡在房裡呢。」侯登叫道：「王大娘，你好享福，此刻還不起來？」王媒婆故意哭聲說道：「得罪大爺，請坐坐，我起來了。」他把烏雲抓亂，慢慢的走出房來。對面坐下，叫丫鬟捧茶。侯登看見王媒婆烏雲不整，面帶傷痕，忙問道：「你今日為何這等模樣？」王媒婆見問，故意兒流下幾點淚來，說道：「也是你大爺的婚姻，帶累我吃了這一場苦。」侯登聽得此言，忙問道：「怎麼帶累你受苦？倒要請教說明。」王媒婆道：「不說的好，說出來，只怕大爺要動氣。何苦為我一人，又帶累大爺同人淘氣。」侯登聽了越發疑心，定要他說。王媒婆說：「既是大爺要我說，大爺莫要著惱我。只因大爺再三吩咐，叫我去做媒，大爺前腳去了，我就收拾，到祁家豆腐店裡，去為大爺說媒。恰好他一家兒都在家中，我問他女兒還未有人家，我就提起做媒的話，倒有幾分妥當。後來，那祁老頭問我，是說的那一家，我就將大爺的名姓、家世並柏府的美名，添上幾分富貴，說與他聽。實指望一箭成功，誰知他不聽得是大爺猶可，一聽得是大爺，就心中大怒，惡罵大爺。我心中不服，同他揪扯一陣，可憐氣個半死。」侯登聽得此言，不覺大怒，問道：「他怎生罵的？待我去同他說話！」王媒婆見侯登發怒，說道：「大爺，他罵你的話，難聽得很呢，倒是莫去講話的好。」侯登說：「有甚麼難聽，你快快說來。」王媒婆說道：「罵你是狐群狗黨、衣冠禽獸，連表妹都放不過，是個沒人倫的狗畜生，他不與你做親。我被他罵急了，我就說道：『你敢當面罵侯大爺幾句？』他便睜著眼睛說道：『我明日偏要當面罵他，怕他怎的？』我也氣不過，同他揪在一堆。可憐把我的臉都抓傷了，衣裳都扯破了。回到家中氣了一場，一夜沒有睡得著，故爾今日此刻才起來。」

侯登聽了這些話，句句罵得狠心，那裡受得下去。又惱又羞，跳起身來，說道：「罷了，罷了！我同他不得開交了！」王媒婆說道：「大爺，你此刻急也無用。想個法兒害他，便使他不敢違五拗六，那時，我偏叫他把女兒送過來與你，才算個手段。」侯登道：「他同我無一面之交，叫我怎生想法害他？只有叫些人打他一頓，再作道理。」王媒婆說：「這不好，況他有多歲年紀，若是打傷了他，那時反為不美。為今之計，大爺不要出名，轉出別人來尋他到官司裡去，就好講話了。」侯登道：「好好的，怎得到官呢？」

二人正在商議，忽聽有人叩門，王媒婆問道：「是那一個？」外面一個小書童問道：「我家侯大爺可在這裡？」侯登見是家人口音，便叫開了門。只見那書童領了四個捕快，走將進來，見了侯登將手一拱，說道：「侯大爺好耐人，我們早上就在尊府，候了這半日，原來在這裡作樂呢。」侯登說道：「來託王大娘找幾個丫鬟，是以在此。失迎，失迎！不知諸位有何見教？」眾人道：「只因令親府上盜案的事，太爺點了我們在外捉拿，三日一追，五日一比，好不苦楚。昨日才拿到兩個，那些贓物都分散了，太爺審了一堂，叫我來請侯大爺，前去認贓。我們奉候了一早上，此刻才會見大爺的駕。」侯登道：「原來如此，倒難為你們了，事後少不得重重謝你們。」眾人道：「全仗大爺提挈才好呢。」

王媒婆見是府裡的差人，忙叫丫鬟備了一桌茶來款待。眾人吃了茶，侯登同他一路進城。路上問道：「不知這兩個強盜是那裡人？叫甚麼名字？」捕快道：「就是你們鎮上人，一個叫張三，一個叫王四，就在祁家豆腐店旁邊住。」侯登聽得祁家豆腐店，猛然一觸，想道：「要害祁子富，就在這個機會。」心中暗喜，一路行來，到了府門口，侯登向捕快說道：「你們且慢些稟太爺，先引我到班房裡，讓我問問他看。」

捕快也不介意，只得引侯登到班房裡去。扯了兩個賊來，是鎮上的二名軍犯，一向認得侯登。一進了班房，看見了侯登，就雙膝跪下，道：「可憐小人是誤入府裡去的，要求太爺開恩活罪。」侯登暗暗歡喜，便支開眾人，低低問張三道：「你二人要活罪也不難，只依我一件事就是了。」張三、王四跪在地下，叫道：「隨大爺有甚麼吩咐，小人們總依，只求大爺，莫要追比就是了。」侯登道：「諒你們偷的東西都用完了，如今鎮上祁家豆腐店裡同我有仇，我尋些贓物放在他家裡。只要你們當堂招個窩家，叫人前去搜出贓來，那時你們就活罪了。」張三大喜，道：「莫是長安搬來的那個祁子富麼？」侯登道：「就是他。」張三道：「這個容易，只求大爺做主就是了。」侯登大喜，吩咐畢，忙叫捕快，說道：「我才問他二人，贓物俱已不在了，必定是寄在那裡。託你們稟聲太爺，追出贓來，我再來候審。倘若無贓，我家姑丈柏大人卻不是好惹的。」捕快只得答應，領命去了。

這侯登一口氣卻跑到胡家鎮上，到了王媒婆家。將以上的話兒，向王媒婆說了一遍。王媒婆大喜，說道：「好計，好計！這就不怕他飛上天去了，只是今晚要安排得好。」侯登道：「就託你罷。」當下定計，別了王媒婆，走回家中。瞞住了書童，瞞過了姑母，等到黃昏後，偷些金銀古董、綢緞衣服，打了一個包袱，暗暗出了後門。

乘著月色，一溜煙跑到王媒婆家。玉狐狸預先叫他一個侄子在家伺候，一見侯登到了，忙忙治酒款待。侯登只吃到人靜之後，悄悄的同王媒婆的侄子拿了東西，到祁家後門口。見人家都睡了，侯登叫王媒婆的侄子爬進土牆，帶進包袱。月色照著，望四下裡一看，只見豬旁邊，堆著一大堆亂草，他輕輕的搬起一個亂草，將包袱拋將進去，依舊將草堆好了，跳出牆來。見了侯登說了一遍，侯登大喜，說道：「明日再來說話罷。」就回家去了。按下侯登同王媒婆的侄子做過了事，回家去了，不表。

且說那祁子富次日五更起來，磨了豆子，收拾開了店門。天色已明，就搬傢伙上豆腐。只聽得那烏鴉在頭上，不住的叫了幾聲。祁子富道：「難道我今日有禍不成？」言還未了，只見來了四個捕快、八個官兵，走進來，一條鐵索不由分說，就把祁老爹鎖將起來。這才是：

無事家中坐，禍從天上來。

當下祁子富大叫道：「我又不曾犯法，鎖我怎的？」捕快喝道：「你結連江洋大盜，打劫了柏府。昨日拿到了兩個，已經招出贓物窩藏在你家裡，你還說不曾犯法？快快把贓物拿出來，省得費事！」祁子富急得大叫道：「平空害我，這樁事是從那裡說起？」捕快大怒，道：「且等我們搜搜看。」當下眾人分頭一搜，恰恰的搜到後門草堆，搜出一個包袱來。眾人打開一看，都是些金銀古董，上有字號，正是柏府的物件。眾人道：「人贓現獲，你還有何說！」可憐把個祁子富一家兒，只嚇得面如土色，面面相覷，不敢做聲。又不知贓物從何而來，被眾人一條鐵索，鎖進城中去了。不知後事如何，且聽下回分解。

第三十二回 過天星暗保含冤客 柏文連義釋負辜人

話說眾捕快鎖了祁子富，提了包袱，一同進城去了。原來臧知府頭一天晚堂，追問張三、王四的贓物，他二人就招出祁子富來了，故爾今日絕早，就來拿人起贓。眾捕快將祁子富帶到府門口，押在班房，打了稟帖，知府忙忙吩咐，點鼓升堂。

各役俱齊，知府坐了堂，早有原差帶上張三、王四、祁子富一干人犯，點名驗過贓物。知府喝問祁子富，說道：「你窩藏大盜，打劫了多少金銀？在於何處？快快招來，免受刑法！」祁子富扒上幾步，哭道：「小人是冤枉，求太老爺詳察！」知府大怒，說道：「現搜出贓物來，你還要賴麼？叫張三上來對問。」那張三，是同侯登商議定了的，扒上幾步，向著祁子富說道：「祁子富，你老實招了，免受刑法。」祁子富大怒，罵道：「我同你無冤無仇，你扳害我怎的？」張三道：「強盜是你我做的，銀子是你我分的，既是我扳害你的，那贓物是飛到你家來的麼？」張三這些話，把個祁子富說得無言回答。只是跪到地下，叫喊冤枉。知府大怒，喝道：「諒你這個頑皮，不用刑法，如何肯招。」喝令左右：「與我夾起來！」兩邊一聲答應，擁上七八個皂快。將祁子富拖下，扯去鞋襪，將他兩隻腿望夾棍眼裡一踹，只聽得格扎一聲響，腳心裡鮮血直冒。祁子富如何受得住，大叫一聲，早已昏死過去了。左右忙用涼水迎面噴來，依然甦醒。知府喝道：「你招也不招？」祁子富叫道：「太老爺，小人真是冤枉！求太老爺詳察！」知府大怒，喝令：「收足了！」左右吆喝一聲，將繩早已收足。可憐祁子富受當不起，心中想道：「招也是死，不招也是死。不如招了，且顧眼下。」只得叫道：「求太老爺鬆刑。」知府問道：「快快招來！」那祁子富無奈，只得照依張三的口供，一一的招了，畫完了口供。知府飛傳侯登，來領回失物，將祁子富收了監，不表。

單言祁巧雲聽得這個消息，魂飛魄散。同張二娘大哭一場，悲悲切切，做了些獄食。稱了些使費銀包，帶在身邊。鎖了店門，兩個人哭哭啼啼，到府監裡來送飯。當下來到監門口，哀求眾人說道：「可憐我家含冤負屈，求諸位伯伯方便，讓我父女見見面罷。」腰內忙拿出一個銀包，送與牢頭，說道：「求伯伯笑納。」眾人見他是個年少女子，又哭得十分淒慘，只得開了鎖，引他二人進去。見了祁子富，抱頭大哭一場。祁子富說道：「我今番是不能活了，我死之後，你可隨你乾娘，嫁個丈夫過活去罷，不要思念我了。」祁巧雲哭道：「爹爹，在一日，是一日，爹爹倘有差池，孩兒也是一死。」可憐他父女二人，大哭了一場。張二娘哭著勸道：「你二人少要哭壞了身子，且吃些飯食再講。」祁巧雲捧著獄食，勉強餵了他父親幾口。早有禁子催他二人出去，說道：「快走，有人進來查監了。」他二人只得出去。

離了監門，一路上哭回家中，已是黃昏時候。二人才進了門坐下，只見昨日來的那個王媒婆，穿了一身新衣服走進門來。見禮坐下，假意問道：「你家怎麼弄出這場事來的？如何是好？」祁巧雲說道：「憑空的被瘟賊陷害，問成大盜，無處伸冤。」王媒婆說道：「你要伸冤也不難，只依我一件事，不但伸冤，還可轉禍為福。」祁巧雲說道：「請問王奶奶，我依你甚麼事？請說。」王媒婆說道：「如今柏府都是侯大爺做主，又同這府太爺相好，昨日見你老爹不允親事，他就不歡喜。為今之計，你可允了親事，親自去求他不要追贓，到府裡討個人情，放你家老爹出來。同他做了親，享不盡的富貴，豈不是一舉兩得了？」祁巧雲聽了此言，不覺滿面通紅，開言回道：「我爹爹此事，有九分是侯登所害，他既是殺父的冤仇，我恨不得食他之肉！你休得再來繞舌。」王媒婆聽了此言，冷笑道：「既然如此，倒得罪了。」起身就走。正是：

此去已輸三寸舌，再來不值一文錢。

不表祁巧雲，單言王媒婆回去，將祁巧雲的話，向侯登說了一遍。侯登大怒，說道：「這個丫頭如此可惡！我有本事弄得他家產盡絕，叫他還落在我手裡便了。」就同王媒婆商議定了。

次日清晨，吩咐家人打轎，來會知府。知府接進後堂，侯登說道：「昨日家姑丈有書回來，言及祁子富乃長安要犯，本是犯過強盜案件的，要求太父母❶速速追他的家產賠贓，發他遠方充軍，方可消案。不然家姑丈回來，恐與太父母不睦。」知府聽了，只得答應，說道：「年兄請回府，本府知道了。」

當下侯登出了衙門，知府就叫點鼓升堂。提了祁子富等一干人犯出來，發落定罪。當下祁子富跪在地下，知府問道：「你劫了柏府的金銀，快快繳來，免得受刑。」祁子富哭道：「小人真是冤枉，並無財物。」知府大怒，說道：「如今上司行文，追贓甚緊！不管你閒事，只追你的家產賠償便了。」

❶ 太父母：此處是對知府的尊稱。

隨即點了二十名捕快：「押了祁子富同去，將家產盡數查交。本府立等回話。」一聲吩咐，那二十名快手押了祁子富回到家中。

張二娘同祁巧雲聽見這個風聲，魂飛魄散，忙忙將金珠藏在身上跕❷出去了。這些快手不由分說，把定了門戶，前前後後，細細查了一遍。封鎖已定，收了帳目，將祁子富帶到府堂，呈上帳目。知府傳柏府的家人，吩咐道：「明早，請你家大爺上堂領贓。」家人答應回去，不表。

且言知府將祁子富發到雲南充軍，明日就要啟程。做了文書，點了長解❸，只候次日發落。

且言柏府家人回來，將知府的話對侯登說了一遍。侯登聽見這個消息，心中大喜。次日五更，就帶了銀兩到府前，找到兩個長解，扯到酒樓內坐下。那兩個公人，一個叫做李江，一個叫做王海，見侯登扯他倆吃酒，忙忙說道：「侯大爺，有話吩咐就是了，怎敢擾酒。」侯登道：「豈有此理。我有一事奉託。」不一時，酒肴捧畢，吃了一會，侯登向李江說：「你們解祁子富去，是件苦差，我特送些盤費，與二公使用。」說罷，忙向懷中取出四封銀子，說道：「望乞笑納。」二人道：「小人叨擾，又蒙爺的厚賜，有甚吩咐，小人代大爺辦就是了。」侯登道：「並無別事，只因祁子富同我有仇，不過望你二位在路上，代我結果了他，將他的女兒送在王媒婆家裡，那時我再謝你二位一千兩銀子。倘有禍事，都是我一人承管。」二人歡喜，說道：「這點小事，不勞大爺費心，都在我二人身上就是了。」

當下二人收了銀子，聽得發梆傳衙役，伺候知府升堂，二人忙忙出了店門。進府堂，點名已畢，

❷ 跕：足尖輕著地而行。

❸ 長解：押送流配遠方的犯人的公人。

知府將祁子富家產帳單交與侯登，一面將祁子富提上堂來，發落道：「上司行文已到，發配雲南，限今日同家眷上路。」喝令打了二十，帶上刑具，叫長解領批文下堂去了；又將張三、王四打了三十，枷號❹兩月。一一發落，然後知府退堂。

且言祁子富同了兩個解差，回家見了張二娘、祁巧雲。三人大哭一場，只得收拾行李，將家私交與柏府，同兩名長解、兩名幫差、張二娘、祁巧雲一齊七八個人，淒淒慘慘，離了淮安，上路去了。

且言那二名解差是受過侯登囑託的，那裡管祁子富的死活，一路上催趲行程，非打即罵。可憐他三個人，在路上也走了十數日。那一日，到了一個去處，地名叫做野豬林，十分險惡。有八十里山路，並無人煙。兩個解差商議下手，故意錯走過宿店，奔上林來。走了有三十多里，看看天色晚了，解差說道：「不好了，前後俱無宿店，只好到林中歇了，明日再走。」祁子富三人只得到林中坐下，黑夜裡在露天地下好不悲切。李江道：「此林中沒得關欄，是我們的干係，不是玩的。得罪你，要捆一捆才好。」就拿繩子將祁子富捆了。就舉起水火棍來，喝道：「祁大哥，你休要怪我，我見你走得苦楚，不如早些歸天，倒轉快活。我是個好意，你到九泉之下，卻不要埋怨我。」說罷，下棍就打。不知後事如何，且聽下回分解。

❹枷號：古代的一種刑法，將木枷套在犯人頸上，寫明罪狀示眾。

第三十三回　祁巧雲父女安身　柏玉霜主僕受苦

話說兩個解差將祁子富送進野豬林，乘著天晚無人，就將他三人一齊捆倒。這李江拿起水火棍來，要結果祁子富的性命。祁子富大叫道：「我與你無仇，你為何害我性命？」李江道：「非關我事。只因你同侯大爺作了對頭，他買囑了淮安府，一定要絕了你的性命。早也是死，遲也是死，不如送你歸天，免得受那程途之苦。我總告訴了你，你卻不要怨我。你好好的瞑目，受死去罷！」可憐祁巧雲捆在旁邊，大哭道：「二位爺爺，饒我爹爹性命，奴家情願替死罷。」李江道：「少要多說，我還要送你回去過快活日子呢，誰要你替死。」說罷，舉起水火棍，揚起空中，照定祁子富的天靈蓋，劈頭打下來。只聽得一聲風響，那李江連人帶棍反跌倒了。王海同兩個幫差，忙忙近前扶起，說道：「怎生的沒有打著人，自己倒跌倒了？」李江口內哼道：「不，不，不好了！我，我這肩窩裡，受了傷了！」王海大驚，忙在星光之下一看，只見李江肩窩裡，中了一枝弩箭，深入三寸，鮮血淋淋。王海大驚，說道：「奇怪，奇怪，這枝箭是從那裡來的？」話言未了，猛聽又是一聲風響，一枝箭向王海飛來，拍的一聲，正中右肩。那王海大叫一聲，撲通的一跤，跌在地下。那幫差唬得魂飛魄散，做聲不得。正在驚慌，猛聽得大樹林中一聲唿哨，跳出七八個大漢。為首一人手執一口明晃晃的刀，對著星光，寒風閃閃，趕將來，大喝道：「你這一伙倚官詐民的潑賊，幹得好事！快快都替我留下頭來！」

那李江、王海是受了傷的，那裡跑得動，況且天又黑，路又生，又怕走了軍犯。四個人慌做一團，只得跪下，哀告道：「小的們是解軍犯的苦差，並沒有金銀，求大王爺爺饒命！」那大漢喝道：「誰要你的金銀，只留下你的驢頭，放你回去！」李江哭道：「大王在上，留下頭來，就是死了，怎得回去？可憐小的家裡都有老母妻子，靠著小的養活。大王殺了小的，那時家中的老小，活活的就要餓死了。求大王爺爺，饒了小的們的命罷！」那大漢呼呼的大笑，道：「我把你這一伙害民的潑賊，你既知道顧自己的妻孥，為何忍心害別人家的父女？」

李江、王海聽得話內有因，心中想道：「莫不是撞見了祁子富的親眷了？為何他件件曉得？」只得實告道：「大王爺爺在上，這事非關小人們的過失。只因祁子富同侯大爺結了仇，他買囑了淮安府，將祁子富屈打成招，問成窩盜罪犯，發配雲南。吩咐小人們，在路上結果了他的性命，回去有賞。小人是奉太爺差遣，概不由己。求大王爺爺詳察。」那大漢聽了，喝罵道：「好端端的百姓，倒誣他是窩盜殃民。你那狗知府和你一班潑賊，一同奸詐害民，才是真強盜，朝廷的大蠹。俺本該著斬你們的驢頭，且留你們，回去傳諭侯登和狗知府，你叫他把頭繫穩了，有一日，俺叫他們都像那錦亭衙毛守備一樣兒就是了。你且代我把祁老爹請起來說話。」李江同眾人只得前來，放走了祁子富等三人。

看官，你道這好漢是誰？原來是過天星孫彪。自從大鬧了淮安，救了羅焜上山之後，如今寨中十分興旺。招軍買馬，準備迎敵官兵。只因本處馬少，孫彪帶了八個嘍兵、千兩銀子，四路買馬。恰恰的那一天，就同祁子富歇在一個飯店。夜間哭泣之聲，孫彪聽見，次日，就訪明白了。又見兩個解差心懷不善，他就暗暗的一路上跟定。這一日，跟到野豬林，遠遠的望見解差要害祁子富。這孫彪是有夜眼的，就放了兩枝箭，射倒了李江、王海。真是祁子富做夢也想不到的。閒話少敘。且說那李江等放了祁子富等三人，走到星光之下，來見孫彪。孫彪叫道：「祁大哥，可認得我了？」祁子富上回在山中報信，會過兩次的，仔細一看：「呀！原來是孫大王。可憐我祁子富自分必死，誰知道幸遇英雄相救。」說罷，淚如雨下，跪倒塵埃。孫彪扶起，說道：「少要悲傷，且坐下來講話。」

當下二人坐在樹下，祁子富問問山中之事，胡奎、羅焜的消息，又問孫彪因何到此。孫彪就將扮商買馬之事，說了一遍；祁子富把他被害的原由，也說了一遍。二人歎息了一會，又談了半天的心事。只把李江、王海嚇得目瞪口呆，說道：「不好了，闖到老虎窩裡來了，如何是好？倘若他們劫了人去，叫我們如何回話？」

不提眾公人在旁邊暗暗的叫苦，且說孫彪欲邀祁子富上山，祁子富再三不肯，只推女兒上山不便。孫彪見他不肯，說道：「既是如此，俺送你兩程便了。」祁子富說道：「若得如此，足感盛意。」當下議論談說，早已天明了。

孫彪見李江、王海站在那裡哼哩，說道：「你二人若下回再不改心腸，我這一箭便勾了。且看祁大哥面上，過來，俺替你醫好了罷。」二人大喜。孫彪在身邊取出那小神仙張勇合的金瘡藥來，代他二人放在箭口上，隨即定了疼。孫彪喝令兩個幫差，到鎮上雇了三輛車兒，替祁子富寬了刑具，登車上路。孫彪同八個嘍兵，前後保著車子，慢慢而行。凡遇鎮市村莊、酒飯店，便買酒肉將養祁子富一家三口。早晚之間，要行要歇，都聽孫彪吩咐，但有言詞，非打即罵。李江、王海等怎敢違拗，只得小心，一路服侍。

那孫彪護送了有半個多月，方到雲南地界。離省城只有兩三天的路了，孫彪向祁子富說道：「此去省城不遠，一路人煙稠集，諒他們再不敢下手。俺要回山去了。」祁子富再三稱謝：「回去多多拜上胡、羅二位恩公，眾多好漢，只好來世報恩了。」孫彪道：「休如此說。」又取出一封銀子，送與祁子富使用，轉身向李江、王海等說道：「俺寄下你幾個驢頭，你們此去，倘若再起歹心，俺叫你一家兒都是死。」說罷，看見路旁一株大樹，掣出朴刀來，照定那樹，一刀分為兩段。撲通一聲響，倒過去了，嚇得解差連連答應。孫彪喝道：「倘有差池，以此樹為例。」說罷，收了朴刀，作別而去。

祁子富見孫彪去了，感歎不已。一家三口，俱一齊掉下淚來。只等孫彪去遠了，方才轉身上路。那兩個解差見祁子富廣識英雄，不敢怠慢，好好的服侍他走了兩天。到了省城都察院府了，只見滿街上，人馬紛紛，官員濟濟，都是接新都察院到任的。解差問門上巡捕官，說道：「不知新任大人為官如何？是那裡人氏？」巡捕官問了解差的來歷，看了批文，向解差說道：「好了，你弄到他手裡，就是造化。這新大人就是你們淮安錦亭衙人氏，前任做過陝西指揮，為官清正，皇上加恩封他三邊總鎮，兼管天下軍務。巡按❶大老爺姓柏，名文連，你們今日來投文，又是為他家之事，豈不是你們造化！快快出去，三日後來投文。」

解差聽了，出來告訴祁子富。祁子富道：「我是他家的盜犯，這卻怎了？」正在憂愁，猛聽三聲

---

❶ 巡按：明初派監察御史分赴各省巡視，考察吏治得失，謂之巡按。後定制以一省為一道，分道出巡。清初沿置，尋廢。

炮響，大人進院了，眾人退出轅門。這柏大老爺行香放告❷，盤查倉庫，連連忙了五日，將此民情吏弊掃蕩一清，十分嚴緊，毫無私情。那些屬下人員，無不畏懼。到了第六日，懸出收文的牌來，早有值日的中軍在轅門上收文。李江、王海捧了淮安府的批文，帶了祁子富一家三口，來到轅門。不一時，柏大人升堂，頭一起，就將淮安府的公文呈上。柏大人展開，從頭至尾一看，見是家中的盜案，吃了一驚，喝令帶上人犯來。不知後事如何，且聽下回分解。

❷放告：舊時官府每月定期開衙受理訴訟，稱放告。

第三十四回　迷路途誤走江北　施恩德險喪城西

話說柏文連一聲吩咐，早有八名捆綁手將祁子富等三人抓至階前，「撲咯」的一聲，攢在地下跪著。柏老爺望下一看，只見祁子富鬚眉花白，年過五旬，骨格❶清秀，不像個強盜的模樣；再看籍貫，是昔日做過湖廣知府祁鳳山的公子，又是一脈書香。柏爺心中疑惑：豈有此人為盜之理？事有可疑。復又望下一看，見了祁巧雲，不覺淚下。你道為何？原來祁巧雲的相貌與柏玉霜小姐相似，柏爺見了想起小姐，故此流淚。因望下問道：「你老人年紀，為何為盜？」祁子富見問，忙向懷中取出一紙訴狀，雙手呈上，說道：「求太老爺明察深情，便知道難民的冤枉了。」

原來，祁子富知道柏老爺為官清正，料想必要問他，就將侯登央媒作伐不允，因此買盜扳贓的話，隱而不露，細細的寫了一遍；又將侯登在家內一段情由，也暗寫了幾句。這柏老爺清如明鏡，看了這一紙訴詞，心中早明白了一半。暗想道：「此人是家下的鄰居，必知我家內之事。看他此狀，想曉得我家閨門之言。」大堂上不便細問，就吩咐：「去了刑具，帶進私衙，晚堂細審。」左右聽得，忙代祁子富等三人除去刑具，帶進後堂去了。這柏老爺一面批了回文，兩個解差自回淮安，不必細說。

且說柏老爺將各府州縣的來文一一的收了，批判了半日。發落後，然後退堂。至後堂中，叫人帶

---

❶ 骨格：指人的氣質、風格。

上祁子富等，前來跪下。柏爺問道：「你住在淮安，離我家多遠？」祁子富道：「太老爺府第隔有二里多遠。」柏爺道：「你在那裡住了幾年？做何生意？」祁子富回道：「小的本籍原是淮安，只因故父為官犯罪在京，小的搬上長安住了十六年，才搬回淮安居住，開了個豆腐店度日。」柏爺道：「你平日可認得侯登麼？」祁子富回道：「雖然認得，話卻未曾說過。」柏爺問道：「我家中家人，你可相熟？」祁子富回道：「平日來買豆腐的，也認得兩個。」柏爺說道：「就是我家侯登與你結親，也不為辱你，為何不允？何以生此一番口舌？」祁子富見問者此言，左思右想，好難回答，又不敢說出侯登的事，只得回道：「不敢高攀。」柏爺笑道：「必有隱情，你快快從直說來，我不罪你；倘有虛言，定不饒恕。」祁子富見柏爺問得頂真，只得回道：「一者，小的女兒要選個才貌的女婿，養難民之老；二者，聯姻也要兩相情願；三者，聞得侯公子乃花柳中人，故此不敢輕許。」柏爺聽了，暗暗點頭，心中想道：「必有原故。」因又問道：「你可知道，我家可有甚事故麼？」祁子富回道：「聞得太老爺的小姐仙遊了，不知真假。」柏爺聞得小姐身死，吃了一驚，說道：「是幾時死的？我為何不知？莫非為我女婿羅焜大鬧淮安，一同劫了去的麼？」

原來羅焜大鬧淮安之事，柏爺見報，已知道了。祁子富回道：「小姐仙遊在先，羅恩公被罪在後。」柏爺聽了此言，好生疑惑：「難道我女兒死了，家中敢不來報信麼？又聽他稱我女婿為恩公，其中必有多少情由。諒他必知就裡，不敢直說。也罷，待我嚇他一嚇，叫他直說便了。」

柏爺眉頭一皺，登時放下臉來，一聲大喝道：「看你說話糊塗，一定是強盜。你好好將我女兒、女婿的情由從直說來便罷；倘有支吾，喝令左右將尚方劍取來，斬你三人的首級。」一聲吩咐，早有家將把一口尚方劍捧出。祁子富見柏爺動怒，又見把尚方劍捧出，嚇得魂不附體，戰戰兢兢的說道：「求太老爺恕難民無罪，就敢直說了。」柏爺喝退左右，向祁子富說道：「恕你無罪，快快從直訴來。」

祁子富道：「小人昔在長安，只因得罪了沈太師，多蒙羅公子救轉淮安。住了半年，就聞得小姐被侯公子逼到松林自盡。多虧遇見旁邊一個獵戶龍標救回，同他老母安住。小姐即令龍標到陝西大人任上送信，誰知大人高升了，龍標不曾趕得上。不知侯公子怎生知道小姐的蹤跡，又叫府內使女秋紅到龍標家內來訪問。多虧秋紅同小姐作伴，女扮男裝，到鎮江府投李大人去了。恰好小姐才去，龍標已回。接手長安羅公子到大人府上來探親，又被侯公子用酒灌醉，拿送淮安府，問成死罪。小的該死，念昔日之恩，連日奔走雞爪山，請了羅公子的朋友，前來劫了法場救了去。沒有多時，侯公子又來謀取難民的女兒，小的見他如此作惡，怎肯與他結親？誰知他懷恨在心，買盜扳贓，將小人問罪到此。此是實話，並無虛誣，求大人恕罪開恩！」

當下柏爺聽了這番言詞，心中悲切，又問道：「你如何知得這般細底？」祁子富道：「大人府內之事，是小姐告訴龍標，龍標告訴小人的。」柏爺見祁子富句句實情，不覺的怒說道：「侯登如此胡為，侯氏並不管他，反將我女兒逼走，情實可恨！可慘！」因站起身來，扶起祁子富，說道：「多蒙你救了我的女婿，倒是我的恩人了。快快起來，就在我府內住歇。你的女兒我自另眼看待，就算做我的女兒也不妨。」祁子富道：「小人怎敢？」柏爺道：「不要謙遜。」就吩咐家人取三套衣服，與他三人換了。遂進內衙，一面差官至鎮江，問小姐的消息；一面差官至淮安府，問家內的情由。因見祁子富為人正直，就命他管些事務；祁巧雲聰明伶俐，就把他當做親生女一般。這且按下不表。

卻說柏玉霜小姐同那秋紅，女扮男裝，離了淮安。走了兩日，可憐一個嬌生慣養的千金小姐，從沒有出過門，那裡受得這一路的風塵之苦。他鞋弓襪小，又認不得東西南北，心中又怕，腳下又疼，走了兩日，不覺的痛苦難當。眼中流淚，說道：「可恨侯登這賊，逼我出來，害得我這般苦楚。」秋紅勸道：「莫要悲傷，好歹挨到鎮江就好了。」當下主僕二人，走了三四天路程，順著寶應，沿過秦郵。叫長船走江北這條路，過了揚州，到了瓜州，上了岸。進了瓜州城，天色將晚，秋紅背著行李，主僕二人趲路，要想搭船到鎮江。不想他二人到遲了，沒得船了。二人商議，秋紅說道：「今日天色晚了，只好在城外飯店裡住一宿，明日趕早過江。」小姐道：「只好如此。」當下主僕回轉舊路，來尋宿店。

走到三叉路口，只見一眾人圍著一個圍場。聽得眾人喝采，說道：「好拳！」秋紅貪玩，引著小姐來看。只見一個虎行大漢在那裡賣拳，玩了一會，向眾人說道：「小可玩了半日，求諸位君子，方便方便。」說了十數聲，竟沒有人肯出一文。那漢子見沒有人助他，就發躁說道：「小可來到貴地，不過是路過此處到長安去投親，缺少盤費，故此賣賣拳棒，相求幾文路費。如今耍了半日，就沒有一位抬舉小可的。若說小可的武藝平常，就請兩位好漢下來會會，也不見怪。」

柏玉霜見那人相貌魁偉，出言豪爽，便來拱拱手，說道：「壯士尊姓大名，何方人氏？」那大漢說道：「在下姓史，名忠，綽號金面獸便是。」柏玉霜說道：「既是缺少盤纏，無人相贈，我這裡數錢銀子，權為路費，不可嫌輕。」史忠接了，說道：「這一方的人，也沒有一個相助肯如此仗義的，真正多謝了。」正在相謝，只見人中間閃出一個大漢，向柏玉霜喝道：「你是那裡的狗男女？敢來滅我鎮上的威風，賣弄你有錢鈔！」掄著拳頭，奔柏玉霜就打。不知後事如何，且聽下回分解。

第三十五回 鎮海龍夜鬧長江 短命鬼星追野港

話說柏玉霜一時拿了銀子，在瓜州鎮上助了賣拳的史忠，原是好意；不想惱了本鎮一條好漢，跳將出來，就打柏玉霜。玉霜驚道：「你這個人好無分曉，我把銀子與他，干你甚事？」那漢子更不答話，不由分說，劈面一拳，照柏玉霜打來。玉霜叫聲：「不好！」望人叢裡一閃，回頭就跑。那大漢大喝一聲：「望那裡走！」掄拳趕來。不防背後賣拳的史忠心中大怒，喝道：「你們鎮上的人不抬舉我便罷了，怎麼過路的人助我的銀子，你倒前來尋事？」趕上一步，照那漢後跨上一腳。那漢子只顧來打玉霜，不曾防備，被史忠一腳，踢了一跤。扒起來要奔史忠，史忠的手快，攔腰一拳，又是一跤。那漢扒起來，向史忠說道：「罷了！罷了！回來叫你們認得老爺便了。」說罷，分開眾人，大踏步一溜煙跑回去了。

這史忠也不追趕，便來安慰玉霜，玉霜嚇得目瞪口呆，說道：「不知是個甚麼人，這等撒野。若非壯士相救，險些受傷。」史忠說道：「是小可帶累貴官了。」眾人說道：「你們且莫歡喜，即刻就有禍來了。快些走罷，不要白送了性命。」玉霜大驚，忙問道：「請教諸位，他是個甚麼人，這等利害？」眾人說道：「他是我們瓜州有名的辣戶，叫做王家三鬼。弟兄三個都有十分本事，結交無數的凶徒，凡事都要問他，方可無禍。大爺叫做焦面鬼王宗，二爺叫做扳頭鬼王寶，三爺叫做短命鬼王宸。

但在江湖上賣拳的朋友到此，先要拜了他弟兄三人，才有生意。只因他怪你不曾拜他，早上就吩咐過鎮上，叫我們不許助你的銀錢，故此我們不敢與錢助你。不想這位客官助了你的銀子，他就動了氣來打。他此去，一定是約了他兩個哥哥，同他一黨的潑皮❶前來相打。他都是些亡命之徒，就是黑夜裡打死人，望江心裡一丟，誰敢管他閒事？看你們怎生是好？」

柏玉霜聽得此言，魂飛魄散，說道：「不料遇見這等凶徒，如何是好？」史忠說道：「大爺請放心，待俺發落他便了。」秋紅說道：「不可。自古道：『強龍不壓地頭蛇。』我們倘若受了他的傷，到那裡去叫冤？不如各人走了罷，遠遠的尋個宿店歇了，明日各奔前行，省了多少口舌。」玉霜說道：「言之有理，我們各自去罷。」那史忠收拾了行李，背了槍棒，謝了玉霜，作別去了。

單言柏玉霜主僕二人，連忙走了一程，來尋宿店。正是：

心慌行越慢，性急步偏遲。

當下主僕二人順著河邊，走了二里之路，遠遠的望見前面一個燈籠上寫著「公文下處」。玉霜見了，便來投宿。向店小二說道：「我們是兩個人，可有一間空房，我們歇歇？」店家把柏玉霜上下一望，問道：「你們可是從鎮上來的？」柏玉霜說道：「正是。」那店家連忙搖手，說道：「不下。」柏玉霜問道：「卻是為何？」店家說道：「聽得你們在鎮上把銀子助賣拳的人，方才王三爺吩咐，叫我們不許下你們。若是下了你們，連我們的店都要打掉了哩！你們只好到別處去罷。」柏玉霜吃了一驚，

❶潑皮：流氓、無賴。

只得回頭就走。

又走了有半里之路，看見一個小小的飯店，二人又來投宿。那店家也是一般回法，不肯留宿。柏玉霜說道：「我多把些房錢與你。」店家回道：「沒用。你就把一千兩銀子與我，我也不敢收留你們，只好別處去罷。」柏玉霜說道：「你們為何這等怕他？」店家說道：「你們有所不知，我們這瓜州城內外有三家辣戶，府縣官員都曉得他們的名字，也無法奈何他。東去三十里揚州地界，是盧氏弟兄一黨辣戶；西去二十里儀征地界，是洪氏弟兄一黨辣戶；我們這瓜州地界，是王氏兄弟一黨辣戶。他們這三家專一打降❷，報不平，扯硬勸，若是得罪了他，任你是富貴鄉紳，也弄你一個七死八活，方才歇手。」

柏玉霜聽了，只是暗暗的叫苦，回頭就走。一連問了六七個飯店，都是如此。當下二人又走了一會，並無飯店容身。只看天又晚了，路又生，腳又疼，真正沒法了。秋紅說道：「我想這些飯店，都是他吩咐過的，不能下了。我們只好趕到村莊人家，借宿一宵，再作道理。」柏玉霜說道：「只好如此。」主僕二人一步一挨，已是黃昏時分，趁著星光往鄉村裡行來。走了一會，遠遠望見樹林之中，現出一所莊院，射出一點燈光來。秋紅說道：「且往那莊上去。」

當下二人走到莊上，只見有十數間草房，卻只是一家。當中一座莊門，門口站著一位公公，年約六旬，鬚眉皆白，手執拐杖，在土地廟前燒香。柏玉霜上前施禮，說道：「老公公在上，小子走失了路了，特來寶莊借宿一宵，明早奉謝。」那老兒見玉霜是個書生模樣，說道：「既如此，客官隨老漢

❷ 打降：此處意為打架。

進來便了。」那老兒帶他主僕二人進了莊門，叫莊客掌燈引路，轉彎抹角，走到了一進屋裡，後首一間客房，緊靠後門。

秋紅放下行李，一齊坐下，那老兒叫人捧了晚飯來，與他二人吃了。那老兒又說道：「客人夜裡安歇，莫要做聲。惟恐我那不才的兒子回來，聽見了又要問長問短的，前來驚動。」柏玉霜說道：「多蒙指教，在下曉得。」

那老兒自回去了。柏玉霜同秋紅，也不打開行李，就關了門，拿兩條板凳，和衣而睡，將燈吹滅。沒有一個時辰，猛聽得一聲嘈嚷，有三四十人擁進後門。柏玉霜大驚，在窗子眼裡一看，只見那三四十人，一個個手執燈球火把、棍棒刀槍，捆著一條大漢，打進門來。柏玉霜看見捆的那大漢，卻是史忠，柏玉霜說道：「不好了，撞到老虎窩裡來了。」又見隨後來了兩個大漢，為頭一個頭紮紅巾，手執鋼叉，喝令眾人，將史忠吊在樹上。柏玉霜同秋紅看見大驚，說道：「正是對頭王宸。」只見王宸喊叫道：「二哥，我們一發去尋大哥來，分頭去追那兩個狗男女，一同捉了，結果了他的性命，才出我心頭之怒。」眾人說道：「三哥哥說得是，我們快些去。」當下眾人哄入中堂，聽得王宸叫道：「老爹，大哥往那裡去了？」聽得那老兒回道：「短命鬼，你又喊他做甚麼事？他到前村去了。」

柏玉霜同秋紅見了這等凶險，嚇得戰戰兢兢，說道：「如何是好？倘若莊漢告訴他二人，說我們在他家投宿，回來查問，豈不是自投其死？就是挨到天明，也是飛不去的。」秋紅說道：「『三十六著，走為上著。』乘他們去了，我們悄悄的開了門出去，拚了走他一夜，也脫此禍。」柏玉霜哭道：「只好如此。」

主僕二人悄悄的開了門，四面一望，只見月色滿天，並無人影。二人大喜，秋紅背了行李。走到後門口，輕輕的開了後門，一溜煙出了後門，離了王家莊院。乘著月色，只顧前走，走了有半里之路。看看離王家遠了，二人方才放心，歇了一歇腳。

望前又走了四里多路，來到一個三叉路口，東奔揚州，西奔儀征。他們不識路，也不奔東，也不奔西，朝前一直就走。走了二里多路，只見前面都是七彎八折的蛐蜒小路，荒煙野草，不分南北。又不敢回頭，只得一步步順著那草徑，往前亂走。又走了半里多路，抬頭一看，只見月滾金波，天浸銀漢，茫茫蕩蕩，一片大江攔住了去路。柏玉霜大驚，說道：「完了，完了，前面是一片大江，望那裡走？」不覺的哭將起來。秋紅說道：「哭也無益，順著江邊且走，若遇著船隻，就有了命了。」正走之時，猛聽得一片喊聲，有三四十人，火把燈球，飛也似趕將來了。柏玉霜嚇得魂不附體，說道：「我命休矣！」不知後事如何，且聽下回分解。

第三十六回　指路強徒來報德　投親美女且安身

話說柏玉霜主僕二人，走到江邊沒得路徑，正在驚慌。猛抬頭，見火光照耀，遠遠有三四十人趕將下來，高聲叫道：「你兩個狗男女，往那裡走？」柏玉霜叫苦道：「前無去路，後有追兵，如何是好？不如尋個自盡罷！」秋紅道：「小姐莫要著急，我們且在這蘆花叢中，順著江邊走去，倘若遇著船來，就有救了。」柏玉霜見說，只得在蘆葦叢中，順江邊亂走。走無多路，後面人聲漸近了，主僕二人慌做一團。

忽見蘆葦邊呀的一聲，搖出一隻小小船來。秋紅忙叫道：「梢公，快將船搖攏來，渡我二人過去。」那船家抬頭一看，見是兩個後生，背著行李。那船家問道：「你們是那裡來的？半夜三更，在此喚渡？」柏玉霜道：「我們是被強盜趕下來的，萬望梢公渡我們過去，我多把此船錢與你。」梢公笑了一聲，就把船蕩到岸邊。先扶柏玉霜上了船，然後來扶秋紅。秋紅將行李遞與梢公，梢公接在手中只一試，先送進艙中，然後來扶秋紅上了船。船家撐開了船，飄飄蕩蕩，蕩到江中。

那江邊一聲唿哨，岸上三十多人已趕到面前來了。王氏弟兄趕到江邊，看見一隻小船渡了人去。王宸大怒，高聲喝道：「是那個大膽的梢公，敢渡了我的人過去？快快送上岸來！」柏玉霜在船上，戰戰兢兢的向船家說道：「求梢公千萬不要攏岸，救我二人性命，明早定當重謝。」梢公說道：「曉得，你不要作聲。」搖著船只顧走。柏玉霜向秋紅說道：「難得這位梢公，救我二人性命。」那船離岸有一箭多遠，岸上王氏弟兄作急，見梢公不理他，一齊大怒，罵道：「我把你這狗男女，你不攏岸來，我叫你明日認得老爺便了。」梢公冷笑一聲，說道：「我偏不攏岸，看你們怎樣老爺。」王宸聽得聲音，忙叫道：「你莫不是洪大哥麼？」那梢公回道：「然也。」王宸說道：「你是洪大哥，可認得我了？」那梢公回道：「我又不瞎眼，如何不認得！」王宸道：「既認得我，為何不擺岸來？」梢公回道：「他是我的衣食父母，如何叫我送上來與你？自古道：『生意頭上有火。』今日得罪你，只好再來陪你禮罷。」王宸大叫道：「洪大哥，你就這般無情？」梢公說道：「王兄弟，不是我無情，只因我這兩日賭錢輸了，連一文也沒有得用。出來尋些買賣，恰恰撞著這一頭好生意，正好救救急。我怎肯把就口的饅頭，送與你吃！」王宸道：「不是這等講，這兩個撮鳥❶在瓜州鎮上氣得我苦了，我才連夜趕來出這口氣。我如今不要東西，你只把兩個人與我罷。」梢公說道：「既是這等說，不勞賢弟費事，我代你出氣就是了。」說罷，將櫓一搖，搖開去了。這王氏弟兄見追趕不得，另自想法去了。

且言柏玉霜同秋紅在艙內聽得他們說話有因，句句藏著凶機，嚇得呆了。柏玉霜道：「聽他話因，此處又是凶多吉少。」秋紅道：「既已如此，只得由天罷了。」玉霜想起前後根由，不覺一陣心酸，撲簌簌淚如雨下，乃口占一絕道：

❶撮鳥：罵人語。撮，言其微小；鳥，指男子的生殖器。

一日長江遠，思親萬里遙。

紅顏多命薄，生死繫波濤。

梢公聽得艙中吟詩，他也吟起詩來：

老爺生來本姓洪，不愛交遊只愛銅。

殺卻肥瘠劫了寶，屍首拋在大江中。

柏玉霜同秋紅聽了，只是暗暗叫苦。忽見梢公扣住櫓，走進艙來，喝道：「你二人還是要整的，還是要破的？」柏玉霜嚇得不敢開言。秋紅道：「梢公，休要取笑。」梢公大睜著眼，掣出一口明晃晃的板刀來，喝道：「我老爺同你取笑麼？」秋紅戰戰兢兢的說道：「爺爺，怎麼叫做整的，怎麼叫做破的？」梢公圓睜怪眼，說道：「要整的，你們自己脫得精光，跳下江去，叫做整的；若要破的，只須老爺一刀一個，剁下江去，這便叫做破的。我老爺一生為人慈悲，這兩條路，隨你二人揀那一條路兒便了。」

柏玉霜同秋紅魂不附體，一齊跪下，哀告道：「大王爺爺在上，可憐我們是落難之人，要求大王爺爺饒命。」那梢公喝道：「少要多言，我老爺有名的，叫做狗臉洪爺爺，只要錢，連娘舅都認不得的。你們好好的商議商議，還是去那一條路。」柏玉霜同秋紅一齊哭道：「大王爺爺，求你開一條生路，饒了我們的性命，我情願把衣服行囊、盤費銀兩都送與大王，只求大王送我們過了江，就感恩不盡了。」梢公冷笑道：「你這兩個撮鳥，在家中穿綢著緞，快活得很哩，我老爺到那裡尋你？今日撞在我手中，放著乾淨事不做，倒送你們過江，留你兩個禍根，後來好尋我老爺淘氣？快快自己脫下衣衫，跳下江去，省得我老爺動手！」

柏玉霜見勢已至此，料難活命，乃仰天歎道：「我柏玉霜死也罷了，只是我那羅焜，久後若還伸冤報仇，那時見我死了，豈不要同我爹爹淘氣。」說罷，淚如雨下。

那梢公，聽得「羅焜」二字，又喝問道：「你方才說甚麼『羅焜』，是那個羅焜？」柏玉霜回道：「我說的是長安越國公的二公子羅焜。」那梢公說道：「莫不是被沈謙陷害、問成反叛的羅元帥的二公子、玉面虎羅焜麼？」柏玉霜回道：「正是。」梢公問道：「你認得他麼？」柏玉霜說道：「他是我的妹夫，如何認不得。我因他的事情，才往鎮江去的。」梢公聽得此言，哈哈大笑道：「我的爺爺，你為何不早說，險些兒叫俺害了恩公的親眷。那時，俺若見了二公子，怎生去見他？」說罷，向前陪禮道：「二位休要見怪，少要驚慌，那羅二公子是俺舊時的恩主。不知客官尊姓大名，可知羅公子近日的消息？」

柏玉霜聽得此言，心中大喜，忙回道：「小生姓柏，名玉霜，到鎮江投親，也是要尋訪他的消息。不知梢公尊姓大名，也要請教。」那梢公說道：「俺姓洪，名恩，弟兄兩個，都能留在水中日行百里，因此人替俺弟兄兩個起了兩個綽號：俺叫做鎮海龍洪恩，兄弟叫做出海蛟洪惠。昔日同那焦面鬼的王宗上長安，到羅大人的轅門上做守備官兒，同兩位公子相好。後來因誤了公事，問成斬罪，多蒙二公子再三討情，救了俺二人的性命。革職回來，又蒙二公子贈了俺們的盤費馬匹。來家數載，幾番要進京去看他。不想他被人陷害，弄出這一場人禍。急得俺們好苦，又不知公子落在何處，好不焦躁。」柏玉霜道：「原來如此，失敬了。」洪恩道：「既是柏相公到鎮江，俺兄弟洪惠，現在鎮江參府李爺營下做頭目，煩相公順便帶封家信，叫他來家走走。」柏玉霜道：「參將❷李公，莫不是丹徒縣的李文賓麼？」洪恩道：「正是。」柏玉霜道：「我正去投他，他是我的母舅。」洪恩道：「這等講來，他的公子小溫侯李定是令表兄了。」柏玉霜回道：「正是家表兄。」洪恩大喜，說道：「如此，是俺的主人了。方才多多得罪。萬勿記懷。」柏玉霜道：「豈敢，豈敢。」洪恩道：「請相公到舍間草榻一宵，明日再過江罷。」搖起櫓來，回頭就蕩。蕩不多遠，猛聽得一聲哨子，上頭流來了四隻快船。船上有十數個人，手執火把刀槍，大叫：「來船留下買路錢來再走！」柏玉霜同秋紅大驚，在火光之下看時，來船早到面前。見船頭上一人，手執一柄鋼叉，正是那短命鬼王宸。不知後事知何，且聽下回分解。

❷ 參將：清代綠營的統兵官，位次於副將，掌管本營軍務。

第三十七回 粉金剛雲南上路 瀘元帥塞北傳書

話說柏玉霜見王氏弟兄駕船趕來，好不著急，忙叫：「洪大哥，救我！」洪恩說道：「你們不要害怕，俺去會他。」說罷，拿著根竹篙，跳上船頭，說道：「王兄弟，想是來追我們的麼？」王宸見是洪恩站在船頭，忙望他艙裡一看，見柏玉霜同秋紅仍然在內，心中暗暗的歡喜。說道：「洪大哥，我不是來追趕你的。自古道：『狡兔不吃窩邊草。』你我非是一日之交，你如今接了我這口食去，也罷了。我如今同你商議，他一毫東西我也不要，你只把兩個人交與我如何？」洪恩說道：「叫你家大哥來，俺交人與你便了。」王宸大喜，用手指道：「那邊船上，不是我家老大？」洪恩向那邊船高聲叫道：「大兄弟，過來說話。」王宗道：「大哥，有何吩咐？」洪恩道：「你我二人平日天天思念羅恩公，誰知今日險些兒害了羅恩公的舅子，你還不知道哩！」王宗大驚，道：「羅公子的舅子？在那裡？」洪恩道：「你們追趕的二人正是，現在我船上坐著。你們快快過來陪禮。」

王氏弟兄聽得此言，呆了半晌，道：「真正慚愧。」忙丟了手中的器械，一齊跳過船來，向著柏玉霜就拜，說道：「適才愚兄弟們無知，多多冒犯，望乞恕罪！」慌得柏玉霜連忙還禮，說道：「諸位好漢請起，多蒙不殺，就夠了。」那王氏弟兄三人，十分慚愧，吩咐那來的四隻船都回去，遂同在柏玉霜船上談心。洪恩將柏玉霜的來歷，告訴了一遍。三人大喜，說道：「原來是羅公子的至親，真正得罪了。」柏玉霜說道：「既蒙諸位英雄如此盛意，還求諸位看小生的薄面，一發將那賣拳的史忠放了罷。」王宸笑道：「還吊在我家裡呢。請公子到舍下歇兩天，我們放他便了。」柏玉霜說道：「既蒙見愛，就是一樣，小生不敢造府。」王宸道：「豈有空過之理。」洪恩道：「今日夜深了，明日俺送相公過江也不遲，俺也要會會兄弟去。」柏玉霜道：「只是打攪不便。」眾人道：「相公何必過謙，尊駕光降敝地，有幸多矣！」

當下洪恩搖著櫓，不一時早到王家莊上。一起人上了岸，王宸代秋紅背著行李，洪恩扣了船。一同到莊上，又請王太公見了禮。樹上放下了史忠，都到草廳，大家都行了禮，推柏玉霜首座。那王宗吩咐殺雞宰鵝，大擺筵席，款待柏玉霜。一共是五位英雄，連小姐共是六位。秋紅自有老家人在廂房款待酒飯。一時酒完席散，請柏玉霜主僕安寢，又拿鋪蓋，請洪恩同史忠歇了。一夜無話。

次日清晨，柏玉霜就要作別過江。王氏弟兄那裡肯放，抵死留住，又過了一日。到第三日上，柏玉霜又要過江，王宗無奈，只得治酒送行。又備了些土儀❶，先送上船去了。隨後，史忠將自己的行李並柏玉霜的行李一同背了。那王氏弟兄同王太公一直送到江邊，上了船方才作別，各自回家。

且言柏玉霜上了船，洪恩扯起篷來，不一時早過了江。洪恩尋個相熟的人，託他照應了船。僱了轎子抬了柏玉霜，叫腳子挑了行李物件，同史忠、秋紅棄舟登岸，進了城門。到了丹徒縣門口，問到李府，正遇著洪惠，弟兄們大喜。說了備細，洪惠進去通報。不一時，中門內出來了一人：頭戴點翠紫金冠，身穿大紅繡花袍，腰繫五色鸞帶，腳登厚底烏靴，年約二旬，十分雄壯。抬頭將小姐一看，

❶土儀：作為餽贈禮物的土產品。

暗想道：「我只有一個表妹，名喚玉霜，已許了羅府。怎麼又有這位表弟？想是復娶侯氏所生的。」遂上前行禮，說道：「不知賢弟遠來，有失迎接。」二人謙遜了一會，同到後堂去了。秋紅查了行李物件，也自進去了。轎夫、腳子是李府的人打發了腳錢回去了；那史忠、洪恩，自有洪惠在外面款待。

且言柏玉霜同李定走到後堂，來見老太太。老太太看見柏玉霜人物秀麗，心中正要動問時，柏玉霜早已走到跟前，雙膝跪下，放聲大哭道：「舅母大人在上，外甥女柏玉霜叩見。」李太太見此光景，不覺大驚，忙近前一把扶起，哭道：「我兒，自從你母親去世，七八年來也沒有見你。因你舅舅在外為官，近又升在宿州，東奔西走，兩下裡都斷了音信。上年你舅舅在長安，回來說你已許配了羅宅，我甚是歡喜。今年春上聽得羅府被害，我好不為你煩惱，正要差人去討信。我兒，你為何這般模樣到此？必有原故。你不要悲傷，將你近日的事細細講來，不要苦壞了身子。」說罷，雙手扶起小姐，坐在旁邊，叫丫鬟取茶上來。

柏玉霜小姐收淚坐下，將侯登如何調戲，如何淩逼，如何到松林尋死，如何龍標相救，如何又遇侯登，如何秋紅來訪，如何女扮男裝，如何一同上路，如何瓜州闖禍，如何夜遇洪恩，從頭至尾，說了一遍。李氏母子好不傷心。一面引小姐進房，改換衣裝，一面收拾後面望英樓，與小姐居住；一面治酒接風，一面請進史忠、洪恩、洪惠入內，見過太太，又見過李定。李定說道：「舍親多蒙照應。」洪恩說道：「多有冒犯，望乞恕罪。」

且言柏玉霜改了裝，輕移蓮步，走出來謝道：「昨日多蒙洪伯伯相救，奴家叩謝了。」那洪恩大驚，不敢作聲，也叩下頭去。回頭問李定道：「這、這、這是、是柏公子，因何卻是、是位千金？」

李定笑道：「這便是羅公子的夫人柏氏小姐，就是小弟的表妹。同繼母不和，所以男裝至此，不想在江口欣逢足下。」洪恩同史忠一齊大驚，說道：「原來如此，就是羅公子的夫人，好一位奇異的小姐，難得，難得！俺們無知，真正得罪了。」柏玉霜見禮之後，自往裡面去了。

李定吩咐家人大排筵席，款待三位英雄。洪惠是他的頭目，本不該坐，是李定再三扯他坐下，說道：「在太爺面前分個尊卑，你我論甚麼高下？」又道：「四海之內，皆兄弟也，只要你我義氣相投就是了。」洪氏弟兄同史忠見李定為人豪爽，十分感激。只得一同坐下，歡呼暢飲，談些兵法弓馬，講些韜略武藝。只飲到夕陽西下，月色銜山，洪恩等才起身告退。李定那裡肯放，一把抓住，說道：「既是我們有緣相會，豈可就此去了！在我舍下多住幾天，方能放你們回去。我還要過江去，拜那王氏弟兄。」洪恩說道：「俺放船來接大爺便了。」二人見李定真心相留，只得依言坐下。又飲了一會，李定說：「啞酒無趣，叫家人取我的方天戟來，待我使一路，與眾位勸酒。」三人大喜，道：「請教。」不一刻，家人取了戟來，李定接在手中，丟開門路。只見梨花遍體，瑞雪滿身，真正名不虛傳，果是溫侯再世。

三人看了，齊聲喝采道：「好戟！好戟！」李定使完了八十一般的解數，放下戟來，上席重飲了一會。眾人說道：「『溫侯』二字，名稱其實了。」又痛飲了一會，盡醉而散，各自安歇。住了數天，洪恩要回瓜州，史忠要上長安，都來作別。李定只得治酒相送。柏玉霜又寫了書信，封了三十兩銀子，託史忠到長安，訪羅家的消息。史忠接了書信銀兩，再三稱謝，同洪恩辭了李定。李定送了一程，兩下分手，各自去了。柏玉霜自此在鎮江，住在李府，不表。

把話分開，另言一處。且言那粉臉金剛羅燦，自從在長安別了兄弟羅焜，同小郎君章琪作伴，往雲南進發。曉行夜宿，涉水登山，行無半月，只見各處掛榜追拿，十分緊急。羅燦心生一計，反回頭走川陝，繞路上雲南，故此耽擱日子。走了三個多月，將到貴州地界，地名叫做王家堡。那一帶都是高山峻嶺，怪石奇峰，四面無人。羅燦只顧走路，漸漸日落西山，並無宿店，只得走了一夜。到天明時分，走倦了，見路旁有一座古廟，二人進廟一看，並無人煙。章琪道：「且上殿歇歇再走。」二人走上殿來，只見神櫃下一個小布包袱。羅燦拾起來，打開一看，裡面有兩貫❷銅錢，一封書信，上寫道「羅燦長兄開啟」。羅燦大驚，道：「這是俺兄弟的筆跡，因何得到此處？」不知後事如何，且聽下回分解。

❷貫：古錢中間有孔，可用繩索貫穿成串，一千錢為一貫。

第三十八回　貴州府羅燦投親　定海關馬瑤寄信

話說羅燦看見這封書是兄弟羅焜寫的，好不悲傷，說道：「自從在長安與兄弟分別之後，至今也沒有會面。不知俺兄弟近日身居何處，好歹如何？卻將這封書信遺在此地，叫人好不痛苦。」忙拆開一看，上寫道：

愚弟羅焜再拜書奉長兄大人：自從長安別後，刻刻悲想家門不幸，使我父子兄弟離散，傷如之何！弟自上路以來，染病登州，多蒙魯國公程老伯延醫調治，方能痊好。今過鵝頭鎮，遇趙姓名勝者，亦到貴州投馬大人標下探親，故託彼順便寄音。書字到，望速取救兵，向邊關救父，早早伸冤為要。弟在淮安立候。切切！

羅燦看罷書信，不覺一陣心酸，目中流淚，說道：「不想兄弟別後，又生出病來，又虧程老伯調養。想他目下已到淮安，只等俺的信了。他那裡知道，我繞路而走，耽誤了許多日子，他豈不等著了急？」章琪道：「事已如此，且收了書信，收拾走路罷。」羅燦仍將書子放在身邊，將他的藍包袱帶了。去取些乾糧吃了，章琪背了行李，出了古廟。

主僕二人上路，正是日光初上的時候，那條山路並無人行。二人走有半里之遙，只見對面來了一條大漢，面如藍靛，髮似朱砂，兩道濃眉，一雙怪眼，大步跑來，走得氣喘吁吁，滿頭是汗，將羅燦上下一望。羅燦見那漢只顧望他，來得古怪，自己留神想道：「這人好生奇怪，只是相俺怎的？」也就走了。不想那漢望了一望，放步就跑。羅燦留意看他，只見那漢跑進古廟，不一刻又趕回來，見他形色倉惶，十分著急的樣子。趕到背後，見章琪行李上，扣的個小藍布包袱，口中大叫道：「那挑行李的，為何將俺寄在廟裡的小包袱偷了來？往那裡去？」

章琪聽得一個「偷」字，心中大怒，罵道：「你這瞎眼！誰偷你的包袱，卻來問你老爺討死？」那漢聽了，急得青臉轉紅，鋼鬚倒豎，更不答話，跳過來便奪包袱。章琪大怒，丟下行李來打那漢。那漢咆哮如雷，伸開一雙藍手，劈面交還，打在一處。羅燦見章琪同那漢鬥了一會，那漢兩個拳頭似柳斗❶一般，渾身亂滾，驍勇非凡，羅燦暗暗稱讚。章琪身小力薄，漸漸敵不住了。羅燦搶一步，朝中間一格，喝聲「住手」，早將二人分開。那漢奔羅燦就打，羅燦手快，一手接住那漢的拳頭，往右邊一削，乘勢一飛腿，將那大漢踢了個觔斗。那漢扒起來，又要打，羅燦喝聲「住手」，說道：「你這人好生撒野！平白的賴人做賊，是何道理？」那漢發急，說道：「這條道上無人行走，就是你二人過去的，我那包袱是方才歇腳遺失在廟裡，分明是你拿來扣在行李上，倒說我來賴你！」羅燦道：「我且問你，你包袱內有甚麼銀錢寶貝，這等著急？」那漢說：「銀錢寶貝，值甚麼大緊！只因俺有一位朋友，有封要緊的書子在內，卻是遺失不得的。」羅燦暗暗點頭，說道：「你這人好沒分曉，既是朋友有要緊的書信在內，就該收好了，不可遺失才是。既是一時遺失，被俺得了，俺又不是偷你的，你

❶ 柳斗：柳條編織成的斗。斗，舊時的一種量器。

也該好好來耍，為何動手就打？俺在長安城中，天下英雄也不知會過多少。你既要打，俺和你寫下一個合同來，打死了不要償命，才算好漢。」

那漢見羅燦相貌魁偉，猛然想起昔日羅焜的言詞，說過羅燦的容貌生得身長九尺，虎目龍眉。今看此人的身體，倒也差不多，莫非就是他？只得向前陪禮，說道：「非是俺不謙恭，只因俺著急，一時多有得罪。求客官還了俺的包袱，就感謝不盡。」羅燦見那漢來陪小心，便問道：「你與此人有甚關係？為何替他送書？這書又是寄與何人的？」那漢見問，心中想道：「此地無人煙，說出來，料也不妨事。」便道：「客官，俺這朋友難瞞哩！諒你既走江湖，也該聞他名號。他不是別人，就是那越國公羅成的元孫、敕封鎮守邊關大元帥羅增的二公子，綽號玉面虎的便是。只因他家被奸臣陷害，他往淮安柏府勾兵去了，特著俺寄信到雲南定國公馬大人麾下，尋他大哥粉臉金剛羅燦，一同勾兵到邊廷救父。你道這封書可是要緊的？這個人可是天下聞名的？」章琪在旁邊聽了，暗暗的好笑。羅燦又問那漢道：「足下莫非是趙勝麼？」那漢道：「客官因何知道在下的名字？」羅燦哈哈大笑，道：「真乃是『有緣千里來相會，無緣對面不相逢』。你要問那粉臉金剛的羅燦，在下就是。」那漢大驚，相了一相，翻身便拜，說道：「羅爺爺，你早些說，也叫俺趙勝早些歡喜。」羅燦忙答禮，伸手扶起，說道：「壯士少禮。」趙勝又與章琪見禮，三人一同坐下。

羅燦問道：「你在那裡會見我家舍弟的？」趙勝遂將在鵝頭鎮得病，妻小孫翠娥同黃金印相打，多蒙羅焜周濟的話細細的述了一遍。羅燦道：「原來如此。趙大嫂今在那裡？」趙勝道：「因俺回來找書，他在前面樹林下等俺。」羅燦道：「既如此，俺們一同走路罷。」

當下三個人收拾行李上路。行不多遠，恰好遇見孫翠娥。趙勝說了備細，孫翠娥大喜，忙過來見了禮。四個英雄一路作伴同行，十分得意。

走了數日，那日到了貴州府。進了城，找到馬公爺的轅門，正是午牌時分。羅燦不敢自往，怕人知道，只寫了一封密書，叫趙勝到宅門上報。進去不多一刻，只見出來了兩個中軍官，口中說道：「公子有請，書房相見。」當下羅燦同章琪進內衙去了，趙勝夫妻也去投親眷去了。

原來，馬公爺奉旨到定海關看兵去了，只有公子在衙。原來馬爺生了一男一女：小姐名喚馬金定，雖然是個繡閣佳人，卻曉得兵機戰略；公子名喚馬瑤，生得身長九尺，驍勇非凡，人都喚他做九頭獅子。

當時羅燦進了內衙，公子馬瑤忙來迎接，道：「妹夫請了。」羅燦道：「舅兄請了。」二人見過禮，一同到後堂，來見夫人。夫人見了女婿，悲喜交集。羅燦拜罷，夫人哭問道：「自從聞你家凶信，老身甚是悲苦，你岳父在外，又不得到長安救你。只道你也遭刑，誰知皇天有眼，得到此處。」羅燦遂將以上的話，訴了一遍。夫人道：「原來如此。章琪倒是個義僕了，快叫他來，與我看看。」羅燦忙叫章琪來叩見太太。太太大喜，叫他在書房裡歇息。當時馬瑤吩咐擺酒接風，細談委曲，到二鼓各各安歇。

次日清晨，羅燦同馬瑤商議調兵救父。馬瑤道：「兵馬現成，只是要等家父回來，才能調取。」羅燦道：「舍弟在淮安立等，怎能等得?岳父回來，豈不誤了時刻?」馬瑤一想，說道：「有了！俺有名家將，叫飛毛腿王俊，一日能行五百里。只有令他連夜到邊關，去請家父回來便了。」羅燦大喜道：「如此甚妙！」

當下馬瑤寫了書信，喚王俊入內，吩咐道：「你快快回家，收拾乾糧行李，就要到定海關去哩。」王俊領命。羅燦也寫了一封書子，喚趙勝進來，吩咐道：「你夫妻在此，終無出頭日子，你可速到淮安柏府，叫俺兄弟勾齊了兵，候信要緊。」趙勝領了書信，同妻小去了。這裡王俊收拾停當，領了書信，別了馬瑤、羅燦，也連夜飛奔定海關去了。不知後事如何，且聽下回分解。

第三十九回　聖天子二信奸臣　眾公爺一齊問罪

話說趙勝夫妻，自此到淮安府，找到柏府，不遇羅焜，一場掃興，自回鎮江丹徒去了。後在李府遇見柏玉霜，大鬧了米府。此是後話，按下不表。

且言王俊領了書信，出了貴州，放開了飛毛腿的本領，真如天邊的鷹隼、地下的龍駒，不到五日，已至定海關。正值馬爺在關下操兵。這定海關是西南上一座要緊的口子，共有二十四個營頭。馬爺在那裡開操，看了十二營的人馬，還有一半未看。

當日，操罷回營，王俊上帳參見，呈上家書。馬爺展開一看，不覺大驚：「原來是女婿羅燦前來請兵。羅親翁雖是冤枉，理宜發兵去救，只是未曾請旨，怎敢興兵？也罷，待老夫在此選一千鐵騎，取幾名勇將，備了隊伍，回去商議，我再為奏請旨出關便了。」主意已定，忙取文房四寶寫了回書，喚王俊上帳，吩咐道：「你回去，可令公子將本營的軍兵、府中的家將，速速點齊；連夜操演精熟，將盔甲、馬匹、器械備辦現成。等我操完了關下的人馬，即日回來，就要請旨施行。」王俊聽了，滿心歡喜，道：「日後邊關打仗，若著王俊也去交鋒，倘得了功勞，也就有出頭之日了。」領了回書，別了馬爺，如飛而去。

不表王俊回來，且言馬爺打發王俊回去之後，次日五更，放炮開營。早有那些總兵、參將、都司❶、游擊❷、守備等官，一個個頂盔貫甲，結束齊整，到轅門伺候馬爺升帳。參見已畢，分立兩旁。馬爺傳令，將十二營的兵馬，分作六天，每日看兩營的人馬，都要弓馬馴熟，盔甲鮮明，如違令者，定按軍法。一聲令下，誰敢不遵，轅門外只見劍戟森列，旌旗耀日。一聲炮響，人馬都到教場伺候，馬爺坐了演武廳。三聲炮響，鼓角齊鳴，那些大小兵丁一個個爭強賭勝。怎見得威武，有詩為證：

九重日月照旌旗，閫外❸專征節鉞❹齊。
麾下糾桓分虎豹，壇前掌握閃虹霓。

話說那馬爺將兩營的人馬閱過，凡有勇健的軍兵都另外上了號簿，預備關上對敵。按下不表。

且言那江南總督沈廷華自從得了淮安府和守備的銀子，遂將那錦亭衙被殺，和那反叛羅焜被雞爪山的強盜劫了法場，搶去羅焜，傷了兵馬，劫了府庫錢糧的話，細細的做下文書，封了家信。又將羅焜遺下的盔甲兵器，拿箱子封了，點了兩名將官、八個承差，帶了文書贓證，星夜動身上長安。先到沈太師府中投了書信，書內之言，不過是臧知府求他開活的話，並求轉奏，速傳聖旨，追獲羽黨，安靖地方的事。

---

❶ 都司：清代綠營兵武官名，其位在游擊之下，千總之上。
❷ 游擊：清代綠營兵設游擊，位次於參將，分領營兵。
❸ 閫外：統兵在外。
❹ 節鉞：符節與斧鉞。

卻好沈謙朝罷回府，家人呈上書信。沈太師看了來書，驚道：「原來羅焜逃到淮安，弄出這些禍來。我在長安，那裡知道。」又將羅焜的盔甲兵器打開一看，果是「魯國公程府」的字號。想道：「我想程鳳雖然告老多年，朝廷一樣仍有他的俸祿。他昔日同朝的那一班武將、世襲的公侯，都是相好的。一定是他念昔日的交情，隱匿羅焜在家，私通柏府，要與老夫作對。況且羅焜驍勇非凡，更兼結連雞爪山的草寇，如魚得水。倘若再過兩年，養成銳氣，怎生治他？再者，京都內這些世襲的公爺都是他親眷朋友，倘日後裡應外合，殺上長安，那時老夫就完了。老夫原因天子懦弱，凡事依仗老夫，老夫欲退了這些忠良，將來圖謀大業。誰知羅家這兩個小冤家在外聚了人馬，眾家爵主又在內做了心腹。看來大事難成，還要反受其害。」想了一想，道：「有了，先下手的為強。我想羅增的親眷，在京的就是秦雙，在外的就是馬成龍、程鳳，我如今就借羅焜遺下程鳳的盔甲寶劍為名，會同六部九卿上他一本。就說羅氏弟兄在外招軍買馬，意欲謀反。前日刺殺錦亭衙，攻打淮安府，搶錢糧，劫法場，殺官兵，都是馬成龍、程鳳的指使，秦雙的線索。如此一本，不怕不一網打盡。」

主意定了，吩咐差官在外廂伺候，隨命兩個得力的中軍，連夜傳請六部九卿❺。頭一部是吏部大堂米順，是沈謙的妹丈；第二位兵部尚書錢來，是沈謙的表弟；戶部尚書吳林，刑部尚書吳法，工部尚書雍儺，都是沈謙的門生；通政司❻謝恩是沈廷芳的舅子，九卿等官都是沈謙的門下；只有禮部尚

---

❺ 九卿：古時中央政府的九個高級官職，歷代稱謂不一，清代是指都察院、大理寺、太常寺、光祿寺、鴻臚寺、太僕寺、通政司、宗人府、鑾儀衛為九卿。

❻ 通政司：明清時官署名，掌內外章奏、封駁和臣民密封申訴。

書李逢春，是世襲衛國公李靖之後。這老爺為人多智多謀，暗地裡與各位公爺交好，明地裡卻同沈謙十分親厚。故此沈謙倒同李逢春常常杯酒往還，十分相得。

當下李爺同各位大人一齊來到相府。參見畢，分賓主坐下。沈謙道：「今日請各位大人者，只因反叛羅焜結連雞爪山，程、馬等各位公爺興兵造反。現今打破淮安，傷了無數的官兵，劫了數萬的錢糧，甚是猖狂。現今江南總督沈廷華申文告急，特請諸公商議此事。」眾官大驚，忙將沈廷華的來文一看。吏部米順說道：「此事不難。太師可傳文到江南總督令侄那裡去，叫他傳令山東各州府縣，嚴加緝獲。卑職也傳文到鎮江將軍舍弟那裡去，叫他發一支人馬，到雞爪山捉拿羅焜，掃蕩賊眾就是了。」兵部錢來說道：「不是這等說。羅焜造反，非是他一人。他家乃是開國元勳，天下都有他的門生故吏，更兼朝內這些公爺都是他的親眷朋友。為今之計，先將在京的各位公爺拿了，然後再將雲南馬府、山東程府一同拿問進京。先去了他的羽黨，那時點一員上將，協同鎮江米將軍，兩下合兵到雞爪山征剿，就容易了。」沈謙喜道：「錢大人所言，正合老夫之意。只是明日早朝，請諸公同老夫一同啟奏才好。」眾官說道：「願聽太師的鈞旨。」

此時把個李逢春嚇得魂不附體，暗想道：「明早一本，豈不害了眾人的性命？左思右想，惟有緩兵之計。暗叫各位公爺自己想法便了。」主意已定，忙向眾人說道：「我想，各位公爺都有兵權在手，明日早朝啟奏，恐激出事來，反為不美。不若明晚密奏，似為妥當。」沈謙道：「李兄言之有理，我們竟是晚間密奏便了。」當下眾官起身各散。

且言李逢春回府，已是黃昏時分。進了書房，寫了四、五封密書，差幾名心腹家人，悄悄的吩咐道：「你們可速到各位公爺家去，說我拜上，叫各位公爺收拾要緊。」家人領命，飛奔送信去了。

次日五鼓，天子臨軒。沈太師做了本章，帶了江南總督的奏折文書，並六部官員，都在朝房裡會了話。將本章交與通政司收了，單等晚朝啟奏。早朝一罷，天子回宮，各人都在通政司衙門伺候。將到了黃昏時分，那通政司同黃門官，將沈謙等奏章一齊捧至內殿，早有司禮監呈上。天子一看，龍心大怒。不知後事如何，且聽下回分解。

第四十回　長安城夜走秦環　登州府激反程珮

話說天子見了閣部的本章，並江南總督沈廷華的奏章、淮安府的文書、羅焜的衣甲，龍心大怒，問內監道：「各官何在？」內監奏道：「都在通政司衙門內候旨。」天子傳旨，說道：「快宣各官，就此見駕。」內監領旨，引沈太師和六位部堂、通政司共八位大臣，一齊來到內殿，俯伏丹墀。

天子傳旨，賜錦墩坐下，各官謝恩。天子向沈謙說道：「只因去歲羅增謀反，降了番邦，到今未曾下復。朕念羅門昔日功勞，免了九族全誅之罪，只拿他一家正了法。誰知逆子羅焜逃到山東，結連程家父子，大反淮安，劫了朕的府庫。朕欲點兵，急獲程、羅二賊治罪。卿等誰去走遭？」沈謙奏道：「羅焜昔日逃走，天下行文拿了半年，並無蹤跡。皆因羅氏羽翼眾多，天下皆有藏身之所，所以難捉。為今之計，要拿羅焜，卻費力了。」天子道：「據卿所奏，難道就罷了不成？」沈謙道：「求萬歲依臣所奏，要拿羅焜，就容易了。」天子道：「卿有何策，快快奏來，朕自准你。」沈謙奏道：「羅氏弟兄如此猖狂，皆因仗著他父親昔日在朝，和那一班首尾相顧親朋的勢，故爾如此。為今之計，萬歲可傳旨，先將他的朋友親眷、內外公侯一齊拿下，先去了他的羽黨。然後往山東捉獲羅焜便容易了。」天子道：「眾人無罪，怎生拿他？」吏部米順奏道：「現今魯國公收留羅焜，便是罪案。倘若眾國公也像程鳳，心思叵測，豈不是心腹大患！陛下可借程鳳為名，將各家一齊拿下；候拿住羅焜，再審虛實，這便是賞罰分明了。」兵部錢來又奏道：「仍求聖上速傳旨意，差官星夜往各路一齊摘印，使他們不及防備，才無他變。」天子見眾臣如此，只得准奏。就命大學士沈謙傳寫旨意道：

奉天承運皇帝詔曰：敕命大學士沈謙行文，曉諭各省督撫，今有反叛羅焜，結連魯國公程鳳，縱兵攻劫淮安，罪在不赦。至於羅氏猖狂，皆因各世襲公侯陰謀暗助之故，即程鳳為例，已見罪案。今著錦衣衛速拿程鳳全家來京嚴審外，所有馬成龍、尉遲慶、秦雙、徐銳等一同拿問；待擒獲羅焜，再行審明罪案，有無陰謀暗助，再行賞罰。欽此。

話說沈謙草詔已畢，呈上御案。天子看過一遍，欽點兵部尚書錢來、禮部尚書李逢春，領三千羽林軍，嚴守各城門，以防走脫人犯，二人領旨去了。

天子又點各官，分頭擒獲：

—命錦衣衛王臣速往登州，拿魯國公程鳳，著解來京；

—命錦衣衛孔宣速往雲南，拿定國公馬成龍，著解來京；

—命吏部尚書速拿褒國公秦雙收監；

—命刑部尚書速拿鄂國公尉遲慶收監；

—命通政司速拿鄮國公徐銳收監。

沈謙等各領了旨意，謝恩出朝。先是兩個錦衣衛各領了四十名校尉，連夜出了長安，分頭去了。

隨後沈謙同米順、吳法等回到府中，一個個頂盔貫甲，點了一千鐵騎，捧了聖旨，都是弓上弦，刀出鞘，分頭拿獲。那時已有二更時分，這且不表。

卻說褒國公秦雙，頭一日得了李逢春的信息，早已吩咐府中眾將，在外逃生候信，只留家眷在內。公子秦環那裡肯服，暴躁如雷，只是要反。秦爺大喝道：「俺家世代忠良，豈可違旨？你可隱姓埋名，逃回山東去罷。」公子說道：「孩兒怎肯丟下爹娘受苦？」秦爺說道：「若是皇天有眼，自然逢凶化吉；若是有些風吹草動，也是命中注定。況俺偌大年紀，就死也無憾了；你可速回山東，整理先人餘緒，就不絕秦門的香煙了。」公子道：「爹爹只知盡節為忠，倘若忠良死後，沈謙圖謀篡位，那時無人救國，豈不是大不忠了？豈可拘小節而失大義，請爹爹三思。」秦爺說道：「就是奸人圖謀不軌，自有賢人出來輔助；此時豈可作亂，遺臭千古？可去快快收拾，免我動氣。如再多言，俺就先拿你去了。」

公子無奈，只得收拾些金銀細軟，先令一個得力的家將，送到城外水雲庵中，交付羅太太收了。然後痛哭一場，拜別爹娘，瞞了眾人，出後門上馬去了。

一路上，看見燈球火把，羽林軍卒一個個都是弓上弦，刀出鞘。公子知道事情緊急，連忙打馬，往北門就走。走不多遠，猛見對面來了兩騎馬，直闖將來，馬頭一撞，撞了秦公子。秦公子大怒，正待動手，聽得馬上二人說道：「往那裡去？」公子一看，不是別人，前面馬上來的是酇國公徐爺的公子，綽號叫做南山豹的徐國良；後面馬上是鄂國公尉遲慶的公子，綽號叫做北海龍的尉遲寶。原來，二位公子也是得了李爺的信，思量要反，只因二位老公爺不肯，只得別了爺娘，出來逃難的。三人遇見，彼此歡喜。街上不好說話，把手一招，二人將馬一帶，隨定秦環，來至北門城腳。下了馬，三人一同站下，秦環道：「二兄主意如何？」尉遲寶說道：「我意欲殺入相府，拿了沈謙報仇，怎奈爹爹不肯。我們出來逃災，不想遇見兄長，此事還是如何？」秦環說道：「小弟也是此意。只因爹爹不許，如今只好在外打聽勢頭，再作道理。」三人正在說話，忽聽得炮聲震天，一片吶喊。三人大驚，上馬看時，只見街上那些軍民人等紛紛亂跑，說道：「閒人快跑！奉旨閉城，要拿人哩！」三人大驚，打馬加鞭，往北門就闖。

按下三位公子逃災躲難，且言那吏部米順，領了一千鐵騎、四十名校尉，捧了聖旨，一擁來到秦府，將前後門團團圍住。來到中堂，秦爺接旨。宣讀畢，早有校尉上前，去了秦爺冠帶，上了刑具。米順領了校尉入內，將夫人並家人婦女，一個個都拿了。所有家財查點明白，一一封鎖，卻不見了公子秦環。米順問道：「你家兒子往那裡去了？」秦爺回道：「遊學在外。」米順不信，命眾人搜了一遍，不見蹤跡，只得押了眾人，回朝繳旨。

恰好路上撞著兵部錢來、通政司謝恩，拿了徐銳同尉遲慶並兩府的家眷，一同解來，入朝繳旨。奏道：「秦雙等俱已拿到，三家的兒子畏罪在逃。」天子傳旨，著刑部帶去收監，一面又命沈謙行文天下，追獲三家之子。沈謙等奉旨，先將三位公爺並三家一百五十餘口家眷，都收了刑部監中。沈謙又令兵部錢來，領一千羽林軍把守各門，嚴拿三家公子，休得讓他逃脫。那兵部錢來帶了兵丁，前來拿獲三人。三人正在北門，得了信，打馬往城外逃走。只聽得炮聲響亮，回頭一看，看見遠遠的燈球火把，無數的兵丁蜂擁而來。三人大驚，連忙加鞭跑到城門口。早有一位大人領著兵丁，在城樓上守門，攔住去路。不知後事如何，且聽下回分解。

第四十一回　魯國公拿解來京　米吏部參謀相府

話說三位公子見後面燈火徹天，喊聲震地，說道：「不好了！追兵到了。」忙將馬頭一帶，三個人一齊掣出兵器，往北門就跑。

跑到城邊，只見敵樓上坐著一位大人，率領著有二三百兵丁，在那裡盤詰奸細。你道這位大人是誰？原來就是李逢春，奉旨在那裡守城，以防走脫三家的人犯。當下三位公子一馬衝來，往城外就跑。早有兵丁上前，擋住盤問。秦環猛生一計，大喝道：「瞎眼的狗才！俺們是沈太師府中的人，出城有要緊的公務。休得攔住，誤了時刻！」說罷就走。眾兵要來攔時，李爺在城樓上看得分明，心中想道：「此刻不救，更待何時？」喝道：「你既是沈府的公幹，快報名來！」秦公子會意，就報了三個假名。李爺說道：「既有名姓，快快去罷！」一聲吩咐，眾軍閃開，三位公子催馬出城而去。正是：

打破玉籠飛彩鳳，頓開金鎖走蛟龍。

按下三位公子逃出城去了，且言錢兵部領了鐵騎，巡到北門，會見了李逢春。見他防守十分嚴緊，下馬上城，來會李逢春，說道：「如今秦雙等三家，俱已拿到，只不見了三家的兒子。為此聖上大怒，命下官到各門巡緝。」李逢春假意大驚道：「此三人，是要緊的人犯，如何放他走了？是誰人去拿的？」

錢來道：「是米大人同下官等去拿人的，卻不曾搜見蹤跡。不知年兄這裡可曾出去甚麼人？」李爺道：「下官在此，防守甚嚴。凡軍民出入，俱要報名上冊。並無一個可疑之人出去，敢是往別處去了？」錢來道：「下官再往別處尋緝。」說罷，上馬而去。正是：

不知魚已投滄海，還把空鈎四處尋。

話說錢來別了李逢春，領了兵馬，到各門巡了一回，並無蹤跡。回奏：「三家兒子避罪逃走，求萬歲定奪。」天子大怒，傳旨：「頒行天下，各處擒拿！如有隱匿者，一同治罪。」沈謙領旨，隨即行文天下去了。

且言三位公子，是晚逃出長安，加一鞭，跑了六七里，離城遠了，方才勒馬，歇了片時。秦公子說道：「若不是李伯父放我們出城，久已被擒了。」徐國良說道：「我們無故的被奸人陷害，拿了全家，此仇不共戴天！雖然逃出城來，卻往那裡去好？」尉遲寶道：「俺們不若也學羅焜，占個山頭，招軍買馬，各霸一方，倒轉快活。過幾年殺上長安，一發奪了天下，省得受人挾制。」秦環說道：「不但羅焜，連俺們這場禍，都是因羅舍親而起。昨日，聞得江南總督的來文，說俺二表弟羅焜在山東登州府程老伯家借了兵馬，攻打淮安，劫了府庫的錢糧，上雞爪山落草去了。俺們如今無處棲身，不如找到登州程老伯家，訪問羅焜的下落，那時就有幫助了。」徐國良道：「既有這條路，就此去罷。」秦環道：「俺們爹娘坐在天牢，此去音信不通，我們怎生放心得下？」尉遲寶道：「事到如今，只得如此。」秦環想道：「有了！離此十里，有座水雲庵，俺家姑母現藏身在內，二兄可到庵裡去躲避些時。一者悄地打聽消息；二者日後我們的人馬來，也做個內應。倘若刑部監中有甚麼急事，可尋到沈府的章宏，便有法想。三者你我三人同路不便，恐怕被人捉住，反為不美。」徐、尉二公子說道：「秦兄說得有理，俺們竟到水雲庵裡去便了。」當下秦環引路，乘著月色，一同往水雲庵而來。

且言那羅老太太自從逃出到水雲庵中，住了六個多月。每日裡憂愁煩惱，思想丈夫身陷邊關，生死未保；又思念二位公子向兩處勾兵取救，遙遙千里，音信不通，好生傷感。又見秦環送信說：「羅焜在山東登州府程爺那裡，借了人馬，攻打淮安，劫了錢糧。皇上大怒，傳旨拿各公爺治罪。」太太又悲又喜，喜的是孩兒有了信息，悲的是哥哥秦雙，同各公爺無辜的受罪。

太太滿腹愁腸，那晚心驚肉跳，睡也睡不著。叫老尼捧一張香案，在月下焚香，念佛看經。忽聽得一聲門響，太太忙令老尼，問是何人。秦環回道：「是我。」老尼認得公子聲音，忙忙開門，請他三人入內。太太問秦環道：「這二位何人？」秦公子道：「這一位是徐國兄，這一位是尉遲兄，都是避罪逃走的。小侄引過來到姑母這裡，暫躲一時。」太太驚道：「如今事怎樣了？」秦環就將上項之事細說一遍。又道：「小侄聞二表弟在山東程伯父家，勾兵落草，程伯父必知二表弟下落。小侄欲去投他，同表弟商議個主見，不知姑母意下如何？」太太甚喜，說道：「賢侄去找羅焜也好，只是路途遙遠，老身放心不下。」秦環說道：「不妨。小侄騎的是龍駒，一日能行千里，回往也快。」太太道：「兒呀，你找到表弟，可速速回來，免我懸望。」公子回道：「曉得。」隨即吃了飯，餵了馬的草料，收拾行李、路費、乾糧等件，別了太太，辭了兩位公子，上馬連夜往登州府而來。

這秦公子的馬行得快，又是連夜走的，行了三日，已到了登州府地界。那奉旨來拿程鳳的校尉，才到半路。公子先到登州，問到鳳蓮鎮，正是日落的時候。秦環一路尋來，遠遠望見有座莊院，一帶壕溝，樹木參天，十分雄壯，讚道：「好一座莊院！」正在觀看，猛然聽得一聲吶喊，擁出一標人馬，趕出無數的山雞、野獸，四路衝來。

眾人正在追趕，忽聽得吼了一聲，山崗內跳下一隻猛虎，嚇得眾人四散奔走。只見後面一騎馬上坐著一位年少的公子，頭戴將巾，身穿紫袍，手舉萱花斧，將那虎追趕下來。那虎被趕急了，吼的一聲，跳過山嘴，往外就跑。那人喝道：「你這孽畜，往那裡走？」拍馬趕來，掛下萱花斧，左手拈弓，右手搭箭，颼的一箭射來，正中虎的後背。那虎帶箭，望秦環的馬前撲來。秦環就勢掣出一對金裝鐧，照定那虎頸上雙鐧打來，只聽得撲咚一聲，那虎七孔流血，死於地下。那小將恰好趕到秦環面前，兩下裡一望，原來是程珮，昔日在長安會過的。程珮問道：「打虎的英雄，莫不是長安秦大哥麼？」秦環仔細一看，說道：「原來就是程家兄弟！小弟特來奉拜。」程珮大喜。二人並馬而行，叫家人抬了死虎，收了圍場，一同來到莊前。

下馬入內，見了程爺，行禮坐下。程爺問道：「賢侄到敝地，有何貴幹？令尊大人好麼？」秦環見問，兩淚交流，便將長安大變，因羅焜攢下衣甲，被沈謙奏本，拿問眾公爺之話，細細說了一遍。程爺怒道：「這衣甲寶劍，委實是老夫不在家，吩咐小女送的；這借兵之話，卻從何來？」程珮怒道：「等他來時，殺了校尉，反上長安，看他怎樣？」程爺喝道：「胡說！老夫到了長安，自有分辨。」秦環說道：「不是這等講，如今皇上聽信讒言，拿到京師，豈能面聖？從何辨起？老伯盡忠也罷了，只是珮兄隨去，豈不絕了程氏宗祠！」程爺道：「老夫只知盡忠，聽天由命。」

程公子急得暴躁如雷，忙到後堂，同玉梅小姐商議。小姐大驚，道：「不如我們躲到田莊去，再作道理。」當下程珮忙叫家人將小姐送到田莊去，把一切的細軟都收拾了，邀秦公子一同去住，天天來家討信。程爺只是靜候聖旨。過了幾日，程珮正同秦環來家討信，才到書房，只聽得一聲吆喝，眾校尉同登州府帶了人馬，將前後門俱皆圍住。不知後事如何，且聽下回分解。

第四十二回　定國公平空削職　粉金剛星夜逃災

話說那四十名校尉協同登州府，帶領五百官兵來到程府。吶喊一聲，圍住了前後門。擁上堂來，大喝道：「聖旨已到，跪聽宣讀。」那程爺是伺候現成的，隨即吩咐家人，忙擺香案，接過聖旨。早擁上四名校尉，將程爺的冠帶去了，上了刑具，便到後堂來拿家眷。嚇得合家大小，鴉飛鵲亂，叫哭連天。

二位公子乘人鬧時，閃入後園，只見那前後門都圍住了。秦環看見，急向程珮說道：「俺們打出去罷！」程珮道：「這裡來！」來到靠外的一堵院牆跟前，程公子照定牆根一腳，只聽得「哈落」一聲，將牆打倒了半邊，二人跳牆出來走了。

這裡眾校尉來拿家眷時，都不見了，只有二三十名家人、婦女。校尉大怒，忙向程爺說道：「程先生，你家眷那裡去了？快快送將出來，免得費事。」程爺道：「老夫並無妻室，所生一子，在外遊學，別無家眷。」校尉大怒，喝令中軍官：「與我細細搜來！」中軍官聽得吩咐，一聲答應，先將拿下的家人婦女，一個個上了刑具，押在一處；然後前前後後，四下裡搜了一遍，並無蹤跡。只有後園內，新倒了一堵牆，前後門都有人守住，別無去路。程爺在旁聽得明白，心中暗喜道：「想是兩個冤家踢倒院牆，逃出去了。」那校尉聽得中軍說院牆新倒，忙來看了一回，復問程爺道：「你這堵牆四面堅固，為何倒了一塊？想是家眷逃走了？」程爺道：「諸位大人倒也疑得好笑，老夫好好的坐在家中，並不知道聖上見罪，前來拿問。一切家眷都在這裡，難道是神仙，未卜先知，逃走了不成？就是一時拆了牆，也去不及。求諸位評論便了。」校尉道：「你既私通反叛羅焜，焉知不預先逃脫？」程爺聽得「反叛」二字，勃然大怒，道：「老夫自從昔日告老，別了羅增，並不知他的兒子羅焜是個甚麼面貌，怎誣我結交反叛？我既結交羅焜，久已避了，何得今日還在家中被拿？我知道諸公受了眾託來的，不必多言，只帶老夫進京面聖，自有辨白，決不帶累諸公便了。」眾校尉見程爺說得有理，只得吩咐登州府，封鎖了程爺的家產，押了眾人，進京去了。

且言那火眼虎程珮、金頭太歲秦環，打倒院牆，跳出家，望山後小路就跑。跑到莊房見了玉梅小姐，兩淚交流，就將校尉同登州府領兵來拿家眷的話說了一遍。玉梅小姐哭道：「父親偌大年紀，拿上長安，如何是好？」程珮道：「不如點些莊兵，去救了他罷。」程玉梅道：「不要亂動。惟恐校尉拿不到我們，拷問家人，找至莊上，那時怎生逃脫？」這句話提醒了程珮。程珮忙喚百餘名莊漢，各執槍刀，準備廝殺。程珮坐馬提斧，在莊前探望。秦環也頂盔貫甲，手執雙鐧，上了龍駒，向程珮說道：「待俺探探信來！」拍馬去了。

秦公子一馬闖到山頭，遠遠望見一標軍馬，打著欽差的旗號，解了數十名人犯上大路去了。秦公子見人馬去遠了，方才緩緩的縱馬下山。到程府一看，只見前後門都已封鎖了。秦環歎了口氣，回到莊房，以上的話，告訴了程珮一遍。

程珮入內，同小姐哭了一場，請秦公子商議安身之計。秦環道：「他今日雖然去了，明日知府來查田產，那時怎生躲避？依弟愚見，不如收拾行李，一同到雞爪山去投奔羅焜，再作道理。況且，這場禍是他闖的，如今他那裡，一定是兵精糧足；我們到他那裡，就是有官兵到來，也好迎敵。」程玉梅道：「秦公子言之有理。」遂吩咐收拾起身。程珮叫莊漢備了十數輛車子，將一切金珠細軟，裝載上車。將一百餘人分作兩隊，秦環領五十名在前開路，程珮領五十餘名在後保護小姐、行李，離了莊房，竟奔登州而去。

在路非止一日，那日已到雞爪山下。秦環在馬上看時，見那山勢沖天，十分險峻，四面深林闊澗，圍護著十數個山頭，有一二百里的遠近。秦環讚道：「名不虛傳，好一個去處！」正在細看之時，猛聽得一棒囉聲，林內跳出有三十名嘍囉，攔住了去路，大叫道：「來人留下買路錢來！」秦環大笑道：「眾嘍兵，你快上山去，報與羅大王知道，說是長安秦環、登州程珮前來相助的。」那頭目聽得此信，飛上山通報。

裴天雄、羅焜等眾大喜，隨即吹打放炮，大開寨門。羅焜飛馬跑下山來，大叫道：「二位哥哥，請了。」秦環同程珮見了羅焜，好不歡喜，就在馬上欠身答禮，說道：「賢弟請了。」羅焜又見程府的小姐也來了，心中疑惑，先令嘍兵將小姐車輛護送上山，自同秦環、程珮並馬而行。來到山上，進了三關，早見裴天雄與眾將一齊迎接來了。二人連忙下馬，來到聚義廳，行禮坐下。

茶罷三巡，秦環說道：「久仰裴大王威名，無從拜識。羅舍親又蒙救拔，小弟不勝感佩。」裴天雄說道：「羅賢弟道及二位英雄，如雷貫耳，不想今日光臨草寨。」羅焜問道：「二位哥哥到此，必有原故，莫非長安又有甚事麼？」秦環含淚說道：「一言難盡。」遂將沈廷華申文告急，被沈太師串同六部，以衣甲為題奏了一本，拿問眾公爺全家治罪，名蒙李國公暗中寄信，方與徐、尉二人逃出長安，將徐、尉二人送入水雲庵躲了，及至到了登州，程公爺全家也被拿了之詳情說了一遍。羅焜聽得此言，直急得暴躁如雷，說道：「罷了！只因俺一個人闖下禍來，卻帶累諸位老伯問罪，於心何忍。」說罷，淚如雨下，哭倒在地。眾英雄一齊勸道：「哭也無用，且商議長策要緊。」

當下裴天雄吩咐頭目，殺牛宰馬，大擺筵宴，為二位公子接風。又命打掃內室，安頓小姐。小姐在後寨，自有裴夫人等開筵款待。大堂上，卻是裴天雄等款待秦環、程珮，大吹大擂，飲酒論心。從此兩位英雄就在山上落草了。每日操演人馬，積草屯糧，準備伸冤雪恨，不表。

且言眾校尉將程鳳解到長安，來到相府。恰好吏部米順正在沈府議事，聽見程鳳解到，忙向沈謙說道：「程鳳已來，切不可令他見駕！等拿到馬成龍，再審問虛實，一同治罪。都除了害，才無他變。」沈謙依言，隨即傳令，收監候旨。早有校尉將程鳳一家押入刑部監中，同眾公爺一處鎖禁，下文自有交代。

卻說定國公馬成龍自從得了羅燦的信息，慌忙在定海關連夜操兵，看完了二十四營的兵馬，選了三千鐵騎，星夜回到貴州。進了帥府，將選來的三千鐵騎留在後營。進了私衙，早有馬瑤同羅燦叩見，將操的家兵、家將花名冊獻上。馬爺一看，大喜道：「這些人馬，同我帶來的那三千鐵騎，也夠做前站兵了。」隨即安慰了羅燦一番，然後寫了一道自求出征的表章，點兩名旗牌❶，到長安上本去了。

❶ 旗牌：明清時，以書有令字的藍旗與圓牌，頒給總督、巡撫或欽差大臣等地方要員，使其得以便宜行事。此種旗、牌通稱王命旗牌，掌旗牌之官稱為旗牌官，亦簡稱為旗牌。

當晚，馬爺治宴，在書房同羅燦、馬瑤飲酒。猛聽得一聲嘈嚷，忽見中軍官進內報道：「不好了！」不知後事如何，且聽下回分解。

第四十三回 米中粒見報操兵 柏玉霜紅樓露面

話說馬爺上過出師的表章，正在書房同女婿羅燦飲酒談心，講究兵法。忽然聽見一聲嘈嚷，早有那兩名值日的中軍跑進書房，稟道：「啟上公爺，今有朝廷差下四十名校尉，同貴州府帶領兵丁，奉旨前來拿問，已到轅門了。」馬爺吃驚，忙忙出了書房，傳令：「放炮開門，快排香案迎接。」換了朝服，到大堂接旨。

且言馬瑤同羅燦聽得此言，大驚，一直跑到後堂，向太太說了一遍：「母親，快快收拾要緊！恐事不諧，準備廝殺。」太太聞言大驚，忙同小姐商議。這小姐卻是個女中豪傑，一聽此言，忙傳他帳下的一班女兵，一齊動手，將珠寶細軟收拾停當，自己穿了戎裝，立在後樓保護太太，不表。

且言公子馬瑤同羅燦、章琪、王俊四位英雄，一個個頂盔貫甲，領著五百家將，伏在兩邊。四位英雄站在大堂屏風之後，來看馬爺接旨。

且言馬爺來到大堂，俯伏接旨。校尉開讀曰：

奉天承運皇帝詔曰：敕諭雲南都督、世襲定國公馬成龍知悉，朕念爾祖昔日汗馬功勞，是以官加一品，委爾重任，以獎功臣。今有反叛羅增，兵敗降番，理宜誅其九族，因念彼先人之功，從寬處分。不料伊逆子羅焜，勾同程鳳，攻劫淮安，劫庫傷兵，滔天罪惡。今據大學士沈謙報奏，羅焜猖狂，皆因爾等暗助之故。有無虛實，可隨錦衣衛來京聽審。欽此。

校尉官宣過聖旨，馬爺謝恩，自己去了冠帶，說道：「諸位大人請坐。」眾校尉說道：「不必坐了。聖上有旨，請馬千歲速將兵糧數目，交代貴州府收管，可帶了印綬、家眷，一同進京覆旨。」馬成龍道：「今早，本帥也有本章進京去了，此地乃是咽喉要路，不可擅離。況且本帥這顆帥印，還是太宗老皇上與金書鐵券一齊賜的，至今傳家九代。並無過失，豈可輕棄？再者，沈太師所奏之事，又無憑據。本帥再修一道本章，煩諸位大人轉奏天廷便了。」眾校尉聞言大怒，說道：「俺們是奉旨拿人，誰管你上本？快些收拾，免得俺們動手！」

這一句話未曾說完，只聽得屏風後一聲點響，兩邊刀槍齊舉，五百家將八字排開，中間四位英雄跳上大堂。一個個相貌軒昂，身材雄壯，更兼盔甲鮮明，射著兩邊燈光，十分威武。

眾校尉見了這般光景，吃了一驚。馬公子向眾人說道：「俺家祖上，九代鎮守南關，蒙老皇上恩典，賜了這顆帥印，執掌兵權。同苗蠻大小戰過三十多場，不曾輸了一陣，汗馬功勞不計其數。俺家並無過失，何至合家拿問？煩諸公速速回朝，奏過聖上，叫他速拿沈謙治罪，赦了眾家公爺，方得太平；若再搜求，俺就起兵親到長安，捉拿沈謙對理便了。」這一席話，把眾校尉唬得面如土色，向馬爺說道：「既是如此，卑職等告退了。」馬爺連忙喝退公子，向眾校尉陪笑說道：「小犬無知，望諸位大人恕罪。還有一言相告。」眾校尉說道：「老千歲有何話吩咐，卑職等遵命便了。」馬爺道：「今日天色已晚，諸公遠來，老夫當治杯水酒，以表地主之情，還有細話上稟。」眾人不敢推辭，只得齊聲說道：「怎敢叨擾千歲盛意？」馬爺說道：「這有何妨？」遂邀貴州府同眾校尉到後堂飲宴。

當下眾人到後堂一一坐下，共有十席，早有家將捧上酒宴。安坐已畢，肴登幾味，酒過數巡，馬爺開言說道：「老夫有一本章，煩諸公帶回長安，轉奏天廷。只說老夫正與苗蠻交戰，不得來京，靜在轅門候旨便了。」眾人齊聲應道：「俺等領命就是了。」當晚席散，就留在帥府過宿一宵。

次日清晨起身，馬爺又封了四千兩銀子，將一道本章，送與四十名校尉，說道：「些許薄禮，望乞笑納。」眾人大喜，收了銀子，作別動身而去。

馬爺送了眾校尉動身之後，隨即回到書房。向羅燦說道：「賢婿不可久住此地了。昨日聖旨上說，你令弟勾串山東程年兄，結連草寇，攻劫淮安府庫。為此，聖上大怒，方拿問眾人治罪。俺想淮安乃柏親翁所居之地，那有自己攻打之理？況且柏親翁現任都堂，又無變動，事有可疑。莫非柏親翁不認前親，令弟懷恨，又往別處借兵攻打淮安，報眼下之仇不成？你可親自到淮安，訪尋令弟的消息。會見了時，叫他速將人馬快快聚齊，恐怕早晚隨我征討韃靼，救你父親要緊。」羅燦聽了此言，忙叫章琪收拾行李，辭別馬爺、太太。出了帥府，上馬趕奔淮安去了，不提。

且言馬爺，打發羅燦動身之後，又取令箭　枝，叫過飛毛腿王俊，吩咐道：「你可暗暗跟著眾校尉進京，打聽消息。再者，你到老公爺墳上看看。」王俊領了令箭，隨即動身，暗隨校尉，上了長安大路。

不一日，到了京都。眾校尉進了城，先奔沈府見了太師，將馬爺的言詞告了一遍：「現有馬成龍的辨本在此，請太師先看一看。」說罷呈上。沈謙道：「他前日到了一道請戰的表章，是老夫接下來了，他今日又有甚麼表章？」隨即展開一看，只見句句為著眾公侯，言言傷著他自己，不覺大怒，說道：「罷了！待老夫明日上他一本，說他勒兵違旨，勾通羅增謀反，先將他九族親眷、祖上墳墓一齊削去便了。」

次日，沈謙早朝奏了一本，說「定國公馬成龍勒兵違旨不回，他還要反上長安來」等語。天子聞奏大怒，隨即傳旨，命兵部錢來點兵，先下江南，會同米良合兵先拿山東羅焜，後捉雲南馬成龍，一同進京治罪。錢來領旨出朝，回衙點將，不提。

再言天子又傳旨意一道，著沈謙將馬成龍家墳墓削平，一切九族親眷拿入天牢，候反叛拿到，一同治罪。沈謙領旨，天子回宮。

且言沈謙出朝，回到相府，即領羽林軍出城，來到馬府祖塋，將八代祖墳盡行削平，那些石像華表❶、祭禮祠堂一同毀了。那王俊得了這個信息，偷往墳上哭拜一場，連夜趕回雲南報信去了。

且言沈謙領兵回城，來拿馬府在京的那些親眷、本家宗族、祖宗上的疏親。也不論貧富老少，在朝不在朝，一概拿入天牢監禁。沈謙將已拿的人數開了冊子，上朝覆旨。所有未拿的人數，該地方官巡緝追拿，不表。

再言兵部錢來，點了兩員指揮，一名馬通，一名王順，帶了五千人馬，到鎮江來會鎮海將軍米良，去拿羅焜。三軍在路，不一日已到鎮江。通報米良，米良隨即差官同鎮江府出城迎接。進了帥府，馬

❶ 華表：古代立於宮殿、城垣或陵墓前的石柱，柱身往往刻有花紋。

通、王順與米良見禮坐下，將沈太師的來書與米良看了。米良道：「本帥同二位將軍操演人馬，再往山東去便了。」當下就將五千人馬紮入營中，留馬、王二將在帥府飲宴。次日五更起身，並教兒子、侄子一同前去操兵。

原來米良有個兒子，名喚米中粒，年方二十，卻是個酒色之徒；他的侄子，名喚米中砂，跟在裡面幫助撮弄，一發全無忌憚。當下弟兄二人飽餐一頓，全身披掛，跟了米良、馬通、王順，來到教場演武。他二人那裡有心看兵，才到正午就推事故，上前稟告回家，就去尋花問柳。也是合當有事，二人卻從李全府後經過，恰恰遇見柏玉霜同秋紅在後樓觀看野景。不防米中砂在馬上一眼望見，忙叫：「兄弟，你看那邊樓上，有兩個好女色呢！」米中粒原是酒色之徒，聽見回頭一看，已見了柏玉霜同秋紅面貌，不覺魂飛天外。看了半會，說道：「好兩位姑娘！怎生弄得到手就好了！」米中砂道：「這有何難？待我一言，保管你到手。」米中粒大喜，道：「哥哥，你若果有法兒，我情願與你同分家產。」米中砂說：「有何難處！」未知後事如何，且聽下回分解。

第四十四回　米中粒二入鎮江府　柏玉霜大鬧望英樓

話說那米中砂說道：「兄弟，我想你要此女到手，也不難。我看他這一座高樓，必是富厚人家。好在兄弟不曾定親，明日訪問明白，就煩鎮江府前去為媒，不怕他不允。」米中粒道：「說得有理。」二人越看越讚，卻被秋紅看見了，忙請小姐進去，「呀」的一聲，早把樓窗關了。米中粒在馬上，罵道：「這小賤人，好尖酸！他倒看見我們了。」遂緩轡而行。二人轉過樓牆，來到柳蔭之下，卻是李府的後門。後門內，又有一位年少的婦人，也生得十分齊整。米中粒見了，笑道：「美人生在他一家，真正好花開在一樹！」兩個人只顧探頭探腦的朝裡望，不想那個婦人早看見了，趕出門來罵道：「好瞎眼的死囚！望你老娘做甚的？」米中砂一嚇，忙扯兄弟，縱馬去了。

看官，你道這位婦人如此勇敢，卻是何人？原來就是瘟元帥趙勝的妻子孫翠娥。他夫妻兩人自從在雲南別了羅燦，帶了書信，到淮安找尋羅焜。到了淮安，打聽得羅焜被柏府出首，拿入府牢中治罪，後來又劫法場，大鬧淮安，勾同草寇，反上山東去了。他夫妻兩人走了一場空，欲回雲南去復羅燦的信，又恐羅燦離雲南，因此進退兩難。只得仍回鎮江丹徒縣家內來住，恰好遇見小溫侯李定。李定愛趙勝夫妻武藝超群，就留他夫妻兩人在府，趙勝做個都頭❶，孫氏在內做些針指。那孫翠娥同柏玉霜

❶都頭：唐代中期，諸軍總帥稱都頭，宋代都頭降為指揮使以下的低級軍職，其時州縣的捕快頭目也稱都頭。

小姐十分相得，談起心來，說到羅焜之事，孫翠娥才曉得柏玉霜是羅焜的妻子，小姐才曉得羅氏弟兄二人不曾被害，暗暗歡喜。

閒話少說。且言米家弟兄兩個慌忙回府，即喚一個得力家人上前，吩咐道：「丹徒縣衙門對過有一所大大的門樓，他家有一位絕色的女子。我大爺欲同他聯姻，只不知他家姓甚，名誰，是何等人家。你可快去訪來，重重有賞。」那家人領命去了，不在話下。

且言那米良等操了一日的兵，回府飲酒。馬通、王順向米良說道：「聞得羅氏兄弟十分英雄，我們前去拿他，非同小可。必須商議個萬全之策，方能到手。你我偌大的年紀，倘若受傷，豈不是空掙了一場富貴？」米良說道：「將軍之言，止合我意。我們只須點二萬精兵前去，到兗州府城裡紮營，令地方官前去討戰便了。」商議停當，次日五更，馬通、王順同米良三人一同升帳。眾將參見已畢，馬通、王順領了長安帶來的五千人馬在前，米良點了本營的五千人馬在後，共是一萬精兵。分作兩隊，中軍打起「奉旨擒拿反叛，剿除草寇」的黃旗，耀武揚威，搖旗吶喊，殺奔山東去了。當下鎮江府合城的官員，同米府的二位公子送到十里長亭。餞行已畢，各自相別而回，不提。

且言米公子送了他父親出征之後，回到府中料理料理家務，忙了兩日，心內時刻想著那美女的消息。正在書房同米中砂商議，忽見前日去訪信息的家丁前來回信。米中粒大喜，忙問道：「打聽得如何？」家丁回道：「小人前去訪問，縣衙門口的人說，他家姓李，那老爺名叫李全，目今現在宿州做參將哩，那女子只怕就是他的小姐了。」米中砂聽了大喜，說道：「這宿州參將李全，莫不是那小溫侯李定的父親麼？」家丁回道：「正是。」米中砂哈哈大笑，道：「這個就容易了。那小溫侯李定，我平日認得他，他父親住在此地，現是叔父的治下。兄弟，你只須見鎮江府說一聲，保你就妥。」米中粒大喜，忙喚家人備馬，拿了名帖，拜鎮江府。

不一時已到，家將投了名帖。知府迎出儀門，請中粒到內廳相見。當下二人攜手相挽，進了書房，見禮坐下。茶罷，知府問道：「不知公子駕臨，有何見諭？」米中粒道：「無事也不敢驚動。只因晚生年登二十，尚未聯姻。昨聞宿州參將李全有位小姐十分賢德，敢煩老黃堂❷執柯，自當重謝。」知府笑道：「包在本府身上便了。」米中粒大喜，忙忙起身拜謝而去。正是：

御溝紅葉雖云巧，月內紅繩未易牽。

不表米公子回府，且言知府次日拿了名帖，就來請李定。李定見本府相召，怎敢怠慢，隨即更衣上馬，來到府宅門上。家人投了名帖，只見裡面傳請。李定進了私衙，參見畢，坐下。李定說道：「不知公祖❸大人見召，有何台諭？」知府笑道：「無事不敢相邀。昨日，有定海將軍米大人的公郎前來，託本府作伐，說年兄家有一位令妹小姐，尚未出門，特煩本府代結秦晉❹，不知台意如何？倘若俯允，據本府看來，倒也是一件好事。」李定聞言吃了一驚，忙起身打了一躬，說道：「治晚生❺家內，並

❷黃堂：太守辦事的廳堂。明清時知府為太守之職，故俗亦稱知府為黃堂。
❸公祖：明清時士紳對知府以上地方官的尊稱。
❹秦晉：春秋時秦、晉二國世為婚姻，後遂稱兩姓聯姻為秦晉之好。
❺治晚生：部屬對長官或旅外官吏對原籍長官的自稱，也稱治生。

無姊妹，想是米府中錯認了，求公祖大人回覆他便了。」說罷，起身告退，上馬回府，不提。

且說米中粒自從託過鎮江府為媒之後，回到家中。過了三日不見知府回信，好不心焦。又叫家人備了四樣厚禮，到府裡來討信。投了名帖，知府請書房相會。米公子叫家人呈上禮物，說道：「些微菲禮，望乞笑留。」知府再三推讓，方才收下禮物，說道：「前日見委之事，據他說，並無姊妹，託本府回覆。本府連日事冗，未及奉覆，不想公子又駕臨敝署。」米中粒聞言，好生不悅，說道：「晚生親目所見，家兄又同他交往，怎麼說他無姊妹？這分明是他推託。還求老公祖大力成全美事，自當重重相謝。」知府道：「既是如此，公子可挽一友人，且說一頭，果是他家姊妹，再等本府來面言便了。」

公子稱謝，別了知府。上馬回家，一路上好不煩惱。回到府中，將知府的言詞告訴了米中砂一遍。說道：「哥哥，此事如何是好？」米中砂想了一想，說道：「我有一計，只是太狠了些，然為兄弟，只好如此。如今兄弟只推看桂花請酒，先請知府前來，說明了計策，然後去請李定，前來看花飲酒，當面言婚。他欲依允便罷，若是不允，只須如此如此。那時，他中了計，就不怕他不允了。」米中粒大喜，說道：「好計，好計！」

到了次日，米中砂先到李定家走走，並不提婚姻之事。過了五日，米中粒吩咐眾家將安排已定，即命家人，拿帖子先請知府，向知府細說一遍。知府暗暗吃驚，只得依允。又叫家人拿帖去請李定。家人到了李府，投了名帖，入內稟道：「此帖是家少爺請公子看花飲酒的。」李定想道：「此人來請，必非好意，但是不去，倒被他笑俺膽小了。」只得賞了家將的封子，說道：「你回去多多拜上尊爺，說李某少刻就來。」那家人先自回去。

李公子隨即更衣，叫家人帶馬，出了府門。到了米府，家人通報，米公子連忙出來迎接。進了帥府，見禮已畢，就請到後園看花。當下李定到了花園，正遇知府在亭子上看花，李定忙上前參見，坐下。李定說道：「多蒙米兄見召，難以消受。」米中粒說道：「久仰仁兄大名，休要過謙。」彼此各敘寒溫。知府便說道：「前日，代令妹為媒的，就是這米公子了。」李定說道：「可惜治晚生並無姊妹，無緣高攀。」米中砂忙向鎮江府搖頭，知府會意，就不說了。

一會兒擺上酒席，米公子邀入席中。二人輪流把盞，吃了一會，又叫府中歌姬出來勸酒。到席上，唱了兩套曲子，便來勸酒。李定刻刻存神，不敢過飲，怎當得米氏兄弟有心奉承，只管叫歌女們一遞一杯來敬。又換大觥，吃了十數觥。李定難回，直飲得酩酊大醉，伏几而睡，不知人事。

米中砂忙叫家將，抬到兵機房內。吩咐依計而行，不可遲延。眾家人將李定抬到兵機房內睡下，將各事備定，並將絆腳索安排足下。只候李定醒來，以便行事。米中砂又吩咐：「家將伺候，我在那裡聽信。不可動他，俟他一醒，你們速速報我。」不知後事如何，且聽下回分解。

第四十五回　孫翠娥紅樓代嫁　米中粒錦帳遭凶

詞曰：

義俠心期白日，豪華氣奪青雲。堂前歡笑口紛紜，多少人來欽敬！
秋月春風幾日，黃金白玉埋塵。門前冷落寂無聲，絕少當時人問。

話說李定被米中粒灌醉，抬入兵機房內。這兵機房非同小可，裡面是將軍的兵符、令箭、印信、公文、來往的京報，但有人擅自入內，登時打死。這是米中砂做成的計策：用酒將李定灌醉，抬入兵機房，將兵符、令箭，暗藏兩枝在他靴筒內，以便圖賴他。

當下李定酒醒，已是黃昏時分。睜眼一看，吃了一驚。暗想道：「這是兵機房，俺如何得到？」情知中計，跳起身來往外就走，不防絆腳索一絆。此時李定心慌，又是醉後，如何支撐得住？兩腳一絆，撲通一跤，跌倒在地。眾家將不由分說，一擁齊上，將李定捺住，用繩子捆了。李定大叫道：「是我！」眾人不睬，將他綁上花廳。稟道：「兵機房捉住一個賊盜，請公子發落。」米中粒大喜，說道：「本府太爺在此，速帶他來審問。」眾人把李定押到花廳，只見燈燭輝煌，都是伺候現成的。眾人將李定扭到知府面前跪下，李定大叫道：「老公祖在上，是治晚生李定，並非賊盜。米府以勢誣良，求老公祖詳察。」米公子說道：「不是這等講！我這兵機房非同小可，兵符、令箭都在其中。求公祖搜一搜才好。」

當下眾人將李定渾身一搜，搜出兩枝令箭、一張兵符，雙手呈上。米公子大怒，說道：「我好意請你來吃酒，為何盜我的兵符、令箭？是何道理？目今四海荒荒，被反叛羅焜弄得煙塵亂起。昨日奉旨才去征剿，你盜我的令箭，莫非是反叛一黨麼？」喝令家將：「請王命尚方劍過來，問明了口供，快與我梟首轅門示眾。」眾家將得令，將王命尚方劍捧來，放在公案上。米中粒向知府丟了個眼色，打了一躬，說道：「拜託公祖大人正法，晚生告退了。」

米公子閃入屏風，知府喝退左右，向李定說道：「年兄，你還是怎麼說？」李定回道：「這分明是米中粒做計陷害，求公祖大人救命！」知府說道：「無論他害你不害你，必定是你在他家兵機房出來，又搜出兵符、令箭。真贓現獲，有何分說？況且他請過王命尚方劍來，就斬了你，你也無處伸冤，叫本府也沒法救你。你自己思量思量，有何理說？」李定道：「公祖若不見憐，治晚生豈不是白白送了性命？還求大人搭救才好！」知府笑道：「李年兄，你要活命也不難。只依本府一言，非但性命不傷，而且榮華不盡。」李定明知是圈套，因說道：「求公祖大人吩咐，一一謹遵。」這知府走下公座，悄悄向李定說道：「只因他前日託本府作伐，求令妹為婚，世兄不允，故懷恨在心，因而有此一舉。依本府之言，不若允了婚姻，倒是門當戶對，又免得今日之禍，豈不是一舉而兩得了？」正是：

勸君休執一，凡事要三思。

李定聞言，想道：「我若不許他的婚姻，刻下就是一刀兩段。白白的送了性命，連家內也不知道。不若權且許他，逃命回家，再作道理。」便說：「既是公祖大人吩咐，容治晚生回家，稟過家母，再發庚帖過來便了。」知府笑道：「他若肯讓你回去再送庚帖來，倒不如此著急了。你可就在此處，當著本府寫一庚帖，與他為憑，方保無事。」李定無法脫身，只得依允，說道：「謹遵公祖之命便了。」知府見李定允了，哈哈大笑。忙向前雙手扶起，解了綁，請他坐下。一面大叫道：「米公子，出來說話！」米中粒故意出來說道：「老公祖，審明了麼？」知府回道：「本府代你們和事。」米公子道：「這兵機房重務，豈有和事之理。」知府笑道：「姻緣大事，豈有不和之理。」這一句話，把堂上堂下一眾家人都引得笑將起來。正是：

王法如家法，官場似戲場。

話說知府向米中粒說道：「公子前日託本府為媒，就是李世兄令妹。你們久後過了門，就是郎舅，那有妹丈告大舅做賊之理。依本府愚見，今日就請世兄寫了庚帖，公子備些聘禮過去定婚，揀了好日洞房花燭，你們就是骨肉至親了，何必如此行為？」米中粒笑了，忙忙向知府與李定面前各打一躬，說道：「方才得罪，望勿掛懷。」遂叫家人取過一幅紅錦繡金的庚帖，並文房四寶放在桌上，就請李定寫庚帖。李定拈起筆來，隨便寫了一個假年庚與知府。知府大喜，雙手接過，送與米公子。米公子收了庚帖，重新敘禮，擺酒陪罪。

吃了一會，天色已明，李定告退。米中砂道：「李姻兄何不同公祖大人一同起身？舍弟的聘禮久已完備，請公祖大人同李姻兄一起動身，送至尊府，豈不兩便？」李定暗想道：「他今日就送聘禮過去，如何是好？」只得回道：「遵命便了。」米公子大喜，說道：「不消大舅勞心，一切大小諸事，連酒席都是小弟代兄備現成了。」一面叫家人，傳齊執事，升炮開門，將那些金珠彩緞、果盒豬羊擺了二百端。前面是將軍的旗號，後面是知府的執事，細吹細打，迎將出來。米中粒送了知府同李定出了帥府，吩咐中軍官道：「送到李府，叫眾人即便回來領賞。」中軍答應，同眾人去了。

且言李定和知府一路行來，心中煩惱，喚過一名家丁，附耳吩咐道：「你速回去，向太太說知如此如此。」家丁領命，星飛回去。這裡知府押著米府的聘禮，不一時，已到李府門首。三聲大炮，將聘禮擺上前廳。入內道喜已畢，早有中軍將禮單雙手呈上，李府一一收下。太太命家人賞了眾人的封包，治酒款待知府。知府飲了三杯，隨即作別去了。

且言李定走入後堂，太太忙問道：「今日收了他的聘禮，他久後來娶，把甚麼人與他？」李定說道：「只推爹爹回來，方能發嫁。遲下了日子，來報他病故，退回聘禮，豈不兩下裡沒話說了？」太太道：「就是如此，你也要望你爹爹任上走一遭，恐他要來強娶。」李定回道：「曉得。」遂叫洪惠並趙勝夫妻過來，吩咐道：「俺不幸被米賊設計，弄出這場禍來。我如今到老爺任上去，家內諸事，拜託你們三人照應。」三人回道：「公子放心，我等知道。」李定收拾，辭了太太，竟奔上江宿州去了。

且言柏玉霜小姐自從聞了米家這番消息，好不憂愁，幸有秋紅同孫氏早晚勸解，一連過了六七日。

那日，正在妝樓閒坐，忽見秋紅上樓來，報道：「不好了！米家送信，要來娶小姐了。」柏玉霜大驚，同孫氏下樓，到後堂來打聽消息。只見兩個媒婆，押了四擔禮盒來到後堂。見了太太，叩頭呈上禮物，說道：「我家老太太請太太的安。本月十六日是個上好的日子，要過來迎娶小姐。諸事俱已齊備，不勞太太這裡費事。」李太太大驚失色，道：「為何這等急促，我前日打發公子，到我家老爺任上去了。諸事俱未曾備辦，煩你回去回覆太太說，還要遲個把月才好。」來人說道：「婚姻大事，兩下總是要吉利的，那有改期之理？府太爺也就要來通信了。」說罷，二人便起身告退。

李太太好生著急，正在沒法，忽聽得一聲吆喝，鎮江府早已到門。進了後堂，見了太太道喜。知府說道：「老夫人在上，卑府此來，非為別事，只因十六日米府前來迎娶千金，特來通信。」太太回道：「公祖大人在上，本當從命，奈拙夫、小兒俱不在家，一無所備。仍求大人轉致米府，求他改期才好。」知府道：「此事從無改期之理。夫人不用費心，只送令嫒過門，倘有甚話，都有卑府做主。」說罷，起身告退，回衙去了。

太太好不著急，忙請柏玉霜同孫氏來商議，說道：「此事如何是好？」小姐哭道：「這是甥女命苦，惟有一命而已！」孫氏說道：「為今之計，只有將一個丫鬟裝做小姐嫁過去，再作道理。」秋紅道：「不可。那日小姐在樓上被他看見，所以只認做本府內的小姐。今日換了人嫁去，那裡瞞得他眼！如今小姐『三十六著，走為上著』。只有女扮男裝，速去逃命。但是公子、老爺都不在家，我們逃去之後，他來尋太太要人，如何是好？」孫氏沉吟道：「我有一計。我夫妻二人昔日蒙羅公子救命之恩，如今米賊又去同羅公子交兵，他兒子又來謀占小姐，我不報恩，等待何時？你們只去如此如此，他來迎娶，等我去便了。」太太同柏玉霜只得依允。

不覺光陰迅速，已是十六日了，太太吩咐張燈結彩等候。黃昏時分，鎮江府全班執事，押著米府的花轎，全副儀仗，大吹大擂，到了李府。道過喜，飲過酒，只聽得三番吹打催妝❶，請新人上轎。裡面，柏玉霜同秋紅久已改了裝扮躲了。孫氏大娘藏了暗器，妝扮已畢，別了小姐、夫人，上轎去了。不知後事如何，且聽下回分解。

❶催妝：舊時婚俗，新婦出嫁時，要多次催促，纔梳妝啟行。

第四十六回　柏玉霜主僕逃災　瘟元帥夫妻施勇

話說那日米府排了鎮海將軍的執事，大吹大擂，抬了八人花轎，到李府來迎娶小姐。早有諸親六眷、合城的文武官員，到兩邊道喜。那李夫人在外面勉強照應事務，心內好生煩惱。

花轎上了前廳，離筵已過，三次催妝，新人上轎。那孫氏翠娥內穿緊身軟甲，暗藏了一口短刀，外套大紅宮裝，滿頭珠翠，出房來拜別夫人，說道：「奴家此去，凶多吉少；只為報昔日羅公子的恩，故此身入虎穴。生死存亡，只好聽天而已。太太不可遲延，速速安排要緊。」太太哭道：「難得你夫妻如此重義，叫老身如何過得意去？」孫翠娥道：「太太休得悲傷，幹正事要緊。」復向柏玉霜說道：「小姐可速上長安，投令尊要緊。奴從此告別了！」柏玉霜哭拜在地，說道：「多蒙姐姐莫大之恩，叫奴家如何答報？」二人哭拜一場，孫翠娥竟上花轎。聽得三聲大炮，鼓樂喧天，排開執事，往帥府去了。

此時，趙勝忙會了洪惠的言語，渾身穿了鐵甲，提了一條鑌鐵棍，暗跟花轎，到米府去了。那洪惠知道必有一場惡禍，同米府是不得好開交的，預先同趙勝夫妻商議定了。前數日已經過江來到瓜州，約了鎮海龍洪恩同千氏兄弟三個，帶了五十個亡命，叫了十多隻小船，泊在鎮江邊上接應，不表。

且言柏玉霜小姐，打發孫氏動身之後，諸親已散。關了大門，方才同秋紅下妝樓來拜別太太，說道：「舅母在上，甥女上長安找父親，此一別，不知何日再會？」說罷，淚如雨下，哭拜在地。太太哭道：「我兒此去，路上小心要緊。到了長安，會見你爹爹，可叫他暗保你家舅舅，要緊！眼見得同米賊不得甘休。你們快快收拾去罷。」

當下柏玉霜拜別了太太，同秋紅依舊男裝，帶了行李包袱，瞞了府中的家人，悄悄的出了後門。並不敢擎燈，高一步，低一步，乘著那月色星光趲路。多虧出海蛟洪惠送二人上了大路，出了府城，雇了一隻小船，連夜開船，往長安去了。

再言洪惠送了柏玉霜上船，急急趕回府來，見了太太，說了話，忙催太太收拾，動身要緊。太太將細軟打了四個大包袱，先付洪惠挑到江邊船上，交與洪恩。復回府來，已有二更天氣。太太向眾家人說道：「連日你們也辛苦了，早些睡罷。」眾人聽得太太吩咐，各人自去安歇。太太見家人睡了，就同洪惠悄悄的出了後門。備了一匹馬，扶著太太上了馬，走小路趕出城來。到了江邊，早有洪恩前來迎接，扶太太下了馬。洪惠送太太上了船，叫聲：「哥哥，好生同夫人作伴，在此等我。我同王氏兄弟，去接應趙勝夫妻要緊。」當下同了焦面鬼王宗、扳頭鬼王寶、短命鬼王宸，各人帶了兵器，趕進城來。按下不表。

且言洪恩見兄弟去後，猛然想起一件事來。說道：「不好了！他們此去，非同小可。倘若關了城門，不得出城，如何是好？此事不可不防。」忙向帶來的五十個亡命說道：「你們快快去，如此如此。接應他們要緊。」眾人領計，飛風去了。

再言米府迎娶新人，好不熱鬧。米中粒渾身錦繡，得意揚揚。先是知府同合城的官員前來道喜，後是轅門上那些參將、守備、游擊、都司、千總、把總一班軍官，前來道喜。帥府中結彩張燈，笙簫齊奏，共有八十多席，都是米中砂管待。

將近二更時分，三聲大炮，花轎進門，抬進後堂。儐相行禮，新人出轎，雙雙拜過天地、祖宗。笙簫鼓樂，金蓮寶炬，送入洞房。眾姬妾丫鬟擎金燈寶燭，引新人坐過富貴，合巹交杯。米公子滿心歡喜，自從那日在樓上相逢，直至今宵才想到手。

看官，你道柏玉霜同孫氏是一樣的花容麼？米公子就認不出真假？不是這個講法。一者，孫氏大娘也生得美貌，年紀又相仿；二者，滿頭珠翠垂肩，遮住了面貌，又是晚上，越發真假難分；三者，此刻米公子早也神魂飄蕩，慾火如焚，那裡還存神留意，故此沒有看得破。

當下交杯已後，早有那些朋友、官員前來看了新人，就扯米公子前去吃酒。米公子開懷暢飲，吃到三更，各官員方才起身告退。這米公子被眾客多勸了幾杯，吃得大醉。送眾客去後，踉踉蹌蹌的，吩咐米中砂道：「府中一切事情、上下人等，拜託照應。小弟得罪，有偏了。」米中砂笑了一聲，吩咐家人照應燈火，自己卻同一個少年老媽，去打混去了。

那米公子醉醺醺的走進後堂。早有四個梅香引路，擎著燈，送米公子上樓。進得洞房，淨過了手，脫去上蓋衣服，吩咐丫鬟：「下樓去罷。」隨手掩上了房門，笑嘻嘻的向孫氏道：「自從那日小生在馬上看見娘子一面，直到如今才得如意。請娘子早些安歇罷。」就伸手來替孫氏寬衣。孫氏大娘耐不住心頭火起，滿面通紅，就是劈面一掌，推開米公子，一手脫去外衣。那米公子不識時務，還是笑嘻嘻的來摟孫氏。孫氏大怒，罵一聲「潑賊」，攔腰一拳，將公子打倒在地。公子正欲掙時，孫氏掣出短刀，喝一聲，手起一刀，刺倒在樓上；趕上前按住了臉，一刀割下頭來。順手將燭臺往帳幔上一點，望樓底下就走。

不防樓底下眾丫鬟使女還不曾睡，聽得樓上喊喝之聲，忙奔上樓來看時，頂頭撞見孫氏下樓。手起刀落，一連搠死了兩個丫鬟。眾人一看，大叫道：「不好了！樓上有強人了！」這一聲喊叫，驚動了合府家丁。搶上樓來一看，只見公子倒在樓上，鮮血淋漓，頭已割了。眾人大驚，扶下屍首來時，樓上燒著床幃帳子，煙霧迷天，早已火起。慌得太太同米中砂在夢中扒起來，聽得這個消息，只嚇得魂飛魄散，大哭連天。一面叫人抬過公子的屍首，一面叫眾家人救火，一面問有多少強人，新娘子往那裡去了。眾家人回道：「並無有強人，公子同兩個丫鬟都是新娘子殺的！」太太大驚，說道：「快快與我拿住這賤人！重重有賞！」

當下眾人聽令，個個手執刀槍，來捉孫氏。孫氏在火光中，在人手內奪了一條槍，且戰且走。卻不識他家出路，只顧朝寬處跑。

正在危急之時，恰好趙勝、洪惠等見裡面火起，喊殺連天，就知道孫氏動手了。五條好漢，一齊打入後門，奔火光跟前來接應。正遇米府眾家將圍殺孫氏，洪惠大叫道：「雞爪山的英雄全伙在此，誰敢動手？」一齊端兵殺來，眾人喊叫一聲，回頭就跑。五位好漢保定孫氏，往外就走。

太太著了急，忙叫轅門上擂起聚將鼓來。那些大小將軍忙忙起身，奔到帥府，只見火光罩地，喊殺連天。一時，鎮江府、丹徒縣游擊、參將、守備、文官武將，一同都到帥府請安，救火。米太太向眾官說道：「諸位，與我追拿強盜要緊！」眾官大驚，忙忙調齊大隊人馬，追趕來了。五位英雄保定孫氏，回頭一望，只見遠遠燈球火把，照耀如同白晝，約有二三千人馬，鳴鑼擂鼓，吶喊搖旗，追殺而來。六位大驚，奔到城下。城門已關，並無去路；回頭看時，追兵漸漸的趕進來了。不知後事如何，且聽下回分解。

第四十七回　小溫侯京都朝審　賽諸葛山寨觀星

話說六位英雄見後面追兵緊急，慌忙往前奔走。來至城下，那城門早已閉了。王宸道：「不要慌！我們扒上城頭，繞城走去，遇著倒敗的缺子，就好出去了。」眾人扒上城頭，順著城邊走無數步，忽見亂草叢中，跳出兩條漢子，攔住去路。趙勝大驚，掣鐵棍就打。那兩個人託地跳開，火繩一照，叫道：「不要動手！洪大哥叫我們等候多時了。」王宸聽得是瓜州帶來伴當的聲音，大喜，說道：「洪大哥叫你等在此，必有計策。」二人說道：「洪大哥怕你們不得出城，叫我們如此如此，就出去了。」六人依計，跟著二人，順著城頭去了。

且言那合城官員將校，帶領二、三千人馬，高挑著燈球火把，一路追來，喊殺連天。只把那鎮江府的一城百姓，嚇得家家膽戰，戶戶魂驚。聽見是雞爪山的英雄殺入帥府，放火燒樓，連公子的頭都不見了，又是黑夜之中，不知有多少人馬，那些來追趕的兵將，卻也人人懼怕。追到城門口，絕無蹤跡。

眾官正在疑惑，猛聽得四面一片喊聲。有人報道：「府衙後面火起！」知府大驚，忙上高處一望，四面火光沖天，十分利害。嚇得知府膽落魂飛，忙叫本衙兵丁，快快趕回救火。又見四面嘈嚷，一霎時煙霧迷天，接連又是七八處火起。只燒得滿天通紅，火球亂滾；耳內喊聲不絕，哭聲震地。那些軍校人等、靠轅門住的軍官，個個都是有家眷的，見城中八方火起，猶如天崩地裂，勢不可當，喊叫一聲，文武官員、兵丁將役，都四散奔走，回去救火，那裡禁止得住。知府見軍心已亂，忙叫守備守城：「本府回衙，保守府庫去了。」說罷，帶了眾人，飛馬而去。

且說那守備吳仁帶了本部下四個把總，有二百兵丁，到了城下。只見那些百姓，一個個覓子尋爺，哭聲不絕。守備忙吩咐眾將：「快些分頭四門巡緝，以防破城。」當下吳守備帶領人馬，繞著城腳緝捕奸細。一隊人馬來至北門，忽抬頭，見城頭上有十數個人，在那裡扒城。

眾軍吶喊，說道：「強盜在這裡了！」一齊趕上城來。原來，洪惠等同王氏三雄，到四處放了火，約定在此搭軟梯跳城。吳仁見了，領兵趕到城上。眾人喝道：「不用來，俺們去也！」一個個望城下就跳，下面早有洪恩來接。只有趙勝夫妻二人未曾下去，吳仁早已趕到，縱馬大喝一聲：「往那裡走？」舉槍就刺趙勝。趙勝閃過槍，揚起那條鑌鐵棍，照吳仁頭上打來。吳仁一閃，那一棍卻打在馬頭上，那馬往後一倒，連吳仁一齊滾下城腳去了。眾軍急來救時，趙勝趁人亂裡，抱著孫氏大娘，一併跳下城去了。這裡眾軍救起吳仁，看時，早已跌得腦漿直流，死於非命。嚇得眾軍飛馬來報知府。知府大驚，急忙傳稟都統❶、游擊，領兵出城追趕，不表。

且言趙勝夫婦跳下城來，早有洪恩接住，一同來至江邊。查點人數，一個也不曾傷損。眾人大喜，分頭跳下小船。那李太太嚇得戰戰兢兢，來問孫氏道：「你們怎麼弄得掀天潑地？將來怎樣？」孫氏告訴了太太一遍，說道：「太太受驚了。」太太未及回言，猛見一派火光，鎮江府協同都統、軍官，

❶ 都統：清代八旗駐防軍長官稱將軍或都統，從一品，副都統正二品。故此處都統當為都司之誤。

帶領一標人馬，趕出城來了。洪恩一見，忙叫解纜開船。每船上搖起八把槳來，如流星掣電，如飛似的過江，到瓜州王家莊上安身去了。

且言知府同都統、游擊、參將、兵丁、將校，趕到江邊，並不見一人。大家吃驚，忙問江邊上附近居民。人人都說，並沒有見甚麼人馬，只有十數隻小船上，有十數個人在此住了一夜，方才開船過江去了。知府說道：「無十數多個人如此凶險之理，想是走到別處去了。且回去救火，安民要緊。」

當下文武官員回轉城中，救滅了火，安慰了百姓，整整鬧了一夜。次日天明，各文武都到將軍府裡請安。米太太正在後堂哭公子，聽得眾官請安，太太收住了眼淚，叫家人請家內大爺米中砂同知府，到後堂說話。家人去不多時，只見米中砂同知府進了後堂。見了米太太，行了禮坐下。太太向知府說：「多蒙老公祖代小兒做得好媒！娶進門就殺死丈夫，放火燒了房屋。又聽得他是雞爪山的強盜，全伙在此。我想雞爪山是反叛羅焜同伙住地，現今老爺奉旨領兵前去征剿，莫不是李家同羅焜是一黨，故此強盜婆裝做新人，前來害我兒性命？此事不明，要求老公祖前去查問查問，好出文書，與老將軍知道。」知府無奈，只得連忙起身，向李府而來。

卻說那晚，李府家丁是辛苦了的，個個進房都睡著了。睡到半夜裡，聽見外面嘈嚷，老門公起身，開門看時，聽得人說米將軍府裡起了火了。門公大驚，上街一看，只見天都紅了，連忙入內稟告。眾丫鬟婦女一齊驚起，傳至上房，上房門已開了，入內看時，不見夫人在內。眾人驚疑，各去找尋，並無形影。眾人慌做一團，猛又聽得一片喊聲，七八處火起，外面宣傳說，雞爪山的賊兵來了。眾家人大驚，來尋趙勝、洪惠二人，也不見了。

鬧到天明，正沒擺布，卻好知府到了。進了中廳坐下，便叫家人，快請夫人說話。眾家人一齊跪下，稟道：「太爺在上，昨夜火起之時，我家太太就不見了。」知府喝道：「胡說！」遂起身，率領皂快人等進內搜查，果無影響。知府著急，審問家丁口供，也無實跡。知府想道：「一定是同反叛羅焜一黨，故此強盜要裝做新人，刺殺了米公子，他卻暗暗先走了。我不免將李府家丁一齊拿住，封鎖了李府的大門。」起身回到帥府，見了米太太，說了一遍。太太變色，說道：「此事卻要貴府作主，交還我的賊子來。」知府喏喏連聲告退。

這裡，一面收了米公子的屍首，一面差家將到老將軍行營報信。那鎮江府滿腹愁煩，火速回衙，將李府眾家人收了監，隨即將受傷兵將被火之事，細底情由，細細做成文書，申詳上司去了。

且言小溫侯李定自從受了米府的聘禮，連夜趕奔宿州，到他父親任上，將柏玉霜表妹被害投奔，又遇見米府強聘之事，細細告訴一遍。李爺大驚，說道：「你既受了他家聘禮，如何推託？」想了一想，說道：「有了。我寫一封書與你，連夜回去見鎮江府，說我在任上，已將女兒許聘人家了，仍煩府尊大人，將原聘禮送還米府，方無他事。倘若不從，你可連夜寫信送來，我自有道理。」李定領命，帶了書信，別了李爺，翻身上馬，復轉鎮江。他在路上，卻並不知米府來娶，孫翠娥殺人放火，弄出這場禍來。他單人獨馬，只顧趕路，那日到了鎮江，已是黃昏時分。進了城門，打馬加鞭，奔到自家門首，一看，只見知府的封條封鎖了門戶。李定大驚，說道：「這是為何？我的母親卻往那裡去了？」正無布擺，猛聽得一聲吶喊，四面擁上七八十個官兵。鈎鐮套索，短棍長槍，一齊上前，將李定拖下馬來，捆進府衙去了。欲知後事如何，再聽下回分解。

第四十八回　玉面虎盼望長安　小溫侯欣逢妹丈

話說李定被眾官兵拖下馬來，大叫道：「拿俺做甚麼？」眾人說道：「你家結連雞爪山的強盜，前來放火殺人，連米公子都被你叫人殺了，還說拿你做甚？」李定聽了，好不分明。

不一時，扯到府堂，推倒階前跪下。知府升堂喝道：「米府同你聯姻，也不為辱你。你為何勾通雞爪山的強盜，假扮新人，將米公子刺殺？卻又滿城放火，燒壞了七八處民房？吳守備前去巡拿，又被強徒打死。你的罪惡滔天，今日卻是自投羅網。你且說，家眷藏在何處？黨羽現在何方？好好從實招來，免受刑法。」

知府還未說完，把李定只急得亂叫道：「老公祖說那裡話來！俺為受了米府的聘禮，連夜趕到家父任上去報信。誰知家父已將妹子許他人，叫我連夜回來，煩公祖大人退還米府的聘禮，怎麼反誣我這些話來？」知府道：「胡說！本月十六日，米府迎娶新人，當晚，就是你妹子將公子刺死，放起火來。本府去救火時，滿城中無數火起。人人都說米府新人是雞爪山強徒裝的，殺了米公子，出帥府去了。忙得本府救了一夜的火。次日到你家查問，你家的家眷久已去了。本府問你家人，他說火起之時，你母親就不見了。想你是暗通反叛，殺人放火，恐怕追拿，暗帶家眷先逃。現有你的家人在牢內，怎說米府反告你？難道他把兒子自己殺了，圖賴你不成麼？」李定大叫道：「我在父親任上，今日才回，怎麼說我勾引強盜？想是米府來強娶親事，舍妹不從，因而兩相殺死；怕我回來淘氣，故反將我母親害了，做成圈套，前來害我。」知府大喝，吩咐將李定的家人帶來對審。不一時，家人帶到。

知府說道：「你自己去問他們。」李定便問家人：「太太到那裡去了？」家人見問，哭說道：「那日正當半夜火起之時，便去稟報夫人，夫人就不見了。」將始末情由說了一遍。李定心中疑惑，又問：「趙勝夫婦同洪惠為何不在？」家人回道：「他們三人，是同太太一齊不見的。」李定聽了，心中明白，料想新人是孫氏裝的：「母親、妹子，一定是同他逃走去了。只是雞爪山的人馬怎得來的？」當下知府復問李定，說道：「你還有何說？」李定說道：「其實晚生並不知道詳細，實方才在父親任上回來的。」知府大怒，正要動刑，忽見一騎馬衝進儀門。一位官差手執令箭，大叫道：「米老將軍有令，著鎮江府速解一千糧草、三千人馬，並將放火的原犯解往山東登州府聽審。火速、火速！」知府聞言吃了一驚，立刻到將軍轅門，領了人馬糧草，隨將李定上了刑具。次日五鼓動身，押了軍糧，解了李定，離了鎮江，連夜奔山東去了。

且言米良合同馬通、王順，領了一萬精兵在兗州駐紮，離雞爪山數十里安營立寨。歇了數日，點將到山口挑戰，被眾英雄點兵下山，一連三陣，殺得米良等膽落魂飛。傷了一半人馬，敗回登州去了，緊閉城門，一連半個月不敢出戰。正在城中納悶，接連是家將前來報到公子的凶信，米良大哭，昏倒在地。眾官救醒，細問根由。家將備陳始末，米良大怒，因此著落知府調兵押糧，並要殺公子一干人犯前來，親自審問。按下不表。

且言雞爪山上，眾英雄一連勝了數陣，個個歡喜。只有玉面虎羅焜心內憂愁，盼望兄長，放心不下。那晚席散，步月來到軍師謝元帳中坐下，問道：「目下連勝米賊數陣，意欲要殺上長安，伸冤報仇，但不知家兄的消息如何。請教軍師，還是怎生是好？」謝元道：「將軍休急，俺昨日袖占一課，山上雖然興旺，奈氣運未足；在百日之內，還有英雄上山相助，令兄不遠就要到了。前日，我已分差四路去打探軍信，等他回報，再作道理。」

二人談了一會，步出後營，到山頂上玩月。謝元仰面觀星，見眾星聚於江東，十分光燦；又有一顆大星，纏在勾陳星❶內，其色晦暗，左右盤旋，忽然一道亮光，穿入白虎宮❷中去了。謝元大叫道：「奇怪！奇怪！這個星光先暗後明，過了營卻同將軍的本星相聚。三日內必有英雄上山來，卻與將軍有些瓜葛。想是有甚令親到此，也未可知。」羅焜甚喜，當下觀過星斗，轉回山寨。

忽見兩個探子飛入軍營，跪下稟道：「小人奉令到鎮江，打探米賊的虛實。今探得本月十六日，米府娶得宿州參將李全的小姐，誰知小姐刺殺米中粒，放火破城，殺死守備一員，鬧了一夜，卻假我們雞爪山的旗號，逃走去了。誰想李公子又回鎮江，被知府拿住。如今領了一千糧草、三千人馬，解李公子到登州來了。小人探知，特來稟報。」謝元道：「記功一次，再去打探。」探子去了。當下謝元向羅焜說道：「探子來報的言詞，他說假我們山寨之名，那李定必與將軍相熟。」羅焜說道：「我聞得柏府有個姓李的親眷，住在鎮江，一向並不曾會過。」謝元道：「如此說來，正合天象了。有此機會，我們且去劫他的糧草上山，再作道理。」二人商議已定。

---

❶ 勾陳星：即北極星，亦作鉤陳星。

❷ 白虎宮：白虎為西方七宿的合稱，即奎、婁、胃、昴、畢、觜、參，白虎宮即指天空中西方七宿所在的區域。

至次日，眾英雄升帳。謝元向眾人說道：「大事只在今日一舉，諸公須要用心！」眾英雄齊聲應道：「謹遵將令！」謝元大喜，令火眼虎程堀領一千人馬，前去如此如此；又令胡奎領一千人馬，前去如此如此；又令秦環、羅焜各領五百鐵騎，前去如此如此；又令魯豹雄、王坤、李仲、孫彪領一千車仗，前去如此如此。眾人得令，各領本部人馬去了。

按下山寨點將之事，且說那鎮江府同游擊刁成，帶了四名護糧的千總並囚車，解了李定，在路行程，非止一日。那日已到兗州府的地界，離城四十里，天色已晚。知府說道：「此去離賊寨不遠，眾軍俱要小心。」又差一名外委❸，速進兗州報信，請米將軍發兵，前來接應。一面吩咐：「此地不可安營，速速趕進城去才好。」眾軍點起燈火，行無一里之路，猛聽得一聲炮響，左有秦環，右有羅焜，各領五百鐵騎，兩邊衝來。知府大驚，忙令游擊將三千兵擺開，前來迎敵。與秦環二人戰無數合，秦環一鐧打死刁成。知府回馬就走，正遇羅焜，一槍挑於馬下，被嘍兵擒了。眾軍見主將已死，棄了糧草，各自逃生。

當下羅焜、秦環殺入軍中，打開囚車放了李定，先令送上山去，然後趕殺三軍。那三千人一個個丟盔棄甲，四散逃生，那裡還顧甚麼糧草，落荒逃走去了。這裡魯豹雄、王坤、李仲、孫彪帶領車仗人馬，前來接應。羅焜、秦環將鎮江府解來的糧草，並奪下來的盔甲、弓箭、刀槍，盡數裝載上車，護送上山去了。

且言米良等見報說鎮江府解糧到了，忙忙升帳。正要點兵接應，猛聽得連珠炮響，喊殺連天。早

❸ 外委：指額外委派之官。清制，武官有外委千總、外委把總，職位與千總、把總略同，但待遇較低。

有探子飛報，說鎮江府的糧草被劫了。米良大驚，忙同馬通、王順披掛上馬，帶領本部人馬及偏將，吩咐登州府守城，親自趕來接應。比及趕出城來，糧草已劫去了。

羅焜的兵馬又到，五百鐵騎一字排開。米良見他兵少，就來交鋒。戰無三合，羅焜回馬就走；米良領兵趕來，羅焜往左邊一閃，早不見了。又遇秦環五百鐵騎攔路，同米良接手交鋒，也戰無三合，就敗向右邊去了。米良見人馬來得閃爍，就不追趕。忽聽得一聲大炮，人馬四下衝來。米良等吃了一驚，回馬看時，只見登州城中火起。三人一嚇，只得奪路而走。走無半里之路，又遇見胡奎、程珮領兵攔住去路，後有羅焜、秦環領兵追來。四下裡喊殺連天，火光亂滾，金鼓齊鳴，十分利害。不知後事如何，且聽下回分解。

第四十九回　米中砂拆毀望英樓　小溫侯回轉興平寨

話說米良、王順見雞爪山伏兵齊來，明知中計，忙領兵奪路而走，回至城下。不防胡奎、程珮奉軍師將令，已經攻破登州，領兵從城裡殺出，擋住去路。米良大驚，只得縱馬拚命向前奪路。不防魯豹雄、王坤、李仲、孫彪四位英雄送回糧草，又領本部人馬前來助戰。共是八位好漢、四千餘兵，八面衝來，將米良、王順八千人馬衝做六、七段。馬通為亂兵所殺，官兵抵敵不住，四散逃走，哭聲震地。米良等各不相顧，只得奪路逃生，落荒而走；走了二十多里，卻好王順領著兵也到了。二人合兵一處，查點兵將，又折了指揮馬通，八千人馬只剩了五百殘兵。這一陣殺得米良、王順喪膽亡魂，一直敗走了五十餘里，方才招聚殘敗的人馬，紮下營盤。將人馬少歇片時，就近人家搶了些米糧柴草、牛羊等類，埋鍋造飯，飽餐一頓，連夜的奔回鎮江去了。

且言雞爪山八位英雄殺敗了米良、王順，打破了城池，把那府庫錢糧裝載上山。令嘍兵不許騷擾百姓，若有被兵火所傷之家，都照人口賞給銀錢回去調養，那一城的百姓個個歡喜感激。安民已畢，收拾糧草，擺開隊伍，放炮開營，逕回山寨。

早有裴天雄等一眾英雄細吹細打，迎接八位英雄上山，進了聚義廳。查點人馬物件，共得了二萬多糧草、五萬多帑銀，盔甲、馬匹等項不計其數，眾英雄大喜。軍師傳令山上大小頭目，每人賞酒一席，大開筵宴，慶功賀喜。一面差探子到鎮江前去打探，一面請李定出來坐席。

那李定來到聚義廳上，見了眾家好漢，連忙下禮道：「俺李定不幸被奸人陷害，弄得家眷全亡。自分必死，多蒙眾位英雄相救！不知那位是羅焜兄？」羅焜聞言，急忙回禮道：「小弟便是羅焜，不知尊兄卻是何人？恕羅焜無知，多多失敬。」李定聽了，將羅焜一看，暗暗點頭，說道：「果然一表非凡，也不枉我表妹苦守一場。」隨將備細說出。羅焜大喜：「原來是大舅，得罪，得罪。」就邀李定與眾人一一序禮畢，各人通了名姓，坐下談心。

當下羅焜便問李定道：「大舅何以與米府結親，卻又刺殺米賊，放火焚樓？卻假雞爪山名號，是何原故？」李定說：「我那裡知道。只因玉霜表妹在我家避難，不想卻被米賊看見，即託鎮江府為媒；小弟不從，不想被他設計陷害，勒寫婚書，強送聘禮。小弟沒法，只得到家父任上商議。前日回家，始知米府前來強娶，弄出這場禍來。小弟並不知是何人劫殺的，連家母不知投於何處去了。」羅焜道：「大舅臨去之時，可曾託付何人？」李定說：「只有家將一名，叫做出海蛟洪惠，並一位都管，名喚瘟元帥趙勝，與他妻子孫翠娥。他三人有些武藝，小弟臨行，只託付他三人。小弟前日回家，連他三人都不見了，不知何故？」羅焜聽得「瘟元帥趙勝」五個字，猛然想起昔日鵝頭鎮上之事，問道：「這趙勝，可是青臉紅鬚的大漢麼？」李定道：「正是。」羅焜道：「奇怪，這人我認得。昔日曾寫書，託他到雲南寄與家兄，今日卻為何在此？不知他曾會過家兄之面？叫人好不疑惑。」李定道：「他原是丹徒縣人氏，我也不曾問他。他說是往雲南去的，會見個朋友。又託他回淮安寄信，卻沒有尋得到這個朋友，因此進退兩難，到鎮江投了小弟。他的妻子孫氏，一向同舍表妹相好，每日在樓上談心，莫非他也知舍表妹的委曲？」羅焜道：「是了，是了，一定是他。曉得我的妻子被米府強娶，他裝做新人，到米府代我報仇的。只是如今，他將太太、家眷帶到何處去了？」李定說：「只有洪惠有位哥哥，住在瓜州地界，想必是投他去了。只是這一場是非，非同小可，地方官必然四處追拿。他那裡安藏，怎能得住？就連家父任上，也不能無事。必須俺親自走一遭，接他們上山才好。」謝元道：「不可。此去瓜州一路，必有官兵察訪，豈不認得兄的模樣？倘有疏失，如何是好？為今之計，只可速往宿州，去接你令尊大人上山，以防米賊拿問。至於瓜州路上，俺另有道理。」李定聞言，忙起身致謝道：「多謝軍師。俺往宿州去，只有數天路程；瓜州路遠，俺卻放心不下。」謝元道：「兄只管放心前去，十日之內，包管瓜州之人上山便了。」李定聞言大喜，起身告別，往宿州去了。按下不提。

且言米良敗回鎮江，心中十分焦躁。進了帥府，又見公子死了，停柩在旁。夫妻二人，大哭一場。次日升帳，一面做成告急的表章，星夜進京，到沈太師同叔父米順那裡投遞，託他將敗兵之事遮蓋遮蓋，再發救兵前來相助；一面將陣亡的兵將造成冊子，照數各給糧餉去了；一面又掛了榜文，發遠近州縣緝獲奸細。

忙了三日，都發落定了，然後將米中粒的柩送出城外，立了墳塋。夫妻二人兩淚交流，各相埋怨，說道：「這都是鎮江府不好，既知李宅不善，就不該代孩兒做媒。好端端的人，送了性命，這口氣怎生出得？」米中砂說道：「為今之計，先發一枝令箭，會同上江提臺差官到宿州，將李全拿來聽審。同他那二、三十名家人，一齊先斬後奏，以報此仇。」米良道：「倘若李全不服，如之奈何？」米中砂道：「叔父大人說那裡話，他有多大官，參將敢違上司的將令麼？叔父這裡，差中軍官多帶兵丁，會合上江提督，申明原委，諒無拿不來之理。」米良道：「言之有理。」就急升堂，取令箭一枝，點了一名得力的中軍，帶了八名外委，吩咐道：「你可速到宿州會合提臺，要他參將李全即到轅門聽令。火速，火速！」中軍領了令箭，即到轅門，同了八名外委飛身上馬。離了鎮江，星夜奔宿州去了，不提。

且說洪氏兄弟自從救了李老夫人之後，都到王家莊安歇。住了十數日，那村坊內都是沸沸揚揚，說有捕快官兵前來巡緝奸細，十分嚴緊。洪恩同王氏弟兄商議道：「耳聞米賊被雞爪山的好漢一連數陣，殺得大敗回來，如今倒張掛榜文捉拿我等。我們此處安身不得了，只好往雞爪山去，方無他患。只是路上須防巡緝。」王宸道：「我有一計，須得如此如此，就沒事了。」眾人道：「好。」隨即裝束起來。洪恩、洪惠、趙勝、王氏弟兄，共領著四、五十名莊漢，在前引路；後面是王太公家眷人等同李太太、孫翠娥，另有莊漢保護，委著前隊，總往雞爪山進發，不表。

且言米中砂，自從兄弟米中粒死後，他外面卻是悲哀，心中卻暗暗歡喜。想道：「兄弟已死，叔父又無第二個兒子，這萬貫家財就是我的了。只是本家人多，必須討二老夫婦之喜，方能收我為子。今早叫人去拿李全，也是我的主意，二老甚是歡喜。我如今帶了兵將去到李家，抄了他的金銀，拆毀他的房屋，代兄弟報仇，二老必然更喜了。」主意已定，隨即點了二、三十名家將出了帥府。一路來到李府門口，扭開了鎖，步入內房，將他所有金銀、古董、玩器、細軟、衣囊，命家將盡數搜將出來，打成包袱，都送回府去，交與太太收了。然後來到後面，看見這座望英樓，心中大怒，說道：「俺是那一日在這樓下看見了他的女兒，弄出這樣事來！」喝令眾家將把這樓拆倒，放起火來。只燒得煙煤障天，四鄰家家害怕，人人歎息。正燒之時，有一位英雄前來看火，不覺大怒。不知後事如何，且聽下回分解。

第五十回　雞爪山胡奎起義　鳳凰嶺羅燦施威

話說米中砂把李府的望英樓拆毀，放火焚燒，驚動四鄰眾人都來觀看，其中惱了一位英雄。你道是誰？原來是雞爪山的好漢──穿山甲的龍標，奉軍師將令，特到鎮江來打聽眾人的消息。恰恰撞見米中砂帶領家將抄了李府，又拆了望英樓，放火焚燒。只燒得人人歎息，說道：「好一個良善之家，可憐遭此一劫！」龍標在旁探知了詳細，恨了一聲，說道：「這奸賊如此可惡，若不是山寨裡等著俺回去，俺就是一刀先結果了他的性命！」恨了一聲，回頭就走。來到儀征路上，忽見遠遠的一簇人馬，約有四十多人，分做兩隊而行：當先馬上坐著一位英雄，青臉紅鬚，領著四十多人，打著奉令捕快的旗號；後一隊有十多個人，推著四輛車兒，五騎馬上，坐著五位少年英雄，都是軍官打扮。龍標看在眼中，想道：「莫非是俺雞爪山來打探消息的麼？為何又有四輛車兒，內有家眷？事有可疑。」遂拿出他昔日爬山的技藝，邁開大步，趕過了那一隊的人馬，一日走了三百餘里。

次日已到了雞爪山，進了寨門，來到聚義廳上。眾人見了大喜，羅焜忙問道：「事情如何？」龍標就將那米中砂帶領家將抄了李府的家財，拆毀望英樓的話，從頭至尾說了一遍。眾位英雄個個動怒，忽見巡山的小卒進寨報道：「山下有九騎馬，打著米將軍的旗號過來了。」謝元忙令魯豹雄帶領五十名嘍兵，下山擒來審問。

魯豹雄領命，帶領五十名嘍兵，下山攔路。早見那九騎馬一齊衝來，當頭馬上是一個中軍，後面跟著八名外委，是奉令到宿州拿李全的。路過此地，正遇魯豹雄，大叫一聲：「往那裡走！」掄槍便刺。中軍不及提防，早中右臂，跌下馬來，被小嘍囉擒了。眾外委要走時，被那五十名嘍兵圍住，用鉤鐮槍拖下馬來，同綁上聚義廳，跪齊在地下。

裴天雄喝道：「你是米賊的人，往那裡去的，快快說來！」中軍呈上令箭，說道：「小人是奉令到宿州去拿李全的，望大王饒命！」裴天雄大怒，道：「李爺與你何仇，卻去拿他？」喝令左右：「推去斬首！」左右擁上十幾名嘍兵，剝去衣冠，綁將起來。中軍大叫道：「上命差遣，不能由己，求大王饒命！」裴天雄大喝道：「先割你的驢頭，且消消氣！」旁邊走上軍師，說道：「大哥且寄下他九人，小弟有用他之處。」裴天雄道：「既是軍師討情，且拿去收禁。」嘍兵領令去了。龍標說道：「還有一件：俺前日在路上，看見一隊捕盜官兵，往山東路上行來。約有五十多人，倒生得人人勇悍，莫非也是米賊的奸細？倒不可不防。」胡奎笑道：「前日來了一萬精兵也只得如此，諒這五十餘人幹得甚事！」眾人談了一會，各去安歇。

次日天明，眾英雄升帳，謝元道：「李定此去，為何許久不回？其中必有原故。想是李公爺不肯上山，反將李定留住，我等須如此如此，方能上算。」眾人大喜。正在商議，忽見前營小頭目渾身帶傷，進帳稟道：「大王，不好了！今有一隊捕兵，共有五十餘人，上山來探路。正遇王、李二位大王，領了一百人馬巡山，兩下裡撞見。二位大王見是捕兵，便去與他交戰。誰知捕兵隊內有六條大漢，驍勇非凡，二位大王戰他不過。小人特來稟報。」謝元笑道：「不妨，羅二哥前去收來。」羅焜得令，披掛齊整，坐馬端槍，闖下山來。一看，果見一標軍馬在那裡交鋒。王坤、李仲兩口刀敵不住那六般兵器，羅焜急搶到面前，大喝一聲：「少要驚慌！俺羅焜來也。」說罷，拍馬掄槍，便來助戰。那六人之中，早飛出一位青臉大漢，用棍架住槍，大叫道：「恩公不要動手，趙勝特來相投！」羅焜定睛一看，果是趙勝。兩下大喜，喝住眾人，九位英雄一齊下馬。羅焜問道：「趙大哥，為何久無音信？」趙勝遂將雲南遇見羅燦，復回淮安，落泊鎮江，相投李府，救了玉霜，放火燒城，前來相投話語，細細說了一遍。羅焜感謝不盡，遂請李太太等一同上山。小校報上山來，裴天雄等出山迎接。李太太、孫翠娥等，自有裴夫人、程小姐迎接。

聚義廳上笙簫鼓樂，擺酒接風。左邊客席上是王太公、趙勝、洪恩、洪惠、王宗、王寶、王宸；右邊主席上是裴天雄、胡奎、羅焜、秦環、程珮、魯豹雄、孫彪、王坤、李仲、龍標、張勇。兩邊小嘍囉輪番把盞。飲酒中間，胡奎說道：「自從裴大哥起義以來，十分興旺。又今日得了眾位前來相助，更為難得。據俺胡奎的愚見，就此興兵，代國除害；隨後請旨赴邊，救羅公爺還國。不知諸公意下如何？」眾人齊聲應道：「願隨鞭鐙。」裴天雄道：「既是如此，明日黃道吉日，俺們就此興兵。」謝元道：「不可輕動。自古道：『知己知彼，百戰百勝。』目今山上雖然兵精糧足，到底元氣猶虛。況且沈謙雖有篡逆之心，卻無暴露之跡。且待他奸謀暴露，天下皆知，連朝廷都沒法的時節，那時俺這裡起義興兵，傳示天下，以正君報國、除奸削佞，威名天下，誰敢不望風降順。豈不是名正言順了?」當下眾英雄聽了謝元這一番議論，一個個鼓掌稱善，說道：「軍師言之有理。」當晚飲酒，盡歡而散。裴天雄已吩咐打掃了兩進房子，安頓三家的家眷，各自安歇，不表。

次日升帳，謝元喚龍標、王宗、王寶、王宸、趙勝五位英雄，附耳低言道：「你們可速往宿州，如此如此，要緊！」五人領命，隨即改裝下山去了，不表。

且言李定自從會過羅焜，得知詳細，奉命下山，往宿州救他父親。走了數日，到了宿州，進了城門。走到參府見了李爺，雙膝跪下，哭拜於地。李爺大驚，問道：「我兒為何如此？有話起來講。」公子遂道：「米府不肯退親，強來迎娶。不知是何人刺殺米公子，放火燒樓，鬧了一夜。孩兒回去，連門都封鎖了。母親並無下落，家人拿在牢中；孩兒也被鎮江府拿住，問成勾通反叛的死罪，打入囚車，解到米賊行營正法。幸遇表妹丈羅焜，殺退米賊，擒了知府，救了孩兒的性命。又恐他來拿爹爹治罪，故此羅焜命孩兒星夜前來，請爹爹上山避難。」李爺聽了，不覺大怒，喝道：「這都是你這個畜生惹出禍來，弄得妻離子散。你當初不受聘禮，焉有此事？如今反來勾為父的做強盜！我想羅門世代忠良，也只為生下不肖羅焜，弄成反叛之名，誰知你也是如此。罷了，罷了，等過兩日，我親自到督府轅門，首告拿你正法，也免得我落臭名！」喝令家人，將公子鎖入空房去了。

李爺好不煩惱，一連過了十數日。公事已清，李爺吩咐家將，收拾鞍馬行囊，將公子拿到總督轅門上去出首。才要動身，忽聽得一聲吆喝，進來四名外委、一員中軍，手拿令箭一枝，大喝道：「奉鎮海將軍之令，著參將李全，速到轅門回話！」不知後事如何，且聽下回分解。

第五十一回　粉金剛千里送娥眉❶　小章琪一身投柏府

話說中軍奉鎮海將軍之令來拿李全，李全道：「我與他不相統屬，怎麼拿我？」中軍道：「現今欽差在鎮江會審，已知會你的上司了。況你兒子罪惡滔天，現又在雞爪山下來勾引你入伙，你還有何理說？」李爺見說出病根，做聲不得，只得說道：「此處汛地❷，豈可擅離？」中軍道：「現有交代官，已到山東地界了。」李爺道：「不妨，我已將逆子捆下，送往轅門。爾等既不知我的心跡，我同你至鎮江辯白便了。」

當下李全十分焦躁，收拾起身，李定卻心中暗喜。你道為何？原來這中軍是趙勝扮的，便曉得其中必有原故。那趙勝又假意著急，拿著令箭，立刻催李全動身。李全是個爽直人，隨即帶了公子、四五個親隨，同中軍等起馬就走。

走了數日，早到雞爪山下。只聽得一聲炮響，山上十二位英雄，盔甲鮮明，隊伍齊整，衝下山來，兩頭紮住。李全驚道：「我手無兵器，怎生迎敵？中軍官，快些奪路！」趙勝笑道：「老將軍放心，山上的大王，都是我的相好。」李全未及回言，早見十二位英雄走到面前，一齊滾鞍下馬。先去打開

---

❶ 娥眉：女子的秀眉，後引申為美女的代稱。

❷ 汛地：明清時，軍隊防守之地稱汛地。

囚車，放出李定，然後來到李全馬前，各打一恭，說道：「請老將軍上山少歇。」不由分說，將李全擁入山寨，請到堂上。

只見李老太太迎出來了，李全大驚，說道：「你為何在此？」太太遂將以上話頭說了一遍，說道：「若不是眾位英雄相救，我一家總被米賊害了。」李爺道：「玉霜甥女今在何處？」太太道：「他也是那晚，同秋紅丫鬟女扮男裝，到長安尋他父親去了。」李爺兩淚交流，見事已如此，也只得罷了。接手羅焜即來行禮，李爺見他相貌威嚴，也自歡喜。隨後是趙勝、洪惠來叩見。趙勝說：「一路瞞混老爺，望老爺恕罪。」李爺扶起二人，又謝過洪恩與王氏弟兄等，然後與眾人行禮。當下裴天雄治酒接風，大開筵宴，當晚盡歡而散。

次日，裴天雄升帳，請李全管理山寨。李全道：「這斷不可！蒙眾位相愛，老夫在此聽命足矣。」眾人說道：「李老伯年尊，我等諸事稟命便了。至山寨之事，不敢煩勞，還是裴兄執掌。」裴天雄見如此說，也就罷了。安坐畢，便令小嘍囉，綁出鎮江府同米府的中軍外委，斬首號令。李爺見了，連忙前來討情，說：「念他是朝廷之臣，且看老夫面上，等平定之後，交與朝廷正法，也見將軍忠義、禮法雙全，豈不為美？」裴天雄道：「便宜他了。」仍令小軍押去收禁。

按下李全在雞爪山同羅焜相聚，且言羅燦，自從別了馬爺，同章琪上路，徑上淮安，找尋兄弟。那時正是八月天氣，路上秋高氣爽，馬壯人安。雁落平沙，蘆花遮岸，一派秋景，引動了離愁別恨，此時恨不得飛上淮安。不覺行了一月，那日到了山東東平府地界，相離雞爪山不遠。臨近城池，處處嚴加防備，恐怕雞爪山的好漢前來借糧。三里一營，五里一汛，都有官兵把守，盤詰奸細。門首貼著告示，擺著弓箭刀槍，凡遇面生之人，定要到官審問。羅燦見風聲緊急，便向章琪商議道：「外面盤查得十分利害，俺們若是青天白日，走官塘大路，惟恐那些捕快官兵看破機關，反為不美；不如走小路，放夜站，走到淮安，省多少事。」二人商議已定，收拾些乾糧馬草，日間躲在荒山古廟藏身安歇，等到天晚，方才上馬行走。

那一晚，乘著月色走東平府背後山路，曲曲彎彎走將上來。只見四面都是高山，當中一條小路，馬不能行。二人只得跳下馬來，步行前去。四面一望，並無人家，總是些老樹深林。二人扒過幾個山頭，約有二更時分。正望前行，猛見山凹裡滾下一個人來，低著頭，迎面跑來。不想往羅燦身上一撞，羅燦順手一把將那人扭住，喝道：「你是甚麼人？這等冒失！」那人見了羅燦，慌忙跪下，說道：「爺爺饒命！快些放我走，後面強人追將來了！」羅燦將那人抓住，在月下一看，乃是一個白頭老者，跑得氣喘吁吁，急做一團。羅燦心疑，問道：「你是何人？有甚麼人追你？從實說來，俺救你性命。」那老者見羅燦是個英雄的模樣，只得說道：「小老兒姓周名元，長安人氏。只因有個女兒，名喚美容，自幼在長安同盧宣結親，許了他侄兒盧龍。如今盧宣因沈府專權，棄官修道，四海雲遊去了。他侄兒盧龍、盧虎在揚州落業，前日帶了信來，叫小老兒帶了女兒到揚州完姻。不想走到此山鳳凰嶺下，撞著十數個強人。為首一名，叫做金錢豹石忠，卻是個舊日莊漢。只因得見我來到此間，帶領多人，將我女兒搶上山去了。小老兒逃命至此，望爺爺救命！」羅燦聞言大怒，問道：「山寨離此有多少遠？你快快引我去，救你女兒回來！」周元大喜，說道：「轉過山頭就是了。」羅燦令章琪牽著馬，周元領路，就拿起箭袋，提了銀鐧，一徑趕上鳳凰嶺來。

走到嶺上，只見樹木叢中射出一派燈光。周元用手指道：「那樹林之中便是。」三人搶到林中一看，但聽眾人在那裡豪呼暢飲，那周美容哭不住聲。羅燦聽了，心頭火起，便令周元前去叩門。周元搶到門邊，擁身一撞，撲通一聲，連人跌進去了。原來那門不曾關得緊，故此跌將進去了。眾賊吃了一驚，一齊拿了刀棍跑來。說時遲，那時快，早搶上一人，揪住周元，一刀結果了性命，將屍首踢開，便奔羅燦。羅燦大喝一聲，舞起那兩根銀鐧，打將進來。才動手，早打倒了兩個。眾人喊道：「石大哥，快來助陣！」一齊喊起，早見燈光影裡跳出一條大漢，手持鋼叉，趕將出來，大喝一聲，便奔羅燦。羅燦抖擻神威，與眾人鬥了一二十合，心中想道：「不先下手，同他戰到幾時！」將左手的鐧護住了全身，將右手隔開了石忠的叉，跨一步，大喝一聲，劈將下來。石忠叫聲「不好！」躲閃不及，正中肩窩，跌倒在地。眾人見賊首被傷，一齊求活，往外就跑。不防門口章琪掣出雙刀，一刀一個，一連殺倒了四、五個。餘者不能出門，都被羅燦撒開雙鐧，打倒在地。

急忙來看周元時，早已絕氣。公子歎了一聲，便入房來救周美容。美容被石忠吊在房中，聽見外面殺了半天，早已嚇得半死。公子解將下來，周美容雙膝跪下，哭告饒命。公子說道：「休得驚慌，俺是來救你的。」遂將遇見他爹爹引來相救的話說了一遍。周美容大哭道：「雖蒙君子救拔之恩，只是我爹爹已死，奴家也是沒命了。」羅燦問道：「盧府你可認得？」周美容道：「只有叔公盧宣，自小兒會過的，別人都不認得。」羅燦道：「既如此，俺費幾日工夫，送你到揚州便了。」周美容聽了，拜倒於地：「若得如此，奴家就有了生路了。只是我的爹爹屍首怎樣？」羅燦道：「此時安能埋葬？不如焚化了罷。」

周美容哭哭啼啼，將周元帶來的包袱行囊等件收拾在一處。羅燦叫章琪拿出門，拴在馬上。將那些屍首堆在一處，三人走出大門，放起火來，連屍首一同焚化。不知後事如何，且聽下回分解。

第五十二回　眾英雄報義訂交　一俊傑開懷暢飲

話說羅燦打死了石忠，救出了周美容，將屍首放在一堆，團團圍了一些乾柴枯樹。羅燦同周美容站在上風，叫章琪就在屋裡放起火來。但見烈焰騰騰，不一時將兩進草房燒做一塊白地。此時周美容雖然得救身安，想他父親卻被強人殺了，心中十分悲苦，向著那一堆枯骨，大放悲聲，哭得好不淒慘。章琪在旁勸道：「小娘子，且莫要哭，快些趕路要緊。倘若被人看見，曉得我們殺人放火，那時弄出禍來怎了？」羅燦道：「言之有理。小娘子，快些走罷！」周美容聞言，只得收住了眼淚，同羅燦、章琪步下嶺來。這些強徒的屍首被燒的行跡，少不得次日自有地方保甲報官，不必詳說。

且說他三人，趁著月光步下嶺來，上了人路，章琪的馬讓與周美容騎了。不一日，已到了江南省內，離淮安不遠。羅公子向章琪說道：「俺既救了他，必須親自送到揚州，交代了盧門方成終始。又恐兄弟在淮安等急了，兩下裡錯過。你可先到淮安等俺，俺到了揚州，就回來了。」章琪領命，分路去了。

羅燦遂一直送周美容到了揚州地界，下了坊子❶。將盧家來的地腳引❷打開一看，次日，照著地

❶ 坊子：此處指旅店。

❷ 地腳引：寫有地址的紙片。

腳引，找過鈔關❸門外，那邊一問，問到一家門首，說是盧宅。羅燦向前叩門，只見裡面走出一位年少的英雄，生得濃眉大眼，肩闊腰圓，十分雄壯。羅燦將手一拱：「足下可是賽果老盧宣麼？」那人道：「不敢，那是家叔。」羅燦道：「如此說，足下是盧龍兄了？」那人道：「不是，那是家兄，小弟是盧虎。敢問尊兄是那裡來的？問我家叔，有何吩咐？」羅燦往身邊取出那封原信來，說道：「這可是足下與周令親的麼？」盧虎接過一看，大驚，說道：「正是舍下的家信，不知尊兄從何處會見周舍親的？快請裡面坐下。」

當下二人入內，見禮畢，分賓主坐下。茶罷，問過名姓。盧虎便問：「周舍親目下在那裡？」羅公子見問，遂將鳳凰嶺相遇，被強徒害了性命，打死石忠，救了周美容，送到揚州的話，從頭至尾，說了一遍。盧虎大驚，說道：「原來家嫂多蒙相救，失敬，失敬！只是在下一向不曾會過家嫂，家兄又往儀征看家叔去了。今且請義士先在舍下住幾日，等家兄回來面謝。」羅燦道：「足下只宜將令嫂接來，至於小弟，即刻就要上淮安去了。」盧虎道：「義士說那裡話來。一者遠來，二者多蒙相救，三者家兄為人性急，有名的，叫做獨火星。他若回來，見我放義士去了，豈不要淘氣！」羅燦道：「既是如此，你可快將令嫂接回府來。俺與你一同下儀征，相訪令叔、令兄便了。」盧虎大喜，遂即喚乘小轎，兩個家人同羅燦來到坊子裡面，請周美容上了轎。家人替羅燦挑了行李，牽了馬匹，一路來家。周美容自有內裡人接進去了。盧虎治席，款待羅燦，飲酒談心，當晚無話。

次日起身，即同盧虎一齊上馬，下儀征來訪盧宣的信息。原來，盧宣在儀征新城臥虎山通真觀裡

---

❸ 鈔關：明清時政府收取關稅之所。

修真養性。這盧宣原是長安府知府，因見沈謙專權，他就四海雲遊，棄官不做。頗有些仙風道骨，善知陰陽。落足儀征，同那班豪傑相好，因此盧龍不時就來儀征走走。

話休煩絮。且言羅燦同盧虎一馬跑到儀征新城臥虎山，遠遠一望，只見通真觀門首，一對紙幡影影，滿耳鐘鼓盈盈。此時盧虎說道：「想是觀中做甚麼善事……」言還未了，遠遠看見盧龍同了四位少年英雄從山後走出來。盧虎一見，大叫道：「哥哥！往那裡去，有客在此相望。」當下羅燦、盧虎一齊下馬，前來與盧龍等相見。盧龍等相羅燦一表非凡，知他是一位英雄，邀入觀中相見。進了大殿，卻好那賽果老盧宣念完經，一同見禮坐下。

茶罷，羅燦看那盧宣鶴髮童顏，神清氣爽，有飄然出世之姿，是個得道之士，說道：「久仰仙師之名，今日方得拜見。」盧宣道：「義士大難將消，小災未滿。請問尊姓大名，莫非是長安的豪傑？」這一句話，把個羅燦問得毛骨悚然。旁有盧虎說道：「此位仁兄姓章，名燦。」遂將打死石忠，救出周美容，送到揚州的話，說了一遍。盧宣等叔侄拜倒叩謝，連那四位英雄一齊也拜倒在地，說道：「義士義勇雙全，失敬，失敬！」羅燦慌忙答禮。眾人起身，盧宣問道：「義士少要相瞞，足下不是姓章。貧道昔日在長安與令尊大人相好，後來貧道在各關上，就曾見過賢昆玉尊容了。莫不是粉臉金剛羅燦兄麼？」羅燦吃驚，將臉一沉，說道：「仙師說那裡話來！那羅燦乃是反叛，俺自姓章，仙師不要認錯了。」說罷，趁勢起身告別。盧宣連忙攔住，笑道：「英雄何必著驚，在地都非外人。」因用手一指，道：「這兩個是貧道的外甥，一個叫巡山虎戴仁，一個叫守山虎戴義。這兩位是貧道的施主，有名的好漢，一個叫小孟嘗❹齊紈，一個叫賽孟嘗齊綺。都是沈賊的冤家，是貧道的心腹。你如不信，天地昭鑒。」那獨火星盧龍性子最急，大叫道：「藏頭露尾，豈是英雄本色！請仁兄直說了罷。」羅燦見眾人如此，乃實告道：「在下正是羅燦，逃難在外的。」眾人聽了大喜，一齊拜道：「久仰大名，無緣不曾拜識。不想今日在此相會，請問公子將欲何往？」羅燦遂將找尋羅焜，要勾柏府的人馬到邊關的話，說了一遍。

盧龍聽了，連連搖手，說道：「不好，不好！我們前日上瓜州望王家兄弟三個，連家眷都不見了。問旁邊鄰舍人家，說十數日之前，有人見他同洪惠家兄弟兩個，一齊上山東，投奔雞爪山去了。耳聞令弟向日投柏府，因柏爺在任，誤入家下，被謀下監，後虧雞爪山的英雄劫法場而去。後來米良領兵去征雞爪山，他兒子米中粒強娶李府的小姐，不想被小姐刺死，眾英雄放火越城，大鬧鎮江府。眾人聽得米良兵敗而回，惟恐尋蹤覓跡，已投雞爪山去了。想令弟不在淮安了，兄若去相投，再被柏府知道，豈不是自投羅網？」羅燦聽了大驚，說道：「這還了得！俺已叫章琪去了，倘被他們搶捉，豈不要送了性命？」心中好不煩惱。盧宣勸道：「凡事皆有定數，公子不必憂心。再過七七四十九日，災星退盡，那時風雲自然聚會，復整家園，漸漸的顯達了。目下且在貧道小庵少住，莫出大門，方保無事。」小孟嘗齊紈說道：「天幸今日得會公子，弟不揣愚陋，欲就此結為兄弟，不知公子意下如何？」羅燦道：「既蒙諸公不棄，如此甚妙。」

當下序次，齊紈、齊綺、戴仁、戴義、盧龍、盧虎、羅燦七位英雄，一齊跪倒在地，對天發誓，歃血為盟。盧宣大喜，忙令道僮治酒，款待七位英雄。他們在這裡飲酒，盧宣仍去做完了法事，又備

---

❹ 孟嘗：指孟嘗君田文，戰國時齊國貴族，以好客著稱，門下食客至數千人。

了一樣素菜，也來陪眾人飲酒。各談胸中學問，十分得意。正吃得快樂，猛聽得山門外一片嘈嚷之聲。眾人出門看時，只見一隊官軍，打著燈球火把擁將來了。不知後事如何，且聽下回分解。

第五十三回　打五虎羅燦招災　走三關盧宣定計

話說羅燦正與眾英雄飲酒談心，猛聽得山門外，一片嘈嚷。眾人跑到山門口來看時，只見遠遠的一標人馬，約有五六十條火把，照耀如同白日。有百十多人從臥虎山來了，內中綁著一條大漢，後面又挑了六七個箱子，一路上，吆吆喝喝的走來。盧宣眼快，忙叫眾人：「快將山門關上！一群牛精來了，莫要惹起來，又纏擾個不了。」眾人聽了，急回身閉上山門，復進去飲酒。那伙人來到通真觀門首，見關了山門，也就過去了。

且言羅燦見眾人來得形跡可疑，又見盧宣迴避，似有懼怕之意。便問道：「方才過去的這伙人，仙師為何叫他做牛精？又關門避他，是何道理？」盧宣道：「公子只顧飲酒，不要管別人的閒事。」羅燦越發疑心要問。盧宣道：「說來公子不要動氣，這是儀征有名的趙家五虎，就在河北東岳廟旁邊、胡家糕店隔壁居住，有百萬家財。父子六人，老子叫做趙安，所生五個兒子，叫做：大虎，二虎，三虎，四虎，五虎。五個人都有些武藝，結交官府，專一在外行凶打劫，欺占鄉鄰房屋田產。那胡家糕店原是淮安胡家鎮人，三年前還有個黑面大漢前來相探，說是淮安的本家。只因胡老兒有個女兒，名喚鸞姑，有幾分姿色。這趙家五虎愛上了他，三次說親，胡奶奶不允。這胡奶奶有個內侄，叫做錦毛獅子楊春，是條好漢，現在樸樹灣吃糧守汛，胡家都是他做主，故此趙家不好來惹他。後來楊春為媒，把變姑許了樸樹灣鎮上金員外的兒子小二郎金輝為妻。才下了聘定，尚未過門，誰知趙家懷恨在心。事有湊巧，新到任的王參將同趙家是親眷，與五虎十分相好。五日前，趙五虎到樸樹灣收租，不想被強盜打劫了些財帛，傷了幾個莊客。這趙家說通了王參將，買盜扳贓，說是金輝同楊春窩藏大盜，坐地分贓，打劫了他家千兩黃金，傷了十名莊客。立刻稟了王參將，出了朱簽❶，點了捕快❷，同了官兵，先將金輝拿去屈打成招，坐在牢內。方才拿的那條漢子，就是錦毛獅子楊春。此去送入監牢，多分是死多活少，你可氣也不氣！」

羅燦聽了此言，跳出席來，怒道：「這狗男女，如此行凶作惡！可恨俺羅燦有大事在身，不得同他算帳；若是昔日之時，叫他父子六人，都做無頭之鬼！」盧宣聽了此言，暗暗的懊悔說：「不好了，聽他出口之言，正是朱雀❸當頭，日內必要應驗，如何是好？」便向羅燦勸道：「公子有大事在身，不要管別人的閒事。」公子道：「那胡變姑是淮安人，莫不是胡大哥的門族麼？且待俺去探探消息如何，再作道理。」齊綺道：「等我明日回去，就接胡家母女到我家去住幾日；再多帶些金銀，到上司衙門去代楊春、金輝二人贖罪便了。看趙家怎麼奈何與我？」盧龍等一齊說道：「倘若他來尋我們，我們一發結果了他父子的性命，除了害，看是怎麼樣！」

這裡七、八個人，一個個動怒生嗔，要與趙家作對。只有賽果老盧宣善曉陰陽，只是解勸。知道

❶ 朱簽：官府交吏逮捕犯人的簽牌。

❷ 捕快：舊時州縣官署中執行緝捕的差役，又稱捕役。

❸ 朱雀：二十八宿中南方七宿（井、鬼、柳、星、張、翼、軫）的總名。

眾星聚會，必有大禍臨身，向眾人說道：「他自有氣數所關，且有官府王法照鑒。誰勝誰負，皆有前定之因，要你眾人管他做甚麼？羅兄有大仇在身，立等去報；你們各有身家老小，何苦惹火燒身？只怕你們身受冤枉，就未必有人來救你了。貧道脫然一身，無罣無礙，尚且不敢多事，況你們都是有事在身的。」這一片言詞，說得眾人悅服，各各平和，都說道：「師父之言有理。莫要管他，我們且吃酒便了。」眾英雄吃了一會酒，就在通真觀裡安歇了一宿。

次日，眾人起身，羅燦便要告別。盧龍道：「多蒙兄弟這一番大恩，救了拙荊❹的性命。定要屈留些時，吃了喜酒再去。」羅燦道：「多蒙盛情，奈弟心急如火，不能耽擱。惟恐舍弟等久了，不在淮安。那時兩不湊巧，必要誤了大事。」盧宣見公子要去，也上前勸道：「你休要性急，令弟久已上雞爪山去了，你的大事要到冬末春初方可施行。目下災星未退，還是在貧道這裡安住些時才好。」齊紈說道：「若是羅兄嫌觀中寂寞，請在舍下花園裡去盤桓盤桓罷。」羅燦因見盧宣說話按著仙機，又見眾人苦苦相留，只得住下。

又過了一天，戴仁、戴義有事回家去了，觀中覺得冷清。齊紈也要回去，遂令家人備了幾匹馬，立意要請羅燦到家居住。羅燦只得別了盧宣，同往齊府。臨行之時，盧宣又吩咐齊紈道：「請羅公子家中去住，千萬不可與他出門，方保無事。我同舍侄上揚州，與他完了姻，五七日之後就回來了。那時再請他到觀中來住，要緊，要緊！」齊紈領命，即同羅燦上馬，離了通真觀，順河邊進東門來了。

這齊府，住在儀征城裡資福寺旁邊，他家住了十五進房子，十分豪富。當下羅燦同齊紈走馬進城，

❹ 拙荊：對妻子的謙稱。

早到了齊府門首，一同下馬。上了大廳，進內見了齊老太太，行過了禮，一同來到書房坐下。公子看那齊府的房子，果然是雕梁畫棟，銅瓦金磚，十分壯麗。家中有無數的門客，都是錦袍珠履，那些安童小使、婦女丫鬟，都是穿綢著絹，美麗非凡。當下齊家兄弟請羅燦到花園裡蝴蝶廳上，鋪下了繡衾錦帳，安頓了羅燦的行李。

當晚治酒款待，自然是美味珍饈，不必細說。齊府下的那些門客、教師等類時刻追陪，真是朝朝絲竹，夜夜笙歌，一連住了五六日，敬重羅燦猶如神仙一般。羅燦忽說道：「小弟在府多謝，明日就要前行了。」齊氏兄弟再三留住，那裡肯放，說道：「盧師父回來，我們不留，悉聽尊兄便了。前日盧師父吩咐過的，叫我們留羅兄多住些時，今日羅兄去了，他回來時豈不是惹他見怪？」羅燦道：「多蒙二位賢弟盛情，怎奈俺有大事在身，刻不能緩，實在要走了，只好改期再會罷。」齊氏兄弟見羅燦著急要行，只得說道：「既是仁兄要行，今日已遲了，待明早起身便了。」羅燦只得依允。

當下齊紈叫家人飛到通真觀去探探消息，看盧宣可曾回來；一面又叫家人去請戴仁、戴義前來相留。家人領命去了，分頭去請。齊紈、齊綺又叫備程儀禮物。當晚治席餞行，兄弟三人，飲得更深方散。

次日五更，羅燦起身，別了齊氏兄弟。飛身上馬，走出東門，大才大亮。羅公子出了城，走河邊趕路，往揚州而行。心中想道：「不如在此再吃些點心，省得路上又打中火。」主意已定，轉過東岳廟來一看，也是合當有事，遠遠看見個糕幌子掛在外面，猛然想起：「此處莫非就是胡家糕店？且待俺進去吃糕，探探消息再講。」當下羅燦下了馬，進了糕店。

只見一位老奶奶掌櫃，有個伙計捧上糕來。羅燦問道：「你們店東可姓胡麼？」小二說道：「正是姓胡。」羅燦再要問時，猛見一位少年，身穿大紅箭衣，帶了三、四十名家丁擁進糕店，大叫道：「與我動手！」那些家丁把兩個伙計打開，要進房內去搶人。羅燦大喝一聲，攔住去路。那少年大怒道：「你敢在趙爺面上放肆麼？」羅燦聽了個「趙」字，心中早已火起，掄拳就打。不知後事如何，且聽下回分解。

第五十四回　盜令箭巧賣陰陽法　救英豪暗贈雌雄劍

話說羅燦見趙家帶領打手到胡家糕店來搶人，即跳起身來，攔住了內門，大叫道：「休要撒野！他乃是個年老的婆婆，有何不是，也該好好的講話。為何帶領多人前來打搶？」原來趙五虎拿了楊春，送到王參將衙裡審了一堂，送到縣中苦打成招，問成死罪收了監，人已不得活了。惟恐胡變姑逃走，故此五虎帶領人前來打搶。不想冤家路窄，正遇羅燦在此吃糕，今恰撞在一處。

當下趙五虎見羅燦攔路，又是別處口音，欺他是個孤客，大怒罵道：「你這死囚，是那裡人，敢來多事？你可聞我趙五虎的名麼？我來搶人，與你何干！快些走路，莫要討打！」羅燦聽了如何耐得，便大喝一聲，說道：「照打罷！」掄起雙拳就奔五虎。五虎不曾讓得，反被羅燦一拳打中胸膛，「哎呀」一聲，跌倒在地，早已掙扎不得，嗚呼死了。

眾打手見了，一齊擁上前來，都奔羅燦。那裡是羅燦的對手，一陣拳頭打得東倒西歪，四散奔走，回家報信去了。

不一時，只見大虎、二虎、三虎、四虎弟兄四個，同他老父趙安，帶領多人圍住糕店，將五虎的屍首抬在中間，來奔羅燦。羅燦見勢頭不好，料不能脫身，心中想道：「俺不如連他父子弟兄都殺了罷。」遂跳出店外，大叫道：「人是俺打死了的，不與糕店相干。你們站遠些！」說罷，走上街來，順手在馬上掣出寶劍，向趙安便砍。大虎、二虎一齊上前來救時，被羅燦一劍刺中二虎的咽喉，「拍咚」一聲跌倒在地；回手一劍，將三虎連耳帶腮，劈做兩塊。唬得大虎、四虎掣出腰刀，帶領眾人來鬥羅燦。羅燦那口劍猶如風車一般，砍倒四虎。大虎回身就跑，大叫眾人：「快取撓鈎、套索擒他！」眾人且戰且走。一會兒撓鈎、套索到了，一擁齊上。

羅燦想道：「倘被他拿住了，私地裡要受傷。不如自己到官，做個好漢。」主意定了，大喝眾人：「你等要拿俺去，只怕今生不能。俺是個男子漢，親自去見官便了，也省得你們費事。」說罷，分開眾人，往城裡便走。趙安父子帶領眾人一路跟著，簇擁著羅燦到儀征縣。

進了城門，早見王參將帶領著本部人馬，趕將來了。頂頭正遇著趙安，趙安就將被羅燦害了四個孩兒的話，說了一遍。王參將大驚，遂令官兵抬了趙家四個屍首，押了羅燦的馬匹，一同跟進城來，來報知縣。

知縣大驚，即時升堂，擺了兩張公案，同王參將會審口供。早有軍士衙役帶上凶手事主、鄰右干證、保甲人等，並胡家糕店母女二人，堂口跪下。點名已畢，知縣先問胡楊氏道：「他在你店中吃糕，因何同趙府打架？你可從實說來！」那胡奶奶哭道：「這少年客人在小婦人店內吃糕，遇見趙五爺帶領多人，前來打搶小女，這小客人路見不平，因此相鬥。不知他平日可有仇隙，求太爺審察詳情。」知縣又問趙安道：「年兄，你令郎因何帶領多人搶這糕店之女？你令郎平日可同這凶手相識，有仇是無仇？從直訴來。」趙安哭道：「老父母在上，小兒只帶了兩個家人出去公幹，並不曾打搶糕店。這凶手並不相認，也不知與小兒有仇。此人明係楊春的羽黨，因治生前日拿他送在老父母臺下，故此暗地叫人來報仇，害了治生四個孩兒的性命。要求老父母大人做主。」

知縣聽說，遂令帶上凶犯。喝道：「你姓甚，名誰，何方人氏？白日的害了四條性命，莫非大盜楊春、金輝的羽黨麼？你快快從實招來，免得在本縣堂上受刑！」羅燦心中想道：「且待俺將錯就錯，弄在金、楊二人一處，再作道理。」遂回道：「老爺姓章，名燦，倒認得七、八十個金輝、楊春，快快帶來，與老爺認一認！」知縣吃驚，忙令牢頭到監中取金輝、楊春，提到當堂跪下。

知縣喝問金、楊二人：「你既勾通大盜，打劫了趙府，違條犯法，理該受罪。為何又勾出凶徒章燦，在你胡家糕店內打死了趙府四位公子？是何理說！」金輝、楊春二人，齊聲叫道：「冤枉！小人認得甚麼章燦，這是那裡說起？」知縣大怒，罵道：「該死的奴才！凶徒現在，還要強嘴，快快訴來！」金、楊二人回頭，將羅燦一看，卻不認得。齊聲叫道：「你是那個章燦？為何來害我們，是何原故？」知縣喝道：「章燦，你看看，可是他二人麼？」羅燦將金、楊二人一看，果然是好漢模樣，心中暗想道：「俺不如說出真情，活他二人性命。」回身圓睜二目，向知縣喝道：「老爺實對你講了罷！老爺不是別人，乃是越國公的大公子，綽號叫做粉臉金剛的羅燦便是。只因路過儀征，聞得趙家五虎十分作惡，謀占金輝的妻小，他買盜扳贓，害金、楊二人。老爺心中不服，正欲去尋他。誰知他不識時務，帶領多人，前來搶那胡氏。其時老爺在他店中吃糕，俺用好言勸他，他倚勢前來與俺相打。是俺結果了他的性命，並不與金、楊二人相干。俺實對你講，好好放了金、楊二人，俺今情願抵罪；你倘若賣法徇私，將你這個狗官也把頭來砍了。」

知縣聽羅燦這番言語，嚇得目瞪口呆，出聲不得。忙向王參將商議道：「趙家盜案事小，反叛的事大。為今之計，不如申文到總督撫院衙門，去請王命正法便了。」王參將道：「只好如此。」遂將羅燦、金輝、楊春一同收監。趙家父子同胡家母子一齊回家候信，不表。

且言儀征通城的百姓聽見此一場大鬧，都嚇壞了。沸沸揚揚，四方傳說，早傳到小孟嘗齊紈耳中。齊紈吃了一驚，飛身上馬。出了東門，到通真觀來尋盧宣商議。卻好行到半路，遇見了戴仁、戴義，齊紈將羅燦之事，說了一遍。二人大驚，說道：「連日事多，今日才得工夫趕來相探。誰知弄出這場禍來，這還了得！」齊紈道：「不知盧師父可曾回來？」遂同戴氏兄弟二人，一齊舉步進了觀中。

恰好盧宣同盧虎才到了觀中一刻，見了齊紈、戴家弟兄走得這般光景，忙問道：「你等此來，莫非是羅燦有甚麼禍事麼？」齊紈喘息定了，將羅燦立意要行，撞入胡家糕店，打死趙家四子，親自到官說出真情的話，說了一遍。盧宣大驚，想了一想，計上心來。向齊紈附耳低言說道：「你同戴仁前去，如此如此，貧道即同舍侄往南京去也。」齊紈大喜，領計去了。即令家人送一千兩銀子，交與盧宣，帶了葫蘆丹藥，連夜直奔南京。正是：

其中算計人難識，就裡機關鬼不知。

話說齊紈又將些金銀，先令戴義帶到縣前。會了當案的孔目，只說是楊春的親眷，央獄卒帶入監中。會了三位好漢，暗地通了言語，安慰了一番，自回齊府。見了齊紈，說了一遍，齊紈又令戴義到金府說了言詞。金員外大喜，說道：「難得眾位英雄相救。」遂同戴義來到胡家糕店。會了胡奶奶，將眾英雄設計相救的話，說了一遍，說道：「為今之計，你與趙家相近，冤家早晚相見，分外仇深。

倘若黑暗之中，令人來害你母女性命，如何是好？不若收拾收拾，且到通真觀裡，再作道理。連老漢的家眷，也往通真觀裡避禍去了。」胡奶奶依了金員外之言，同女兒收拾了行李細軟，就央戴義背了上船。才動身，只見趙大虎帶了四五個家人、地方保甲，前來盤詰。不知後事如何，且聽下回分解。

第五十五回　行假令調出羅公子　說真情救轉粉金剛

話說胡奶奶收拾了行李，正欲同金員外、戴義到通真觀去避禍，不想這趙大虎帶了四五個家人，正欲前來暗害孌姑的性命。一見了戴義，便著坊保來問：「你們往那裡去？」戴義回頭一看，認得是大虎，說道：「原來是趙大爺。小人是本縣的差人，怕他們走了，特地前來，將金員外一同押去看守的。」趙大虎認以為真，說道：「這就是了。」戴義遂催胡氏同金員外上船，同往通真觀去了，不表。

且言南京的總督，乃是沈太師的侄兒沈廷華。他名色為官，每日只是相與大老財翁看花吃酒，不理正務。也是羅燦該因有救，那日文書到了南京，適值總督沈廷華到鎮江去會將軍米良去了。來下公文的，只得在門上伺候。

這沈廷華年過五旬，所生一位公子年方七歲，愛惜如珍。每日要家人帶他出來看戲、觀花，茶坊酒肆四處玩耍。看官，難道他一個總督衙門中，還是少吃少玩？就是天天做戲與公子看也容易。不是這等講法。只因公子本性輕浮，每日要在外面玩耍，他才得散心。

那府中有個老家人，背著公子，同自己一個十五歲的兒子，到外面玩耍。出了轅門，轉過七、八家門面，只見一叢人在那裡看戲法兒。那老家人帶著公子，也來看看。那一班轅門上的衙役認得是內裡的人帶公子出來玩耍，忙忙喝開眾人，說道：「快快閃開！讓少爺看戲法。」眾人聽言，只得讓公子入內，拿條板凳，請公子同那家人坐下來看。

一會兒，送茶的、送水的都來奉承。只見一個賣糖酥果子的，闊面長身，手提籃子，也擠在公子的面前來賣。公子見了酥果，便要買吃。那個賣果子的人，忙抓了一把糖果子與老家人，說道：「這是送與公子吃的。」那家人大喜，忙向身邊取錢，把那賣糖的。那人道：「小人是送與公子吃的，怎敢要錢？只要你老人家照顧我就是了。」那老人家大喜，說道：「怎好白擾你的酥糖？」那人道：「說那裡話，只是不恭敬些兒。」說罷，竟自去了。這老家人將糖酥果分做兩半，將一半與公子吃了，那一半與自己的兒子吃了，坐在那裡玩耍。

不一時，公子只是搖頭吐舌，不住的兩泪汪汪，滿嘴紅腫。老家人忙問道：「你是怎麼樣的？」又見他兒子也是一樣。他兩個人在地下亂滾，只是搖頭擺手，連話也說不出來了。家人大驚，忙忙馱著公子，挽著兒子，急急忙忙跑回衙門，到後堂來了。

看官，你道公子是何道理說不出話來的？原來是盧官定計，做成啞口丸藥，揑在糖果之中，叫盧虎賣與公子吃的，以便混進私衙，於中取事，好救羅燦。

話休煩絮。且言那老家人將公子抱到後堂，見了夫人。只見公子在地下亂滾，吐舌搖頭，面色青腫。夫人大驚，忙抱住公子，問道：「我兒，是怎生的？」公子只是搖手指喉，兩淚汪汪，說不出原故。夫人見了這般光景，喝問老家人道：「你帶公子到那裡去玩的？為何弄得這般光景回來？」家人嚇得戰戰兢兢，跑了出去，把自己的兒子帶進來，回道：「夫人在上，老奴帶公子同孩兒出去，看了半日的戲法兒，就同來了。不知怎樣，公子同我孩兒，一齊得了這個病症，老奴真正不解。」夫人將那孩子一看，也是滿臉青腫，口內說不出話來。夫人大驚，說道：「這是怎生的？」夫人無法，只得令家人快請醫生來看。

不一時，將南京的名醫一連請了七、八位，進府來看。這公子原無病症，不過是吃了啞口丸的，那些醫生如何看得出？一個個看了脈，都說無病。夫人說道：「若是無病，就不該這個模樣。」內中有一個先生道：「莫非是飲食之中，吃了甚麼毒了？」那老家人那裡敢說出是吃糖的，一口咬定，只說在外玩耍，並沒有吃甚麼東西。夫人道：「在內府，又是隨我吃飯食，怎生有毒？既是如此，求先生代相公敗敗毒便了。」這醫生只得撮了一服敗毒散下來。先生去了，忙令家人煎與公子服了，全無效驗。

一連三日，夫人著了急，罵那家人道：「都是你帶公子去看戲法，得了病來。如今就著落在你身上，好好的請醫生代公子醫好了，不然處死你這老奴才！」

老家人無奈，想了一想，別無他法，只得出來尋訪高人，來救公子。帶了些銀子，出了宅門，來到前面轅門上。見了一個旗牌官，問道：「你可知道此地有甚麼名醫？快代我請一位來看看公子。」那旗牌官說道：「如今的醫生不過是略知藥性，就出尋錢用，混飯吃，有甚麼武藝！昨日，我家小兒得了一個奇病，也不說話。南京的醫生都請到了，也看不好。多虧儀征來的一個道士，叫做賽果老，把我一服丸藥，就吃好了。如今現在我家裡。」那家人聽了，大喜道：「公子同我小兒也是得的個不語之症。既有此人，拜煩你代我去請。」旗牌道：「這個容易。」遂同老家人來到家中，見了盧宣，說了備細。盧宣道：「既是旗牌官吩咐，敢不效勞！」叫人背了藥包，同那老家人一同來到府內，進了後堂，說了備細。

夫人令丫鬟扶出公子，盧宣一看，假意大驚，說道：「公子此病，中了邪毒，得費力醫治。要公子同貧道在一處宿歇三日，大驅了邪氣，然後服藥，才得痊癒。」那老家人見說，又將自己的孩兒叫出來一看。盧宣道：「這個容易，他沒邪氣，服藥就好了。」忙向葫蘆內取出一顆丹藥，把與老家人，說道：「快取開水，服了就好。」夫人心中疑惑，忙叫丫鬟取開水，當面服下。那孩兒吃了丹藥，肚中一陣亂響，響了一會，歎了一口氣，說道：「快活，快活！」就說話了。夫人見蒼頭的兒子好了，心中駭異。敬重盧宣猶如神仙一般，忙令家人收拾內書房，就請盧宣同公子到書房去住。又備了一席素齋，款待盧宣，好不欽敬。

當晚就在書房安歇。盧宣吩咐那老家人道：「煩你去吩咐門官知道，惟恐我一時要出去配藥，叫他們莫要阻攔。要緊，要緊！」那家人說道：「多蒙師父救好了我的孩兒，這些小事，都在我身上。」盧宣大喜，當下就同公子在書房歇宿，自有書童伺候，不必細表。

等到人靜之時，公子睡了，書童往外去了。盧宣往四下裡一看，只見靠牆擺了兩張櫃櫥，左邊封皮上寫了一條道「來往文書」，右邊櫃上也寫了一條道「火牌❶令箭」。桌案上又是文房四寶。向右邊櫃上畫了解鎖的神符，悄悄的盜出一枝令箭，藏在身邊；依然將櫥櫃鎖好，貼上了封皮。又用朱筆標了一紙諭帖，上寫道：

❶ 火牌：舊時奉差官役驛遞的憑證，沿途憑牌領取口糧。多由兵部發撥各省督、撫、提、鎮應用，年有定額。

諭儀征縣令知悉：即仰貴縣將反叛羅燦、大盜金輝、楊春交付來差。火速，火速！

盧宣收拾已完，依就去睡。次日清晨，找到老家人說：「我要出去配藥。」老家人引盧宣出了轅門。盧宣找到盧虎的下處，悄將令箭拿出，付與盧虎道：「你可星夜趕回儀征，如此如此。」盧虎聽了此言，收了令箭，即刻過江，望儀征去了。

盧宣依舊回來，老家人領進。進了書房，同公子用過了早膳。夫人同丫鬟到書房，問盧宣道：「師父，小兒病體如何？」盧宣回道：「公子的貴恙容易了，昨夜已代他退了一半邪氣，約略今晚，就痊癒了。」夫人大喜，道：「倘得小兒痊癒，自當重謝！」夫人說罷去了。

早有那些師爺、幕友前來問候，與盧宣陪話。盧宣想道：「事不宜遲，要想脫身之計才好。」假意向家人說道：「快擺香案，待貧道畫符驅邪。」一聲吩咐，香案已齊。盧宣畫符禮拜，即取出一粒丹藥，與公子吃了。也是響了一陣，即刻開言。夫人同蒼頭好不歡喜，封了一百兩銀子，來做謝儀。

盧宣收了，辭謝夫人，叫人背了藥包而去。只聽得三聲大炮，報說：「大人回來了。」不知後事如何，且聽下回分解。

第五十六回　老巡按中途遲令箭　小孟嘗半路贈行裝

話說盧宣才出轅門，正遇著沈廷華回來了。盧宣惟恐糾纏，忙忙躲開。沈廷華也不介意，就進去了。盧宣出了轅門，也沒有撞見那個旗牌。暗暗歡喜，走出城來，打發那個央的道童回去。他自攜了藥包，連夜上了江船，望儀征進發，不表。

且說沈廷華回到府中已日暮，夫人備了家宴伺候，就將公子得了啞症，遇見儀征的盧道士畫符醫好了的話，說了一遍。沈廷華道：「有這等事！這道士今在何處？快快叫來，我看看。」夫人回道：「賞了他一百兩銀子，告辭去了。」沈廷華道：「可惜，可惜。」當下一宿晚景已過。

次日，又是本城的將軍生日，前去拜壽，留住玩了一日。到第三日，方才料理公務。這連日各處的文書聚多了，料理一日，到晚才看見儀征這一案公文。沈廷華大驚，道：「既是拿住了反叛，須要速速施行，方無他變。」忙取一面火牌，即刻差四名千總：「速到儀征縣，提反叛羅燦到轅門候審，火速，火速！」千總得令去了，不表。

且言毛頭星盧虎得了令箭，飛星趕到儀征。連夜會了戴仁、戴義，表兄弟三個一齊來到齊府，說了備細。齊紈聽了大喜，忙取出行頭❶與二人裝扮。備了三騎馬，與他三人騎了，又點了八名家人扮

❶ 行頭：演戲用的道具、衣服。

做手下。一齊奔到縣前，已是黃昏時分。那儀征縣正在晚堂審事，盧虎一馬闖進儀門，手執令箭，拿出那紙假諭帖，大叫道：「儀征縣聽著！總督大老爺有令箭，速將反叛羅燦，大盜金輝、楊春，提到轅門聽審！」知縣聽了，連忙收了令箭諭帖，親到監中，提出三位英雄交與盧虎。封了程儀，叫了江船，送他出去，然後回衙，不表。

且言羅燦見差官是盧虎，心中早已明白。行到新城，盧虎喝令船家住了，吩咐道：「船上行得甚慢，俺們趕早走呢。」船家大喜，送眾人上岸，自開船去了。

這盧虎和眾人走岸路到了通真觀，會見了金員外、胡奶奶等，說了詳細。眾人大喜，忙替三位英雄打開了刑具。楊春、金輝謝了盧虎等眾人，又謝了羅燦，說道：「多蒙公子救了糕店之女，反吃了這場苦。若不是盧師父定計相救，怎生是好。」當下金員外治酒，在觀中款待。飲酒之間，羅燦說道：「多蒙諸公救了在下，但恐明日事破，如何是好？此地是安身不得的，不若依俺的愚見，一同上雞爪山去。不知諸公意下如何？」眾人聽了，一齊應道：「願隨鞭鐙。」羅燦見眾人依允，十分歡喜。齊紈道：「只是一件，此去路上盤詰甚多，倘若露出風聲，似為不便。須要裝做客人前去，方保無事。山東路上，一路的關隘、守汛的官兒，都與小弟相好，皆是小弟昔日為商恩結下來的。待小弟回去取些行路的行頭、府號的燈籠，前去才好。」眾人大喜道：「全仗大力。」盧虎道：「還有一件，小弟也要回去送信，相約家兄收拾收拾，都到鈔關上相等便了。」當下商議定了。

次日，眾人起身，忽見賽果老盧宣回觀來了。見了眾人，眾人大喜，拜謝在地。盧宣扶起羅燦，羅燦把投雞爪山的話說了一遍。盧宣道：「好。齊施主也不可在家住了，明日追問羅公子的根由，若曉得在你家住的，你有口難辯，那時反受其禍。不若快去收拾，也上雞爪山為妙。」眾人說道：「言之有理。」齊紈想出利害，只得依從，說道：「多蒙師父指教，小弟即刻回去收拾便了。」盧宣道：「事不宜遲，作速要緊。」齊紈回去，不表。盧宣又令金員外回去收拾家眷，都在半路相會，又令盧虎回揚州，約盧龍去了。

且言齊紈回到家中，瞞了家人，將一切帳目都交總管收了。只說出門為客，帶了五千兩金子、四箱衣服，又帶了數名家人，都扮做客商，推了二十輛車子，備了十數匹牲口，暗暗流淚，離了家門。同兄弟齊綺來到通真觀，會了眾人。將行李都裝在車子上，請胡奶奶同孌姑上車，盧宣、羅燦、戴仁、戴義、齊氏弟兄都騎了馬。趕到樸樹灣，早有金員外的家眷，行李也裝上車子，在半路相等。眾人相見，合在一處，連夜趕到揚州鈔關門外，奔到盧龍家內。盧龍治酒款待，歇息了一宵。

次日五更，大家起身。周美容收拾早膳，眾英雄飽餐一頓。手下的備好車仗馬匹，裝束了行李等件，掛了齊府的燈籠。將家眷上了車子，金員外押著在前面登程，後面是盧宣、羅燦、盧龍、盧虎、戴仁、戴義、齊紈、齊綺、金輝、楊春眾位英雄上了馬，頭戴氊氈大帽，身穿元色❷夾襖，身帶弓箭腰刀，扮做標客的模樣。衝州撞府，只奔山東人路，投雞爪山去了，不表。

且言那四名千總奉總督之令到了儀征縣前，聽事吏慌忙通報，知縣隨即升堂迎接。千總拿出火牌令箭向知縣說道：「奉大人之令，著貴縣同王參將將反叛羅燦解到轅門聽審，火速，火速！」知縣大驚，說道：「差官莫非錯了？三日之前，已有令箭將羅燦、金輝、楊春一同提去了，為何今日又來要

❷ 元色：本應作玄色，即黑色，因避康熙帝玄燁之諱而改「玄」為「元」。

人？」差官道：「貴縣說那裡話！昨日大人方才回府，一見了申詳的文書，即令卑職前來提人，怎麼說三日前已提了人去？三日前，大人還在鎮江，是誰來要人的？」知縣聞言，嚇得面如土色，忙忙入內，拿了那枝令箭、諭帖出來，向差官說道：「這不是大人的令箭？卑職怎敢胡行。」差官見了令箭，說道：「既是如此，同俺們去見大人便了。」儀征縣無奈，只得帶印綬❸並原來的令箭諭帖，收拾行李，叫了江船，同那四名千總上船動身。官船開到江口，忽見天上起了一朵烏雲，霎時間天昏地暗，起了風暴，嚇得船家忙忙抛錨扣纜，泊住了船。那風整整刮了一日一夜，方才息了。次日中上開船，趕到南京，早已夜暮了。又耽擱兩天，共是五天，眾英雄早已到淮安地界了。

且言那儀征縣到了南京，住了一宿，次日五更即同差官到轅門投手本❹。沈廷華立刻傳見，知縣同差官來到後堂。恭見畢，差官繳過火牌、令箭，站在一旁。沈廷華就問：「原犯何在？」知縣見問，忙向身邊取出令箭、諭帖，雙手呈上，說道：「五日之前，已是大人將反叛、大盜一齊提將來了，怎麼又問卑職要人？請大人驗看令箭、諭帖。」沈廷華吃了一驚，道：「有這等事？」細看令箭，絲毫不差；再看諭帖，卻不是府裡眾師爺❺的筆跡。忙令內使進內查令箭時，恰恰的少了一枝。再問：「我這軍機房，有誰人來的？」兩內使稟道：「就是通真觀盧道士同公子在內書房住了一夜，櫥櫃也是封鎖了的，並無外人來到。」沈廷華心內明白，忙向儀征縣說道：「這是本院自不小心，被奸細盜去了

❸ 印綬：官印與繫印的絲帶。
❹ 手本：明清時下屬見上司或門生見座師時所用的名帖。
❺ 師爺：清代地方官的幕友。

令箭。煩貴縣回去，即將通真觀道士並金、楊兩家家眷拿來聽審，火速，火速！」知縣領命，隨即告退。出了轅門，下了江船，連夜回儀征。到了衙中，即發三根金頭簽子，點了二十名捕快，分頭去拿通真觀的道士並金、楊二家的家眷，到衙聽審。

捕快領了票子去了，一會都來回話，說道：「六日之前，他們都連家眷都搬去了，如今只剩了兩座房子。通真觀的道士、道人也去了。」知縣聽見此言，吃驚不小。隨即做成文書，到南京中報總督。一面又差人訪問羅燦到儀征來時，在那家落腳。差人訪了兩日，有坊保前來密報道：「小人那日曾見羅燦在資福寺旁邊齊家出去的。」知縣暗暗想道：「齊紈乃是知法的君子，蓋城的富戶鄉紳，怎敢做此犯法的事？」又問坊保：「你看得真是不真？」坊保回道：「小人親眼所見，怎敢扯謊？」知縣道：「既如此，待本縣親自去問便了。」隨即升堂，點了四十名捕快。騎了快馬，打道開路，盡奔齊家而來。不知後事如何，且聽下回分解。

第五十七回　雞爪山羅燦投營　長安城龍標探信

話說儀征縣打道開路，親自來到齊府。暗暗吩咐眾人，將前後門把了，下馬入內。齊府總管忙忙入內，稟告太太說：「儀征縣到了。」太太心中明白，忙叫總管帶著五歲的孫子，名喚齊良，出廳迎接，吩咐道：「倘若知縣問話，只須如此如此回答，就是了。」

原來，太太為人最賢，齊紈為人最義。臨出門的時節，將細底的言語告訴過太太。所以太太見知縣一來，他就吩咐孫子出廳來迎接知縣。拜見畢，侍立一旁。旁人獻過茶，公子又打一躬，說道：「父母大人光降寒門，有何吩咐？」知縣見他小小孩童，禮貌端方，人才出眾，說話又來得從容，心中十分驚異。問道：「齊紈是你何人？」公子道：「是父親。」知縣道：「他那裡去了，卻叫你來見我？」公子道：「半月前，出外為商去了。」知縣聽言，故意變下臉來，高聲喝道：「胡說！前日有人看見你的父親往通真觀去的。怎敢在我面前扯謊，敢是討打麼？」公子見知縣讓❶他，他也變下臉來，回道：「家父又不欠官糧，又不負私債，又不犯法違條，在家就說在家，不應扯謊。既是大人看見家父在通真觀裡的，何不去尋他，又到寒門做甚？」這些話，把個儀征縣說得無言可對。心中暗想道：「這個小小的孩童，好一張利嘴！」因又問道：「你父親平日同些甚麼人來往？」公子道：「是些做生意

❶讓：以言語相責。

的人，與家中伙計、親眷，並無別人。」知縣道：「又來扯謊了！本縣久已知你父親叫做小孟嘗，專結交四方英雄、江湖上朋友，平日門下的賓客甚多，怎說並無外人？」公子道：「家父在外為商，外面的人也認得幾個。有路過儀征的，也來拜拜候候，不過一、二日就去了，不曉得怎樣叫做江湖朋友？自從家父出外，連伙計都帶出去了，並無一人來往。」知縣道：「昔日有個姓羅的少年人，長安人氏，穿白騎馬的，到你家來，如今同你父親往那裡去了？告訴我，我把錢與你買果子吃。」公子回道：「大人在上，家父的家法最嚴，凡有客來，並不許我們見面。只是出去的時節，我看見父親同叔父二人，帶了十數個家人、平時的伙計，推了十數輛車子出門，並沒有個穿白騎馬的同去。」知縣道：「既然如此，你把那些家人、伙計的名字說與本縣聽聽，看共是多少人。」公子聽說，就把那些同去的名字——張三、李四，從頭至尾數了一遍。

知縣聽了，復問總管道：「你過來，本縣問你，你主人出門，可是帶的這些人數？你再數一遍，與本縣知道。」那總管跪下，照著公子的口供，又說了一遍，一個也不少，一個名字也不錯。知縣聽了，暗想道：「聽這孩子的口供，料來是實。」便問公子道：「你今年幾歲，可曾念書呢？」公子回道：「小子年方五歲，尚未從師，早晚隨祖母念書習字。」知縣大喜，說道：「好。」叫取了二百文錢，送與公子，說道：「與你買果子吃罷。」公子收了。知縣見問不出情由，只得吩咐打道起身。公子送出大門，深深的一揖，說道：「多謝大人厚賜，恕小子不來叩謝了。」知縣大喜，連聲說「好」，打道去了。

且言公子入內，齊太太同合家大小好不歡喜。人人都讚公子伶牙俐齒，也是齊門之幸。正是：

道是神童信有神，山川鍾秀出奇人。
甘羅❷十二休誇異，尚比甘羅小七春。

話說那儀征縣回衙，就將齊良的口供做成文書，詳到總督。一面又出了海捕❸的文書，點了捕快，到四路去訪拿大盜的蹤跡。過了幾日，又有那撫院、按察❹、布政❺各上司都行文到儀征縣來，要提反叛羅燦、大盜金輝、楊春候審。知縣看了來文十分著急，只得星夜趕到南京，見了總督。沈廷華無言可說，想了一想，道：「不妨。貴縣回去，只說人是本部院提來了，倘有他言，自有本部院做主。」知縣聽了言詞，回衙隨即做成文書，只說欽犯是南京總督部院提去聽審。差人往各上司處去了，不提。

話說那沈廷華忙令旗牌去請了蘇州撫院，將大盜盜去令箭，走了羅燦的話，說了一遍，道：「是本院自不小心，求年兄遮蓋遮蓋。京中自有家叔料理。」撫院道：「既是大人這等委曲，盡在小弟身上，從今不追此事便了。」沈廷華大喜，道：「多蒙周全，以後定當重報。」正是：

---

❷ 甘羅：戰國時人，十二歲事秦相呂不韋。秦始皇欲擴大河間郡，命出使趙國，說趙王割五城與秦，以功封上卿。
❸ 海捕：官府行文各地通緝在逃人犯。
❹ 按察：即按察使，明清時主管一省的司法長官。
❺ 布政：即布政使，清時為專管一省財賦與人事的長官。

法能為買賣，官可做人情。

按下沈廷華各處安排的事，且言眾位英雄合在一處，從揚州盧龍家內動身，在路走了七日，趕過黃河，到了山東界的大路上。那一方因米良同雞爪山交戰之後，凡有關閘營汛，都添兵把守，以防奸細，十分嚴緊；一切過往的客商，都要一一盤查，報名掛號，才得過去。淮南這一路多虧齊紈自幼為商，去過數次，那些守汛的官軍，都是用過齊紈的銀錢的，人人都認得。一見了儀征齊府的燈籠，並不盤問，便放過去了。惟有淮北這條路，齊紈到得少。

那日，到了登州府的地界。只見人民稀少，城邑荒涼。因米良同羅焜打仗失過陣，遭了兵火的，所以如此。只有四門，每門外都有一百個官兵，紮兩個營盤，在那裡盤查奸細。當下眾人才到城門口，早驚動了汛地上官兵，前來查問道：「你們往那裡去的？快快歇下，搜一搜再走。」原來，這登州自從交戰之後，設立營房盤查奸細，誰知這些兵丁借此生端，凡有客商經過，便要搜查。倘若搜出兵器火藥等件，便拿去獻功；若搜出錢銀寶貝等物件，大家搶了公用。客商怎敢與他爭論？因此見了齊紈等，也要搜搜。齊紈見此光景，吩咐停下車仗，頭一個勒馬當先，見了官軍將手一拱，道：「敢煩轉報一聲，說是儀征齊紈過此，並無奸細。」那兵丁說道：「胡說！我們那裡曉得甚麼齊紈不齊紈？只要打開行李，搜搜便罷！」齊紈道：「放屁！難道奸細藏在行李內不成？好生胡說！」眾軍聽得，不由分說，朝上一排，團團圍住，便要動手。眾位英雄大怒，一齊動手就打。那一百官兵抵敵不住，吶喊一聲，走了。盧宣道：「必然調兵來趕。羅公子，可速同貧道押家眷前行，讓他們斷後。」羅燦依言，同金員外押著家眷前行，八位英雄斷後。

那一百名守汛官兵，另會了二百名官兵、四名千總，擺成隊伍，搖旗吶喊，追趕前來。齊紈等八人商議道：「此去雞爪山只有二百里了，不如殺他一場，再作道理。」當下八位英雄掣出兵器，混殺一陣。看看日落黃昏，官兵不戰，卻去安營造飯，準備連夜追趕。八人打馬加鞭，趁勢走了，追著羅燦，說道：「快些走，追兵來了！」眾人急急吃些乾糧，連夜奔走。猛見火光起處，人馬追來。又見左邊也是一派紅光，沖天而起。不知何處兵馬，且聽下回分解。

第五十八回　謀篡逆沈謙行文　下江南廷華點兵

話說盧宣見追兵到來，令羅燦帶領眾人、莊客，在這林子右邊埋伏，但見風起，便出來迎敵；又令楊春、金輝保護家眷；又令戴仁、戴義前後接應；又令齊紈、齊綺同盧龍、盧虎到山後放火。眾人領令去了。

火光近處，追兵早來，盧宣勒馬仗劍，大喝一聲，迎將上來。登州的守備見了，忙將三百人馬排開，帶領四名千總，前來迎敵。盧宣仗劍，劈面交還，喊叫連天。戰無三合，盧宣按住劍，回馬就走。守備大叫道：「往那裡走！」催動兵丁，拍馬趕來。約有數里，盧宣口中念念有詞，將寶劍望四面一指，猛然間狂風大作，就地捲來。刮得飛沙走石，地暗天昏，那官兵的燈球火把，刮息了一半。守備大驚，抬頭看時，忽見山後火起，心中害怕，忙忙回馬就走。

那風越刮得緊了。正在驚慌，忽然一聲喊叫，早有羅燦帶了三十名莊客從中間殺出來，就把三百名官兵衝做兩段。登州守備大驚，忙同眾將前來迎敵。又見戴氏弟兄、齊氏弟兄、盧氏叔侄共八個英雄，滿山放火，一齊衝來，大叫道：「雞爪山的英雄在此，你等快快留下頭來！」這一聲喊叫，把三百官兵嚇得四散奔走。守備著了慌，被羅燦一槍挑下馬來，割了首級。眾軍見主將已亡，那裡還敢戀戰，一個個棄甲丟盔，奪條生路逃命去了。

當下眾位英雄合在一處，查點人數，一個也不差。盧宣大喜，說道：「快些趕路要緊。」眾人略歇，依舊登程。

走到五更時分，從一座大樹林子裡經過。猛見樹林中兩道紅光，直沖牛斗❶。盧宣道：「奇怪！昨日交戰，見紅光亂起，原來就在此地。其中必有寶貝。」忙令歇下人馬，埋鍋造飯。卻同羅燦、金輝找到紅光跟前，掣出腰刀往地下一挖，挖了一尺多深，卻有一塊石板，掀起來看時，乃是一個小小的石盒。盧宣同羅燦揭開一看，裡面並無他物，只有兩口寶劍插在一鞘之內；又有柬帖一封，寫著兩行字跡。羅燦等拿到亮處一看，原來是一首詩，上寫道：

堪歎與唐越國公，勛名一旦付東風。
他年若遂凌雲志，盡在雌雄二劍中。

羅燦見了，心中大喜。又見後面有一行小字道：「此劍一切妖魔能降，謝應登記。」羅燦大驚，道：「謝應登乃是我始祖同時之人，在武舉場上成仙去的。故遺留此劍贈我，必有大用。」慌忙望空拜謝，將詩與眾人看了。眾人大喜，都來到一處坐下，飽餐了一頓。將馬放過了水草，正要起身，忽見一人帶領十數個大漢，騎著馬迎面闖來。見了羅燦，滾鞍下馬，大叫道：「原來公子在此！」羅燦抬頭一看，卻是章琪。

原來，章琪到了淮安，聞知柏府出首害了二公子，二公子已上雞爪山去了，他就連夜趕到揚州。

❶ 牛斗：指牛宿與斗宿二星。

尋不見羅燦，又趕下儀征。聞知凶信，吃了大驚，星夜趕到雞爪山投奔羅焜，領了嘍兵，前來探信。當下見了羅燦，十分歡喜，彼此說了一番。羅燦道：「俺們一路走罷。」章琪即令嘍兵先回雞爪山去報信，然後眾英雄一路同往雞爪山進發。

那日，到了雞爪山的地界。只見裴天雄、羅焜、胡奎同一眾英雄，大開寨門，接下山來。一眾英雄，下馬進寨，到了聚義廳上，行過禮。羅焜、胡奎、秦環與羅燦抱頭大哭一番，各人將別後的情由說了一遍，然後向眾英雄致謝一番。胡奎自同母親去接了嬸母，同妹子鑾姑、金老安人、周美容等到後堂去了。自有裴夫人接待，不表。

外面裴天雄吩咐嘍兵大排筵宴，款待眾位英雄。客席上是盧宣、羅燦、齊紈、齊綺、金輝、楊春、盧龍、盧虎、戴仁、戴義、金員外，共是十一位；主席上是裴天雄、胡奎、羅焜、秦環、程珮、李全、謝元、李定、魯豹雄、孫彪、趙勝、龍標、洪恩、洪惠、王宗、王寶、王宸、張勇、王坤、李仲、章琪，共是二十一位相陪。座間共三十二位，眾頭目在兩旁巡查。大吹大擂，飲酒談心，盡歡而散。

次日，升帳序了坐次。謝元說道：「目下四海荒荒，賢人遠避；沈賊奸黨，布滿朝端。不知近日長安朝綱事體若何？倘有變動，俺們就要行事。必須得那位賢弟前去打探打探才好。」龍標起身道：「小弟願往。」金輝、楊春二人齊聲說道：「小弟昔日在長安過的，一路都熟，願同龍兄前去走走。」羅燦說道：「小弟也要去接母親。」謝元道：「兄不可自往。可令龍兄同金、楊二弟先行，秦環同孫彪暗帶二十名嘍兵，前去接了令堂前來就是了。」羅燦大喜，道：「如此甚妙。」當下龍標、金輝、楊春隨即下山去了。過了兩三日，秦環、孫彪領了二十名嘍兵，扮作客商，分為兩隊，暗藏兵器，連夜也往長安去了，不表。

且言沈謙得了米良、王順的文書，俱言敗兵之事，心中憂慮道：「羅焜如此英雄，怎生是好？必須廣招天下英雄，方可退敵除害。」沉思已定，遂請米順、錢來到府相商。米順道：「諒雞爪山一箭之地，成何大事？現今各省的總督、總兵，都是我們心腹，何不行文到各省去，叫他們招納英雄好漢，軍中聽調？京中也掛榜招兵，等兵馬一齊，太師就登了大寶❷。再傳旨征剿羅焜，怕不一陣剿滅？」沈謙大喜，遂在長安掛榜招賢，一面行文到各省去了。

自從掛榜之後，早有那些狐群狗黨你薦我，我薦你，招集了多少好漢，分作上、中、下三等：上等做守備，中等做千總，下等的吃糧當兵。那些在朝的百官，知道也不敢做聲。自此之後，朝廷內外大小事都是沈謙決斷了。

其時，眾守備之中卻有兩位好漢：一個是章宏的舅子，名喚王越，叫做獨角龍，是那章大娘之弟；一個是瓜州賣拳的史忠。沈謙愛他二人武藝超群，都放為守備。令他去把守長安北門，以防外面奸細。那王越雖然投了沈謙，只因他會過章宏，知道姐姐身替羅太太之死，遭沈賊所害，懷恨在心。因此投營效用，要遇機會暗害沈謙。這是他心事，不表。

且言沈謙，一日在書房閒坐，堂候官呈上南京的文書。沈謙展開一看，原來是侄兒沈廷華的文書，上寫道：「奉命招賢，今在金山，得了兩員虎將：一名王虎，一名康龍，俱有萬夫不當之勇。小侄再三請他進京，他不肯來；必須叔父差官前來聘他，他方肯出仕。五月初五日，乃是小侄生辰，鎮江府

❷ 大寶：指帝位。

書童去請大爺前來。

扮了龍舟，欲與小侄慶壽。小侄意欲請廷芳賢弟前來任署看龍舟。等小侄生日過後，同兄弟聘請王虎、康龍同上長安，豈不是一舉兩得？小侄不敢自專，請叔父施行。」沈太師看了來文，滿心歡喜，忙叫書童去請大爺前來。

沈廷芳來至書房坐下，沈謙說道：「為父的與羅家作對，謀取江山，也是為你。如今諸事俱備，只少良將領兵。難得你哥哥訪得兩員勇將，現在金山，要人聘請。五月初五日又是你哥哥的生辰，請你去看龍舟。你可收拾聘禮、壽儀前去，拜了生日，就去請了二將來京。早晚圖事，豈不為美！」沈廷芳聞言，滿心歡喜道：「孩兒願去。」沈謙大喜，令中書寫了聘書，備了禮物，又做了兩副金盔金甲、蟒袍玉帶、兩匹金鞍白馬，收拾動身。又擺了相府的執事，在門前伺候。

沈廷芳辭別了父母，點了十數名家丁、一位堂官❸，先去等候；又約了錦上天，一同上馬，往江南而來。逢州過縣，自有文武官員接送，這也不在話下。

且言錦上天向沈廷芳說道：「門下久仰江南的人物秀麗，必有美色的女子。」沈廷芳道：「我們做過正事，令堂官同二將先行，我們在那裡多玩些時便了。」錦上天道：「倘若遇著好的，就買他幾個來家。」二人大喜。不知後事如何，且聽下回分解。

---

❸ 堂官：明清時稱中央各衙門長官為堂官，知府、知縣為府縣署的堂官。此處是指沈謙太師府中的官員。

第五十九回　柏玉霜誤入奸謀計　錦上天暗識女裝男

話說那沈廷芳同錦上天由長安起身，向南京進發。那日是五月初二的日子，到了南京地界，早有前站牌飛馬到各衙門去通報。不一時，司道府縣總來接過了。然後是總督大人沈廷華，排齊執事前來迎接。

沈廷芳上了岸，一直來到總督公廨❶，沈廷華接入見禮。沈廷芳呈上太師的壽禮，沈廷華道：「又多謝叔父同賢弟厚禮，愚兄何以克當？」沈廷芳道：「些須不腆❷，何足言禮。」當下二人談了一會。沈廷芳入內，叔嫂見禮已畢，當晚就留在內堂家宴。錦上天同相府的來人，自有中軍官設筵在外堂款待。飲了一晚的酒，就在府中居宿。

晚景已過，次日起身，沈廷芳向沈廷華說道：「煩哥哥就同小弟前去聘請二將，先上長安；小弟好在此拜壽，還要多玩兩天。」沈廷華聽了，只得將聘禮著人搬上江船。打著相府同總督的旗號，弟兄二人一同起身，順風開船，往鎮江金山而來。

不一時，早到了金山。有鎮江府、丹徒縣並那將軍米良前來迎接。上了岸，將禮物搬入金山寺。

❶ 公廨：官署。

❷ 不腆：自謙之詞，意為不豐厚，不善。

排成隊伍，早有鎮江府引路，直到那王虎、康龍二將寓所，投帖聘請。

原來，二人俱是燕山人氏，到江東來投親。在金山，遇見了沈廷華。沈廷華見他二人英雄出眾，就吩咐鎮江府，請入公館候信。故鎮江府引著沈廷芳等到了公館。

投了名帖，抬進禮物，呈上聘禮。二人出來迎接，接進前廳，行禮坐下。王虎、康龍說道：「多蒙太師爺不棄，又勞諸位大人枉駕，我二人卻當受不起！」沈廷芳說道：「非禮不恭，望二位將軍切勿見棄！」沈廷華說道：「二位將軍進京之後，家叔自然重任。」沈廷芳遂令鎮江府捧上禮物，打開盔箱，取出那兩副盔甲，說道：「就請二位穿了。」二人見沈廷芳等盛意諄諄，心中大喜。遂令手下收了聘禮，穿起盔甲。沈廷芳見他二人，俱是身長一丈，臂闊三停，威風凜凜，相貌堂堂，沈廷芳暗暗歡喜道：「著此二人，才是羅焜的對手！」

當下王虎、康龍穿了盔甲，騎了那兩匹錦鞍白馬，一齊動身，來到鎮江府內。知府治酒餞行，沈廷芳吩咐堂官道：「你可小心服侍二位將軍，先回去見太師，說我隨後就來。」當下酒過三巡，肴登幾次，二將告辭起身。沈廷華、沈廷芳、米良、鎮江府、丹徒縣，合城的文武眾官，一齊相送。二將上船，起身奔長安去了。

卻說沈廷華送了二將動身之後，即同沈廷芳別了眾人，趕回南京去過生日。到了總督府內，已是初四日的晚上。進了後堂，夫人治家宴煖壽❸。張燈結彩，開臺演戲，笙簫鼓樂，竟夜喧鬧。外間那些各省的文武官員、鄉紳紛紛送禮，手中禮單，絡繹不絕。

---

❸ 煖壽：指生日前一天的慶賀。

忙到初五日五更時分，三聲大炮，大開轅門。早有那轅門上的中軍官、站堂官、旗牌官、聽事吏等，備了百架果盒花紅，進去叩頭祝壽。然後是江寧府同合城的官員，都穿了朝服前來祝壽。又有那鎮江府同米良也來拜壽。沈廷華吩咐，一概全收。那轅門上，四轎八轎，紛紛來往；大堂口，總是烏紗紅袍，履聲交錯。沈廷華令江寧府知客❹，陪那一切文官在東廳飲宴；那一切武官在西廳飲宴，令大廳❺相陪；那一切鄉紳，令各知縣在照廳相陪。正廳上乃是米良、沈廷芳、撫院、提督將軍、布政、按察各位大人飲宴。當晚，飲至更深方散。次日，各官都來謝酒告辭，各自回署。自有大廳堂官安排回帖，送各官動身，不表。

只有鎮江府同米良備了龍舟，請沈廷華同沈廷芳到金山寺去看龍舟。沈廷芳想道：「與眾官同行，有多少拘束，不如同錦上天駕一小船，私自去玩，倒還自由自便。」主意已定，遂向沈廷華說道：「哥哥同米大人先行，小弟隨後就到。」沈廷華只得同米良、鎮江府備了三號大船，排了執事，先到金山寺去了。

丹徒縣迎接過江，滿江面上備了遊船，結彩懸紅，笙簫鼓樂，好不熱鬧。那十隻龍舟上都是五色旗幡，錦衣繡襖，鑼鼓喧天，十分好看。金山寺前搭了彩樓花篷，笙簫齊奏，鼓樂喧天。怎見得奢華靡麗，有詩為證：

---

❹ 知客：負責接待客人。

❺ 大廳：清制在府下設州、縣，有的又設廳，由知府的佐貳官同知、通判管理。此處大廳，當是指江寧府的同知或通判。

何處飛檣畫鼓喧？龍舟鬧處水雲翻。
只緣邀結權奸客，不是端陽弔屈原。

話說那鎮江府的龍舟天下馳名，一時滿城中百姓人等，你傳我，我傳你，都來遊玩。滿江中巨艦艨艟、雙飛划子，不計其數。更兼那金山寺有三十六處山房、朝室、店面、樓臺，那些婦女人等，不曾叫船的，都在這江樓上開窗觀看，還有寓在寺裡的婦女人等，也在樓上推窗觀看。

其時，卻驚動了一個三貞九烈的小姐。你道是誰？原來是柏玉霜。只因孫翠娥代嫁之後，趙勝、洪恩大鬧米府、火燒鎮江的那一夜，柏玉霜同秋紅二人多虧洪惠送他們上船。原說是上長安寺的，誰知這玉霜小姐從沒有受過風浪，那一夜上了船，心中孤苦，再見那鎮江城中被眾英雄燒得通天徹地，又著了驚嚇，因此弄出一場病來。不能行走，就在金山寺裡住下。足足的病了三個多月，多虧秋紅早晚服侍，方才痊可，尚未復原。

那日正坐寺中用飯，方丈❻的小和尚走到房門口來，說道：「柏相公，今日是鎮江府備了十隻龍舟，請沈總督大人同米大人飲宴，熱鬧的很，柏相公也可去看看。」那玉霜小姐滿肚愁煩，他那裡還有心腸看甚麼龍舟，便回道：「小師父，你自去觀看，我不耐煩去看。」那小和尚去了。

柏玉霜吃完了中飯，想起心事來。不覺神思困倦，就在床上睡了。秋紅在廚下收拾一會，回到樓上。見小姐睡著，忙推醒了他，叫聲：「小姐，身子還弱，不要停住了食，起來玩玩再睡。現今龍舟

❻ 方丈：佛寺長老及住持說法之處，後用為對寺院長老及住持的代稱。

划到面前來了，何不在雪洞裡看看？」柏玉霜聽了，只得強打精神，在雪洞裡來看。

誰知他除了頭巾去睡的，起來時就忘記了，光著頭來瞧。秋紅也不曾留意，也同小姐來看。不提防沈廷芳同錦上天叫一個小船來到金山腳下，看了一會龍舟，便上岸去偷看人家的婦女。依著哥哥的勢兒，橫衝直撞，四處亂跑。也是合當有事，走到雪洞底下，猛然抬頭，看見柏玉霜小姐。沈廷芳將錦上天一拍，道：「你看這座樓上那個女子，同昔日祁家女子一樣！」錦上天一看，說道：「莫不就是他逃在這裡？為何不戴珠翠，只梳一個髻兒在頭上？大爺，我們不要管他閒事，我們闖上樓去，不論青紅皂白，搶了就走；倘有阻攔，就說是我們相府裡逃走的，拐帶了千金珠寶，誰敢前來多管！」沈廷芳說：「好。」二人進寺，欲上樓來搶人。不知後事如何，且聽下回分解。

第六十回　龍標巧遇柏佳人　烈女怒打沈公子

話說那沈廷芳同錦上天，帶領十數個家人往寺裡正走，卻遇見那個小和尚前來迎接。錦上天一把扯住小和尚，道：「你們寺裡樓上雪洞裡，看龍船的那個女子是誰？」小和尚笑道：「老爺，你看錯了，那是我寺裡的 位少年客官，並沒有甚麼女子。」錦上天道：「分明是個女子的模樣，怎說是沒有？」小和尚答道：「那個客官生得年少俊俏，又沒有戴帽子，故此像個女子。老爺一時看錯了。」沈廷芳喝道：「胡說！想是你寺裡窩藏娼家婦女，故意這等說法麼？」小和尚嚇得戰戰兢兢，雙膝跪下，說道：「老爺若是不信，請看來，便知分曉。」錦上天道：「我且問你，這客官姓甚，名誰，那裡人氏？」小和尚說：「姓柏，是淮安人氏，名字卻忘記了。」沈廷芳想道：「淮安姓柏的，莫非是長安都院柏文連的本家麼？」錦上天道：「大爺何不去會會他，就知分曉了。柏文連也是太師爺的人，有何不可！」沈廷芳道：「說得是。」便叫小和尚引路，同錦上天竟到玉霜客房裡來。

幸喜那小和尚走到樓門口，叫道：「柏相公，有客來了。」玉霜大驚，暗想道：「此地有誰認得我來？」忙忙起身更衣，戴了方巾。那沈廷芳同錦上天假託相熟，近前施禮，說道：「柏兄請了。」柏玉霜忙忙答禮，分賓主坐下。早有那方丈老和尚知道沈公子到了，忙忙令道人取了茶果盒，拿了一壺上色的名茶，上樓來見禮陪話，也在這廂坐下。

柏玉霜細看沈廷芳同錦上天二人，並不認得。心中疑惑，便向錦上天說道：「不知二位尊兄尊姓大名，如何認得小弟？不知在那裡會過的，敢請指教！」錦上天說道：「在下姓錦，賤字上天。這一位姓沈，字廷芳，就是當今首相沈太師的公子，江南總督沈大人的令弟。」柏玉霜聽了，忙忙起身行禮，道：「原來是沈公子，失敬，失敬！」沈廷芳回道：「豈敢，豈敢。聞知柏兄是淮安人氏，不知長安都堂柏文連先生，可是貴族？」柏玉霜見問著他的父親，吃了一驚，又不敢明言是他父親，只得含糊答道：「那是家叔。」沈廷芳大喜，道：「如此講來，我們是世交了。令叔同家父相好，我今日又忝在柏兄教下，可喜，可喜！請問柏兄為何在此，倒不往令叔那裡走走？」柏玉霜借此發話道：「小弟原要去投家叔，只為路途遙遠，不知家叔今在何處？」沈廷芳道：「柏兄原來不知，令叔如今現任巡按長安一品都堂❶之職，與家父不時相會。連小弟忝在教下，也會過令叔大人的。」柏玉霜心中暗想道：「今日才得知爹爹的消息，不若將機就計，同他一路進京投奔爹爹，也省得多少事。」便說道：「原來公子認得家叔，如此甚妙！小弟正要去投奔家叔，要到長安，求公子指引指引。」沈廷芳道：「如不嫌棄，明日就同小弟一船同行，有何不可？」柏玉霜回道：「怎好打攪公子。」沈廷芳道：「既是相好，這有何妨。」錦上天在旁撮合，道：「我們大爺最肯相與人的，明日我來奉約便了。」柏玉霜道：「豈敢，豈敢。」金山寺的老和尚在旁說道：「既蒙沈公子的盛意，柏相公就一同前去甚好。況乎這條路上荒險，你二人也難走。」柏玉霜道：「只是攪擾不當。」當下三個人擾了和尚的茶，又談了一會。沈廷芳同錦上天告辭起身，說道：「明日再來奉約便了。」柏玉霜同和尚送他二人出山門，

❶ 都堂：明代都察院的都御史、副都御史、僉都御史及各地兼領此銜的總督、巡撫稱都堂。此處則是指都察院。

一拱而別。

柏玉霜回到房中，和尚收去了茶果盒。秋紅掩上了房門，向柏玉霜說道：「小姐，你好不仔細！沈賊害了羅府滿門，是我們家的仇敵，小姐為何同他一路進京？倘被他識破機關，如何是好？況且男女同船，一路上有多少不便。不如還是你我二人打扮前去，倒還穩便。」柏玉霜說道：「我豈不知此理？但此去路途千里，盜賊頗多，十分難走。往日瓜州鎮上、儀征江中，若不是遇著了洪惠與王宸，都是舊日相熟之人，久已死了。我如今就將機就計，且與他同行，只要他引我進京，好歹見了我爹爹的面，就好了。自古道：『怪人須在腹，相見又何妨。』就是一路行程，只要自家謹慎，有何不可？」正是：

明知不是伴，事急且相隨。

秋紅道：「雖然如此講法，也須謹慎一二。」柏玉霜道：「我們見機而行便了。」

不言主僕二人在寺中計較，且言沈廷芳同錦上天出了金山寺，早見那鎮江府的兩個內使，走得雨汗長流。見了沈廷芳，雙膝跪下，道：「家爺備了中膳，請少爺坐席，原來少爺在這裡玩呢。列位大人立候少爺，請少爺快去。」沈廷芳道：「知道了。」遂同錦上天上了小船，蕩到大船旁邊。早有水手搭跳板，撐扶手，扶了沈廷芳同錦上天進去。知府同米良慌忙起身出來，搶步迎接。

沈廷芳進內坐下，同用中膳。一會用過了，鎮江府吩咐左右船上奏起樂來。那十隻龍船繞著官船，或前或後，或左或右，穿花划來。但見五色旌旗亂繞，兩邊鑼鼓齊鳴，十分熱鬧。沈廷芳大喜，忙令家人備了幾十隻鴨子，叫兩隻小船到中間去放標。那些划龍船的水手都是有名的，又見大人來看，都要討賞。人人施勇，個個逞能，在青波碧浪之間來往跳躍，十分好看，把這沈廷芳的眼都看花了。搶完了標，吩咐家人拿出五十兩銀子，賞了龍舟上的水手。

到晚上，龍船都點起燈來，真正是萬點紅心，照著一江碧水。又玩了一會，那知府請沈廷華、沈廷芳、米良等到衙飲宴，都攏船上岸，打道登程。一路上燈球火把，都到鎮江府署中去了。正是：

北堂夜夜人如月，南陌朝朝騎似雲。

話說沈廷芳、沈廷華、米良、錦上天等進了府中飲宴，無非是珍肴美味，不必細表。飲完了宴，時已三更，知府就留沈廷華、沈廷芳、錦上天等在府中宿歇，不表。

且言錦上天陪沈廷芳在書房宿歇，錦上天道：「大爺，你曉得金山寺的柏相公是個甚麼人？」沈廷芳道：「不過是個書生。」錦上天道：「我看他，好像個女子。」沈廷芳道：「又來了，那有女扮男裝之事？」錦上天道：「大爺，他兩耳有眼，說話低柔，一定是個女子。」沈廷芳笑道：「若果如此，倒便宜我了。只是要他同行，才好下手。」錦上天道：「大爺，莫要驚破了他。只要他進了長安，誘進相府就好了，路上聲張不便。」沈廷芳道：「明早可去約會他。待我辭過家兄，同他一路而行才好。」錦上天道：「這件事，在門下身上。」當下兩個奸徒商議定了。

一宿已過，次日清晨，沈廷芳即令錦上天到金山寺，約會柏玉霜去了。他卻在府中用過早膳，向沈廷華作別起身。沈廷華道：「賢弟，為何就要回去？」沈廷芳回道：「惟恐爹爹懸望，故此就要走了。」知府說道：「定要留公子再玩一日才去。」沈廷芳道：「多謝，多謝。」隨即動身。忙得鎮江府同沈廷華、米良，備了無數的金銀綢緞、禮物下程，挑了十數擔，差了江船，送沈廷芳起身。

那沈廷芳上了大船，來到金山寺前，吩咐道：「攏船上岸。」早有和尚接進客堂。只見錦上天同柏玉霜迎下階來，見禮坐下。柏玉霜說道：「多蒙雅愛，怎敢相擾？」沈廷芳道：「不過是便舟同往，這有何妨？不必過謙，就請收拾起身，船已到了。」錦上天又在旁催促，說道：「柏兄，你我出門的人，不要拘禮，趲路要緊。」柏玉霜見他二人一片熱衷，認為好意，只得同秋紅將行李收拾，送上船去。清了房錢與和尚，遂同沈廷芳一路動身，上船來了。

沈廷芳治酒款待，吩咐開船。到晚來，柏玉霜同秋紅一床歇宿，只是和衣而睡；同沈廷芳的床頭相靠，只隔了一層艙板。那沈廷芳想著柏玉霜，不得到手。一日酒後，人都睡了，沈廷芳慾火如焚，按不住，扒起來，精赤條條的，竟往柏玉霜艙房裡來，意欲強姦。悄悄的來推那艙板，正在動手，不想柏玉霜聽得板響，大叫一聲：「有賊！有賊！」嚇得眾水手一齊點燈看火，推進艙來照。不知後事如何，且聽下回分解。

第六十一回　御書樓廷芳橫屍　都堂府小姐遭刑

話說沈廷芳正推艙板，卻驚醒了柏玉霜，大叫道：「有賊來了！」嚇得那些守夜的水手、家將，忙忙擎燈，進艙來看。慌得沈廷芳忙忙回身，往床上就扒。不想心慌扒錯了，扒到錦上天床上來。錦上天吃醉了，只認做是賊，反手一掌，卻打在沈廷芳臉上。沈廷芳大叫一聲，鼻子裡血出來了，說道：「好打！好打！」那些家人聽見公子說道「好打」，只認做賊打了公子，慌忙擁進艙來。將燈一照，只見公子滿臉是血，錦上天扶坐床上。眾家人一時嚇著了急，那裡看得分明，把錦上天認做是賊。不由分說，一擁上前，扯過了沈廷芳，捺倒了錦上天，掄起拳頭渾身亂打。只打得錦上天豬哼狗叫，亂喊道：「是我，是我！莫打，莫打！打死人了！」那些家丁聽了聲音，都吃了一驚。扯起來一看，只見錦上天被打得頭青眼腫，嚇得眾家人面面相覷。再看沈公子時，滿面是血，伏在床上不動。

眾家人見打錯了，忙忙點燈，滿船艙去照。只見前後艙門，俱是照舊未動。大家吃驚，說道：「賊往那裡去了?難道他走了不成?」錦上天埋怨道：「你們這些沒用的東西，不會捉賊，只會吃!我真真抓住了那賊，打了那賊一拳，倒被你們放走了，還來亂打我。」艙裡柏玉霜同秋紅也起來，穿好了衣衫，點燈亂照，說道：「分明有人扯板，為何不見了?」

眾人忙在一處，惟有沈廷芳明白，只是不作聲。見那錦上天被眾人打得鼻腫嘴歪，抱著頭蹲著哼，沈廷芳看見又好笑，又好氣。忙令家人捧了一盆熱水前來，洗去了鼻中血跡，穿好衣衫。也不睡了，假意拿住家人罵了一頓，說道：「快快備早湯來吃，向錦大爺陪禮！」鬧了一會，早已天明。家人備了早膳，請三位公子吃過之後，船家隨即解纜開船，依舊動身趲路。

這柏玉霜自此之後，點燈看書，每夜並不睡了，只有日間無事，略睡一刻。弄得沈廷芳沒處下手，著了急。暗同錦上天商議，說道：「怎生弄上手才好。那日鬧賊的夜裡，原是我去扯他艙板響動，諒他必曉得了些。他如今夜夜不睡了，怎生是好？」錦上天笑道：「原來如此，帶累我白白一頓打。我原勸過大爺的，不要著急，弄驚了他，倒轉不好。從今以後，切不可動，只當做不知道。待回到了長安，把定他進了府，就穩便了。」沈廷芳無言，只得忍耐。喝令船家不得歇息，連日連夜的往長安趲路。

恰好順風順水，行得甚快。那日到了一個去處，地名叫做巧村，卻是個鎮市，離長安還有一百多里。起先都是水路，到了此地，卻要起早登程。那沈廷芳的座船，到了巧村鎮的馬頭住下，吩咐眾家人：「不要驚動地方官，惟恐又要耽誤工夫，迎迎送送甚是不便。只與我尋一個好房子，歇宿一宵，明日趲路要緊。」家人領命，離船上岸，尋了一個大大的宿店，搬上行李物件，下了坊子。然後扶沈廷芳等上岸，自有店主人前來迎接進去。封了幾兩銀子，賞了船家去了。沈廷芳等進了歇店，歇了一會，天色尚早，自同錦上天出去散步玩耍。

柏玉霜同秋紅揀了一個僻靜所在，鋪了床帳，也到店門口閒步。才出了店門，只見三條大漢背了行李，也到店裡來住宿。柏玉霜聽得三個人之內，有個人是淮安的聲音，忙忙回頭一看。只見那人生得眉粗眼大，腰細身長，穿一件綠色箭襖，掛一口腰刀，面貌頗熟，卻是一時想不起名姓來。又見他同來的二人都是彪形大漢：一個白面微鬚，穿一件元色箭襖，也掛一口腰刀；一個是虎頭豹眼，白面無鬚，穿一件白絹箭襖，手提短棍，棍上掛著包袱。三個人進了店，放下行李，見那穿白的叫道：「龍大哥，我們出去望望。」那穿綠的應道：「是了。」就走將出來。看見柏玉霜便住了腳，凝神來望。

柏玉霜越發疑心，猛然一想：「是了！是了！方才聽得那人喊他龍大哥，莫非是龍標到此地？」仔細一看，分毫不差，便叫道：「足下莫非是龍標兄麼？」原來龍標同楊春、金輝，奉軍師的將令到長安探信，後面還有孫彪帶領二十名嘍兵，也將到了。當下聽見柏玉霜叫他，他連忙答應道：「不知足下是誰，小弟一時忘記了。」柏玉霜見他果然是龍標，心中大喜，連忙扯住了龍標的衣袂，說道：「退一步說話。」

二人來到後面，柏玉霜道：「龍恩兄，可認得奴柏玉霜麼？」龍標大驚，說道：「原來是小姐，如何在此？聞得你是洪恩的兄弟送你上船往長安去的，為甚今日還在這裡？」柏玉霜見問，兩淚交流，遂將得病在金山寺的話說了一遍。又問道：「恩兄來此何幹？」龍標見問，遂將羅焜被害，救上山寨，落後秦環、李定、程珮都上雞爪山的話，說了一遍：「只因前日羅燦在儀征路見不平，救了胡變姑，打了趙家五虎，自投到官，多虧盧宣定計救了。羅燦、楊春、金輝並眾人的家眷都上了山寨。如今我們奉軍師的將令，令俺到長安探信。外面二人，那穿白的，便是金輝；那穿黑的，便是胡奎的表弟楊春。」柏玉霜道：「原來如此，倒多謝眾位恩公相救。既如此，就請二位英雄一會，有何不可？」龍標道：「不可。那沈廷芳十分奸詐，休使他看破機關。俺們如今只推兩下不相認，到了長安再作道理。」

柏玉霜道：「言之有理。」說罷，龍標起身去了。那秋紅在旁聽見，暗暗歡喜。不一時，沈廷芳同錦上天回來，吩咐：「收拾晚膳吃了，早早安歇罷。」

且言龍標睡在外面，金輝問道：「日間同你說話的那個後生是誰？」龍標道：「不要高聲。」悄悄的遂將柏玉霜的始末根由，告訴了二人一遍。楊春說道：「原來是羅二嫂子，果然好一表人才！俺們何不接他上山，送與羅焜成其夫妻？」龍標道：「他進長安投奔他爹爹的，他如何肯上山去。俺們明日只是暗暗跟隨他進京，去討柏大人的消息便了。」三位英雄商議定了，一宿已過。

次日，五更起身，收拾停當。早見沈廷芳同錦上天起身，吩咐家人說道：「快快收拾行李，請柏相公用過早湯。」坐下車子，離了鎮市，徑往長安去了。龍標見柏玉霜去後，他也出了歇店，打起行李，暗暗同金輝、楊春等緊緊相隨。

趕到黃昏時分，早已到了長安的北門。門上那日正是史忠、王越值日，盤查奸細。那二人聽見沈公子回來，忙來迎接。見過了時，站立一旁。那史忠的眼快，一見了柏玉霜，忙忙向前叫道：「柏相公，俺史忠在此。」柏玉霜大喜，道：「原來是史教頭在此，後面是我的人，我明日來候你。」說罷，進城去了。隨後龍標等進城，史忠問道：「你們是柏相公的人麼？」龍標順口應道：「正是。」史忠就不盤查，也放他進去了。

且言柏玉霜進了城，來與沈廷芳作別，道：「多蒙公子盛情，理當到府奉謝才是。天色晚了，不敢造府，明日清晨到府奉謝罷。」沈廷芳道：「豈有此理，且到舍下歇歇再走。」那錦上天在旁，接口道：「柏兄好生嫌棄，『自古同行相隨伴』，既然到此，那有過門不入之理！」那柏玉霜只得令秋紅同龍標暗暗在外等候，遂同沈廷芳進了相府。卻好沈太師往米府飲酒去了，沈廷芳引了柏玉霜來到後面御書樓上。暗令家人不許放走，便來到後堂，見他母親去了。

且言柏玉霜上了御書樓，自有書童捧茶。吃過茶，那錦上天坐了一刻，就閃下樓去了。看看天黑了，只見兩個丫鬟擎燈上樓。柏玉霜性急要走，兩個丫鬟扯住了，說道：「公子就來了。」柏玉霜只得坐下。看那樓上面，圖書滿架，十分齊整；那香几上擺了一座大瓶，瓶中插了一枝玉如意。柏玉霜取出來看，只見晶瑩奪目，果係藍田至寶。

正在看時，猛見沈廷芳笑嘻嘻的走上樓來，說道：「娘子！小生久知你是女扮男裝的一位美女。今日從了小生，倒是女貌郎才，天緣作合。」說罷，便來摟抱。柏玉霜見機關已露，大吃一驚。說道：「罷了，罷了！我代婆婆報仇便了！」拿起那枝玉如意，照定沈廷芳的臉上打來。那沈廷芳出其不意，躲閃不及，正中天靈，打得腦漿迸流，望後便倒。那柏玉霜也往樓下就跳。不知後事如何，且聽下回分解。

第六十二回　穿山甲遇過天星　祁巧雲替柏小姐

話說柏玉霜拿玉如意將沈廷芳打死，自己知道不能免禍，不如墜樓而死，省得出乖露醜，遂來到樓口，湧身跳下。誰知這錦上天曉得沈廷芳上樓前來調戲，惟恐柏玉霜一時不能從順，故閃在樓口暗聽風聲。忽聽沈廷芳「哎」的一聲，滾下樓來，他著了急，急忙來救時，正遇著柏玉霜墜下樓來。他即搶步向前，一手挽住，說道：「往那裡走！」大叫眾人，快來拿人。那些家人正在前面伺候，聽得錦上天大叫拿人，慌得眾人不知原故，一擁前來。看見公子睡在地下，眾人大驚。不由分說將柏玉霜擒住，一面報與夫人，一面來看公子。只見公子天靈打破，腦漿直流，渾身一摸，早已冰冷。那些男男女女，哭哭啼啼，亂在一處。

沈夫人聞報，慌忙來到書房。見公子已死，哭倒在地。眾人扶起，夫人叫眾人將公子屍首抬過一邊，便喝問柏玉霜道：「你是何人？進我相府，將我孩兒打死，是何緣故？」柏玉霜雙目緊閉，只不作聲。夫人見他這般光景，心中大怒。忙令家人去請太師，一面將沈廷芳屍首移於前廳停放，忙在一堆，鬧個不了。

按下家中之事，且言那沈謙因得了二將，心中甚喜。正在米府飲酒，商議大事。忽見家人前來，報道：「太師爺，禍事到了！今有公子回來，帶了一個淮安姓柏的女扮男裝的客人上了御書樓。不多一會，不知怎樣那人將玉如意把公子打死了。現今夫人審問情由，著小人們請太師爺速速回府。」沈謙聽得此言，這一驚非同小可，頂梁門轟去七魄，泥丸宮飛去三魂，起身便跑。米順在旁聽得，也吃了一驚，連忙起身同沈謙一同而來。審問情由，不表。

且言這長安城中，不一時就轟動了。那些百姓，三三兩兩，人人傳說道：「好新文！沈公子帶一個女扮男裝的腳色回來，不知何故，沈公子卻被那人打死了。少不得要發在地方官審問，我們前去看看是個甚等樣人。」

不講眾人議論，且言那秋紅同龍標、楊春、金輝四人，在相府門前等候柏玉霜出來。等了一會不見出來，四人正在著急，忽見相府內鬧將起來，都說道：「不好了！公子方才被那淮安姓柏的打死了。有人去請太師爺，也快回來了。」門口人忙個不住。秋紅聽得此言，魂飛魄散，忙忙同龍標等回身就走。走在一個僻靜巷內，秋紅哭道：「我那苦命的小姐，千山萬水已到長安，只說投奔老爺，就有安身之處。誰知趕到了此地，卻弄出這場禍來。叫我如何是好？又不知老爺的衙門在於何處，叫那個來救小姐？」龍標道：「不要哭，哭也無益。俺們且尋一個下處，放下行李，再作道理。」金輝道：「北門口我有個熟店，昔年在他家住過的。且到那裡，歇下來再講。」當下四人來到這個熟店，要了兩間草房。放下行李，叫店小二收拾夜飯吃了。秋紅點著燈火，三位英雄改了裝，竟奔沈府探信去了。這且不表。

單言那沈謙同吏部米順回到相府，進了後堂，只見夫人伴著沈廷芳屍首，在那裡啼哭。沈謙見了心如刀割，抱住了屍首大哭了一場。坐在廳中，忙令家人推過凶手，前來審問。眾家人將柏玉霜推到面前跪下，沈謙喝道：「你這賤婢，為何女扮男裝，前來將我孩兒打死？你是何方的奸細？是何人的指使？從實招來！」那柏玉霜只不作聲。沈謙大怒，喝令動刑。柏玉霜想道：「若是說出實情，豈不帶累爹爹又受沈謙之害？不若改姓成罪，免得零星受苦。」遂叫道：「眾人休得動刑，有言上稟。」沈謙道：「快快招來！」柏玉霜稟道：「犯女姓胡，名叫玉霜。只因父親出外貿易，家中繼娘逼我出嫁匪類，故爾男裝，出來尋我父親。不想被公子識破，誘進相府，哄上後樓，勒逼成奸。奴家不從，一時失手，將公子打死是實。」沈謙回頭問錦上天道：「這話是真的麼？」錦上天回道：「他先說是姓柏，並不曾說姓胡。」米順在旁說道：「不論他姓柏姓胡，自古殺人者償命。可將他問成剮罪，送到都察院審問，然後處決。」沈謙依言，寫成罪案原由，令家人押入都堂去了。

原來都堂不是別人，就是他嫡嫡親親的父親，執掌都察院正印柏文連便是。自從在雲南升任，調取進京，彼時曾遣人至鎮江問小姐消息。後聞大鬧鎮江，小姐依還流落。柏公心焦，因進京時路過家中，要處死侯登，侯登卻躲了不見。柏公憤氣，不帶家眷，只同祁子富等進京，巧巧柏玉霜發落在此。

當下家人領了柏玉霜，解到都堂衙門。卻好柏爺正坐晚堂審事，沈府家人呈上案卷，說道：「太師有命：煩大人審問明白，明日就要回話。」柏文連說道：「是甚麼事，這等著急？」便將來文一看，見是：「淮安賊女胡玉霜，女扮男裝潛進相府，打死公子。發該都院審明存案，斬訖報來。」柏爺大驚，回道：「煩你拜上太師：待本院審明，回報太師便了。」家人將柏玉霜交代明白，就回相府去了。

柏爺吩咐，帶胡玉霜後堂聽審。眾役將胡玉霜帶進後堂，柏爺在燈光之下一看，吃了一驚。暗想道：「這分明是我玉霜孩兒的模樣！」又不好動問，便向眾役道：「你等退出大堂伺候。此乃相府密事，本院要細審情由。」眾人聽得吩咐，退出後堂去了。

柏爺說道：「胡玉霜，你既是淮安人，你可抬起頭來，認認本院。」柏玉霜先前是嚇昏了的，並不曾睜眼抬頭。今番聽得柏爺一聲呼喚，卻是他父親的聲音，如何不懂？抬起頭來一看，果然是他爹爹，不覺淚如雨下，大叫道：「哎呀！爹爹！苦殺你孩兒了！」柏爺見果是他的嬌生，忙忙走向跟前，一把扶起小姐，可憐二目中潑梭梭的淚如雨下，抱頭痛哭，問道：「我的嬌兒！為何孤身到此，遇見奸徒，弄出這場禍來？」柏玉霜含淚，便將「繼母同侯登勒逼，在墳堂自盡，遇著龍標相救。後來侯登找尋蹤跡，秋紅送信，同投鎮江母舅，又遇米賊強娶。只得男裝奔長安而來，不覺被沈廷芳識破機關，誘進相府，欲行強逼，故孩兒將他打死」的話，細細訴了一遍。

柏爺說道：「都是為父的貪戀為官，故累我孩兒受苦。」說罷，忙令家人到外廂，吩咐掩門。自己扶小姐進了內堂，早驚動了張二娘、祁巧雲並眾人丫鬟，前來迎接。柏玉霜問是何人，柏爺一一說了底細。玉霜忙忙近前施禮，說道：「恩姐請上，受我一拜。」慌得那祁巧雲忙忙答禮，回道：「奴家不知小姐駕臨，有失遠迎。」二人禮畢坐下。祁巧雲便問道：「小姐為何男裝至此？」柏爺將前後事情說了一遍。祁巧雲大驚道：「這還了得！」柏玉霜道：「奴家有願在先，只是見了爹爹一面，訴明冤枉，拿了侯登報仇雪恨，死亦瞑目。今日既見了爹爹，又遇著恩姐，曉得羅焜下落，正是奴家盡節之日。但是奴家死後，只求恩姐早晚照應我爹爹，別無他囑。」這些話眾人聽了，哭得悽悽慘慘。柏爺道：「我的兒，休要哭，哭也無益。待為父的明日早朝，將你被他誘逼情由上他一本。倘若聖上准本，便罷；不然為父的拚著這一條性命，與你一處死罷，免得牽腸掛肚。」柏玉霜道：「爹爹，不可。目今沈謙當權，滿朝文武都是他的奸黨。況侯登出首羅焜，誰不知道他是爹爹的女婿？當初若不是侯登假爹爹之名出首，只怕爹爹的官職久已不保了。孩兒拚著一死，豈不乾淨！」柏爺聽得越發悲傷。那張二娘同祁巧雲勸道：「老爺休哭，小姐此刻想是尚未用飯。可安排晚膳，請小姐用飯，再作商量。」柏玉霜道：「那裡吃得下去！」

一會兒，祁子富來到後堂，看見小姐，忙忙行禮，道：「適才聞得小姐凶信，我心中十分著急，只是無法可施。奈何！奈何！」不想那祁巧雲同他父親商議：「我父女上年不遇羅二公子，焉有此日？就是後來發配雲南，若不是柏爺收養，這性命也是難存保。今見他家如此，豈可不報？孩兒想來，不若捨了這條性命，替了小姐，這才算來知恩報德，義節兩全。萬望爹爹見允！」祁子富聽得此言，大哭道：「為父的卻有此意，只是不好出口。既是你有此心，速速行事便了。」

當下祁巧雲雙膝跪下，說道：「恩父同小姐少要悲傷。奴家昔日多蒙羅公子相救，後又蒙恩老爺收留，未曾報答。今日難得小姐容貌與奴家彷彿，奴家情願替小姐領罪，以報大恩。」玉霜道：「恩姐說那裡話來，奴家自己命該如此，那有替死之理？這個斷斷使不得的！」祁巧雲道：「奴家受過羅府同老爺大恩，無以報答。請小姐快快改裝要緊，休得推阻。」柏爺說道：「斷無此理。」祁巧雲回道：「若是恩爺同小姐不允，奴家就先尋了自盡。」說罷，望亭柱上就撞。慌得柏玉霜向前抱住，說道：「恩姐不要如此。」那祁子富在旁，說道：「這是我父女出於本心，並非假意；若是老爺同小姐再三推辭，連老漢也要先尋死路。這是愚父女報恩無門，今見此危難不行，便非人類了。」柏爺見他父女真心實意，便向柏玉霜哭道：「難得他賢父女如此，就是這樣罷。」柏玉霜哭道：「豈有此理？

父親說那裡話。這是女孩兒命該如此，豈可移禍於恩姐！」再三不肯。祁巧雲發急，催促小姐改裝，不覺鬧了一夜，早已天明。

祁巧雲越發著急，說道：「天已明了，若不依奴，我就出去喊叫了！」柏玉霜怕帶累父親，大放悲聲，只得脫下衣衫，與祁巧雲穿了。雙膝跪下，說道：「恩姐請上，受奴家一拜。」祁巧雲道：「奴家也有一拜。」拜罷，父女四人並張二娘大哭一場。聽得外廂沈府的原解家人，在宅門上大叫道：「審了一夜，不送出來收監，是何道理？我們要回話太師！」柏爺聽得，只得把祁巧雲送出宅門，當著原解家人，帶去收監。不知後事如何，且聽下回分解。

第六十三回　劫法場龍標被捉　走黑路秦環歸山

話說柏爺將祁巧雲扶出宅門，當著原解送入監中去了。那原解也不介意，自回相府銷差。

且言柏玉霜見祁巧雲去後，大哭一場，就拜認祁子富為義父。柏老爺朝罷歸來，滿腹悲愁，又無法替祁巧雲活罪，只得延挨時刻，坐堂理事，先審別的民情。按下不表。

且言龍標、金輝、楊春三位英雄，到晚上暗隨沈府家人，到都察院衙門來探信。聽得沈府家人當堂交代之時說道：「太師爺有令，煩大人審明存案，明日就要剮的。」三人聽了，吃了一驚，說道：「不好了，俺們回去想法要緊！」

三位英雄急忙跑回飯店，就將沈府的言語，告訴了秋紅。秋紅大驚，說道：「這卻如何是好？煩諸位想一良法，救我小姐一命。」金輝道：「不如等明日，我三人去劫法場便了。」楊春道：「長安城中千軍萬馬，我三人幹得甚事？」龍標道：「若是秦環、孫彪等在此就好了。不若等俺出城迎他們去，只是城門查得緊，怎生出去？」秋紅道：「城門上是史忠把守，認得我。我送你出去便了。」說罷，二人起身，忙忙就走。

比及趕到北門，北門已掩。二人正在沒法，忽見兩個門軍，上前一把抓住，道：「你們是甚麼人？在此何幹？」秋紅道：「你是那個衙門裡的？」門軍道：「我是史副爺府裡的。」秋紅道：「我正要去見你老爺，你快快引我去。」門軍遂引來見了史忠。史忠道：「原來是秋紅兄到了，請坐。柏公子住在那裡？我正要去候他。」秋紅道：「煩史爺開放城門，讓我伙計出去了時，請史爺見我公子。」史忠聽了，忙叫門軍開了城門，讓龍標出去，不表。

這裡史忠令人守好城門，隨即起身步行，要同秋紅去見柏玉霜。秋紅見史忠執意要見，當著眾人，又不好說出真情，只得同史忠來到下處。進了客房，只見一盞孤燈，楊春、金輝在那裡納悶。史忠道：「柏恩兄今在那裡？」這一句，早驚醒了金、楊二人，跳起身來，忙問道：「誰人叫喚？」秋紅道：「是史爺來了。」二人明白，便不做聲。史忠問道：「這二位是何人？公子卻在那裡？」秋紅見問，說道：「這二位，是前來救我家主人的。」史忠大驚，道：「為何？」秋紅遂將前後的情由說了一遍，又道：「明日若劫法場，求史爺相助相助。」史忠道：「那柏都堂乃是小姐的父親，難道不想法救他？」楊春道：「如今事在緊急，柏爺要救，也救不及了。而且沈府作對，不得過門，還是俺們準備現成要緊。」史忠道：「且看明日的風聲如何，俺們如此如此便了。」當下眾人商議已定。史忠別了三人，自回營中料理去了。

且說龍標出了城，放開大步，一氣趕了二十里路。時二十三、四的日子，又無月色，黑霧滿天，十分難行。走到個三叉路口，又不知出那條路。立住了腳，定定神，說道：「莫管它，只朝寬路走便了。」走到一里多路，那條路漸漸的窄了。兩邊都是野冢荒郊，腳下多是七彎八轉的小路。又走了一會，竟停住了，心中想道：「不好了，路走錯了。」回頭走時，又尋不出去路。正在著急，猛見黑影子一現，又不見了。自己想道：「敢是小姐當絕，鬼來迷路不成？」望高處就扒，扒了兩步，忽聽有人叫道：「龍標。」龍標想道：「好奇怪，是誰叫我？」再聽又像熟人，便應道：「是誰人叫我？」忽見黑影子裡跳出一個人來，一把揪住，說道：「原來當真是你。你幾時到的？」龍標一想，不是別人，卻是過天星孫彪。

原來，這條路是水雲庵的出路。孫彪同秦環到了長安，即到水雲庵找尋羅老太太。歇下人馬，晚上令孫彪出來探信。那孫彪是有夜眼的，故認得龍標，因此呼喚。二人會在一處，龍標說道：「你為何在此？」孫彪遂將秦環在水雲庵見羅太太的話說了一遍。龍標道：「既如此，快引我去，有要緊的話說。」孫彪聞言，引龍標轉彎抹角，進了水雲庵。

見了羅太太後，與秦環並徐國良、尉遲寶見了禮坐下。秦環問道：「你黑夜到此，必有原故。」龍標將柏玉霜之事，說了一遍。太太驚慌，大哭不已。秦環道：「這還了得！俺們若去劫獄，一者人少，二者城門上查得緊急，怎生出進？」龍標道：「不妨。守城的守備史忠，是羅二嫂的熟人，倒有照應。只是俺們裝扮起來，遮掩眾人耳目才好。」孫彪道：「俺們同秦哥裝作馬販子，同你進城。徐、尉二兄，在城外接應便了。」眾人大喜道：「好！」

捱至次日清晨，龍標同秦環、孫彪三人牽了七匹馬，備了鞍轡，帶了兵器，同了十數個嘍兵來到城下。自有史忠照應進城，約會金、楊二人去了。

且言沈太師哭了一夜，次日也不曾上朝。悶悶昏昏的睡到日午起來，問家人道：「柏都堂可曾剮了凶犯，前來回話呢？」家人稟道：「未來回話。」沈謙忙令家人去催。那家人去了一會，前來稟道：「柏老爺拜上太師爺，等審了這案事，就動手了。」沈太師大怒，道：「再等他審完了事，早已天黑了。」忙取令箭一枝，喝令家人：「快請康將軍去監斬！」家人領命，同康龍到都堂衙門來了。

那康龍是新到任的將軍，要在京中施勇，隨即披掛上馬，同沈府家人來到都察院轅門上，大叫道：「奉太師鈞旨，速將剮犯胡玉霜正法！太師立等回話哩。」柏文連聞言，吃了一驚。忙令眾役帶過審的那些人犯，隨即迎出堂來，高叫道：「康將軍，請少坐一刻，待本院齊人便了。」康龍見柏大人親自來說，忙忙下馬見禮，在大堂口東邊坐下。

柏老爺是滿腹愁腸，想道：「好一個義氣女子，無法救他！」只得穿了吉服，傳了三班人役、大小執事的官員，標了剮犯的牌。到監中，祭過獄神，綁起了祁巧雲，插了招子，上寫道：「奉旨監斬剮犯一名胡玉霜示眾。」綁出牢來，簇擁而行。那康龍點了兵，先在法場伺候，然後是柏老爺騎了馬，擺了全班執事，賞了劊子手的花紅，一行人，都到北門外法場上來了。

到了法場，已是黃昏時分。柏爺坐上公案，左右排班已畢，只得忍淚含悲，吩咐升炮開刀。當案的孔目手執一面紅旗，一馬跑到法場，喝一聲：「開刀！」喝聲未了，早聽得一聲吶喊，五匹馬衝入重圍。當先一人掣出雙金鐧，將劊子手打倒在地，一把提起犯人，回馬就跑。眾軍攔擋不住，四散奔逃。康龍大驚，慌忙提刀上馬，前來追趕。忽見刺斜裡跳出一將，手執鋼叉，大喝一聲，擋住了康龍廝殺，讓那使雙鐧的英雄搶了犯人，帶了眾兵，一馬衝出北門去了。不知後事如何，且聽下回分解。

第六十四回　柏公削職轉淮安　侯登懷金投米賊

話說那使叉的英雄卻是龍標，擋住康龍，好讓秦環等逃走。他抖擻精神，與康龍大戰四十餘合。龍標回馬就走，不想被康龍一刀砍中馬腿，顛下馬來，被眾軍上前拿住了。

康龍帶了幾名隨身的親丁趕到北門，天已大黑了。吩咐點起火把來，喝問管門的守備：「史忠、王越何在？」眾軍回道：「他二人單身獨馬，趕賊去了。」康龍大怒，道：「為何不阻住了城門，倒讓賊出去？這還得了！」隨即催馬掄刀，趕出城來。這一番廝殺只嚇得滿城中人人害怕，個個心驚，又不知有多少賊兵。連天子都驚慌，問太監外面是何喧嚷，太監出來查問，回說：「是沈太師同文武百官大隊人馬追出北門，趕賊去了。」

不言太監回旨，且說康龍趕了五六里，不見王越、史忠。四下裡一看，又聽了一會，並不見聲影，只得領兵而回。

且言秦環搶了祁巧雲，同金輝、楊春、孫彪殺到北門。多虧史忠、王越二人假戰了一陣，放秦環等出城。他二人名為追趕，其實同眾英雄入了伙，也到水雲庵。接了羅太太上了車子，馬不停蹄，人不歇氣，走了一夜。早離了水雲庵十里多路，方才歇下軍馬。查點人數，別人都在，只不見了龍標。獨戰康龍不見回來，想是死了，眾人一齊大哭。王越說道：「你們不要哭，俺出城之時，聽得眾軍說道：『康將軍擒住一人了。』想是被康龍擒去了，未必受傷。」眾人也沒法，只得吃些乾糧，餵了馬匹。

那秋紅前來看柏玉霜，卻不是小姐。秋紅吃了一驚，著了急，大哭道：「完了，完了！我們捨死忘生，空費了氣力，沒有救了小姐，卻錯搶了別人來了。」羅太太並眾英雄齊來一看，眾人都不曾會過，難分真假。只有秋紅同史忠認得，詳細問道：「你是誰人，卻充小姐在法場代死？如今小姐往那裡去了？」那祁巧雲方才睜眼，說道：「奴家是替柏小姐死的，又誰知皇天憐念，得蒙眾英雄相救。奴家非是別人，姓祁，小字巧雲。只因昔日蒙羅公子救命之恩，後來又蒙柏爺收養之德，昨見小姐遭此大凶，柏爺無法相救，因此奴家替死，以報舊德。不想蒙眾位相救，奴家就這裡叩謝了。」眾英雄聽了大喜，道：「如此義烈裙釵，世間少有！」秦環道：「莫不是昔日上雞爪山送信救羅焜表弟的祁子富麼？」祁巧雲道：「正是家父，如今現在柏爺任上哩。」秦環說道：「既如此，俺們快些回山要緊。」

當下祁巧雲改了裝，同羅太太、秋紅一同上車。眾英雄一同上馬，連夜趕上雞爪山。早有羅氏弟兄同眾頭目迎下山來，羅太太悲喜交集。來到後堂，自有裴夫人、程玉梅、胡太太、孌姑娘、龍太太、孫翠娥、金安人等款待羅太太、祁巧雲、秋紅，在後堂接風。又新添了徐國良、尉遲寶、史忠、王越四條好漢，好生歡喜。只有龍標未回，眾人有些煩惱。當晚大吹大擂，擺宴慶賀，商議起兵之計。

按下山寨不表，且言那晚康龍趕了半夜，毫無蹤跡。急回頭，卻遇沈謙協同六部官員，帶領大隊人馬殺來。康龍見了太師，答說追趕了三十餘里，並無蹤跡。沈謙大驚，道：「他劫法場，共有多少賊兵？」康龍道：「只有五六員賊將，被末將擒得一名，那幾個衝出城去了。」沈謙問道：「守城的守備為何不攔住去路？」康龍道：「末將趕到城口，問王越、史忠何在，有小軍報道：『他二人趕賊去了。』末將隨即去趕，趕了一程，連二將都不見回來，不知何故。」沈謙大驚，傳令：「且回城中，候探子報來，再作道理。」一聲令下，大小三軍回城去了。

沈太師回到相府，令大小三軍紮下行營，在轅門伺候。太師升堂，文武參見已畢。沈謙說道：「我想胡玉霜乃一女子，在京城中處斬，尚且劫了法場，必非小可❶之輩。」米順道：「他既敢打死了相府的公子，必然有些本領。據卑職看來，他不是淮安民家之女，定是那些國公勛臣之女，到京來探聽消息的。」錦上天在旁說道：「還有一件，他先前在途中說是姓柏，問他來歷，他又說柏文連是他叔子。昔日聽得柏玉霜與羅焜結了親，後來羅焜私逃淮安，又是柏府出首。我想，此女一定與柏文連有些瓜葛。太師可問柏文連便知分曉。」沈太師聽了，大怒道：「原來有這些委曲！」喝令家將：「快傳柏文連問話！」家將領命來至柏府。

且言柏文連處斬祁巧雲，正沒法相救，後來見劫了法場，心中大喜，假意追了一回。回到府中，告訴了小姐同祁子富。正在歡喜，忽見中軍官進來，報道：「沈太師傳大人，請大人快些前去。」柏爺吃了一驚，忙吩咐祁子富同小姐：「快些收拾，倘有疏虞，你們走路要緊。」

柏爺來到相府，參見太師，與眾官見了禮。沈謙道：「柏先生，監斬人犯尚且被劫，若是交兵打仗，怎麼處哩！」柏文連道：「此乃一時不曾防備，非卑職之過。」太師大怒，道：「此女淮安人氏，

❶ 小可：平常，簡單。

與你同鄉，一定是你的親戚，故爾臨刑放了。」柏文連道：「怎見得是我的親戚？」沈謙忙令錦上天對證。那錦上天說道：「前在途中，問過他的來歷，他說是姓柏，又說大人是他的族叔，來投大人的。」柏文連大怒，道：「豈有此理！既說姓柏，為何昨日的來文又說姓胡？這等無憑無據的言詞，移害那個？」一席話問得錦上天無言可對。沈謙說道：「老夫也不管他姓柏姓胡，只是你審了一夜，又是你的同鄉，你必知他的來歷，是甚麼人來劫了去的。」柏文連道：「太師言之差矣！我若知是何人劫的，我也不將他處斬了。」米順在旁，說道：「可將拿住的那人，提來對審。」

太師即令康龍將龍標押到階下。沈謙喝道：「你是何方的強盜？姓甚，名誰？柏都堂是你何人？快快招來，饒你性命。」龍標大怒，道：「我老爺行不更名，坐不改姓，姓龍，名標，雞爪山裴大王帳下一員大將。特奉將令，來殺你這班奸賊，替朝廷除害的。甚麼柏都堂黑都堂的，瞎眼！」罵得沈謙滿面通紅，勃然大怒，罵道：「這大膽的強盜，原來是反叛一黨！」喝令左右：「推出斬了！」米順道：「不可。且問他黨羽是誰，犯女是誰，到京何事。快快招來！」龍標大喝道：「俺到京來投奔的！」沈謙道：「那犯女是誰的指使？可從實招來！」龍標道：「他卻是天上的仙女下凡的。」沈謙大怒，見問不出口供，正要用刑，忽見探子前來，報說：「啟上太師爺：劫法場的，乃是雞爪山的人馬。王越、史忠都是他一黨，反上山東去了。」沈謙大驚，復問龍標說道：「你可直說，他到京投奔誰的？」龍標道：「要殺便殺，少要嚕囌！」沈謙又指著柏文連，問道：「你可認得他？」龍標道：「俺只認得你這個殺剮的奸賊，卻不認得他是誰。」

沈謙見問不出口供，喝令帶去收監。又喝令左右剝去柏文連的冠帶，柏爺大怒，道：「我這官兒，乃是朝廷封的，誰敢動手？」沈謙大叫道：「朝廷也是老夫，老夫就是朝廷。」喝令：「快剝！」左右不由分說，將柏爺冠帶剝去，趕出相府去了。沈謙即令刑部尚書代管都察院的印務。各官散去，沈太師吩咐康龍：「恐柏文連明早入朝面聖，你可與我守仕午門，不許他入朝便了。」沈謙吩咐已畢，回後堂去了，不表。

且言柏爺氣沖牛斗，回到府中，說道：「反了！反了！」小姐忙問何事。柏爺說道：「可恨沈謙奸賊無禮，不由天子，竟把為父冠帶剝去，趕出府來，成何體面！我明早拚著一命，與他面聖。」小姐說道：「爹爹不可與他爭論。依孩兒愚見，不如早早還鄉便了。」不知後事如何，且聽下回分解。

第六十五回　柏文連欣逢眾爵主　李逢春暗救各公爺

話說柏玉霜小姐聽得柏爺要與沈賊面聖，忙說道：「不可。目下沈賊專權，就是朝廷的旨意，也要沈賊依允才行。爹爹縱然啟奏，也是枉然；倘若惱了奸賊，反送了性命。莫若依孩兒的愚見，收拾回家，免得在是非場中淘氣。」柏爺歎了口氣，道：「只是這場屈氣，如何咽得下去？」小姐道：「目今的時世是忍耐為高。」柏爺無奈，只得吩咐一切家人收拾，明日動身。那些家人婦女聞言，收拾了一夜。

次日五鼓，柏爺起身，將一切錢糧、號簿、誥封都掛在大堂梁上，擺了香案，望北謝了聖恩。悄悄的出了衙門，將行李裝上車子，令家人同小姐先行，自己押後，往淮安進發。一路上，並不驚動一個地方官員，只是看山玩水，慢慢而行。

那京城中百姓，過了一日知道這個消息，人人歎息。只有沈太師的一班奸賊，卻人人得意。次日沈謙入朝，見了天子，將削去柏文連的官職奏了一遍。天子默然不悅，口內雖不明言，心中甚是不樂，暗道：「這予奪的權柄都被沈謙自專，不由朕主，將來怎生是好？」這且按下。

單言柏文連出了長安，行了半個多月，那日到了山東兗州府的地界。家人稟道：「離此不遠，就是雞爪山的地界。山上十分利害，請老爺小路走罷。」柏爺道：「不妨，我正要去看看山寨，你等放心前去。」眾家人只得向大路進發。行了數里，遠遠看那雞爪山的形勢，但見青峰拔地，翠嶂沖天，四面八方約有五六十個山頭簇擁在一處，一帶澗河圍繞，千條瀑布懸空，十分雄壯。柏爺暗暗點頭道：「果然好一個去處，怪不得米良、王順敗兵於此。」近前再看時，只見山裡面殺氣沖天，風雲變色，松林內飄出兩桿杏黃旗，上有斗大的金字，寫的是：「為國除害，替天行道。」柏爺連連嗟歎，猛聽得半空中一聲炮響。山頂上五色旗招展，唿哨一聲，四面八方都是人馬，衝下山來，將柏爺的一行車馬圍在當中。早有一員老將，白馬紅袍，衝到柏爺馬前，將手一拱，道：「老妹丈，可認得我了？」柏爺見山上兵來，吃了一驚，正要迎敵，忽見有人稱他「妹丈」，抬頭一看，卻是李全。因嘍兵探得柏爺過此，軍師謝元特請他來迎接。當下柏爺見了李全，大驚道：「老舅兄，來此何幹？莫非是要買路錢麼？」李爺道：「特來請妹丈上山，少敘片時。」柏爺道：「原來如此。」只得同李爺並馬而行。

行到半山路口，旗幡招展，一派鼓樂之聲。有裴天雄帶領著眾英雄、各家的公子，個個都是錦衣繡袄，白馬朱纓，大開寨門，迎下山來。眾英雄見柏爺駕到，一齊下馬，邀請柏爺進入寨門。隨後祁巧雲、秋紅並眾家小姐等，令嘍兵扛了兩乘大轎，前來迎接小姐與張二娘進寨。來到後堂，先見了李太太、裴夫人，後來拜了羅太太、程玉梅、祁巧雲、孫翠娥、胡鑾姑等。眾人一一見過禮，裴夫人吩咐丫環，設宴款待。正是：

一群仙女歸巫峽，滿殿嫦娥赴月臺。

按下後寨之言，且說柏文連、祁子富到了聚義廳，先同李全、盧宣、金員外行過禮，然後與裴天雄並各位英雄見禮已畢，才是羅燦、羅焜、李定、秦環四位公子前來拜見。柏爺偷眼看那一眾英雄，人人勇健，個個剛強，暗暗稱奇。正是：

一群虎豹存山嶺，十萬貔貅聚綠林。

裴天雄吩咐擺宴，序次而坐。飲酒之時，柏爺向李爺稱謝道：「多蒙老舅兄收留小女，反帶累尊府受驚。」李爺道：「皆因小兒被米賊所害，若不是趙勝、洪恩相救，裴大王相留，早已做刀頭之鬼了。」裴天雄說道：「皆眾位英雄之力。」羅燦性躁，說道：「舍弟多蒙令侄侯登照應狠了！」這一句話，只說得柏爺滿面通紅，說道：「都是那侯氏不賢，險些傷了老夫的女兒性命。我今番回去，定拿侯登正法，豈可輕放。」

當下，柏爺酒席終了，就要起身告退。裴天雄等一齊向前留住，道：「既來之，則安之。不棄荒山，就請大人在此駐馬。明日同去整治朝綱，除奸臣，去賊黨，伸冤報仇，向邊關救回羅爺還朝，有何不可。」柏爺聞言，忙忙回道：「老夫年邁，不能有為了。這些事，只好眾位英雄勇壯前去罷。」裴天雄道：「既是大人不肯出去交鋒，請坐鎮山寨，待小侄等出征便了。」柏爺執意要行。謝元道：「既如此，只留大人少住一兩日，再行便了。」柏爺道：「這可以從命。」

按下柏爺被眾人留住在山寨，且言那京城中被人劫了法場，又壞了一位都堂巡撫，天下都有報章，人人傳說。那一日，傳到淮安府。侯登知道消息，吃了一驚，說道：「不好了！柏都堂是我的姑爺，他官既壞了，不日一定回來。這番絕不能饒我了，自古道：『打人先下手。』倒要防備要緊。」猛然想道：「『三十六著，走為上著。』只是本家又窮，往那裡去安身才好？」想了一會，道：「有了，有了，昔日米將軍在淮安府飲酒，我同他有半面之識。不如多帶些金銀，前去投奔他，求他在沈府中，大小討個前程，就不怕他了。」

主意已定，到晚上偷開庫房，盜了三千兩金子，打在箱內。次日推說下鄉收租，叫家人挑了行李，雇了船隻，連夜到了鎮江。尋了門路先會了米中砂，然後見了米良，呈上一千兩金子。米良大喜，收了金子，隨即修書一封，就令侄兒米中砂同他一路進京，說道：「你二人會見太師，細說賊兵虛實，呈上捐官的銀子，自然大小有個官做。」

二人大喜，一齊動身進京。不分曉夜，趕到長安，尋門路先會了錦上天。錦上天替他二人呈上了來書，見了太師。太師就問侯登道：「你既是柏文連的內侄，你可將他的情由說與老夫知道。」侯登見問，就將柏文連同羅焜結親，暗與雞爪山來往的情由細細說了一遍。沈謙吃了一驚，說道：「原來他同眾家國公都是舊相好的，若不先殺了眾人，內變起來，怎生是好？」想了一會，命侯登等且退，另日升官。隨即取令箭一枝，吩咐家人快令王虎、康龍二將，速速同刑部大人點齊五百名刀斧手，即下天牢，將各家的國公、老幼、良賤並大盜龍標，一齊解赴市曹斬首。

家人得令出了相府，傳了二將，披掛齊整，點了五百名刀斧手，會同刑部吳法，將秦雙、程鳳、龍標、尉遲公爺、徐公爺、段公爺等各家的人口一齊綁了，押到市曹跪下。可憐哭聲震地，怨聲沖天。六部官員齊到法場監斬，人人歎息。只見黑旗一展，喝令開刀。不知後事如何，且聽下回分解。

第六十六回　邊頭關番兵入寇　望海樓唐將遭擒

話說沈太師聽信侯登之言，就將各位公爺一齊綁出市曹，並不請當今的聖旨，就要斬首。看看開刀，卻好驚動了衛國公李逢春，聽得此信，大驚。心生一計，忙忙趕到法場，大叫道：「刀下留人！」一馬闖到沈謙的公案，喝開左右，向沈謙低低說道：「太師，若斬了眾人，大事休矣。」沈謙問道：「是何原故？」李爺道：「太師爺要圖天下，須要買住人心。一者，不可多殺，使聞者害怕；二者，雞爪山的賊人，有一半是眾家的公子，若知他父親已亡，必然前來報仇，反為不美。依卑職愚見，等太師登位之後，先剿滅了雞爪山的禍根，那時再斬他們，也不遲。況且他們坐在天牢，如籠中之鳥、網內之魚，也飛不到那裡去。」沈謙被李爺這些話說得心中大喜，道：「多蒙老兄指教，險些兒誤了大事。」忙命刑部吳法仍將眾人收禁，回相府去了。

不表沈賊回府，且言李逢春一句話，救了數百人性命，心中也自歡喜。後人有詩讚道：

絕妙機權迅若風，仙才不與眾人同。

一言得活群臣命，不愧中原衛國公。

話說沈太師回到相府，進了書房，就有家人呈上一本邊報。太師一看，原來邊頭關宗信告急的文書，說：「邊頭關自從羅增陷在流沙，番兵十分利害。求太師添兵守關，要緊。」沈謙大驚，即令刑部吳法領三千人馬前去守關，又令米中砂解糧接應：「老夫親領大兵，隨後就到。」

那吳法同米中砂得令，隨即收拾，點了三千人馬，不分晝夜，趕到邊頭關。早有宗信同四名校尉，接進了中軍帳坐下。當晚設宴款待，吳法問道：「番兵共有多少人馬，幾名戰將？」宗信說道：「番兵共有十萬，戰將千員，十分利害。那領兵元帥父子九人，名喚九虎。」吳法大驚，道：「那九人，姓甚，名誰？可曾與他戰過幾陣？」宗信道：「那老將姓沙，名龍。所生八個兒子，名喚沙雲、沙雷、沙雹、沙露、沙電、沙雯、沙霖、沙震，都有萬夫不當之勇。更有一位女將，喚做木花姑；一位太子，喚做耶律福，用兵如神。」吳法聽了，說道：「彼眾我寡，怎生迎敵？」

按下吳法在關內憂愁，且言那番邦元帥沙龍，次日傳命，令八個孩兒傾動大兵，搖旗吶喊，一直殺到關下討戰。早有藍旗小校飛馬進關，報道：「啟老爺，番將前來討戰，請令施行。」吳法大驚，卻好米中砂催糧已到。一齊披掛齊整，帶領眾將，到敵樓上來看。那樓名為望海樓，乃北關第一個要緊的去處，城高壕闊，急切難攻，所以宗信能守這半年。當下吳法同眾人上樓，一看，只看那十萬番兵，四面八方圍住了關口，人人勇壯，個個精強。怎見得，有詩為證：

十萬貔貅隊，三千虎豹兵。
休言身對敵，一見也魂驚。

話說吳法正在觀看番兵，猛聽一聲別咧響處，只見番營裡兩桿皂旗展開，閃出一員老將，頭戴紫金盔，雙飄雉尾；身穿龍鱗鎧，滿插雕翎；紫面銀鬚，濃眉大眼；手執大刀，坐下烏騅威風凜凜，殺氣騰騰。左右擺列著四十員戰將，都是反穿毛襖，雉尾高飄，鐵甲鋼刀，金鞍白馬。如燕羽一般排開，前來討戰，吳法好不駭怕。那番將縱馬提刀，大叫：「關上的，誰敢下來送死！」吳法正要親自出戰，只見米中砂提刀上馬，說道：「末將前去迎敵。」吳法大喜，忙令宗信下關，同去迎敵，說道：「小心要緊。」

當下二人披掛齊整，領兵放炮，開關殺出城去。兩下裡壓住了陣腳，米中砂揮動大刀，便叫道：「來將通名！」只見那番將將刀一擺，說道：「俺乃六國三川征南大元帥沙龍是也。快通名來領死！」米中砂道：「俺乃大唐吏部尚書米大人的公子、加封蕩寇先鋒米中砂是也！」沙龍聞言，舉刀就砍，米中砂對面交還。二人戰了二、三個回合，米中砂抵敵不住，正要敗走，宗信見了，拍馬掄槍，更來助戰。沙龍獨戰二人，毫無懼怯。又戰了四、五個回合，沙龍大喝一聲，一刀砍中宗信的左臂，滾鞍下馬，被小番兒擒去了。米中砂大驚，虛砍一刀，回馬就跑。沙龍大喝道：「好唐賊，往那裡走！」縱馬趕來。那大小番將一齊追殺，勢不可當。

吳法嚇得面如土色，米中砂在下，又不好放炮。米中砂才到城門邊，那沙龍的馬快，早已跳過吊橋，領了眾將齊到城下，就連城門也閉不及了。米中砂才進了城，那沙龍父子九人早已衝進來了。吳法大驚，慌忙下了樓，上馬就走。那沙龍父子九人領了大隊人馬趕來，正與米中砂交馬，只一合，被沙雲一鈎連槍，擒過馬去了。沙龍便來追趕吳法，吳法拾命殺條血路，敗回二關去了。這一陣被沙龍奪了關，吳法這裡數千人馬，傷了一半。敗回二關，急急寫下告急文書，星夜到長安去了。

那番將沙龍得了頭關，就將十萬番兵調進城來。打開府庫倉廒，犒賞三軍。安民已畢，歇馬三日，放炮起兵，又到二關討戰。吳法同二關的總兵，吩咐大小將官，緊守城池，不許亂動，堅守不出。沙龍每日領兵到關下辱罵，一連三日，不敢交鋒。沙龍見關中不敢出戰，吩咐眾將，四面搭起雲梯，安排神機火炮，連夜攻打，十分緊急。只嚇得關中那些文武官員，軍民人等，人人膽落，個個魂驚。幸爾城高牆厚，攻打不破。吳法親自領兵，日夜輪流守護，專等長安的救兵。

且言那差官連夜登程，不一日趕到長安。進了相府，呈上公文。太師一看，大驚，忙請六部前來議事。不一時，眾人來到相府，太師將來的文書與眾人看了一番。米順見拿了米中砂去，心中暗暗吃驚，說道：「大事未成，倒傷了自家的侄了。」想了一會，道：「不若乘此行了大事再講。」便向沈謙說道：「目下四海刀兵紛亂，多因天子暗弱。不若乘此機會，太師登了龍位，大封天下英雄，再點大兵與番兵交戰。若是勝了，自然是一統天下，獨掌乾坤，倘若不勝，就與番邦平分天下，也由得太師做主。豈不是兩全其美！」沈謙大喜，說道：「言之有理。」遂傳齊了新收的一班武將並那六部的文臣，約定了次日議行禪位。不知後事如何，且聽下回分解。

第六十七回　眾奸臣乘亂圖君　各英雄興兵報怨

話說沈太師聽信米順之言，便要篡位。傳齊了武將，各領禁軍人馬保守各門，以防內變；傳齊了六部文官，伺候入朝辦事，頒詔安民。眾人去了，那長安城中紛紛論說，早驚動了李逢春。李逢春聽了大驚，忙忙上馬趕到相府。

見了太師，太師說道：「李先生此來，必有緣故。」李逢春說道：「特來相弔。」太師大驚，道：「老夫明日登位，何出此不吉之言？」李逢春雙膝跪下，道：「明日太師登位是君，李某是臣，豈有臣不諫君之理？明日登極之言，是誰人的主見？」沈太師道：「是吏部米順之謀。」李逢春道：「米順誤國，就該斬首。」沈謙聽了大驚，道：「為何米順誤國該斬？」李逢春道：「現今內有雞爪山未平，多少英雄作難；外有邊頭關入寇，無窮番寇縱橫。一旦太師登基，頒詔天下，倘若雞爪山的賊兵，以誅篡為名興兵造反，約同了番兵一齊入寇，番兵戰於外，賊寇亂於內，兩下夾攻，怎生迎敵？豈不是反誤了大事！」沈賊聞言，忙忙稱謝道：「多蒙先生指教，險些兒誤了大事。」忙喚家將章宏，吩咐道：「快去止住了眾人，不要亂動。」章宏領命去了。沈謙復問李逢春道：「計將安出？」李爺道：「為今之計，只有再點大兵，先去平了番寇，再作道理。」沈謙依言。

次日傳齊了文武，說道：「番兵入寇，且慢登基，先去平定要緊。」遂取令箭一枝，令兵部錢來、工部雍儺，領兵三萬，三十員新收的武將，分為兩隊，向邊關去平寇。又令米順領兵一萬，拜王虎、康龍為先鋒，前去鎮江會同米良、王順，到登州府征剿雞爪山去。眾人得令，分頭領兵，擺齊隊伍，搖旗吶喊，放炮起營，一齊動身去了。

消息傳入雞爪山，裴天雄聞言，冷笑一聲，道：「又來送死了。」遂請眾位英雄商議。卻好柏文連仍在山上，聞得此言，說道：「老夫要回家走走。」謝元道：「既是大人要去，只怕令侄已不在家了，回府必有別的禍事。不若點幾十名嘍兵同大人回府，迎接家眷來山，以避兵亂便了。」柏爺只得依了，帶了三十名嘍兵，回淮安去了。

且言侯夫人，見侯登去了半月未回，心中正在憂愁，忽見家人入內稟道：「老爺回來了。」侯夫人大驚，只得接進後堂。夫妻行禮坐下，柏爺未曾開口，夫人假意哭道：「可憐玉霜女兒，自從歿後，我舉目無親。今日老爺回來，倍增傷感。」柏爺心中暗笑道：「女兒現在，還要弄鬼。」仍推不知，說道：「女兒既死，哭他做甚？我且問你，侯登今在何處？難道又躲了不成？」侯氏又扯謊道：「半月之前，已回家去了。」柏爺道：「幾時來？」侯氏道：「未曾定日子。」柏爺更不多問，吩咐家人：「快快收拾，避兵要緊。」眾人便與那三十名嘍兵一齊動手，收拾那些衣囊細軟，裝上車子。柏爺上馬，侯氏坐轎，一齊起身。

趕到雞爪山，進了寨門。見過眾人，令柏玉霜同秋紅出來相見。侯氏看見二人，暗暗吃驚道：「玉霜同秋紅為何在此？」當下柏爺發怒道：「你說女兒死了，今日卻為何在此？你這個不賢，縱容侯登作惡，險些兒傷了我女兒性命；若不虧眾位英雄幾次相救，久已死了。你這不賢之婦，要你何用！」

掣出佩劍就砍。慌得柏玉霜一把扯住了柏爺的手，哭道：「都是侯登所為，不干母親的事。」內堂李太太、羅太太、裴夫人、張二娘、金安人、程玉梅、祁巧雲、孫翠娥、胡鑾姑等，一齊出來勸住柏爺，扯了侯氏夫人入內去了。那侯氏臉上好生沒趣，只得向柏玉霜陪話，小姐仍照常一樣相待。

外面眾英雄勸柏爺飲酒，忽見巡山的頭目稟道：「山下有雲南馬國公領了一隊人馬，前來要見。」眾英雄大喜，傳令大開寨門，齊來迎接。原來，馬成龍在雲南候旨，要征剿邊關。後來飛毛腿王俊回來報信，說天子聽信沈謙讒言，不准請兵，將長安祖墳鏟平，一切本家盡皆拿問。馬爺聽得此言，只急得三尸暴跳，七竅生煙。將定海關選來的三千鐵騎一齊調發，同公子馬瑤、金定小姐帶領家眷人等投奔雞爪山，來同羅公子興兵報仇。當下眾英雄迎接馬爺上山，進了聚義廳。與眾英雄見了禮，早有眾家夫人小姐，將馬太太同小姐迎接到後寨去了。

且言前廳，眾人與馬爺見過了禮，重新擺宴款待。上坐是柏爺、馬爺、祁子富、李全、盧宣、金員外、王太公，下坐是裴天雄等相陪。眾人飲了一會酒，馬爺說道：「現今沈賊欺君，有謀篡之心，陷害忠良，常懷叵測。須要請教眾位，用兵討亂才是。」柏爺說道：「正在商議此事，卻好親翁到此，實乃天助成功。」馬爺道：「還須柏親翁運籌才是。」盧宣道：「依貧道愚見，請大人總理人馬，掌兵為帥；請柏大人鎮守山寨，此乃一定不移之理。」眾英雄齊聲說道：「盧師傅之言有理。」裴天雄恐二人謙讓，忙起身，將兵符印鑒捧上，說道：「如不從者，當折箭為誓。」謝元道：「明日乃黃道吉日，就此請馬大人起師。」馬爺推辭不得。當晚席散。

次日五鼓，馬爺起身，拜謝元為軍師，祭過帥旗。大小頭目齊集聽候，只見謝元寫出一張點將的單子，上寫道：

第一隊，羅燦、秦環領三千人馬，為前部先鋒。

第二隊，胡奎、王坤、李仲、楊春、金輝五人為左翼。

第三隊，馬瑤、王俊、章琪、洪恩、洪惠五人為右翼。

第四隊，羅焜、趙勝、盧宣、盧龍、盧虎五人為左救應。

第五隊，程珮、孫彪、王宗、王寶、王宸五人為右救應。

第六隊，裴天雄、魯豹雄、李定、史忠、王越、尉遲寶、徐國良、張勇為中軍都救應。

第七隊，戴仁、戴義、齊紈、齊綺、祁子富五人押運糧草。

第八隊，孫翠娥、程玉梅、馬金定、祁巧雲四員女將帶領女兵，為後營救應。

點了八隊人馬，共三十六員大將，連馬元帥、謝軍師共是三十八名大將，外有四員女將，領了五萬嘍兵，殺下山來。其餘的大小頭目，都隨柏爺同李全守住山寨，不表。

且言馬元帥別了柏爺，領了大隊人馬，傳令三軍：「不許騷擾百姓，如違令者，斬首示眾！」真是軍威齊整，號令嚴明。吩咐放炮起營，一聲令下，馬步三軍一齊起身。一路上，但見旌旗蔽日，劍戟如雲，殺奔登州府而來。不知後事如何，且聽下回分解。

第六十八回 謝應登高山顯聖 祁巧雲平地成仙

話說馬成龍統領大隊人馬，離了雞爪山，向登州進發。前面先鋒隊裡，設立兩桿金字大紅旗，上面寫道：「報國安民，除奸削佞。」中軍帳內高掛榜文，申明號令，細分條款，上寫道：

上陣退避者斬。旌旗靡亂者斬。金鼓失次者斬。妄報軍情者斬。妖言惑眾者斬。亂取民財者斬。克減軍糧者斬。姦人妻女者斬。洩漏軍機者斬。不遵號令者斬。

那十條禁令一出，軍中誰敢亂動。真乃是鬼伏神欽，秋毫無犯。又作一道檄文，在各州府縣張掛，上寫道：

欽命雲南大都督世襲定國公馬成龍，為除奸削佞報國安民事：切因奸相沈謙凌虐天子，暗害忠良；圖謀篡逆，擾亂朝綱；賣官鬻爵，賄賂成行；妄開邊釁，耗費錢糧；暴虐百姓，褻瀆彼蒼。如鬼如蜮，另有肺腸。擢髮難數，罪惡昭彰。法離眾叛，帝用不臧❶。我等起義，為國除奸。梟除元惡，易如探囊。豈容爾輩，跋扈跳梁！為此草檄，布告四方。如敢抗逆，降之百殃。如

❶ 不臧：不善。

順義旨，降之百祥。同心協力，仰報君王。須至榜者，以翊❷大唐。大唐某年某月某日示

這一道檄文傳將出去，那些附近的州縣，文武官員、軍民人等都知沈謙的罪惡。那些被害的一班臣子，聞知雞爪山興兵，前來除奸報國，人人歡喜，都備了牛羊酒禮前來迎接。馬爺一一優待，安擾軍民，秋毫無犯。那些百姓見馬爺愛民如子，家家頂禮，戶戶焚香。所到之處，皆望風歸降，勢如破竹。馬爺心中十分歡喜，吩咐三軍緩緩而行。

那日午後，來到太行山下。只見前面都是高山峻嶺，翠岫青峰。四圍之中，露出兩根朱紅旗杆，內有一座寺院。四面都是怪石如虎，蒼松似龍，十分幽雅。馬爺問軍士這是何處，軍士稟道：「此乃太行山。」馬爺吩咐安營。一聲令下，只聽得三聲大炮，五營四哨，大小三軍，早已紮下行營。

馬爺帶領眾將，都上山來遊玩。行到寺院之前，只見那院宇軒昂，山門上有三個金字，上寫道：升仙觀。旁邊有一段石碑，碑上有字。馬爺同眾英雄近前看時，原來是隋朝謝應登在此修行得道成仙之處，因此後人起這寺院，在此侍奉香火，碑上乃謝應登先生一生事跡。謝元驚道：「此乃我高祖升仙之處，不想土人乃能立廟奉侍。」馬爺感歎。

忽見觀門開處，走出一位白髮道人，到馬爺面前一揖，道：「請諸位大人入內獻茶。」馬爺道：「你觀中還是僧家，還是道家？」那老者道：「此觀並無僧道。乃是先高祖昔日在此修行成仙，故我們就在此間侍奉香火。」馬爺大喜，謝元亦喜，一齊進了山門。但見十數間殿宇，蒼苔滿地，翠柏參

❷翊：輔佐。

天，一派幽景，眾人頗有超凡出俗之想。先是謝元參拜了祖宗的神像，次後馬爺領眾英雄拈香禮拜。

進了後堂，那老者夫妻兩個同一個女兒，出來迎接。見過了禮，捧上茶來。同謝元敘起譜系，是謝元五服內的堂兄。謝元大喜，認了兄嫂。那女兒名喚靈花，也來拜見叔叔。那老者道：「此女雖小，倒頗通武藝，求叔爺指教。」謝元道：「我們隨行也有女將在後。」老者道：「何不請來請教請教？」謝元遂令人下山，請四位女將軍上山少坐。

不一時，馬金定、程玉梅、祁巧雲、孫翠娥四員女將進了升仙觀，拜了謝應登的聖像。進了後堂，早有謝靈花前來迎接。見禮坐下，眾位小姐見靈花年紀雖小，生得一貌堂堂，全無半點俗氣，心中大喜。馬金定遂問他的兵法，程玉梅就盤他的戰策，謝靈花對答如流。眾小姐十分歡喜，連馬爺也十分愛他。

那老者備了素齋，留眾英雄飲酒，謝靈花留眾位小姐在後堂飲酒。當晚席散，馬爺等回營，謝靈花留住三位小姐並孫翠娥在觀中歇宿。夜間邀在松園內玩月，真是一輪玉鏡當空，四壁蒼煙凝靄。當下玩了一會，各各回樓安寢。

單言祁巧雲，見謝靈花仙風道骨，生得瀟灑柔和，全無半點紅塵俗態，暗暗的歎息，想道：「奴家年登一十七歲，經過了百折千磨，終身尚無著落。倒不如謝靈花，獨坐深山，不染塵俗，真乃萬慮齊空，無罣無礙。怎似奴家父女二人，不知後來怎樣結果？」不覺悽然淚下。見眾人睡了，他獨自一人在後樓上推開窗子觀月。玩了一會，不覺神思困倦，倚窗而臥。

方才合眼，朦朧見一對青衣童子走上樓前，說道：「奉謝真君的法旨，請仙姑相見。」祁巧雲問道：「你是那裡來的？」童子道：「就是木觀謝真君差來奉請的。」祁巧雲又驚又喜，就隨那兩個童子下了高樓。出了後院，轉彎抹角，到了一所洞府。進了洞門，但見兩旁總是蒼松翠竹，瑤草奇花。上面是三層白玉階沿，五間大殿。殿上是金磚碧瓦，畫棟雕梁，高聳雲霄，霞飛虹繞，甚是雄壯。祁巧雲見了，不覺的心中恐懼。上了回廊，童兒入內稟過。只聽得一聲「請」，珠帘起處，早有童子引祁巧雲上殿。

祁巧雲抬頭一看，見那蓮花寶座上坐了一位高仙，朱唇皓齒，黑髮長鬚。祁巧雲倒身下拜，那仙翁吩咐看坐，祁巧雲坐下，仙童獻茶。祁巧雲吃了茶，說道：「老祖師見召，有何吩咐？」仙翁道：「貧道乃隋朝謝應登是也。雖未食唐朝之祿，而本家子侄皆是唐室之臣。乃因奸相沈謙逆天行事，陷害忠良，此處交鋒，該汝建功立業之時，後與白虎星君有姻緣之分。再者，日後征番，那番營內有個木花姑，妖法利害，難以取勝。故貧道特請你來，傳你一卷天書，教你呼風喚雨、駕霧騰雲之法。」說罷，令童兒捧出天書交與祁巧雲，說道：「若遇急時再看。」又令童兒，教他呼雷駕雲神咒。祁巧雲一一記在心頭，收了天書，拜謝仙翁。那仙翁又令童子送他回去。

祁巧雲輕移蓮步，出了大殿，仙童引路，出了洞門。只見一天月色，四壁花陰，仙鶴雙雙，麋鹿對對，看不盡觀中之景。走無多步，忽見前面有一座獨木橋。橋下是萬丈深潭，潭內銀濤滾滾。祁巧雲大驚，道：「方才來時，未曾過此，這橋怎生走得過去？」仙童道：「少星君，休要駭怕，你只隨我來。」祁巧雲沒奈何，只得戰戰兢兢，隨那兩個仙童，一步一步的步上橋來。望下一看，只見深潭急浪，好生可怕。祁巧雲才走到中間，忽見那童子大叫道：「有大蟲❸來了！」嚇得祁巧雲回頭看時，被那兩個童子一推，說道：「去罷！」祁巧雲大叫一聲，跌下橋去了。不知後事如何，且聽下回分解。

❸ 大蟲：老虎。

第六十九回　粉臉金剛槍挑王虎　金頭太歲鐧打康龍

詞曰：

義氣心高白日，奢華盡赴青雲。堂中歌嘯日紛紛，多少人來趨敬。
秋月清風幾度，黃金白璧如塵。閒門不見舊時人，冷落誰來偢問❶？

話說祁巧雲被童子推下橋來，大叫一聲，不覺驚醒。乃是南柯一夢，嚇得渾身香汗淋淋。睜眼看時，只見皓月當空，正是三更時分。祁巧雲道：「好生奇怪，分明是謝仙翁傳授我的兵法，回來跌下橋去。怎生仍在樓上？」遂將那呼雷駕雲的咒語一想，句句記得；再向懷中一摸，一卷天書明明白白現在懷中。祁巧雲不覺大喜，忙忙展開就在月下看時，上面有四個字，是「急時再看」，再揭過兩版看時，字跡全無，卻是幾層白紙。祁巧雲大疑，暗道：「並無字跡，要他何用？」因又想道：「且待我將駕雲的法兒試試，看是靈也不靈。」遂走至樓下。來到天井，望空打了一個稽首❷，口中念念有

❶ 偢問：理睬，關心。

❷ 稽首：舊時所行的跪拜禮。有二說：一、行跪拜禮時，頭至地；二、行跪拜禮時，兩手拱至地，頭至手，不觸及地。

詞，喝聲「起」，只見腳下風雲齊起，身體甚是輕快，不知不覺早起到空中。祁巧雲大喜，又喝聲「落」，果見腳下的祥雲又緩緩落將下來。祁巧雲望空忙忙下拜，拜謝仙翁。復回樓上，忙將天書包好，藏在身邊。進房睡了一刻，早聽得雞唱天明。

眾位小姐一齊起身梳洗，早見馬爺到了觀內。入後坐下，祁巧雲遂將夜來謝應登顯聖之事，從頭至尾說了一遍，「如若不信，天書現在，只是上面並無字跡，不知何故？」馬爺同眾小姐聞得此事，個個驚異稱奇。忙忙取出天書，大家一看，果見幾版白紙，字跡全無。眾人不解其意，程玉梅道：「從來仙機難測，且到急難之時再看便了。」祁巧雲收了天書。那謝靈花說道：「奴家昨夜，也夢見仙童來與我講究些兵法，奴也略知道此事。此書將來必有應驗，速速收好。」眾人大喜。

馬爺見謝靈花生得伶俐聰明，有心要他為媳，便向謝道翁商議。隨後謝元也到了，力主其說。謝老夫婦好生欣喜，願諧秦晉。馬金定便要謝靈花同去出征。靈花依允，辭了雙親，欣然同眾位小姐下山，一同入了行營。放了三個大炮，調動三軍，起身往登州進發。早有流星探馬，飛報米吏部去了。

且說那米順領了三萬人馬，帶領王、康二將，到鎮江府會合了米良、王順，又調了二萬人馬，共是五萬大兵，百員戰將，來征剿雞爪山。人馬才進登州，早有探子報說：「雲南總督馬成龍為帥，會合了雞爪山的人馬，一路上得了多少城池，所到之處，望風而降。今大兵到了，離城三十里紮寨安營，請令定奪。」米順聽了吃了一驚，說道：「他的兵馬為何如此神速？再去打聽。」米順隨即與眾將商議道：「聞得馬成龍兵法利害，更兼雞爪山一伙強人，俱係非常驍勇，凡是交戰，眾將各要小心在意。」眾人都道：「謹遵嚴令！」當晚無話。

到了次日，五鼓造飯，平明❸調撥大隊，點齊人馬，出了登州。擺開陣勢，早見塵頭起處，旌旗招展，雞爪山的人馬蜂擁而來。當下兩軍相對，壓住了陣腳。米順帶領眾將出營看時，只見馬爺大隊的人馬，旗分五色，兵按八方，盔甲鮮明，馬壯人強。果然軍威整肅，名不虛傳。

米順正在看時，忽聽得一聲炮響。繡旗開處，擁出兩員小將，往左右一分。左邊一將，面如傅粉，唇若塗朱，龍眉虎目，頭帶銀盔，身披銀甲，手執點鋼槍，跨下一匹銀鬃馬，繡帶飄飄，威風凜凜，乃是左先鋒粉臉金剛羅燦。右邊一將，黃面金腮，頭頂金盔，身披金甲，手執金裝鐧，跨下一匹黃驃馬，相貌堂堂，英風凜凜，乃是右先鋒金頭太歲秦環。這二位英雄如天神一般，分為左右。正中間，一面大紅帥旗，馬元帥全副戎裝，紅袍金甲；帶領三十二位英雄，一個個都是錦袍金鎧，分在兩邊，猶如雁翅排開，分外齊整。

米順見馬爺軍兵如此威嚴，早有三分怯懼。馬爺縱馬出營，高叫：「米順打話❹！」米順只得強打精神，縱馬出營。開言叫道：「馬將軍，請了！皇上封你世襲公侯爵祿，為何同強徒謀反？今日天兵到來，快快下馬受綁，免你死罪！」馬爺聽得大怒，罵道：「你這奸賊，勾合沈謙通同作弊，番兵入寇，你不添兵征剿，反害羅增性命，是何道理？又想滅盡了眾位公侯，思想謀篡，罪該萬死！今日本帥到來，一者除奸削佞，為國安民，二者替眾公侯伸冤出氣。」說罷，將手中刀一指，道：「誰與我將此賊擒來？」羅燦應聲道：「待末將擒之！」拍馬搖槍，直奔米順。

❸ 平明：天剛亮的時候。

❹ 打話：對話。

那米順的先鋒姚倫舞刀來迎。二將交鋒，戰無十合，羅燦手起一槍，挑姚倫下馬，復上一槍，結果了性命。隨即一馬衝來，要擒米順。米順大驚，說道：「誰去擒來？」大將王虎拍馬掄刀，大叫：「來將休得撒野，快報名來！」羅燦道：「俺乃定國公馬元帥麾下左先鋒、越國公的公子羅燦是也！來將通名，你少爺槍下，不死無名之鬼。」王虎喝道：「俺乃吏部天官❺加封平寇將軍、米元帥麾下大將王虎是也！反叛快快下馬受死。」羅燦大怒，舉槍就刺，王虎舞大刀劈面交還，二人戰在一處。只見刀來處冷雪飄飄，槍到處寒光灼灼；一個是慣戰的英雄，一個是能征的好漢，一來一往，大戰了四十餘合，不分勝敗。

羅燦見勝不得王虎，心生一計，回馬敗走。王虎隨後趕來，羅燦回頭，見王虎來得切近，扭轉身軀，喝聲：「去罷！」一回馬槍直奔心窩挑來。王虎吃了一驚，叫聲「不好」，將身一閃。閃不及，那一槍正中左肩，早透了三層鐵甲。險些兒落馬，大叫一聲，伏鞍而走。羅燦回馬趕來，那米順陣上，一連上來十五員戰將前來接應，救王虎入營去了。

米順陣中惱了康龍，拍馬掄槍來戰羅燦。羅燦正欲交鋒，秦環在後大叫道：「哥哥！這場功讓與兄弟罷。」早舞動雙鐧來戰康龍，羅燦便回馬觀陣。只見秦環同康龍，兩馬相交，槍鐧並舉，好一場惡戰。這一個雙鐧運動，渾身滾滾起金光；那一個銅槍起處，遍體紛紛飄冷艷。槍來鐧架，鐧去槍迎，大戰三十回合。秦環賣個破綻，康龍不知好歹，一槍挑來。秦環將左手的鐧將槍逼住，右手一鐧，望康龍腦門上打來。康龍躲過了頭顱，左肩早著了一下，撇了槍跑回本陣。秦環大喝一聲：「那裡走！」

---

❺ 天官：此處為吏部尚書的代稱。

拍馬追來。

馬爺見秦環已得了勝，將手中刀一指，調動了那三十二位英雄，領了大隊人馬，一齊衝殺過來，猶如兵山一般，怎生迎敵？米順大隊已亂，一齊撥馬敗下去了。不知後事如何，且聽下回分解。

第七十回　沈謙議執眾公爺　米順計窮群爵主

話說米順見馬爺的兵將勇猛，勢不可當，料難迎敵，回馬往本陣就跑。三軍見主將敗走，誰敢迎敵，吶聲叫喊，不依隊伍，四散走了。後面雞爪山的大隊人馬追趕下來，如天崩地裂，海沸江翻。這些嚇慌了的官軍，那裡當得起，只殺得叫苦連天，哀聲遍地，丟盔棄甲，拋旗撇鼓。五萬兵丁傷了一半，傷箭中槍者不計其數。急忙逃進城中，緊閉四門，吊橋高拽。米順吩咐眾將：「小心防守，要緊！」這一陣只殺得米順膽落魂消，將免戰牌高懸。

不表米順敗進登州，緊守城門不敢出戰，且言雞爪山的人馬大獲全勝，馬爺也不追趕，吩咐鳴金收兵。五營四哨將校兵丁，聞得金聲即歸隊伍，安下原營，立下大寨。馬爺升帳，查點兵將，未損一卒。眾軍得了無數盔甲弓箭、槍刀器械、旗鼓馬匹，上帳請功受賞。馬爺上了功勞簿，重賞三軍。當晚擺宴，慶功飲酒。

次日，五鼓升帳，眾將飽食了一頓。馬爺傳令搭起雲梯炮架，四面攻城。怎奈登州地界土硬城高，兵多地廣，米順同眾將守護又嚴，一連三日，攻打不下。馬爺向謝元說道：「我們並非爭城奪地，不過是殺賊除奸，若急力攻城，豈不徒傷朝廷士卒。如今怎生設法破城，拿住了米賊，才免得百姓驚慌？」謝元一想，說道：「大人，今晚只須如此如此，此城立即可下。」

馬爺聞計大喜，遂令小溫侯李定、賽元壇胡奎帶領三千人馬，附耳道：「如此如此。」又令裴天雄、王坤、李仲，吩咐道：「你三人帶領三千人馬，只須如此如此。」三人領令去了。又令羅燦、秦環、程珮、羅焜，說道：「你四人帶領三十人馬，如此這般，不得有誤。」四將得令而去。然後下令眾兵：「竟奔長安，不必攻打此處。」眾兵領令，連夜起行。

早有細作飛報進城，說：「馬成龍見攻打城池三日不下，他捨了登州，掣兵竟奔長安去了。探得明白，特來稟報。」米順聽了，大吃一驚，說道：「太師爺命我來退敵拿反叛，誰知他竟奔長安去了，這還了得！」忙忙傳令眾將，點齊大隊人馬，出城追趕。眾將領令，點起燈球火把，追出城來。只見馬爺的人馬已去遠了，米順傳令眾將，火速倍道追趕。

追下五十餘里，忽聽得一聲大炮驚天。馬爺紮住了大隊，親自坐馬搖刀迎來，大喝道：「米順少追，你的城池已破，尚然不知，還不早早下馬受縛，省得你公爺費事！」米順大怒，親自提槍，領部下四十員戰將前來交鋒。馬爺陣上，早有馬瑤、王俊、洪恩、洪惠、戴仁、戴義、趙勝、孫彪八條好漢，隨定了馬爺，奮勇當先，前來交戰。又是半夜黑暗之中，只殺得鬼哭神號，天愁地慘。

米順抵敵不住，忽又聽得連珠炮響。米順心驚膽戰，回頭看時，暗暗叫苦。只見城中四面火起，喊殺連天，金鼓震地。米順陣上的三軍一齊叫喊：「不好了！城已破了！」一個個膽落魂消，無心戀戰，回馬就走，四散奔逃。米順見陣腳亂，三軍四散，只得虛按一槍，回馬就走。眾英雄大喝一聲道：「米賊，你往那裡去！」一齊催兵追趕下來。這一陣只殺得屍橫遍野，血流成河。馬爺連忙吩咐，招降眾軍。齊聲高叫道：「米家眾軍將士聽著！俺公爺施恩，不忍殺戮爾等，如降者，免死！」那敗殘的人馬，恨不得陡生雙翅，腳下騰雲，想逃性命，聽得馬爺招降，猶如死去又生；個個棄甲丟盔，慌忙下馬，跪滿道旁，齊聲應道：「只求活命，情願歸降。」馬爺見眾軍歸降，吩咐紮下大寨，不表。

且言胡奎等破了城，正遇王順。不一合，被胡奎所擒。李定一戟刺倒了米良，一齊捉進城中去了。裴天雄一馬衝入重圍，來拿米順。早有王虎、康龍來救，秦環、羅燦二人前來迎敵，四將在亂軍中混戰。秦環見康龍的槍來得切近，將雙鐧並在左手，把康龍的槍掀在半邊，伸過右手，喝聲：「過來罷！」抓住勒甲絛，提過馬去。王虎見秦環擒去了康龍，著了慌，刀法略慢了一慢，大腿上早被羅燦一槍挑落馬下，被眾軍所獲。

眾英雄齊奔米順，那米順叫聲「不好」，忙忙去了盔甲，扮做小軍的模樣混入亂軍之中，帶領部下貼身的幾十名戰將，殺開一條血路，打滅了燈球火把，落荒而走，連夜逃奔長安去了。那些殘兵敗將見主將逃回，一個個倒戈卸甲，情願投降。胡奎大喜，吩咐鳴金收兵進城。

不一時，馬爺大兵已到，一齊入城。安民已畢，查點眾將，個個前來參見。馬爺大喜，都上了功勞簿。一面吩咐治酒，與眾將慶功，犒賞三軍；一面將拿來的米良、王順、王虎、康龍並一切大小將官，總押上囚車，送上雞爪山交付柏爺，同以前拿的校尉、知府一同囚禁。當晚安歇。

次日，查點受傷的兵丁，都賞了糧餉，打發回家去休息安養。將新降的人馬查點數目，有願為軍者，都收入後隊；有不願為軍的，聽他自去還鄉，並不勉強。馬爺這令一下，那些大小三軍，歡聲震地，個個都願為軍效力，共除奸賊，並無二心。

這個風聲傳將出去，那些遠近的府縣官員都畏馬爺之威，感馬爺之德，誰敢抗違？大兵一到，處處開城納款，所得糧草軍餉，不計其數。馬爺一路撫軍安民，浩浩蕩蕩直往長安進發，不表。

且言米順所領五萬人馬只剩得四十五騎，殺得喪膽亡魂，一路上馬不停蹄，連夜趕到長安。急忙見了沈謙，哭訴前事。沈謙聞言，大驚失色，道：「似此大敗，如何是好？目下錢來等又征剿韃靼去了，長安城內將少兵稀，怎能迎敵？」忙取令箭一枝，到鄰近地方調了一萬人馬，到長安紮駐，以備迎敵。侯登同錦上天在座，便說道：「馬成龍此來，非為別事，乃是為眾國公報仇。好在眾國公都在天牢，太師可奏聞天子，只說眾國公之後興兵造反，請天子御駕上城，假意招安，復他們官職。誘進長安，散了他的兵權，一並殺之，省得費力。若是他們不從，即將眾國公綁上城頭，便叫他們退兵，他們豈有不念父子骨肉的道理？」沈謙大喜，說道：「此計甚妙！就是如此便了。」

且言馬成龍催動大隊人馬，那日趕到長安，吩咐三軍抵城安營。早有探馬報進相府，說道：「雞爪山的人馬抵城下寨。」沈謙聞報，大驚道：「他如何來得如此神速？」探子稟道：「他自行兵以來，就是在登州同米大人打了一仗，餘處關隘都是望風投順。一路上秋毫無犯，並無阻滯，故此來得火速。」沈謙聽了心中駭怕，吩咐再去打聽。忙令九門提督同米順帶領眾將守城，一面入朝見了天子，啟奏道：「今有眾國公之子，怨恨皇上殺他父母，勾同雞爪山的賊兵前來報仇。兵馬已臨城下，請聖上親去退敵。」天子大驚，說道：「一向並無報文啟奏，為何一時兵就到了？」沈謙奏道：「老臣已曾幾次發兵前去征剿，無奈不能取勝。前邊頭關，老臣已發兵去了。」天子不悅，說道：「既是老卿自專征伐，今日自去退兵便了，要寡人何用。」沈謙聞言大怒，道：「既是如此說來，聖上可將玉璽送與老夫，老夫自能退敵！」說罷，竟自執劍走上金鑾，搶步來到龍案跟前。天子大驚。不知後事如何，且聽下回分解。

第七十一回　祁巧雲駕雲入相府　穿山甲戴月出天牢

卻說天子見沈謙帶劍上殿，吃了大驚，說道：「老卿休得發怒作躁，待寡人明日上城退敵便了。」沈謙大喜，道：「這便使得。老臣領旨回家，候聖駕便了。」隨即出朝，吩咐整頓軍馬，不表。

且言馬成龍的大隊人馬到了皇城腳下，安營已畢。當晚，同眾將商議道：「今日此來，雖然是要拿沈謙治罪，想來到底是天子的皇城，不可擅行攻打。倘若沈謙閉門不出，嚴加防守，又不能攻打，那時節如何是好？」軍師謝元道：「大人可修成一道訴告的本章，去見聖上。再修一封戰表送與沈謙，約他出來會戰便了。」馬爺依言，隨即修成一道本章，又修成戰書一封，和表章紮在一處。

次日，五鼓升帳，便問兩旁眾將：「誰人敢去投書？」言還未了，王氏三雄應道：「我等願往。」馬爺大喜，隨即封好了表章戰書，打發三人去了。

王氏三雄領了戰書、表章，隨即披掛上馬。出了營門，竟到城下叫道：「管門的聽著！快快通報，今有戰表在此，俺們是來下書的。」那守城門的官兒望城下一看，見是三個人，隨即開了城門，放下吊橋，引三人入城。

到了相府，卻好沈謙點齊了三軍，正在那午門外候駕。當下門官稟過，王氏三雄見了沈謙，也不下跪，呈上書札，說道：「馬元帥有書在此，叫你親去會他。」沈謙接將過來，將本章、戰書展開一看，吃了一驚。心中想道：「若是天子看見此本，豈不將我從前之事盡行訴出來了？」隨即喝令左右：「快將來人送入天牢囚了！」左右得令，遂將王氏三雄一齊用繩索綁了，送入天牢監禁。

王氏兄弟一時無備，又無兵器戰鬥，不能脫身，只是高聲大罵。眾人將他三人擁入天牢，恰好與龍標監在一處。彼此會見，暗暗的會了話，說道：「如今也無可奈何，且待兵敗城破，那時俺們先到他家，拿他滿門便了。」按下不表。

且說那乾德天子升殿，點齊了一眾侍衛，調了羽林軍馬。天子上了逍遙馬，同沈謙的軍馬、一班的文武官員，離了午門，竟往北門。上了城樓，擺齊了龍旗、御仗、鉞斧、金瓜、護衛、鑾儀、寶座，天子下馬坐下。望城下一看，只見馬爺的五萬精兵，猶如長蛇之勢，旗幡招展，人馬精強，劍戟森森，刀槍閃閃，十分嚴整。那乾德天子同文武見了如此軍容，君臣們一齊驚駭。

忽聽得大營中一聲炮響，陣腳門開，左邊湧出一彪人馬，俱是白旗白號的三軍，擁著一員銀盔銀鎧、白馬銀槍的小將，壓住了左邊的陣腳，右邊湧出一彪人馬，俱是紅旗紅號的三軍，擁著一員金盔金甲、金鐧黃馬的小將，壓住了右邊的陣腳。然後是中軍營內，豎出一面大紅銷金「帥」字旗，旗下馬成龍領著那三十二位英雄，一對對擺出營來，簇擁馬成龍出了大營。這邊城上，有一員黃門官高聲叫道：「營中聽著！聖上有旨，宣定國公馬成龍快來城下見駕。」馬爺聽得此言，抬頭一看，只見城頭上，兩旁擺列著文武，正中黃羅寶蓋之下，端坐著乾德天子。

馬爺一見大驚，連忙同眾英雄縱馬來到吊橋口，一齊滾鞍下馬，俯伏在地，啟奏道：「罪臣等甲冑在身，不能全禮，望陛下恕臣等慢君之罪！」天子傳旨：「赦爾等之罪，各賜平身。朕有一言，爾等靜聽。」馬爺謝恩，奏道：「願聞萬歲聖諭！」天子說道：「爾眾家國公，乃朕先朝太宗皇帝賜爾眾家世代富貴，爾等久沐宏恩，不思報國，掃滅外荒，今日提兵至此，意欲何為？非反而何？」馬爺奏道：「臣等世享榮封，殊恩難報；原思各盡其職，以報皇恩。怎奈沈謙欺君誑奏，先斬羅增全家，後又鏟了微臣的祖墓。臣等無處伸冤，只得親自來京對明。目下番兵入寇，民不聊生，皆沈謙賣國專權，作奸犯法，萬民怨恨，以致於此。臣等此來，非敢恣意獲罪，一者，為國家除奸去惡；二者，為萬民除害安生；三者，為祖宗報仇，也消無辜之恨，別無他意。」

天子聽了馬爺這一番實情，便道：「既然如此，也該拜本來京啟奏才是，不應勒兵至此。」馬爺奏道：「臣等向日拜本來京，上奏天廷，昨日又有本章差官奏上，陛下怎說無本？」天子聽了大驚，道：「本從何來？」沈謙在旁大喝道：「馬成龍，你兩次俱是反表戰書，本從何來？聖上面前還敢誑奏！」說罷，手起處就是一冷箭飛來，直奔馬爺的咽喉。馬爺猛然看見，急將頭一低，正中盔上，不覺勃然大怒，跳將起來大叫：「聖駕請回，待微臣殺此奸賊！不要驚了陛下的龍體。」說罷，喝令眾將上馬，執械攻城。

一聲令下，三軍眾將擂鼓搖旗，衝到城下。駕起雲梯，支起炮架，弩箭、火炮、鳥槍往城上飛來，好不利害。把個乾德天子嚇得忙忙下了城樓，上了逍遙馬，眾文武簇擁圍護，回宮去了。這裡馬爺率領大小三軍攻打一日，沈謙魂飛魄散，無法可施，惟有吩咐大小將士，緊守城池而已。

單言馬爺一時動怒，攻打皇城。豈可擅自攻打獲罪，如何是好？謝元道：「若不攻城，怎生得拿奸賊？必須要裡應外合，不用兵火破城才好。」眾將議道：「待我等今夜扒城而入便了。」馬爺道：

「城的濠深，把守得甚是嚴緊，怎生扒得進去？徒勞無功。」馬爺心中納悶，祁巧雲上前稟道：「大人不要煩惱。今夜可虔誠焚香，求看天書，待奴駕雲入城便了。」馬爺聞言大喜，遂吩咐眾將各歸營寨。眾人心下好不疑惑：看此女原有些異處，一定有些奧妙，明日必見分曉。

不言眾人猜疑，且言馬爺到晚，沐浴更衣，悄悄來到後營。見了祁巧雲，祁巧雲吩咐侍女，快擺香案。祁巧雲請過天書，供奉在香几上面。先是馬爺拈香，望空四拜；拜畢後，乃是祁巧雲拈香禮拜，口中祝告道：「弟子奉令進城探聽軍情，望求大仙指示，速現天文，明斷吉凶！」祝罷，拜了四拜。立起身來，揭開天書一看，上面現出一篇銀朱字跡，寫得甚是分明。馬爺取過同祁巧雲看時，上寫道：「沈謙惡罪已滿，氣數當絕。該爾祁巧雲同白虎星羅焜建功立業，爾二人本有姻緣之分。速速駕雲入城，面聖陳情，除奸滅寇。速速去訖，不可遲誤！」馬爺一見，大喜道：「既是神聖現出天文，不可遲延，可與羅焜火速前去。」祁巧雲面漲通紅，說道：「待奴家獨自去罷。」馬爺說道：「你前緣既定，這有何妨？」祁巧雲回道：「孤男獨女，成何雅道？」馬爺道：「既如此，俺令小女同去便了。」祁巧雲只得依允。

馬爺遂密喚羅焜入內，吩咐道：「你今夜可同小女金定並祁巧雲入城面聖，捉拿沈賊報仇。」羅焜得令，帶了銀鐧弓箭，那金定、巧雲披掛整齊，各帶雙劍。步到香案前，巧雲寫了兩道符，與羅焜、金定各人佩在身上。一齊辭了馬爺，馬爺說道：「今夜五更炮響為號，本帥領兵在北門接應。」三人聽令，一齊出了帳篷，站立平地。羅焜同金定抓住巧雲的絲絛，站在一處。巧雲口中念念有詞，喝聲：「起！」只見三朵祥雲，從他三人腳下飄飄冉冉，不一時早起在空中。羅焜、金定、祁巧雲三人站立雲端，穩如泰山，心中好不歡喜。

當下馬爺見他三人騰空而去，心中大喜，笑道：「大事已成！」忙忙入帳，傳令眾將盡起，人馬齊到北門等候。五更炮響，即去搶城，不表。

且言巧雲、金定、羅焜三人商議道：「我們此去，必須先見聖上奏過了，再去捉拿奸賊沈謙，才是道理。只是空中行路，不知皇宮在於何處？」三人正在雲中探路，猛然一陣異香上沖牛斗。撥開雲頭望下一看，正是朝廷的內院。但見寶燭輝煌，照得分明，那殿上擺設香案，有四名太監服侍，天子在那裡焚香。三人看得明白，一齊按下祥雲。走到香案前，俯伏在地。天子見空中降下三個人來，跪在地下，吃了一驚，嚇得倒退幾步。戰戰兢兢問道：「爾是何怪，至此何幹？速速說來。」不知後事如何，且聽下回分解。

第七十二回　破長安裡應外合　入皇宮訴屈伸冤

話說天子正在那裡焚香祝告，猛見半空中落下三個人來。嚇得天子問道：「你們三個人是妖是仙，到此何幹？莫非是刺客，前來暗害寡人麼？」三人奏道：「萬歲在上，臣等非妖非怪，亦不是刺客。求聖上赦臣等死罪，臣等有下情冒奏天廷。」天子聽了，說道：「赦爾等無罪，有甚麼事，從實奏來。」羅焜、祁巧雲、馬金定三人一齊俯伏奏道：「臣乃定國公馬成龍帳下先鋒，奉令前來捉拿奸賊沈謙，特來奏知陛下。」天子驚問道：「爾等既是馬卿的軍官，怎得騰空至此？姓甚，名誰，從實奏來。」羅焜奏道：「微臣非別，乃越國公羅增次子羅焜。」天子吃了一驚，說道：「大反山東就是你麼？」羅焜奏道：「臣焉敢反，皆因沈謙逼急，出於無奈。」天子問道：「那兩員女將是誰？」羅焜又一一奏了姓名，將已往之冤，並如何駕雲的事，細細奏了一遍。

天子方才大喜，道：「朕一時不明，誤聽奸賊，殺了你全家人口。悔之不及，朕之過也。朕那裡知道其中委曲？且喜卿等今日前來，有話再慢慢的一一奏上。」羅焜謝恩，復又奏道：「臣有三件大事，要求萬歲開恩。」天子道：「是那三件事？」羅焜奏道：「頭一件，眾國公的家眷，皆是為臣家之事拿入天牢，無辜受罪。求皇上天恩，赦免眾人的罪，情願對審虛實。第二件，臣等兵犯長安，要求殊恩，赦臣等擁兵之罪。第三件，今夜五更，馬成龍兵進城池，捉拿沈謙治罪。沈謙久有謀篡之心，惟恐兵進之時，沈謙暗進宮來行刺，臣情願在午門保駕。」

天子聞奏，心中暗想道：「若是羅家果有反意，他此刻何不就刺寡人？不若准其所奏便了。」忙令內監取過文房四寶，御手親寫一道赦條，付與羅焜。早有內監擎燈，引他三人出了朝門，到天牢去了。

天子復又傳旨，著太師沈謙出城，召馬成龍單人獨馬，同來內宮見駕。內監奉命傳旨去了，不表。且言羅焜等出了朝門，來到刑部衙門。刑部吳法征邊去了，只有幾員副堂執事。當下見了聖旨到來，慌得那署印官兒忙忙接旨，同三人進了天牢。宣讀畢，那些眾國公謝過恩，便來同天使見禮。各通了姓名，方知是羅增的次子羅焜，眾人大喜。又見龍標與王氏三雄前來相見，問羅焜怎生入城的原由，羅焜一一說知。羅焜又令馬金定、祁巧雲：「速領眾公爺入朝，謝恩回旨。俺與龍標、王氏三兄弟，各帶兵器前往北門，接應元帥的兵馬。」金定聞言，遂領眾公爺繳旨去了。

單言羅焜等五位英雄，一同上馬飛到北門，來接應馬爺的大隊。按下不表。

且言沈謙自從馬爺的兵到，為因折了王虎、康龍，無人退敵，只得在相府同侯登、錦上天、黃玉等聚集眾將，商議退兵之策。無計可施，正在納悶，忽見門官進來，稟道：「啟太師爺，不好了！不知何人上本，將天牢內眾公爺盡行放出，入朝去了。」沈謙大驚，道：「半夜三更，皇宮內院，誰人擅敢進去？況且左右近侍的文武，俱是老夫之人，誰敢如此行事，其中必有原故。」錦上天道：「何不差人前去探聽信息，看是甚原由，再作道理。」沈謙依言。

正要差人前去打探消息，忽見中軍慌忙入內，稟道：「聖旨到了，請令定奪！」沈謙大驚道：「不好了！其中必有原故。」一面傳令，開門接旨，一面傳令大小三軍，披掛齊整，都到轅門伺候。吩咐畢，只見四名穿宮太監，捧定旨意進來。沈謙也不跪拜，就令宣讀。那四名太監也不與他計較，就開聖旨誦讀道：

奉天承運皇帝詔曰：旨諭文華殿大學士領左右丞相事沈謙知悉，今有越國公羅增次子羅焜面奏朕躬，言定國公馬成龍等兵犯長安，實欲請旨破番，並無反意。敕爾啟城，親同馬成龍進宮面審。欽此。

沈謙聽見羅焜黌夜入內院，進皇宮面見聖駕，嚇出一身冷汗。道：「羅焜難道他會插翅飛騰不成？」想了一想，便問那四名太監道：「你們在深宮內院伺候萬歲，可知道羅焜是從那裡來的，誰人叫來？」太監回道：「咱家服侍萬歲爺正在後宮焚香，忽見三個人從雲端裡落將下來。一男兩女，總是戎裝打扮，口稱是奉馬成龍之令，入宮見駕。奏了一番，皇爺准奏，即降諭旨到刑部天牢赦出眾人，又傳旨令咱家們到你這裡的。」沈謙大驚，道：「有這等事？這還了得！」侯登在旁說道：「事已如此，太師可速點兵馬，拿住羅焜同眾公爺，仍舊送入天牢，再退兵就是了。」錦上天道：「不如擒拿住羅焜，搜了玉璽，獻到番邦，勾了韃靼，約會米大人一同起兵，前來同馬成龍交鋒，有何不可？」沈謙道：「只好如此。」忙令侯登、黃玉，點了三十名健將保護家眷，以備逃走；自己同錦上天點齊眾將，統令大隊人馬，殺出轅門。正遇羅焜、龍標、王宗、王寶、王宸五位英雄前來奪路，一聲吶喊，衝到轅門。

沈謙在燈火之下看得明白，喝令眾將：「與我拿下！」一聲令下，早有眾將一擁上前，團團圍住，大喝：「羅焜休走！留下頭來！」這裡羅焜大怒，叫聲：「四位兄弟，就此拿了沈賊，再去接應元帥大兵便了。」當下羅焜掣出雙鐗，龍標、王氏三雄就在從軍中奪了兵器，便來衝陣；米順領著一班眾將，前來接戰。五位好漢，敵住了三萬雄兵。羅焜這一對銀裝鐗，擋住槍，駕住劍，撇開棍，格開刀，就敵住了無數兵器，十分利害。然五人雖是英雄，到底寡不敵眾，只顧得架隔遮攔，難以取勝。按下不表。

且言那傳旨的四名太監，見事不諧，溜出相府。回朝見了天子，細奏一番，天子大驚。旁邊祁巧雲同馬金定忙忙跪下，請旨道：「臣等願同眾公爺前去解圍。」天子准奏。當下二位女將同秦雙、程鳳等眾位公爺，辭駕出朝，上馬提兵，前去解圍。

才出了午門，正遇著李逢春帶領本部一千人馬，前來保駕，要見天子。見了秦雙，說了備細，李爺大喜，道：「小弟也去走一遭。」當下合兵一處，趕向前來，大喝一聲道：「沈謙快快下馬，俺們到了！」沈謙正與羅焜交戰，猛見一派火光，就知有兵來了。問左右時，方知秦雙等前來接應。沈謙勃然大怒，喝令分兵迎敵。

正在酣戰之時，猛聽得四下裡連珠炮響。探子飛報前來，急急說道：「城外馬元帥攻城緊急，啟太師爺知道。」三軍一聽此言，人人魄散，個個魂消，那裡還有心戀戰。陣腳一亂，羅焜等早已衝出重圍，殺往北門去了。沈謙忙令錦上天帶領家眷，同侯登先出南門；自己斷後，統領眾將殺出南門，投番去了。

且言羅焜、龍標等，也不追趕沈謙。一齊殺散三軍，即時開了城門，迎接馬成龍兵馬。不知後事如何，且聽下回分解。

第七十三回 眾爵位遇赦征番 各英雄提兵平寇

話說羅焜開放城門，迎接馬爺進城，合兵一處。馬爺傳令，將大隊人馬紮在城外，只帶了眾位英雄來到北門。會了眾位公爺，敘了寒溫，早見黃門官前來宣召，召馬成龍等入宮見駕。

馬爺領了眾人，隨著黃門官進了午門，來至內殿。見了天子，山呼已畢，馬爺奏道：「臣違旨提兵，罪該萬死！求萬歲的龍恩，赦臣死罪。」天子說道：「朕一時不明，聽信奸賊，以致如此，卿有何罪。」復問羅燦道：「朕當日誤聽沈謙謊奏，拿你全家正法，你兄弟二人因何先知信息，怎樣逃奔山東？如何聚集山林，招軍買馬，以致今日？你將其中的曲折，細細從實奏來。」羅燦見天子問他的原由，忙忙跪扒一步，遂將「元壇廟義結胡奎，因遊滿春園，見沈廷芳強逼祁巧雲，一時路見不平，怒打沈廷芳，因此結下仇恨。不想臣父邊頭關告急的文書投到沈府，沈謙盜換了告急的文書，謊奏天廷，公報私仇，害了微臣全家性命。多虧義僕章宏連夜送信，伊妻王氏替了臣母，才救出臣母子三人」，如何投奔雲南、淮安，如何上山，從頭至尾，細細奏了一遍。

天子聞奏，方才明白，說道：「原來如此。快宣章宏，前來見朕。」李逢春聽得，忙跪下奏道：「啟萬歲，這章宏是羅家舊僕，如今現在沈家。只是沈謙的奸謀已經洩漏，全家逃走，不知章宏何往，乞萬歲聖裁定奪。」天子聞奏大怒，先著李逢春宣召章宏；又命秦雙、程鳳領羽林軍三千，前去追捉沈謙；命馬成龍等眾將俱回原營歇息，明日朝見。旨意已下，天子回宮。眾人領旨出朝，不表。

單言李逢春來到相府，只見頭門大開，四壁無人。一直走到後面，猛見後書樓上，有一點燈光射下。李爺帶四名家將走上樓來，一看，只見那人在那裡查點文卷。李爺近前一看，不是別人，正是章宏。李爺大喜，說道：「聖上有旨，前來召你。你在此何幹？」章宏回道：「小人在此查他的文案，替舊主伸冤。」李爺道：「既如此，快快收拾，同去見駕。」當下章宏將沈謙平日來往的文書，以及改換外省藩鎮關節的本章、一切的卷案，一一杳了，交付李爺的家將。同李爺一齊動身，出了相府，封了空房。將文案存在李府，飛同李爺來到馬爺的行營。

正遇章琪巡營，父子相逢，十分大喜。忙忙與李爺同章宏進了中軍，稟明馬爺。馬爺大喜，即同眾將出來迎接。行禮坐下，章宏侍立不坐。馬爺同羅燦、羅焜一齊說道：「你乃是我羅門的恩公，大唐的義士，令郎又屢建奇功，焉有不坐之理？」章宏再三謙讓，只得坐下。馬爺傳令中軍，設宴款待章宏。飲酒之間，章宏就將沈謙謀害的情由說了一遍，眾人無不痛恨。

眾人飲了一夜的酒，早已天明。各人換了朝服，入朝見駕。章宏將沈謙一切的私書、文卷雙手呈上，早有近御的侍臣接過，傳與太監。太監接來，鋪於龍案之上，天子細細的觀看：一、陷害忠良，二、私通邊關，三、賣官鬻爵，四、謀占田產，以及暗收戰將，私封官職……種種不法，件件欺君。天子看了幾款，不覺龍心大怒，罵道：「沈賊！沈賊！原來如此萬惡滔天。險些被你誤了大事！」

天子大怒了一會，傳令將文卷收過一邊，遂宣眾英雄上殿。天子說道：「爾等聚義山東，皆沈謙所逼，出於無奈，赦爾等一概無罪。舊僕章宏忠義可嘉，封為黃門官，隨駕辦事；馬成龍同羅燦等，凡一概有職者，加三級，官還原職；無職者，俱封四品冠帶，候有功再行升賞。」眾人聽罷，一齊謝恩。

馬爺復奏道：「如今番兵入關，羅增失陷在彼，況沈謙又降番邦去了，臣等情願領兵前去征剿，請旨定奪。」天子准奏，擇定五日後，祭旗拜帥，興兵前去破番。馬爺領旨。

天子傳旨，命光祿寺大擺御宴，通明殿上賜馬爺、眾公爺、眾家好漢飲宴。那馬金定、程玉梅、祁巧雲、孫翠娥、謝靈花等一班女將，是正宮娘娘賜宴。聖旨已下，百官謝恩，都來飲宴。天子又令李逢春同鴻臚寺❶，前去犒賞雞爪山的人馬。

當下天子駕幸通明殿，眾人跟隨入朝。天子升殿，高居寶座；眾文武排班叩謝聖恩，列兩邊而坐，殿下奏樂。早有當職的官員、穿宮的太監，捧出山珍海味、玉液瓊酥。眾文武一個個開懷暢飲，只有羅氏雙雄同小將章琪，心中悲苦：羅氏弟兄悲的是老父在番，章琪苦的是娘親已死。正是：

此日榮華沾異寵，他年風木有聞聲。

話說君臣暢飲一天，至晚方散。眾人謝恩，天子回宮。眾女將亦謝過娘娘的恩，出了正宮，跟隨馬爺大眾回營，不表。

且言秦雙、程鳳奉旨追趕沈謙，趕了一日，追趕不上，回朝繳旨。繳過了旨，也趕到馬爺營中敘話。各各慰勞，盡訴被冤之事。不覺過了五日，眾軍養成銳氣，收拾出兵。天子臨朝，眾人朝賀，各

❶ 鴻臚寺：官署名，掌朝賀慶弔之贊導相禮。此處是指該官署的主官鴻臚寺卿。

自歸班。天子坐下，傳旨宣定國公馬成龍見駕。馬成龍出班俯伏，天子道：「敕卿為定邊關大元帥，仍帶原來的人馬，前去征番。一應軍機重務、文武官員，許你先行後奏。」馬爺謝恩，帶領眾將辭駕出朝。出了午門，回到行營，調動大隊人馬齊赴教場。排齊隊伍，祭過帥旗，遂上演武廳升帳坐下，眾將參見。

馬爺傳令，令粉臉金剛羅燦、金頭太歲秦環、賽元壇胡奎、小溫侯李定四人上帳聽令。馬爺說道：「你四人帶領五千人馬，掛先鋒印，頭隊先行。」四將得令而去。馬爺又傳令，令玉面虎羅焜、瘟元帥趙勝、穿山甲龍標、火眼虎程珮：「你四人帶領五千人馬，掛二路先鋒印，二隊而行。」四人「得令」一聲，領令去了。馬爺又傳令九頭獅子馬瑤、飛毛腿王俊、兩頭蛇王坤、雙尾蝎李仲上帳聽令。四人上帳打躬，馬爺說道：「你四人帶領五千人馬，領中軍游擊使，三隊而行。本帥自領中軍，統領部下，鐵閻王裴天雄、獨眼重瞳魯豹雄、賽諸葛謝元、過天星孫彪、小神仙張勇、小郎君章琪、鎮海龍洪恩、出海蛟洪惠、巡山虎戴仁、守山虎戴義、小孟嘗齊紈、賽孟嘗齊綺、賽果老盧宣、獨火星盧龍、毛頭星盧虎、小二郎金輝、錦毛獅子楊春、獨角龍王越、金面獸史忠、焦面鬼王宗、扳頭鬼王寶、短命鬼王宸、南山豹徐國良、北海龍尉遲寶，共是二十四員戰將，隨本帥中軍聽令，四隊趲程。」眾將聽令而去。馬爺又令孫翠娥、馬金定、程玉梅、祁巧雲、謝靈花：「你五人帶領五千人馬，後營監督糧草，五隊而行。」五位女將得令下去。馬爺分撥已定，自帶三萬人馬、二十四員戰將，吩咐升炮起營，出北門。三聲大炮，拔寨起程。

兵馬正走間，早有藍旗小校前來，報道：「啟元帥，前面已到十里長亭。有衛國公李爺奉旨前來餞行，請令定奪。」馬爺聞報，傳令大小三軍紮下行營。出離大帳，下馬步上亭來。早有李逢春、秦雙、程鳳共滿朝文武，迎下亭來。見禮已畢，馬爺謝過聖恩，入席飲酒，各各敘了幾句寒溫。酒過三巡，肴登幾品，馬爺同李爺說道：「小弟去後，煩老兄令人上雞爪山，將柏親翁、李親翁請上長安，一同保駕。」李爺說道：「小弟領教。」當下馬爺辭別眾人，起身去了。李爺等一同回朝繳旨，不表。

單言馬爺領了大兵往邊關進發。行有十餘日，早有流星探馬前來報道：「啟上元帥：今有沈謙逃奔番邦，又有王虎、康龍，不知怎樣逃下山寨，也降順番邦，奪了三關，同番帥沙龍領兵前來入寇。離賊營只有數十里，請令施行。」馬爺吩咐說道：「就此安營便了。」不知後事如何，且聽下回分解。

第七十四回　玉面虎日搶三關　火眼虎夜平八寨

話說馬爺安下行營，紮下大寨，早有探馬報入番營。元帥沙龍就請沈謙前來，問道：「你那南朝馬蠻子領兵到此，前來與本帥打仗。他的兵法如何？」沈謙答道：「若論馬成龍用兵，卻有韜略，況且又有這班小賊相助，元帥不可輕敵。」耶律太子道：「且看明日，先見頭陣如何，再作計較。」當晚無話。

次日五鼓，馬爺升帳。五隊將官，齊集中營參見。馬爺傳令，令頭陣前隊先鋒往番營討戰，二路先鋒接應：「本帥親領三隊合中軍將校，前來壓陣。」眾將一齊得令，一個個摩拳擦掌，上馬端兵，前來廝殺。只聽得三聲炮響，早有前路先鋒羅燦、秦環、胡奎、李定，又有二路先鋒羅焜等，八位英雄一齊出營，來到番營挑戰。真乃人人奮勇，個個爭先。

再講那番帥沙龍，帶領著八子與耶律福、木花姑，並先鋒耶律蛟，新投南將王虎、康龍、大小眾將，調齊了二十萬番兵，齊出營來擺成陣勢。沙龍保定了耶律太子，同木花姑等出了營門。抬頭一望，見南兵整肅，盔甲明亮，分外猙獰。明知道利害，吩咐眾番兒各家強弓硬弩，射住了陣腳。

南陣上，早有羅燦拍馬挺槍，前來討戰。沙龍令先鋒對陣，那番營先鋒吐哩哈拍馬交鋒，二馬相交，刀槍並舉，並不打話。戰未三合，早被羅燦一槍結果性命。沙龍一見大怒，揮大刀親自來戰。那羅燦抖擻精神，與沙龍交鋒。一個是南朝的好漢，一個是北地的英雄，大戰了五十餘合，不分勝敗。

那沙龍的長子沙雲，見父親戰羅燦不下，拍馬掄刀，便來助戰。這邊小溫侯李定，大喝一聲，挺畫戟來戰沙雲。兩個英雄戰無數合，李定一戟，刺沙雲下馬。沙龍大驚，將大刀一擺，捨命來救時，早被李定擒回營中去了。耶律太子見失了沙雲，吃了一驚，忙令沙雷等八將，一齊掩殺過來。這邊陣上早有胡奎、秦環、李定一齊出馬迎敵，只殺得征雲冉冉，殺氣騰騰。

馬爺見番兵大隊俱到，忙令：「三路先鋒前去搶關，三隊人馬接戰，本帥親自衝他的老營，就此一陣成功。要緊，要緊！」一聲令下，早有羅焜、趙勝、龍標、程珮領一萬人馬，前去搶關；三隊的馬瑤、王俊、王坤、李仲也領一萬人馬，前來接應；馬爺親領大兵，衝踏他的老營去了。

且說那番帥沙龍同他七子，領了眾將正戰羅燦，以多為勝，盡數衝來。只聽得一聲炮響，吶喊驚天，早有馬瑤領眾將殺來，橫衝一陣，將番兵衝做兩段。沙龍見了，正要分兵迎敵，忽見帥旗招展，馬爺踹進重圍，大叫：「番奴！你的老營已破，還不投降，等待何時！」說罷，拍馬掄刀，衝過去了。沙龍同耶律福正欲追趕，無奈羅燦、胡奎、秦環、李定、馬瑤、王俊、李仲、王坤八位英雄，四面圍住了廝殺。那沙霖略慌了一慌，早被胡奎一鞭打中天靈，死於非命。沙龍見又喪了一子，好不傷心。無心戀戰，虛晃一刀，回馬而走。

眾英雄隨後追來，只殺得那些番兵屍橫遍野，血流成河。沙龍衝出重圍一望，只見老營大隊早已亂了。沙龍見老營已破，無計可施，只得領兵來會沈謙。那沈謙同王虎、康龍，正領了兵來會沙龍，報說老營已失。沙龍聽得，忙領敗兵落荒而走。

馬爺奪了番帥的老營，又令羅燦等追趕沙龍，令馬瑤等接應。眾人領令去了。

且言羅焜等奉令搶關，來到三關隘口，大叫：「番奴聽著，你的元帥被擒，快快開城，饒你等性命！」那守關的番將名喚沙兒生，領兵出關迎戰。羅焜並不答話，交馬一合，被羅焜一槍挑於馬下。領兵衝過壕河，搶進關門。那些番兵見主將已死，情願歸降。羅焜大喜，忙換了旗號，守住三關。一面查點府庫錢糧，一面令龍標到馬爺營前報捷。

按下羅焜走馬搶了三關，且言沙龍見老營已失，只得收聚敗兵回關。不想被馬爺追趕，馬不停蹄，喘息不定，折了無數兵馬。一個個喪膽忘魂，那裡還敢戀戰，捨命衝至關下，只見關上換了大唐的旗號。沙龍大驚，正欲回頭走時，早有趙勝領兵衝下關來，舞槍便刺。沙龍大怒，掄刀來戰。戰未三合，又聽得喊殺連天。回頭看時，後面羅燦、馬瑤兩隊人馬，飛也似的殺至跟前。沙龍大驚，回馬就走，棄了三關，連夜奔走小路，逃回二關去了。這裡眾將合兵一處，都進了三關，不提。

且說龍標一馬跑至馬爺大營，見了馬爺，報說搶了三關的事。馬爺大喜，隨即調動了大隊人馬，一齊上關。安營已畢，賞了三軍。關上擺宴，款待眾將賀功，當晚無話。

次日清晨，調齊了大隊人馬，殺下三關，來取二關。

且言番帥沙龍領殘兵連夜敗回北關，一面上表求救，一面傳令他六子同降將王虎、康龍，每人領一千人馬出關。繞關安八座大營，以防攻戰。自同耶律福、木花姑、米順、沈謙、錢來居中下了大營，以備迎敵。

且言馬爺的大隊人馬到了北關，三聲大炮，安營紮寨，早是黃昏時候。馬爺升帳，傳令眾將上帳聽令。馬爺說道：「今夜三更，前去劫寨，聽我號令。」遂令程珮、盧龍、盧虎領令箭一枝，帶領三千人馬，衝他的頭營，不得有誤；又令羅燦、戴仁、戴義領令箭一枝，帶領三千鐵騎，衝他的二營，不得有誤；又令李定、洪恩、洪惠領令箭一枝，帶領三千鐵騎，破他的三營，不得有誤；又令馬瑤、王俊、章琪領令箭一枝，帶領三千鐵騎，衝他的四營，不得有誤；又令金輝、楊春、史忠領令箭一枝，帶領三千人馬，衝他的五營，不得有誤；又令秦環、王坤、李仲帶領三千鐵騎，踏他的六營，不得有誤；又令龍標、齊紈、齊綺領令箭一枝，帶領三千人馬，劫他的七營，不得有誤；又令王宗、王寶、王宸領令箭一枝，帶領三千人馬，打他的八營，不得有誤。又令胡奎、羅焜、魯豹雄、趙勝、裴天雄、孫彪：「你六人帶領五千鐵騎，攻破他的北關，擒拿賊將，八方救應，不得有誤！」眾將領令去了。

馬爺道：「本帥親領大隊人馬踏他的中軍便了。」當下馬爺分撥已畢，又令馬金定、程玉梅、孫翠娥、祁巧雲、謝靈花五員女將：「帶領本部人馬，預備火具，前去燒他的老營、糧草，要緊，要緊！」又吩咐謝元、王越、盧宣看守老營，小心在意。眾人得令下去。

一更造飯飽餐，二更披掛齊整，三更時分，一聲號炮，十路人馬，一齊殺至番營，好不利害。那頭陣的火眼虎程珮，舞動萱花斧，踏進頭營。砍去鹿角❶，挑開擋眾，進了中營。番將沙雷吃了一驚，忙忙上馬提刀，前來迎敵。只見四面八方火起，眾將衝來。嚇得魂飛膽落，無心戀戰，虛按一刀，往二營敗走。沙雷敗至二營，早撞見羅燦衝來，不敢交鋒，同沙震來奔三營、四營時，只見八座營盤一齊皆亂，總被唐兵所破。那沙氏兄弟同王虎、康龍，棄了八座大營，來奔中軍，與沙龍合兵迎敵。早

❶ 鹿角：古時陣地營寨以前的一種防衛工事。把帶枝的樹木削尖，半埋入地，以阻截敵人闖入。

有馬成龍搖刀衝進中軍，八路英雄齊到。那桯珮生得莽撞，掄動大斧，不論好歹，砍遍八營，只顧衝殺，勢不可當。

沙龍見勢頭不好，喝令眾將：「保太子回關要緊！」虛按一刀就走。後面眾將緊緊追來，只殺得番兵首尾不能相顧。沙龍拚命殺條血路，衝到關時，迎頭正遇五員女將攔路，將火箭一齊放來。祁巧雲念動咒語，祭起風來，只燒得通天徹地，煙霧迷漫。沙龍大驚，落荒而走。不知後事如何，且聽下回分解。

第七十五回　小英雄八路進兵　老公爺一身歸國

話說沙龍見五員女將迎面放火，攻殺前來，勢如山倒，勇不可當，沙龍只得棄了北關，落荒而走。五位女將追了一陣，得了北關。

馬爺的九路大兵一齊都到，會合在一處。鳴金收兵，安營紮寨。眾英雄總來獻功：也有斬將的，也有生擒的，也有奪糧草馬匹的，紛紛濟濟，前來恭見馬爺。馬爺大喜，吩咐一一記功。查點眾將時，獨不見了羅焜的那支兵馬前來繳令。馬爺大驚，忙令馬瑤、程珮領本部人馬前去探聽。二人得令去了。

且言羅焜等五位英雄攻劫番兵，追到北關山後，正遇沙龍父子領兵敗走。羅焜拍馬掄槍一衝，將番兵衝做兩段。沙龍回馬，領著王虎、康龍來戰羅焜。後面沙雷弟兄六人保定了耶律太子，前來奪路。裴天雄大怒，掄開兩柄銀錘，戰住沙氏六雄。胡奎、孫彪、趙勝來助羅焜，戰在一處。那羅焜的眼快，回頭一看，見裴天雄戰住沙氏弟兄六人，前頭馬上穿黃袍的小將，料是耶律太子，心中一想，擒住了耶律太子就好了，忙忙拍馬掄槍，撇了沙龍，竟奔耶律太子。太子措手不及，回馬就走。羅焜緊緊追來，那沙雷吃了一驚，忙喚他五個兄弟一齊追來，保護太子。裴天雄大怒，來助羅焜。羅焜追入亂軍，一把抓住了耶律福，提過馬來，往松林山內跑。沙氏弟兄捨著性命趕進山來，裴天雄也追進山來。此刻卻有四更時分，那山路黑暗，不知東南西北。羅焜擒住了耶律福，進了松林跳下馬來，將耶律福綁在樹上。回身上馬，轉出松林，來戰沙雷。那沙雷弟兄六人一齊迎敵，羅焜一條槍擋住了六般兵器，好一場廝殺。

按下羅焜在山中交戰，且言沙龍、木花姑與胡奎等交戰，正殺得難解難分，忽見小番報道：「不好了！太子被羅鑾子擒了去了！六位小將軍前去追趕，也不見了。」沙龍捨命的衝殺，那木花姑在馬上作起妖法，只見風雲四面齊起，走石飛沙，十分利害。胡奎見四方黑暗，不分東西，回馬敗走。後面沙龍混殺追來，孫彪獨力難支，睜著夜眼，領兵避入山裡去了。

且言胡奎、趙勝敗將下來，走了三十里。恰好馬瑤、程珮兩路救兵齊到，一陣殺得番兵四散奔走。沙龍見救兵已到，料難取勝，又且人倦馬困，只得領兵奔回本國求救去了。

且言馬瑤、胡奎、趙勝、程珮四將合兵一處，查點人馬，只不見了羅焜、裴天雄、孫彪三人的下落。程珮道：「他三人不見，如何是好？」胡奎道：「他去追趕耶律太子，不知去向。俺們又被番將興妖作法，南北不分，四散奔走，因而失路。待俺去找來！」馬瑤道：「此刻五更黑暗，怎生去尋？不若安下營盤，待天色明了，一同前去。」當下四人安營少歇，不表。

且言孫彪領了幾十名部將敗入山口，一路行來，聽得山坡內有人馬之聲。孫彪睜開夜眼一看，卻是裴天雄單人獨馬，在那裡找路。孫彪大叫道：「裴大哥！不要驚慌，俺來了。」裴天雄聽得是孫彪聲音，大叫道：「弟兄快來指路，羅兄弟被沙家六將追入山中去了！」孫彪大驚，領部將拍馬前來，同裴天雄並馬而行，進山來找尋羅焜。

那羅焜正在山內，單槍獨馬，戰住沙氏弟兄六個。羅焜雖猛勇，到底寡不敵眾，況且戰了一夜，骨軟筋酥。看看天色微明，那沙氏弟兄並力奮勇來戰羅焜，六般兵器四面攻來，實難迎敵。羅焜正待要走，恰好孫彪、裴天雄二將一齊俱到。見羅焜受敵，孫彪大叫道：「羅二哥，休要驚慌。大兵到了！」羅焜見孫彪、裴天雄俱到，方才放心。

裴天雄舞動銀錘，孫彪掄起鐵槍，衝殺將來。那沙氏六人吃了一驚，分頭前來迎敵。孫彪令三十名部將把住了山口，舞動鐵槍，戰住了沙露、沙雹，羅焜戰住了沙震、沙雯，裴天雄戰住了沙雷、沙電。九位英雄戰在山內，各戰二十餘合。裴天雄偷空一錘，打沙電下馬；沙雯急來救時，被羅焜後心一槍，挑下馬來，都被部將所擒。沙雷見失了兩個兄弟，心中一慌，手內的刀一慢，又被裴天雄一錘打中左肩，滾鞍下馬，也被部將擒了。

那沙震、沙露、沙雹見失了三個手足，嚇得魂飛魄散，無心戀戰，虛按一刀，一齊回馬。孫彪拍馬追來，拈弓搭箭，一箭正中沙震的右臂，險些落馬，帶箭飛奔去了。孫彪同裴天雄還要去趕，羅焜道：「窮寇莫追，放他去罷。」三人勒住了戰馬，將沙雷、沙電、沙雯同耶律福捆在一處，交付部將押了，一路而去。

出得山來，日光已上。一行人出了山口，正遇馬瑤等前來探聽蹤跡。一見了羅焜等，眾人十分大喜。說道：「家父恐羅兄有失，特命小弟來迎。為何卻在此處？」羅焜將上項事說了一遍，彼此大喜，合兵一處而行。

到了北關，進了帥府見了馬爺。馬爺大喜，將耶律福同沙氏弟兄五個人打入囚車，後營監禁。吩咐歇兵三日，再行征戰。一聲令下，大小三軍無不歡喜。

不表馬爺按兵不動，再表沙雹、沙露、沙震弟兄三人穿山越嶺，連夜奔逃，趕上了沙龍。父子相逢，哭訴一番。沙龍流淚說道：「失陷多人，如何是好？」一路悽悽慘慘，敗歸番邦，入朝見了番王，哭奏前事。番王聞奏大驚，說道：「失了太子，怎好交兵？」忙聚兩班文武，商議退兵計策。左班中閃出丞相左賢，出班奏道：「南朝馬蠻子乃是將門之子，慣會用兵，難以取勝。為今之計，傳令各關緊緊把守。量他不識我邦的路徑，待他糧草盡了，他自然回去。」那番王道：「太子怎生回來？」左賢道：「待交兵之時，擒住了他的將官，就好對換。」番王聞言，忙令沙龍父子領兵前去迎敵，擒了南將，將功折罪。沙龍領旨，又點了十萬精兵，帶領三子，擺齊隊伍，殺到回雁關來。

且言馬爺歇兵三日，傳令起營。領著大隊人馬，也奔回雁關來。行了十日，到了關口，馬爺吩咐放炮安營。沙龍見馬爺到了關下，與馬爺挑戰幾陣，無奈不得取勝。只得令沙雹同王虎、康龍紮營，在關後把守，不許交戰。

話說那回雁關，兩邊盡是峻嶺高山、深崖陡壁，只有中間一條大路入關。若是把守定了，任你千軍萬馬也難得過去。旁邊還有一條路，名叫回雁峰。那峰三百餘里，通著流沙谷口，山林廣大，多有強徒。當日羅增敗兵在此，就往流沙谷駐紮去了。

這裡馬爺連日攻打回雁關，急切攻打不下，心中納悶。想了一想，令小軍尋土人前來問路。土人稟道：「此去回雁峰，有條小路緊通流沙谷，有三百多里。到了那裡，便可以進番邦內郡，不走這條路了。只是裡面山高路險，多有虎豹豺狼、強徒草寇，難以行走。小人們在此生長，也沒有走過。」馬爺聽了，便向眾人說道：「要破此關，除非走這條小路。只是路險難行，怎生是好？」想了一會，留下土人。令羅焜同龍標、趙勝、胡奎、馬瑤、王宗、王寶、王宸等，吩咐多帶乾糧，扮做獵戶，帶領土人前去探路。

八位英雄得令回營，扮做獵戶，同了土人離了大營。越過回雁峰，進了谷口。彎彎曲曲一路行來，只見山高路窄，樹老林深，絕無行人來往。一行人走了三日，日間行走高山，夜間草中歇宿。又行了五日，只見前面兩個山頭十分險峻，山下卻是個三叉路口。八位英雄同土人走上前來，正欲找路，猛聽得山凹內一棒鑼聲，擁出一標人馬來了。不知後事如何，且聽下回分解。

第七十六回　獻地圖英雄奏凱　順天心豪傑收兵

話說羅焜等走入回雁峰走了三五日，到了三叉路口。猛聽得高峰嶺上滾出一支兵來，攔住去路，大喝：「行人慢走！留下買路錢來。」八人聞言大怒，齊來動手。早殺散了一隊嘍兵，逃回山寨去了。八位英雄哈哈大笑，往前又走。走不多時，猛聽得一聲炮響。急回頭看時，只見山上大紅帥旗招展，早又飛下一標人馬。當先一將，金盔金甲，白馬銀槍，威風凜凜，相貌堂堂。你道是誰？原來就是羅增，因兵敗陣不得回關，就在此地駐紮。

當下大隊人馬趕下山來，羅爺大喝道：「誰人大膽，敢傷俺的兵丁？好好留下頭來！」馬瑤、趙勝便來迎敵。羅焜聽得來將是長安的聲音，急抬頭一看，大驚道：「來將好似俺爹爹的模樣！」忙止住眾人，急上前仔細一看，果是他爹爹。不覺失聲哭叫道：「爹爹！孩兒在此！」羅爺在馬上，吃了一驚，定睛望下一看，果是他次子羅焜。羅爺又悲又喜，慌忙跳下馬來，扶住羅焜哭道：「我兒因何到此？這些又是何人？」羅焜一面招呼眾人相見，一面嗚嗚咽咽，細訴根由。羅爺道：「且不必悲傷。此地非講話之所，快隨我上山來。」

眾人跟定羅爺上山入寨，先是馬瑤拜見，道：「小侄馬瑤，為因老親翁失陷此地，故隨家父提兵至此。」羅爺笑逐顏開，稱謝不已。次後是龍標六人拜見，各通名姓，羅爺一一還禮。然後是羅焜俯伏膝下道：「爹爹在此，備嘗辛苦，恕孩兒不能侍奉之罪！」羅爺一面扶起，一面細問羅焜道：「你將我去後情由，說來我聽。」羅焜道：「自從爹爹身陷番邦，被沈謙上了一本，欲要害我全家。虧舊僕章宏送信，伊妻王氏替了母親。連夜逃出長安，將母親寄在水雲庵內，哥哥投奔雲南。孩兒投奔淮安，路過鳳蓮鎮，患病在程老伯莊上。蒙程老伯調治好了，臨行又贈錦囊一封，云有要緊言語，俟爹爹見了開看，尚在營內，未曾帶來。後來孩兒到了淮安，被侯登出首，問成大辟❶，多虧眾友劫了法場，同到雞爪山聚義。落後哥哥到了，將母親接上山來。接手馬親翁到山，會兵進京擊走沈謙，奏聞天子伸明冤枉，天子赦罪。如今奉旨征番，因回雁關難於攻打，奉馬親翁之令，特來探路。」細細說了一遍，又道：「多蒙神靈暗佑，使孩兒今日得見爹爹！」

羅爺聽了，悲喜交集，連忙起身，向眾人謝道：「多蒙諸位賢契如此患難相扶，叫俺羅增何以為報？」大家謙遜了一番。羅爺說道：「既是馬親翁兵阻回雁關，不識路徑，俺在此幾年，畫得地圖一張，待俺修書一封，差人送至營內，叫馬親翁按圖進兵攻打，取關便了。俺這寨內現有番兵一萬，請諸位一同抄至關後約會，裡應外合，破這回雁關易如反掌。」龍標說道：「小侄情願送地圖回營，約會進兵。」羅爺聽說大喜，連忙修書。一面吩咐擺酒款待眾人。用罷酒飯，羅爺將地圖書札封好，交與龍標起身。次日，羅爺點齊了一萬精兵，同馬瑤等拔寨起身。兵走流沙谷，暗抄關後而來，按下不表。

單言龍標離了山寨，連夜奔回大營。見了馬爺，呈上書札，將回雁峰下羅焜父子相逢的話說了一

---

❶ 大辟：死刑。

遍。馬爺聞言大喜，說道：「今日巧會了羅親翁，真是大助俺成功也！」看了書信地圖，忙忙升帳，聚集眾將。

當下羅燦得信，急急進帳，稟道：「適聞家父下落，小婿恨不得飛身前去。就此稟明大人，同龍標兄去了！」馬爺道：「不必著急。」就點龍標、羅燦、程珮、秦環四位將軍，帶領一萬精兵走小路，會合羅爺攻打關後。羅燦大喜，星飛的去了。又點李定、金輝、楊春、王越領兵一萬，關前攻打，「本帥親領大隊前來接應。」四將得令而去。又令齊紈、齊綺守營。號令一下，三聲大炮，各人領兵起身。

李定等來至關下搦戰❷，沙龍出馬，與李定交鋒。未及數合，馬爺的大隊人馬齊到關下，四面攻打，勢不可當。沙龍令王虎、康龍分兵迎敵。馬爺將大刀一擺，衝入關口，使動大刀，無人敢當；殺得人頭亂滾，鮮血直沖。番兵大亂。

木花姑見事不諧，連忙作起妖法。只見陰雲四合，慘霧迷天，滿空中神號鬼哭之聲，恍若千軍萬馬，我軍慌亂。祁巧雲見是妖法，左手掐訣，右手用劍一指，喝聲「疾」，猛聽得一個雷聲，妖氣頓滅，依然白日青天。木花姑見破了法，大怒，仗劍直取祁巧雲。巧雲用劍急架相還，往來十合。巧雲抵敵不住，馬金定、程玉梅兩馬齊出，大喝：「妖奴休得逞強，有吾在此！」花姑更不打話，力戰三人。又戰多時，孫翠娥見三位小姐戰他不下，忙同謝靈花刺斜裡殺來助戰。五般兵器圍定了木花姑廝殺，花姑招架不來，正欲回馬，不防謝靈花手快，一槍直奔心窩。花姑急閃，肩上早著；負痛要走，孫翠娥雙刀已撲入懷內。花姑急用劍隔開，後面馬金定、程玉梅兩根槍已將近肋下。花姑急縱馬回身，

❷ 搦戰：挑戰。

祁巧雲又用劍從左邊刺下。花姑急閃，早將馬尾削斷。孫翠娥、謝靈花又從右邊逼入，木花姑急了，向祁巧雲虛閃一劍；祁巧雲急閃，木花姑催動禿馬，早從陣裡衝出。

五位女將乘勢追來，花姑急從腰內解下一個葫蘆，傾出法寶，向對陣上灑來。這是他煉就靈砂，其細如塵，其利如刺，能入目損睛，入肉損筋。祁巧雲看見又是妖法，知道必然利害，回馬走歸本陣。須臾，飛砂走石，眾軍著傷的，都叫苦不迭。

祁巧雲無法，忙取天書展看，上寫：「向巽地借風反吹之。」巧雲大喜，急向巽地呼風，吹口氣，喝聲「疾」，果見飛砂飄蕩，吹入彼陣上去了。花姑見妖術又破，魂不附體。番兵頭面受砂，如同錐刺，吶聲喊叫，四散奔逃。馬元帥乘勢鞭梢一指，大軍蜂擁追來。木花姑慌了，收轉靈砂。沙龍見陣腳已亂，支撐不住，同木花姑敗進關中去了。

比及進關，羅元帥率領眾將已攻破後關殺入。沙龍慌了手腳，忙同木花姑等引兵奪路。頂頭撞見羅燦，木花姑左臂負痛，不敢交鋒，將口一張，一道黑氣直衝羅燦面上噴來。羅燦卻全然不覺，你道為何？原來羅燦身佩雌雄二劍，一切妖魔鬼祟，斷不能侵。木花姑見魔不倒羅燦，慌忙回馬，跟定沙龍奪路。

那沙龍正戰馬瑤，不得脫身。見木花姑到了，並力衝殺，透出重圍。眾英雄緊緊追趕，羅燦馬快，看看趕上，用槍向木花姑後心刺來。花姑回首，喝聲：「脫！」羅燦的槍早從手中落下。羅燦大驚，急掣雙劍在手，那劍不掣猶可，掣出來只見萬道金光。木花姑叫聲：「不好！」回馬就走。那劍就從羅燦手內飛出，如二龍天矯，起在空中，向木花姑盤繞。忽聽一聲響亮，二龍鼓鬣升空，木花姑的首級已不見了。這就是謝應登的妙用，來助羅燦成功的。當下羅燦又驚又喜，急忙下馬，望空拜謝，拾起槍來。隨後眾英雄趕到，都感歎不已。卻是沙龍因這裡耽擱，早已去遠了，羅燦等收兵，不題。

進入關中，那時馬爺與羅爺已會合在一處了。羅燦稟明雌雄劍變化，斬了木花姑，已為仙人收去的緣由，眾人驚異。馬爺吩咐，記羅燦征番第一功。又下令命盧宣、謝元守關，次日起兵，向前進發。營內大排筵宴，同羅爺細訴離情。

當晚羅爺父子回營，羅焜取出程鳳錦囊。羅爺看了，書中大意是：「有女願結絲蘿❸，因令郎在患中，不便提起，故走字代面，與親翁商之。」羅爺看罷，對羅焜道：「你受程府大恩，此事怎好推卻？且等我回朝，見柏親翁商之。」羅焜暗喜，又稟明祁巧雲天緣作合之故。羅爺道：「都等入朝商議。」當夜無話。

次日，馬爺與羅爺分兵兩路，左右征進，勢如破竹。守關的酋長聞風而逃，不上半月，已得了十幾處關隘。

話分兩頭。且說沙龍敗回本國，哭奏前情。番王大驚道：「關隘已失，木花姑又死，如何迎敵？」忙問兩班文武退兵之策。丞相左賢出班，奏道：「馬、羅二帥，兵法精通，更兼有異人相助，此誠難與爭鋒。據臣愚見，莫若上表求和，以杜此禍。」番王道：「太子同沙家諸將，怎得回國？」左賢奏道：「待微臣將這條性命付於度外，親到唐營，憑三寸不爛之舌，替吾主分辯便了。」番王聞言，放下憂愁，說道：「全仗丞相此去。」遂寫了降書降表，備了千兩黃金、珍珠寶貝、美酒羊羔，令番官

---

❸絲蘿：即菟絲與女蘿，為蔓生植物，纏繞於草木，不易分開，故常以此比喻男女結成婚姻。

挑了，跟隨左賢出了番國，盡奔馬爺營中來了。

早有細作報進中軍，羅爺怒道：「他如今勢敗求和，俺偏要洗盡番奴，以清邊界！」馬爺道：「且看他來意如何，只要他將沈、米二賊一齊獻來，得報舊恨，就罷了。況且番邦沙漠之地，俺們中原要他無益，何必多殺？」當下傳令，眾將披掛齊整，分列兩班。吩咐中軍，候左賢到了，令他進帳。不一時，左賢已到，中軍稟過。

左賢到了，整冠束帶，步行進了大營。偷眼望兩旁一看，見馬爺營中，人強馬壯，甲亮盔明，暗暗吃驚。同了中軍，參見二位公爺已畢，又與眾將見禮。羅爺吩咐看坐，左賢道：「二位公爺在上，下邦小臣焉敢就坐？」馬爺道：「既到吾營，那有不坐之禮？」左賢向上告了坐，呈上了降表，稟道：「寡君多多拜上二位公爺。只因一時不明，聽信匪臣之言，興兵冒犯天朝的邊界，有勞公爺兵到下邦，罪該萬死！寡君情願春秋獻貢，求公爺上表，下邦沐恩不盡。外有貢獻，求公爺笑納。」說罷，又呈上禮單。

二位公爺看過了表章，羅爺故意怒道：「昔日興兵犯界，今日勢敗求和，你可知道爾國有三罪？無故興兵，罪之一也；收我國逃臣，罪之二也；奪我城池，罪之三也。今日之事，只叫你主親自出來決戰便了。俺候他三日，如不出來，俺這裡架炮攻城，洗盡番邦人數，那時休怪！」這一番言語，嚇得左賢戰戰兢兢，走向前來雙膝跪下，道：「還求二位公爺寬恩恕罪！」馬爺勸道：「羅公請息怒，既是左賢先生親來，怎好不准情面？只要依俺們兩件事，便罷。」左賢起身，忙打一躬，說道：「只求公爺吩咐，敢不依從？」馬爺道：「第一件，要你主親修誓書，年年進貢，永不犯邊；第二件，要將沈謙等一干逃臣，總要送出。」左賢道：「頭一件容易。第二件，沈謙雖在城中，他的手下兵多將廣，難於下手。必須公爺這裡多著幾員大將前去相幫，方不誤事。」

馬爺依允，忙點史忠、王宗、王寶、王宸、金輝、楊春、王越、章琪八將，同左賢回城，前去捉拿沈謙。八將得令，同左賢告辭進番。左賢將八人藏了，見過番王，說了備細，會過了沙家父子。番王假意降旨，聚兩班文武商議，說道：「既是南兵不准求和，卿等可召降臣沈謙、米順前往大營，同左賢、沙龍等商議退兵之策，與他交戰便了。」眾臣領旨出朝。番王回宮，不表。

單言左賢領了旨，前來召沈謙。那沈謙聽得交戰，暗暗的歡喜，帶了米順、王虎、康龍、錦上天、侯登、吳法、錢來、宗信等，來到沙龍的大營。左賢見了，遠遠迎接上帳，見禮坐下。左賢說道：「請太師到了，非為別事，可奈羅增不准講和，要求太師施展大才，在下願聽軍令。」沈謙道：「豈敢，豈敢。若是丞相見委，破羅增易如反掌。」沙龍大喜，吩咐擺酒款待。沈謙等眾人入席，才飲了幾杯，只見沙龍將金杯拋地。一聲響亮，早跳出八位英雄，同沙龍父子一齊動手，來拿沈謙。沈謙等也動起手來。不知後事如何，且聽下回分解。

第七十七回　明忠奸朝廷執法　報恩仇眾士娛懷

話說沙龍擲杯為號，王越、史忠、金輝、楊春等一齊跳出，竟奔沈謙，大喝：「奸賊休走！」沈謙大驚，情知中計，忙要起身逃走，早被沙龍抓住。王虎、康龍一齊來救，早被史忠、楊春等一齊擁上，將康龍、王虎、米順等一起拿下，喝令捆綁了，打上囚車。

復請八位英雄，重新換席飲酒。席終，一齊起身。八位好漢押住囚車，左賢捧了降表，沙龍押著進貢的珊瑚瑪瑙、寶貝珍珠，一同來到馬爺的大營。早有藍旗小校前來迎接。

左賢等進了中軍，拜見了二位公爺。又與大小眾將見過了禮，呈上表章以及貢獻禮物。隨後是八位英雄，押著囚車前來繳令。羅爺吩咐，推入後營監禁。中軍帳上，擺酒款待左賢、沙龍。沙龍同左賢一齊跪下，說道：「求二位公爺開恩，放了小主，吾主感謝二位公爺的洪恩不盡了！」羅爺說道：「既是如此，令人將耶律福同沙氏弟兄一齊放了，請入中軍。」

當下耶律福同沙氏四人出了囚車，換了服色，到了中軍。君臣們一齊跪下，拜謝了二位公爺，又與眾人見禮。禮畢坐下，馬爺勸解一番。羅爺傳令中軍擺宴，款待番邦君臣飲酒。三軍都有賞賜，當晚盡歡而散。

左賢同耶律福等拜謝回朝，見了番王，細細說了二位公爺的仁德。次日，番王又備了十車金銀珠玉、千口肥羊、千樽美酒，親到營中送行。見了二位公爺，再三致謝。二位公爺收了禮物，別了番王，吩咐放炮，拔寨起營。大小三軍，一路趲行而回。正是：

鞭敲金鐙響，人唱凱歌回。

話說三軍日夜趲行，那日已到邊頭關。盧宣、謝元接進關內，大隊人馬關內住下。二位公爺進了帥府，合郡的文武都來參見。當下寫了本章，差官連夜進京報捷。一面點將守關，立了碑記，以勸後人。眾文武送了筵席，又送禮物下程；二位公爺止留下筵席，下程禮物一概不收。歇馬一日，次日傳令拔寨起營。路途之間，只見關內的百姓，焚香點燭，扶老攜幼，跪滿街旁，都來瞻仰叩送。二位公爺策馬慢慢而行，眾英雄臉上風光，人人得意。後人有詩讚馬爺的忠勇，道：

忠勇人無敵，懿親❶義氣高。
一朝施戰馬，千載仰風標。

又有詩讚羅增的苦節道：

越國功勞大，幽州世業高。
若非甘苦節，焉得姓名標！

❶ 懿親：至親。

話說二位公爺一路行來，已離長安不遠，早有地方官飛奔長安，報信去了。

且言乾德天子自從接了邊報，龍心大悅，遍示諸臣，道：「可喜番國平定，羅卿現在還鄉，此馬成龍之功也。」又過數日，黃門官啟奏說：「馬、羅二位國公，離長安不遠，請旨定奪。」天子大喜，傳旨著李逢春、秦雙、李全、柏文連，領合朝文武，同去迎接。李逢春領旨，不表。

且說二位公爺的大隊人馬正行之間，早有軍政官❷稟道：「啟上二位公爺，今有合朝文武，奉旨在十里長亭迎接。」二位公爺聽得，傳令三軍，就此安營。二位公爺率領諸將，到了長亭，下馬步行。上亭同眾文武行禮，各相安慰。擺上了皇封御酒，眾人謝恩入席。飲了數杯，李爺說道：「請二位仁兄，領眾女將到舍下，改裝見駕。」馬爺道：「領教。」隨即出了席，回到營中。先令王俊解了囚車前走，然後同男女英雄，押著番邦進貢的珍寶，一齊進城，同到李府，卸甲改裝。

到了午門，黃門官啟奏天子，傳宣召見。二位公爺領旨入朝，山呼已畢，呈上番王的降表並進貢的禮物。天子大喜，說道：「卿等汗馬功勞，真不愧勛臣之後。」馬成龍道：「微臣無功可錄，此皆羅增之力、眾將之能也。」說罷，將功勞簿，並一切交兵的日期，及得勝的眾將，一同呈上。天子展開，一一觀看。說道：「卿有大功，不須謙讓。只可恨沈謙奸賊無理，險些害了羅賢卿的性命。今喜羅賢卿有功回朝，方見得你赤心為國。」羅增道：「臣失陷番隅，有辜帝命，罪當萬死，豈敢言功！」天子道：「不必過謙，卿等鞍馬勞頓，速往光祿寺❸赴宴。」眾人謝恩而去。

---

❷軍政官：掌軍中政事的官員。

天子傳旨：「令柏文連、李逢春將沈謙等一干人犯帶至便殿，朕親自一一審問。」李逢春等領旨，將一干人犯帶入便殿，見了聖駕。天子喝問沈謙道：「你與羅增何仇，平白的奏他降番？他如今得勝回朝，你今倒降番邦，更有何說？」沈謙無言可答，只是叩頭求生。天子大怒，令將沈謙、米順、米中砂、錢來、吳法、錦上天、侯登、宗信等，一同斬首示眾；其餘家眷人等，都發到邊外充軍。李逢春等領旨，押了一干人犯出朝。一面飛報羅、馬二府，一面點了羽林軍、劊子手，將一干人犯押赴法場。

此時羅爺正在馬爺營內談心，忽見家將將李爺的來信呈上，羅爺道：「知道了。」遂令章琪：「將你母親同眾家人的亡靈立起牌位，到法場去祭奠祭奠！」章琪得令，前去備了祭禮。羅公爺同二位公子換了素服，令家人抬了祭禮，擺了執事，笙簫鼓樂，迎奔法場。供下靈位，擺下祭筵，羅爺領著二位公子同章宏、章琪等，哭祭一番。

祭畢，李爺喝聲：「開刀！」這些百姓朝開一閃，早聽得一聲炮響。劊子手提刀，先從沈謙殺起，將一干奸賊一齊斬首。那長安的百姓，有的暢快，有的唾罵，都說道：「他當日害人，今日是天網恢恢，疏而不漏，殺得才好！」有幾個說道：「他不知害了多少好人，今日只得一死，倒便宜了他了。」後人有詩歎沈謙道：

無故害忠良，欺心謀帝王。

❸ 光祿寺：官署名，掌祭祀、朝會、賓客所用酒醴膳饈等事。

一朝身首碎，萬載臭名揚。

又有詩罵米順道：

司馬❹官非小，緣何意不良？

冰山難卒倚，笑罵滿雲陽。

話說法場上斬完了眾犯，一面令人收拾法場，將眾人屍首掩埋；一面將首級拿大木盒盛了，回朝繳旨。羅爺令人收過祭禮，燒化紙錢，毀了眾魂牌位。領著公子、章宏等，來謝柏、李二位大人。李爺道：「眾奸已斬，尊府大冤已伸，靜候天子恩封便了。」羅爺道：「全仗二位大人之福。」說罷正欲回朝繳旨，只見一騎馬飛也似的衝來，大叫道：「聖旨下！」李、柏二位大人吃了一驚，不知何旨，忙忙前來迎接。不知後事如何，且聽下回分解。

❹ 司馬：兵部尚書的別稱。

第七十八回　滿春園英雄歇馬　飛雲殿天子封官

話說那一騎馬飛奔法場，口稱聖旨下，令、柏二位老爺慌忙前來迎接。天使開讀，原來是著李逢春傳令馬成龍，將人馬紮入沈謙的滿春園，權且安歇，靜候封贈；後著李逢春起造各家的府第；又令柏文連發放眾犯家眷，前去充軍。二位老爺接過聖旨，送過天使。李爺即同羅爺等，一同往大營去了。柏爺捧了首級進朝回旨，即將各犯的老小，議定邊關各處充軍，起解發配，不提。

且表羅爺同李爺來到營中，馬爺接進中軍。行禮已畢，家將獻茶。茶罷，李爺將聖旨說了一遍。眾人聽了大喜，道：「俺們在此營中不便，且到滿春園去安歇安歇。」馬爺遂傳三軍，拔寨起營，都到滿春園內紮駐。正是：

玉堂金屋難存己，畫棟雕梁總屬人。

話說二位公爺同眾英雄進了滿春園，吩咐備宴，留李爺一同飲酒談心。

次日天明，李爺領了眾人入朝見駕。天子傳旨，令合朝文武陪眾功臣到飛雲殿飲宴，候旨加封。眾人領旨，到飛雲殿團團坐下。自有司禮監伺候，擺上御宴，奏起鼓樂，只候駕來。不一時，掌扇分開，金燈引路，天子駕臨。眾人跪接，天子入座。令禮部侍郎展開一幅黃綾封官的丹詔，掛於正中。令禮部宣讀旨意，眾文武靜聽上諭，禮部向前宣讀道：

詔曰：古昔帝王賞功罰罪，約法昭明。咨爾眾臣，忠義可嘉，合宜封功錫爵，以彰朕優恤功臣之意。

今將封號書名於左：

越國公羅增，被害流沙，忠心不改，義節可嘉，封為義節武安王。

定國公馬成龍，平定沙漠，忠勇可嘉，封為忠勇成平王。

衛國公李逢春，靖供爾位，燮和國家，有古大臣之風，封為智略安平王。

褒國公秦雙，見難不避，義節可嘉，封為褒城郡王。

鄂國公尉遲慶，見難不避，義節可嘉，封為鄂州郡王。

鄯國公段式，見難不避，義節可嘉，封為鄯城郡王。

鄼國公徐鋭，見難不避，義節可嘉，封為鄼邑郡王。

英國公李全，教子義方，一心贊國，封為英城郡王。

都院柏文連，歷任封疆，忠心不貳，封為淮東郡王。

魯國公程鳳，無辜受害，甘守臣節，封為東平郡王。

義使章宏，為主忘身，為國忘家，封為宣城亭侯。

裴天雄首倡義師，征寇有功，封為安定亭侯。

羅燦忠孝雙全，邊功第一，封為寶城亭侯。
羅焜孝勇可嘉，邊功最多，封為昌平亭侯。
胡奎征寇有功，封為山陽亭侯。
魯豹雄征寇有功，封為靈寶亭侯。
秦環征寇有功，封為永定亭侯。
馬瑤征寇有功，封為綿竹亭侯。
程珮征寇有功，封為寧海亭侯。
謝元征寇有功，封為盩厔亭侯。
李定征寇有功，封為溧水亭侯。
龍標征寇有功，封為銅山亭侯。
孫彪征寇有功，封為邵武亭侯。
趙勝征寇有功，封為歷城亭侯。
王坤征寇有功，封為思恩亭侯。
李仲征寇有功，封為武進亭侯。
盧宣征寇有功，封為海門亭侯。
洪恩征寇有功，封為瓜州亭侯。
洪惠征寇有功，封為鎮海亭侯。

戴仁征寇有功，封為靖江亭侯。
戴義征寇有功，封為六合亭侯。
齊紈征寇有功，封為真州亭侯。
齊綺征寇有功，封為青山亭侯。
盧龍征寇有功，封為廣陵亭侯。
盧虎征寇有功，封為蕪城亭侯。
徐國良征寇有功，封為宛平亭侯。
尉遲寶征寇有功，封為大興亭侯。
史忠征寇有功，封為彰德亭侯。
王越征寇有功，封為永定亭侯。
章琪征寇有功，封為孝感亭侯。
張勇征寇有功，封為清浦亭侯。
楊春征寇有功，封為金壇亭侯。
金輝征寇有功，封為平山亭侯。
王俊征寇有功，封為南安亭侯。
王宗征寇有功，封為揚子亭侯。
王寶征寇有功，封為蜀岡亭侯。

王宸征寇有功，封為狼山亭侯。

柏玉霜、祁巧雲、謝靈花、馬金定、程玉梅，其受婚者俱襲夫爵，晉封夫人；其未婚者俟擇配另贈。

其秦、羅諸家命婦，俱加封一品太夫人。

其餘俱榮封三代，各贈夫人。

禮部讀完了聖諭，眾人一齊俯伏謝恩。天子又傳旨，新封眾將諸大臣，俱留殿內飲宴；又令各命婦、夫人，俱在內宮飲宴。

眾人領旨，忽見羅增出班，奏道：「臣有下情，求陛下俯察。」天子道：「賢卿有何奏章？」羅增道：「臣次子羅焜，昔年曾訂柏文連之女玉霜為妻；後因避難山東，蒙程鳳恩養，願以女玉梅妻之。臣子不敢自專，稟之於臣，臣思次子既受程府大恩，此事豈容拒卻？只得向柏文連商之，蒙柏文連許可，願同伊女雁序班行。昨雲南總督馬成龍云，臣子羅焜昔日進宮護駕，係祁子富之女祁巧雲挈領入內。據馬成龍云，此女亦與臣次子有姻緣之分，曾於謝應登遺書見之。事雖荒渺，亦係天緣，況臣子嘗施恩於彼，彼亦有恩於臣子。此事不為無因，望陛下定奪。」

天子道：「以德報德，理所當然。但不知柏卿意下如何？」柏文連奏道：「臣婿若非程鳳撫救，焉有今日？程氏之婚，臣斷無不允之理。又臣女昔日擊死沈廷芳，祁子富之女曾奮身替死，此誠千古義烈之裙釵。若得與臣女一門相聚，臣之幸也，又何不可之有？」天子大喜，因問道：「祁子富何人也？」柏文連道：「河南府祁鳳山之子也。其父為沈謙所害，彼因流落長安。其人正直不阿，古道自許，乃當世之君子也。」天子又問道：「謝應登何人也？」馬成龍奏道：「此謝元之高祖，謝靈花之高高祖也。生在隋朝，因功名不遂，退而修道，遂得升仙，今太行山仍有遺跡。曾暗贈羅燦寶劍，贈祁巧雲天書。前破番陣降妖，皆賴其暗佑之力。」

天子欣然，遂宣柏玉霜、程玉梅、祁巧雲上殿，面諭道：「柏玉霜奔走江湖，終能完節，當世之烈女也，與羅焜為首妻；程玉梅次之，祁巧雲又次之。」三人謝恩畢，柏玉霜又奏道：「臣妾奔走江湖，全賴義婢秋紅周旋患難，乞陛下旌獎。」天子道：「婢女能仗義如此，亦屬難得。不可令其失所，即與羅焜為側室可也。」眾人欣喜，各謝恩畢。

天子又降恩旨道：「祁子富古道可風❶，著為東宮教授❷。其隨行張氏，賜黃金千斤，以旌義節。謝應登默佑皇圖，著於太行山重塑廟宇，春秋二祭。其謝靈花之父，恩賜三品職銜，奉祀香火。又章宏妻王氏，替主盡節，情殊可憫，著將沈謙府第改為義烈祠奉祀。」眾人重新謝恩。

天子又賞從征兵卒，每人白銀十兩、糧米三擔、美酒一罎、肥羊一口；外將番邦所得金銀彩緞，照人數按月分給。著令回家養息一月，免其差役。聖旨一下，歡聲如雷，然後眾人領宴。不知後事如何，且聽下回分解。

❶ 風：此處意為教化、感化。

❷ 東宮教授：太子的教師。東宮為太子所居之處，故也代指太子；教授為學官名。

第七十九回　結絲蘿共成花燭　乘鸞鳳同遂姻緣

話說天子傳旨開宴，只見兩邊鼓樂齊鳴，笙簫細奏。天子居中坐下，文武大臣分兩班序坐。早有執事官員捧上金壺玉盞、山珍海錯❶。端的是帝王富貴，怎見得：

孔雀屏開，天子設瓊林之宴❷；玉螭❸扇展，群臣赴金殿之筵。海錯山珍，錦盤中捧著龍肝鳳膽；金波玉液，銀壺內泛出青黃碧綠。歌傳金石，譜成簫管笙簧；響徹雲霄，按定宮商角徵。燭龍升焰，珠光與寶炬齊輝；象鼎焚香，異獸與珍禽並舞。但只見：烏紗象簡，妙合著翠帔金綃；朱履緋袍，簇擁著雲羅霧縠。真是洗盞稱觥，曲盡今宵之樂；君歌臣讚，務伸此日之歡。這才是，欲求真富貴，惟有帝王家。

按下君臣在飛雲殿飲宴作樂，且言眾位夫人、小姐，早有宮女擎燈，引入正宮，參拜娘娘。娘娘傳旨平身，各人錦墩賜坐，妃女獻茶。茶罷，娘娘傳旨，內侍擺宴伺候，先領眾家夫人、小姐，到各

---

❶ 海錯：海產種類繁多，通稱為海錯。

❷ 瓊林之宴：即瓊林宴，原為皇帝賜新科進士的宴會，此處借用為皇帝的賜宴。

❸ 玉螭：指馬。

宮遊玩，回來飲宴。內侍領旨。娘娘起身，向眾位夫人、小姐說道：「難得眾卿到此，且先到各宮遊覽一番，然後飲宴。」眾夫人、小姐謝恩。

當下四名宮女，擎了兩對金燈在前引路，君臣們前後相隨而行。那時星月初明，映著那玉殿瓊樓、奇花瑤草，十分幽雅。眾夫人、小姐隨著娘娘，遊遍了三十六宮、七十二院，真正娛目騁懷。忽見司禮監跪下，說道：「啟娘娘，宴已齊備，請駕回宮。」娘娘聞奏，傳旨擺駕回宮。內侍領旨，引入朝陽正殿。

須臾，宴已擺齊，但見金碧輝煌，香煙馥郁；光浮玉斝，色映金樽。娘娘賜坐，眾夫人、小姐一一謝恩，依次坐下。眾宮女樂奏雲璈❹，更番勸酒。眾夫人、小姐不敢失儀，酒過三巡，食供九獻，便起身謝宴。娘娘又備了多少珠翠花粉、海外名香、綾羅緞匹，令穿宮太監捧了。那宮女們擎著金燈，在前引路，送眾位夫人、小姐出宮。眾位夫人、小姐謝了恩，出了宮門。早有長班❺衙役前來迎接，打道回滿春園，不表。

且言外殿上眾文武大臣，也謝宴回滿春園去了。次日清晨，上朝謝恩。天子傳旨，令工部尚書監督工程，將沈謙府第重新起造，改為義烈祠，春秋二時賜祭。又令起造各位王侯府第，按品級施行。工部尚書領旨，回轉衙門，點了三十名效力的官兒。先擇了地基，然後分頭治辦工料，派定規矩，管

---

❹ 雲璈：亦名雲鑼，一種樂器名。以小銅鑼十面，共一木架，中四，左右各三，大小皆同，厚薄殊制，四正律六半律，與編鐘相應。四周各為孔，以黃絨穿繫於架，用小木錘擊之。

❺ 長班：明清時官員隨身侍候的僕人。

工的管工，管料的管料。各人派定，一齊開工，起造了四十多日，早已齊備。

當下工部大人見工程已完，又親到各府，驗看一遍。然後將各家府第，開成一本清冊，上朝繳旨。天子聞奏大喜，將冊子展開一看，上寫道：

遵旨起造各位王侯府第，清冊注名於左，計開：

第一府第，義烈祠堂；

第二府第，義節武安王羅府；

第三府第，忠勇成平王馬府；

第四府第，淮東郡王柏府；

第五府第，智略安平王李府；

第六府第，東平郡王程府；

第七府第，褒城郡王秦府；

第八府第，鄂州郡王尉遲府；

第九府第，郜城郡王段府；

第十府第，鄮邑郡王徐府；

第十一府第，英城郡王李府；

第十二府第，宣城亭侯章府；

第十三府第，安定亭侯裴府；
第十四府第，山陽亭侯胡府；
第十五府第，靈寶亭侯魯府；
第十六府第，盩厔亭侯謝府；
第十七府第，銅山亭侯龍府；
第十八府第，邵武亭侯孫府；
第十九府第，歷城亭侯趙府；
第二十府第，思恩亭侯王府；
第二十一府第，武進亭侯李府；
第二十二府第，海門亭侯、廣陵亭侯、蕪城亭侯盧府；
第二十三府第，瓜州亭侯、鎮海亭侯洪府；
第二十四府第，靖江亭侯、六合亭侯戴府；
第二十五府第，真州亭侯、青山亭侯齊府；
第二十六府第，彰德亭侯史府；
第二十七府第，永定亭侯王府；
第二十八府第，清浦亭侯張府；
第二十九府第，金壇亭侯楊府；

第三十府第，平山亭侯金府；

第三十一府第，南安亭侯王府；

第三十二府第，揚子亭侯、蜀岡亭侯、狼山亭侯王府；

第三十三府第，東宮教授祁府。

天子看完清冊，又命禮部尚書，擇定明日吉期，迎送各位功臣進府。

聖旨一下，次日五鼓，眾功臣入朝謝恩。隨即擺齊執事，笙簫細樂，各位進府。合朝九卿四相六部官員，及合城的文武大小職事，紛紛送禮，各府賀喜，好不熱鬧。正是：

此日衣冠榮晝錦，他年姓字表凌煙。

話說眾位王侯進了新府，彼此請酒恭賀，忙了二十多日。那日，羅爺在府無事，堂候官稟道：「聖旨到了。」羅爺忙忙起身接旨，太監宣讀。旨意是：「朕念卿父子功高，賜馬金定同爾長子完姻，賜柏玉霜、程玉梅、祁巧雲、秋紅同爾次子完姻。賜黃金千兩、彩緞百端。明日又是黃道良辰，著李逢春代朕為媒，迎娶完姻。欽此。」

羅爺謝恩，請過聖旨，太監覆旨而去。羅爺入內，與夫人商議，準備二位公子的花燭。一面張燈結彩，一面安排筵宴。令旗牌各投名帖，去請御媒李王爺同保親秦王爺、那三十幾位侯爺並合朝文武官員，前來飲宴。只見滿城中車馬紛紛，一齊都到羅門道喜。真是門前車馬，堂上笙歌，好不光彩。

正是：

堂前珠履三千客，房內金釵十二行。

按下羅府的事。且言柏府也接了聖旨，早有英城郡王夫婦同侯氏夫人治備妝奩，打發玉霜、秋紅出嫁。那程府、祁府總是如此，不必細細交代。

再講馬府接了聖旨，也都收拾預備，掛彩張燈。等到次日，馬爺親抱小姐上轎。三聲大炮，出了府門。一路上吹吹打打，到了羅府門首。只聽得一派樂音，卻好柏府、程府、祁府三家的四乘花轎，一齊到門。羅爺吩咐，升炮開門，先是馬小姐的花轎到門，後是柏玉霜、程玉梅、祁巧雲、秋紅女，四乘花轎依次進門。自有儐相贊禮❻請出五位新人，各歸洞房；然後二位公子各去合巹交杯。羅爺上廳待客，方才入席，忽聽得一聲吆喝，說道：「東宮太子的駕到了！」不知後事如何，且聽下回分解。

❻ 贊禮：指婚禮上負責唱行禮之節的人。

第八十回　凌煙閣上千秋標義　粉妝樓前百世流芳

話說羅爺正在前廳陪客飲宴，忽聽得一聲吆喝，堂官稟道：「啟王爺，東宮太子奉旨前來恭喜，駕已到了轅門，請王爺接駕。」羅爺慌忙吩咐，大開中門，穿了朝服，同眾王侯齊出門來迎接。只見太子坐在逍遙馬上，頭戴紫金冠，身穿滾龍袍，擺列著半朝鑾駕，金瓜鉞斧分於左右。羅爺父子同眾王侯一齊跪下，道：「臣等不知千歲駕到，迎駕來遲，望千歲赦罪！」太子連忙下馬，親手來扶，說道：「請起！孤恭賀來遲，休得見怪。」當下眾人起身，請太子登堂，行禮。太子中間正坐，各王侯次序兩旁。太子道：「孤備了些許菲禮，來與二位小王兄賀喜。」說罷，早有太監捧上兩盤金銀珠寶、古董玉器，當廳擺下。

羅爺父子向前謝恩收過，然後兩邊奏樂，請太子入席飲宴。正中是太子獨席，兩旁是眾王侯相陪。席面上玉斝金卮，山珍海錯，十分富麗。有詩為證：

孔雀屏開玳瑁筵❶，霞光靄靄裊香煙。
風雲龍虎今宵會，畫錦敷榮億萬年。

❶ 玳瑁筵：以玳瑁裝飾坐具的宴席，亦稱玳宴。

話說東宮太子飲過宴，傳旨擺駕，回宮而去。眾王侯送太子回宮之後，也告別各回府去了。羅公退入後堂，吩咐擎燈，送二位公子進房。二位公子請過安，各自歸房，不表。且言大公子進房與馬小姐合巹，真是女貌郎才，一雙兩好。有詩為證：

琴瑟❷初調韻，關雎❸此夜歌。

春風花弄色，楚岫會仙娥。

再言二公子進柏小姐房中合巹，他夫婦二人與眾人不同，都是遭過患難的。今日席上綢繆，枕邊恩愛，自有無數衷情，兩相慰藉，做書的不能臆說。到了次日，自然依著天子的次序，各房中合巹交歡。後人有詩羨羅焜的奇遇道：

春風錦帳美春光，揉碎芙蓉玉有香。

雲鎖巫山仙夢永，四尊神女一襄王。

話說羅府，到了次日，二位公子起身，一齊參拜天地，又拜了父母。然後入朝謝恩，又到各岳父家謝親，不必細表。

❷ 琴瑟：琴瑟同時彈奏，其音諧和，故以此喻夫婦和好。

❸ 關雎：《詩經．周南》首篇之名，詩內有「窈窕淑女，君子好逑」等語。

且言馬爺，自從金定小姐出閣後，又擇了日期，與公子馬瑤完姻。謝靈花這邊，都是謝元主持其事。恰好那一日，平山亭侯金府也迎娶孌姑。各位王侯又往來道喜，絡繹不絕，都不必細表。

這三家完姻，足足鬧了一個月，方才無事。眾王侯自從封贈之後，安享了一月有餘。眾人稟知羅爺，要回家祭祖。羅爺遂同眾人上本，天子准奏，各賜了御祭。眾人謝恩出朝，擇日動身。

羅爺祖塋是在長安，擇日興工重新修造。馬爺的祖塋也在長安，向日被沈謙削平的，久已修整如新，不須再造。其餘王爺在京的墳墓，不必細說。那祁子富就在長安將他父母的墳同他妻子的墳，別自擇日，創立設祭，他也不回淮安了。餘者，柏文連回淮安，程鳳回登州，李全回鎮江，趙勝回丹徒，胡奎回淮安，楊春、金輝、戴仁、戴義、齊紈、齊綺回儀征，盧宣、盧龍、盧虎回揚州，洪恩、洪惠回鎮江，王太公、王宗、王寶、王宸回瓜洲，龍標回淮安，裴天雄、謝元、孫彪等回山東，不必交代。

單言趙勝回家祭祖，正從鵝頭鎮經過。巧遇冤家黃金印騎馬而來，趙勝見了，喝令家將：「與我把馬上這賊拿了！」家將得令，上前將黃金印抓下馬來，掀翻在地。黃金印大叫無罪，趙勝冷笑了一聲，說道：「你抬起頭來，認我一認，可該你的房飯錢了？」那黃金印抬頭一看，認得是趙勝，只嚇得膽裂魂消，只求饒命。趙勝大怒，喝令扯下去打。打了四十大棍，即喚地方官，取一面重枷枷了，喝道：「你若再不改過，本爵取你的狗命便了。」正是：

善惡到頭終有報，只爭來早與來遲。

按下趙勝的事，且說各位王侯回家祭祖，有兩個月的限期，一齊回京繳旨。各人到了長安，進朝見了天子，覆了旨，各歸府第。那張二娘的飯店房子，已改做尼姑庵了。胡奎、羅燦、羅焜三人想起舊事，令家人備了香燭，帶了各行的匠人，到城外梅花嶺還願。興工建廟，塑元壇像，立碑，招了僧人，永奉香火。羅太太又令公子到水雲庵，重新修造佛像、裝金。

眾位王侯諸事已畢，每日上朝輔政。真乃是：君明臣良，文修武備；國家有道，百姓安康。乾德天子心中欣喜。一日，文武百官早朝朝見，分班侍立，天子說道：「朕賴眾卿建功立業，欲效太宗的故事，於凌煙閣上圖畫眾卿容貌，使萬古千年，永垂不朽。不知眾卿意下如何？」眾人一齊跪下謝恩，說道：「這是萬歲的龍恩，臣等銘感五內❹！」天子大喜，傳旨選了四十名巧筆丹青，上凌煙閣圖畫眾人之像。

這些眾功臣跟隨天子，上了凌煙閣。令左右內臣取文房四寶，展開十數丈白綾，令丹青落筆。不消半日，就畫全了。正當中，是天子的龍顏，左右兩邊，即是羅增、馬成龍等一眾王侯的容貌。天子一看，只見鬚眉畢露，笑貌如生，十分精巧。天子大喜，賞了匠人。遂傳旨，令光祿寺擺宴，就在凌煙閣君臣共樂，慶賀功勛。光祿寺領旨，不一時備齊了御宴。天子居中，眾功臣兩旁序坐。正是：

光祿池臺開錦繡，將軍樓閣畫神仙。

話說君臣們飲宴，盡歡而散。次日五鼓，眾功臣入朝謝恩。羅爺回府，心中想道：「俺昔日身在流沙，妻離子散，窮困已極，那想還有今日！全虧了兩個孩

❹ 五內：指五臟。

兒，糾合義師，使我成功歸國，此乃上倉所助也。不可不上謝神靈，下宴戚友。」當下遂令旗牌各府投帖，請宴謝神。諸事備辦齊整，不多一時，人馬紛紛，眾位俱到。羅爺忙忙出廳迎接，次序坐下。

羅爺吩咐內外擺席，兩旁鼓樂齊鳴，笙歌疊奏。羅爺敬神奠酒，安席入坐。馬成龍首席，領著一班王侯飲宴，羅爺父子相陪；內席是馬太太領著眾家的太太飲宴，羅老太太同了五位夫人相陪。兩邊奏樂，開場做戲。內外官客、堂客，直飲至三更，方才席散。真正：合家歡樂，稱心滿意；百世榮華，千秋佳話。

可見忠佞兩途，關乎家國。前半部就如冥府幽司，後半部何等光天化日。這豈非親賢遠佞之明效大驗哉！余故細細譜出，以為勸善之金鑑云。

詩曰：

一折翻成酒一杯，粉妝舊譜換新裁。
鑄成忠骨承恩露，褫去奸魂代怒雷。
化日無私真令辟，凌煙有後盡英材。
稗官❺提筆談遺事，慷慨悲歌八十回。

❺ 稗官：原意指野史小說，此處代指作野史小說的人。

中國古典名著

集合兩岸學者專家為您
精選、考證並加校注的
宋元明清古典名著大觀

❖三國演義
羅貫中撰／毛宗崗批／饒彬校訂

❖水滸傳
施耐庵撰／羅貫中纂修／金聖嘆批／繆天華校訂

❖紅樓夢
曹雪芹撰／饒彬校訂

❖西遊記
吳承恩撰／繆天華校訂

❖金瓶梅
笑笑生原作／劉本棟校訂／繆天華校閱

❖儒林外史
吳敬梓撰／繆天華校訂

❖老殘遊記
劉鶚撰／田素蘭校訂／繆天華校閱

❖官場現形記
李伯元撰／張素貞校訂／繆天華校閱

❖文明小史
李伯元撰／張素貞校訂／繆天華校閱

❖兒女英雄傳
文康撰／繆天華校訂／饒彬標點

❖鏡花緣
李汝珍撰／尤信雄校訂／繆天華校閱

❖拍案驚奇
凌濛初原著／劉本棟校訂／繆天華校閱

❖警世通言
馮夢龍編／徐文助校訂／繆天華校閱

❖醒世恆言
馮夢龍編撰／廖吉郎校訂／繆天華校閱

❖喻世明言
馮夢龍編撰／徐文助校注／繆天華校閱

❖今古奇觀
抱甕老人編／李平校注／陳文華校閱

❖三俠五義
石玉崑著／張虹校注／楊宗瑩校閱

❖七俠五義
石玉崑原著／俞樾改編／楊宗瑩校訂／繆天華校閱

❖東周列國志
馮夢龍原著／劉元放改撰／劉本棟校訂／繆天華校閱

❖封神演義
陸西星撰／鍾伯敬評／楊宗瑩校訂／繆天華校閱

❖東西漢演義
甄偉・謝詔編著／朱恒夫校注／劉本棟校閱

❖隋唐演義
褚人穫著／嚴文儒校注／劉本棟校閱

❖萬花樓演義
李雨堂撰／陳大康校注

❖楊家將演義
紀振倫撰／楊子堅校注／葉經柱校閱

❖說岳全傳
錢彩編次／金豐增訂／平慧善校注

❖大明英烈傳
楊宗瑩校訂／繆天華校閱

❖濟公傳
王夢吉等撰／楊宗瑩校訂／繆天華校閱

❖包公案
明・無名氏撰／顧宏義校注／謝士楷、繆天華校閱

❖海公大紅袍全傳
清・無名氏撰／楊同甫校注／葉經柱校閱

❖粉妝樓全傳
竹溪山人編撰／陳大康校注

❖平山冷燕
天藏花主人編次／張國風校注／謝德瑩校閱

◆豆棚閒話　照世盃（合刊）
艾衲居士等著／陳大康校注／王關仕校閱

◆石點頭
天然癡叟著／李忠明校注／王關仕校閱

◆十二樓
李漁著／陶恂若校注／葉經柱校閱

◆何典　斬鬼傳　唐鍾馗平鬼傳（合刊）
張南莊等著／黃霖校注／繆天華校閱

◆西湖佳話
墨浪子編撰／陳美林、喬光輝校注

◆西湖二集
周楫纂／陳美林校注

◆品花寶鑑
陳森著／徐德明校注

◆綠野仙踪
李百川著／葉經柱校注

◆海上花列傳
韓邦慶著／姜漢椿校注

◆醒世姻緣傳
西周生輯著／袁世碩、鄒宗良校注

◆花月痕
魏秀仁著／趙乃增校注

◆孽海花
曾樸撰／葉經柱校注／繆天華校閱

◆琵琶記
高明著／江巨榮校注／謝德瑩校閱

❖第六才子書西廂記

王實甫原著／金聖嘆批點／張建一校注

❖桃花扇

孔尚任著／陳美林、皋于厚校注

❖牡丹亭

湯顯祖著／邵海清校注

❖浮生六記

沈三白著／陶恂若校注／王關仕校閱